1535
오만한 탄식에 숲이 깨어난다

❶

OHWOO's STORY MATE
신아인 장편소설

꽃

① 오만한 탄식에 숲이 깨어난다

시원하다! 근래에 보기 드문 힘 있고 거침없는 필치다. 역사의 소용돌이에 맞선 당차고 강한 주인공들의 이야기를 읽다 보면 가슴이 뻥 뚫리는 쾌감이 느껴진다. 틀에 박힌 고정관념을 깨고 싶은가? '1535'에는 발상의 전환, 틀을 깬 관념의 반란이 꿈틀댄다. 절절한 명분의 사랑, 아픔, 용서와 화해의 역사, 우리네 인간사를 경험해 보고 싶은가? 그렇다면…… 그대, 1535를 읽어라. 후회하지 않을 것이다!

― 방송인 겸 기자 백현주, KBS '즐거운 책 읽기' 등 출연

글 쓰는 일을 하면 할수록 글을 잘 쓰는 사람이 가장 부럽다. 내가 결코 알 수 없을 것 같은 세계와 담을 수 없을 것 같은 이야기를 생생하게 풀어내는 작가를 보면 더욱 그렇다. 그런 의미에서 '1535'는 한 문장 한 문장을 허술하게 볼 수 없는 작품이다. 책장을 넘길수록 작가의 치열한 온도가 느껴질 것이다.

― 드라마 작가 조진국, MBC 시트콤 '안녕, 프란체스카' 등 집필

배우의 입장에서 이런 이야기들은 큰 힘이 된다. 모든 인물들이 생생하게 살아 움직이기 때문이다. '1535' 속에 그려진 군상들은 하나같이 자신만의 드라마를 가지고 있다. 그리고 그런 인물들의 촘촘한 매력이 작품 전체의 재미를 만들어 간다. 한마디로 욕심나는 작품.

― 배우 김한, 연극 '키사라기 미키짱' 등 출연

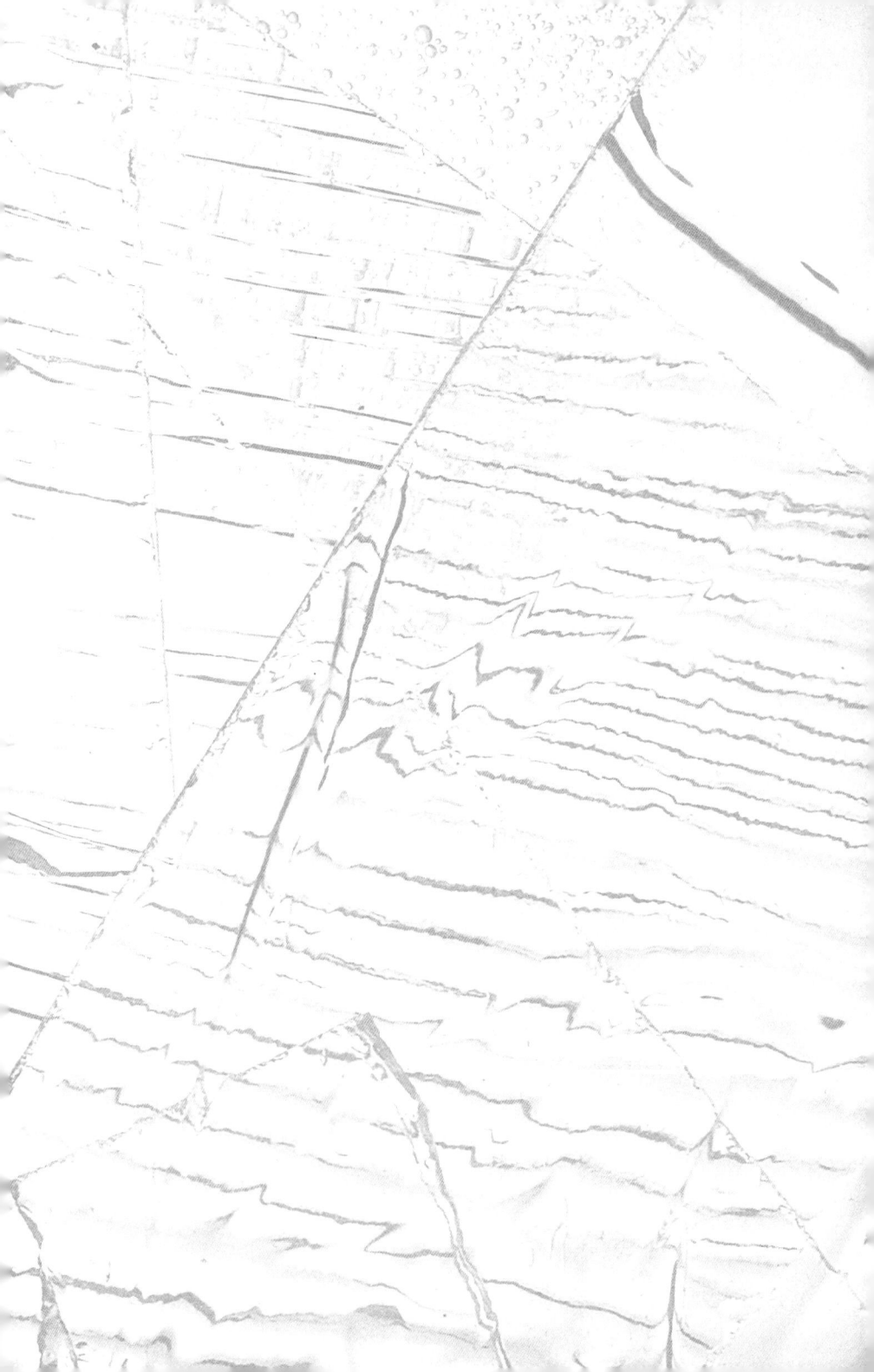

목차

9 결벽증

100 운명의 붉은 실

199 신기루

261 인형의 집

312 1535

369 부러진 날개

본 작품에 등장하는 모든 사건과 인명은 실제와 무관합니다.
본문 안에서 " "는 한국어, 「 」는 일본어로 진행되는 대화입니다.

결벽증

1

무대 위의 혜림은 맨발이었다. 덕분에 미세하게 변하는 몸짓 하나에도 공간에는 황홀감이 스쳤다. 그녀의 마른 근육이 별개의 안무를 선보이는 셈이었다. 확실히 그녀는 제 몸이 지닌 기운을 효율적으로 이용할 만큼 충분히 영민했다.

「조선의 꽃이라는 말이 아까울 정도군요.」

「조선의 꽃이라니요? 대일본 제국의 보석이지요.」

객석에서 오가는 탐욕스러운 대화에 혜림은 경멸감을 느꼈다. 하지만 그녀는 매혹적인 미소로 그 기운을 지워 냈다.

처연함.

분명 그랬다. 절도 있고 힘찬 움직임에도 혜림의 춤엔 까닭 모를 애잔함이 있었다. 애석하게도 관객의 수준은 그런 그녀의 기운을 감지할 만큼의 안목을 가지지 못했지만 말이다. 객석에 자리한 이들의 관심은 춤보다는 서혜림 그 자체였다. 그들은 그저 음률과 하나가 되어 가볍게 날아오르는 혜림의 아름다운 굴곡에 넋을 잃을 뿐이었다.

음악은 점점 고조됐고 안무는 점점 격정적으로 치달았다. 이제 마지막 도약이면 소나기 같은 박수 소리가 터져 나올 참이었다.

탕!

갑작스레 날렵한 총소리가 공기를 갈랐다. 질주하던 음악도 함께 멈췄다. 순간 공연장에는 무서울 만큼의 정적이 흘렀다. 하지만 날 선 고요함이 깨지는 데까지는 불과 3초 남짓한 시간밖에 걸리지 않았다. 피를 흘리며 바닥에 쓰러진 한 소년을 발견한 누군가가 끔찍하게 갈라진 비명을 내질렀기 때문이었다. 덕분에 공간을 가득 메우던 우아함도 거짓말처럼 사라졌다. 무표정한 얼굴로 아수라장이 된 현장을 내려다보는 혜림만이 최소한의 균형을 유지할 뿐이었다.

「공연을 관람하시는 중에 죄송합니다. 현재 총독부에서 수배 중인 자가 발견되어 본의 아니게 소란을 피웠습니다.」

마모루가 정리에 나섰다. 정중하지만 거만한 사과였다. 일종의 과시이기도 했다. 공적을 세운 이가 갖는 다소 유치한 자부심이었다. 어쨌거나 마모루의 쉰 목소리에 들썩이던 공간은 잠시 평정을 찾았다. 그러나 그 역시 오래가지는 못했다. 공포에서 호기심으로 노선을 바꾼 좌중이 동시에 입을 열기 시작한 탓이었다.

「도대체 이게 무슨 일입니까?」

혼란의 틈에 기무라가 끼어들었다.

「저놈은 얼마 전 종로 경찰서에 폭탄을 투척한 혐의를 받고 있는 자입니다. 저놈의 동료가 피떡이 되어서야 실토를 하더군요. 한일단의 끄나풀이 오늘 이곳에서 다른 일당과 접선할 거라고 말이죠.」

「그렇다면 지금 이 많은 목숨을 담보로 저깟 어린 놈 하나를 잡으려고 했다는 말입니까?」

「절대로 놓치고 싶지 않은 기회였으니까요.」

사실 마모루는 적당히 자신을 추켜세우며 뻐겨 볼 참이었다. 하지만 눈치 빠른 그는 곧 입을 다물었다. 공포에서 분노로 낯빛을 바꾼 장교들의 안색을 살폈기 때문이다. 그는 자신에게 쏟아질지도 모를 질책에 대비해 이런저런 변명을 궁리했다. 하지만 급작스레 끼어든 소년의 날 선 저항이 그의 수고를 덜어 주었다.

"내가 순순히 끌려갈 것 같아? 너희같이 더러운 놈들에게 잡혀가느니 이 자리에서 같이 죽어 버리고 말겠어."

소년의 협박에도 순사들은 코웃음을 쳤다. 풋내기의 허세 어린 발악이라 치부했던 까닭이다. 그러나 여유는 경악으로 돌변했다.

"가까이 오지 마! 가까이 오면 모두 날려 버릴 거야!"

소년이 갑자기 정체불명의 양철 깡통을 꺼내 들었다. 그러자 순사들은 일시에 움직임을 멈췄다. 그들은 폭발물이라며 술렁이기 시작했다. 덕분에 진정 기미를 보이던 공간이 다시 들썩였다. 마모루의 눈짓에 순사들이 일사불란하게 움직였다. 관객을 보호하라는 신호였다. 그 와중에도 소년은 양철 깡통을 휘누르며 뒷걸음질쳤다. 삽시간에 아수라장이 된 장내에 군중의 웅성거림이 섞여 들었다. 여전히 차분한 공기가 유지되는 곳은 오로지 혜림이 선 무대뿐이었다. 그녀는 흡사 이 모든 광경이 연극이라도 되는 듯 한 치의 흔들림도 없었다.

탕!

두 번째 총성이 공기를 갈랐다.

그 싸늘한 쇳소리에 혜림의 평정심이 깨졌다. 눈가에 일렁이는 흔들림은 거의 절규에 가까웠다. 피를 쏟으며 고꾸라진 소년 탓은 아니었다. 매캐한 연기 사이를 비집고 걸어 나오는 민석 때문이었다. 총성의 주인을 찾던 마모루 역시 민석의 등장에 이맛살을 찌푸렸다. 달갑지 않은 기색이 역력했다. 하지만 민석은 그런 반응 따위는 조금도 신경 쓰지 않는 눈치였다. 민석의 총구는 여전히 소년을 향했다. 제 심장을 꿰뚫은 쇠붙이에 소년의 동공이 얼어붙었다. 죽음을 예감한 탁한 눈빛이 민석을 향했다. 소년의 마른 입술이 달싹였다. 입을 열었다면 분명 마지막 말을 했을 터였다.

「탕!」

그러나 민석은 소년의 최후를 봉인했다. 깔끔한 확인 사살에 소년은 단정히 숨을 거뒀다. 풀썩 떨어지는 어린 몸뚱이에 혜림의 심장이 내려앉았다. 하지만 민석의 얼굴은 여전히 담담했다.

「자작 각하께서 어떻게…….」

마모루가 이마를 찌푸리며 입을 열었다. 일말의 호감도 없는 태도였다.

「경무국장님의 일을 도와드린 것뿐입니다.」

상대의 혀를 베어 낼 듯 싸늘한 말투였다. 그 서늘한 메아리에 마모루의 적개심이 고개를 쳐들었다. 아무리 천황에게 작위를 하사받은 귀족이라지만 어차피 그는 조선인이었다. 그럼에도 불구하고 민석은 항상 범접할 수 없는 오만함으로 제 주위를 포장했다. 그런 그는 마모루에게 있어 항상 눈엣가시였다. 하지만 마모루는 그러한 속내를 드러낼 처지가 아니었다. 어쨌거나 상대는 귀족이고 자신은 한갓 경무국장일 뿐이었으니 말이다.

「하지만 저자를 족치면 또다른 끄나풀을…….」

마모루가 괜한 오기로 말을 이었다. 소심한 반발심이었다. 그러나 두 사람의 태도만으로도 상하 관계는 충분히 전해졌다. 난감해하는 마모루와 거만한 민석의 모습은 일종의 조직도 같았다.

「이 사람 보게. 아까까지 자네나 수하들이나 폭탄 터질까 무서워 접근도 못하더니. 저게 터졌으면 끄나풀이고 뭐고 끝장 아니었나? 게다가 자네는 지금 각하와 이 자리 모든 사람의 목숨을 담보로 도박을 했어!」

곁에 있던 장교 하나가 끼어들었다. 결국 마모루는 침묵을 택했다. 분하지만 어쩔 수 없었다. 변명이 길어질수록 오히려 불리한 상황이었다.

「그나저나 각하, 정말 대단하십니다. 그 거리에서 단번에 명중시키다니.」

장교는 기회를 놓치지 않고 아첨을 시작했다. 그러자 민석은 눈썹을 씰룩였다. 거북함의 반증이었다.

「먼저 실례하겠습니다.」

민석은 가벼운 목례와 함께 상대의 말을 잘랐다. 한시도 그 자리에 머물고 싶지 않은 눈치였다. 그는 모자를 눌러쓰며 밖으로 나섰다. 그의 발걸음에 순사들이 썰물처럼 갈라졌다. 동호는 부지런히 그의 뒤를 따랐다.

"각하. 그렇다고 직접 쏘실 것까지는……."

동호가 조심스럽게 입을 열었다. 원망이라기보다 염려에 가까운 말이었다. 민석은 대답 대신 가만히 걸음을 멈춰 뒤를 돌아봤다. 제 손으로 숨을 거둔 소년이 짐짝처럼 들려 들것에 옮겨지고 있었다. 낡아서 누렇게 바랜 명주옷에 서서히 핏물이 올라왔다. 가련한 죽음이었다.

"어차피 이용 가치가 떨어지면 죽을 목숨, 미리 거둔다고 해도 나쁠 건 없지."

민석의 입가에 냉소가 돌았다. 소년의 손에 들려 있던 빈 양철 깡통 탓이었다. 주인을 잃은 깡통은 요란한 소리로 나뒹굴며 빈곤한 정체를 드러냈다. 폭탄일지도 모른다며 법석을 떨던 순사들은 황당함을 감추지 못했다. 이들이 확인할 수 있었던 건 폭발물이 아닌 낡은 종이쪽지 하나였다. 민석은 묵묵히 그 광경을 쏘아보다 다시 걸음을 돌렸다. 무심해 보이는 걸음이었지만 사실 그는 혜림의 시선에서 도망치고 있었다. 질시, 혹은 연민이 담겨 있을 그녀의 말간 눈동자는 시종일관 그의 등짝에 들러붙어 있다. 민석은 그 눈길에서 달아나려 밖으로 나섰다.
 극장을 빠져나가자 폭포수처럼 쏟아지는 비가 그를 막아섰다. 뒤따르던 동호는 우산을 챙기기 위해 서둘러 안으로 돌아갔다. 민석은 돌처럼 굳어 선 채 손을 뻗었다. 차가운 빗방울이 그의 촉수를 건드렸다. 세포 하나하나가 살아날 만큼 생생한 냉기였다. 그 사이 굵게 쏟아지는 장대비 사이로 서너 명의 순사가 쏟아져 나왔다. 소년의 시신을 차로 옮기는 참이었다.
 "얘기 좀 해."
 물기 어린 목소리가 빗소리에 끼어들었다. 혜림이었다. 민석은 대꾸 없이 소년의 최후를 살폈다. 아무렇게나 차에 던져진 소년의 마른 손목이 툭 떨어졌다. 뽀얗게 뿌려진 소나기가 시야를 가렸다.
 "오늘은 자신 없다. 당신 편이 되어 주는 거."
 습기에 묵직해진 혜림의 목소리가 민석의 귓가에 감겨 왔다. 민석은 그제야 그녀와 시선을 맞췄다. 짙은 화장에 가려진 그녀의 갈색 눈동자가 그를 질책하고 있었다. 민석은 감정 없는 눈길로 그녀의 눈을 응시했다.
 "사람들은 저마다 자기에게 맞는 옷이 있는 거야. 어차피 나는 대일본제국을 위해 존재하는 조선 귀족이 아니었나? 악역을 맡았으면 그에 걸맞게 행동해야지."
 민석은 자조적인 방어막으로 혜림의 질책을 봉쇄했다. 혜림은 입을 여는 대신 얕은 한숨을 내쉬었다. 차가운 공기 탓인지 그녀의 입에서는 말갛게 김이 올라왔다.

2

 뽀얗게 이는 모래안개 틈으로 말발굽 소리가 요란했다. 도망치는 행렬과 쫓는 자의 질주에 총소리가 섞여 들었다. 건조한 사막의 모래바람 사이로 고통스러운 말의 신음 소리가 실렸다. 몸뚱이 어딘가에 날카로운 총알이 파고들었음이 분명했다. 말이 거친 호흡을 토하며 풀썩 쓰러졌다. 그러자 쫓기는 이들은 지체 없이 말을 버리고 내쳐 달렸다. 물론 도주는 그리 오래가지 못했다. 제 말의 달음질을 멈춰 버린 총알이 그들의 등에도 공평하게 꽂힌 탓이었다.

세찬 모래바람이 안개처럼 내려앉았다. 이미 시신이 되어 버린 이들의 몸은 벌써 반쯤이나 모래에 파묻혔다. 그 가운데 한 사내만이 겨우 붙어 있는 숨을 이어 가기 위해 사력을 다해 움직이고 있을 뿐이었다. 그러나 필사적이던 남자의 눈빛은 곧 체념으로 변했다. 자신의 앞을 가로막아 선 무영의 그림자 때문이었다. 시체 사이를 헤집고 들어서는 무영은 흡사 저승사자처럼 보였다. 바람에 펄럭이는 무영의 칠흑빛 외투가 그 착각에 몫을 더했다.

"독립군? 네놈이 독립운동을 한다고? 염병을 하네."

사지에 몰린 이가 희번덕거리며 웃었다. 죽음을 목전에 둔 남자의 광기였다. 사내의 웃음이 커질수록 무영의 침묵도 길어졌다. 그의 유언을 기다리는 셈이었다. 하지만 인내심은 오래가지 못했다. 무영은 가차없이 남자의 사지에 총알을 꽂아 넣었다. 연이어 제 몸을 관통하는 총알에 남자의 절규가 이어졌다. 손끝을 통해 전해지는 반동에 무영의 입술에는 살기 어린 미소가 돌았다. 슬쩍 풀린 눈꺼풀 아래로 묘한 쾌감이 일렁였다.

"넌 그냥 피에 굶주린 살인귀야. 독립운동을 핑계로 사람들 명줄을 끊어 놓는 미친 놈."

고통에 이성을 잃은 남자는 되는대로 말을 뱉어 냈다. 드문드문 빠진 그의 이 사이로 마른 바람 소리가 새어 나왔다.

"살인귀라……. 그것도 나쁘지 않네."

이번에는 무영이 웃기 시작했다. 남자의 그것과는 다른 섬뜩한 키득거림이었다. 사내는 겁에 질려 무영을 올려다봤다. 정갈하게 뻗은 무영의 눈썹이 잔선을 이루며 씰룩였다. 무영은 망자의 핏물을 뒤집어쓴 채 죽음의 기운을 만끽하고 있었다. 남자의 얼굴에 공포가 스며들었다. 광기 어린 웃음소리가 사내의 동공을 집어삼켰다. 그 사이 무영의 실소가 멈췄다. 공포가 정점에 달하는 순간이었다. 매정한 총알은 그 순간을 노려 심장을 파헤쳤다. 남자는 그렇게 숨을 거뒀다.

멋대로 엉킨 바람에 무영의 머리칼이 흩날렸다. 그는 제 앞머리를 거두고 사방을 살폈다. 피가 흥건한 시신이 즐비했다. 무영은 무심히 그들 가운데에 주저앉아 뭔가를 꺼냈다. 낡은 끈 뭉치였다. 그는 조심스레 그 꾸러미를 펼쳤다. 가늘고 길게 자른 하얀색 천 쪼가리에는 군데군데 레이스가 섞여 있었다. 무영은 바닥에 고인 흥건한 피에 천 쪼가리를 적셨다. 하얀 줄기는 삽시간에 붉은 꽃을 피워 냈다. 그의 눈빛이 혼탁한 광기로 일렁였다.

"또 한 놈이 죽었어."

무영은 전리품을 모으듯 정성을 다했다. 그는 꼼꼼하게 핏물을 들이려 등을 구부렸다. 그 바람에 그의 품 속에 있던 낡은 신문 쪼가리가 고인 핏물 위로 떨어졌다. 민석과 미유키의 국혼을 알리는 신문 기사였다. 사진 속 민석의 얼굴 위로 서서히 핏물이 올라왔다. 붉게 물든 얼굴은 여전히 웃고 있었다.

"정작 죽어야 할 놈은 멀쩡히 살아 있는데."

무영은 두툼한 손으로 떨어진 신문을 집어 들었다. 그 낡은 종잇장의 감촉에 걷잡을 수 없는 증오심이 차올랐다. 무영은 경멸을 담아 신문 속 얼굴을 노려봤다. 광기와 분노, 슬픔과 고통이 얽힌 기괴한 눈빛이었다. 한참이 지나서야 무영은 제 눈빛을 거뒀다. 그는 신문을 품 속에 구겨 넣고 말에 올랐다. 분노를 쏟아 낸 거친 발길질에 놀란 말이 질주했다. 그렇게 무영은 다시 모래안개 속으로 사라졌다.

3

　미유키가 민석의 총격 사건을 접한 건 다음날 아침의 일이었다. 신문은 이 사건을 위해 기꺼이 1면을 내어 줬다. 천황의 사랑을 받는 조선 귀족에 대한 찬양으로 도배된 영웅담이 주요 내용이었다. 신문은 그가 대일본 제국에 저항해 온 한일단의 조직원을 단숨에 명중시켰다며 칭찬을 아끼지 않았다. 덕분에 수많은 인명 피해를 막아 냈다는 깔끔한 마무리도 잊지 않았다. 미유키는 저도 모르게 한숨을 토했다. 속눈썹이 내려앉은 반달 같은 눈에 그림자가 졌다. 그녀는 말간 눈으로 신문 속 제 남편을 응시했다. 제복을 정갈하게 갖춰 입은 그의 모습은 처음 보는 사람처럼 낯설었다.
　「나리 나오세요.」
　나오코의 귀띔에 미유키는 서둘러 신문을 덮고 일어섰다. 미유키는 2층을 올려다봤다. 반복적인 발걸음 소리가 그녀를 향해 다가왔다. 그녀는 저도 모르게 느껴지는 위압감에 호흡을 가다듬었다. 그 사이 민석은 거실로 내려서고 있었다. 그녀는 조심스러운 눈길로 그의 매무새를 살폈다. 먹빛 재킷 사이로 빳빳하게 깃을 세운 하얀 셔츠가 눈부셨다. 나무랄 데 없이 정갈한 차림새였다. 미유키는 눈치 채지 않게 그의 얼굴로 시선을 옮겼다. 푹 눌러쓴 중절모 아래로 매섭게 뻗은 눈썹이 굼틀거리고 있었다. 그녀를 향한 거부감의 증거였다. 그럼에도 그녀는 애틋한 시선으로 시원스레 뻗은 그의 눈가를 더듬었다. 조용한 관찰만이 그의 아내로서 허락된 유일한 기쁨이었다. 속눈썹을 미끄러져 내려간 눈길은 콧날에서 날아올랐다. 그러다 굳게 다문 입술에 이르자 미유키는 저도 모르게 얼굴을 붉혔다. 새삼스레 그녀는 심장이 뻐근해짐을 느꼈다. 인정할 수밖에 없었다. 그는 근사했다. 뼈에 사무치는 냉대도 그 진실을 가리진 못했다. 확실히 그의 오만한 기운에는 그녀 안의 여자를 흔드는 뭔가가 있었다. 하지만 그녀의 동요와 상관없이 민석은 무심히 그녀를 지나쳤다. 무시라기보다 경멸에 가까운 태도였다. 미유키는 말없이 남편을 따라나섰다. 이미 익숙해진 상처였다.

「괜찮으시겠어요? 어제 대륙 극장에서……」

미유키는 조심스레 말을 걸었다. 한 마디라도 주고받고 싶은 마음에서였다. 그러자 턱 선만 겨우 보이던 민석의 모자 아래로 싸늘한 시선이 드러났다. 미유키는 그 칼날 같은 눈빛을 마주하고서야 제 실수를 절감했다.

「대륙 극장이라……. 그래, 거기 이름이 바뀌었지. 보기보다 적응이 빠르네. 역시 애국심 때문인가?」

교묘하게 비틀린 말끝이 그녀의 심장을 후벼 팠다. 얼마 전까지만 해도 '대륙 극장'은 '단성사'라 불려 왔다. 그러나 경영난에 허덕이던 극장주에게서 운영권을 빼앗은 일본인은 조선색이 강한 단성사 대신 대륙 극장으로 이름을 바꿨다. 일본의 대륙 침략을 기념하자는 의미에서 탄생한 명칭이었다.

「그렇게 죽은 조선인이 걱정된다면 그 기모노부터 벗어 버리지그래? 감히 해코지할 만큼 간 큰 놈들이야 흔치 않겠지만, 그렇게 대놓고 일본 마님 티를 내며 돌아다니면 마음속으로는 열 번이고 백 번이고 당신을 죽이고 싶지 않겠어?」

실수에 대한 반격은 가혹했다. 조금의 주저함도 없는 독설이었다. 민석은 경멸이 담긴 눈으로 그녀의 기모노를 살폈다. 그의 시선이 소매 끝에 닿자 미유키는 저도 모르게 손을 움츠렸다. 그녀는 새삼스레 제 몸에 걸친 기모노가 원망스러웠다. 물론 그녀도 알고 있었다. 제 몸에 걸친 천이 무엇이건 그에게는 중요하지 않다는 사실을 말이다. 몸에 흐르는 일본인의 피를 갈아 치우지 않는 이상 민석은 결코 자신을 여자로 봐 주지 않을 터였다. 아니, 여자는 고사하고 사람으로도 여기지 않을 그였다.

「며칠 뒤에 총독 관저에서 모임이 있을 거야. 부부 동반이니까 그렇게 알아. 자세한 일정은 나중에 동호한테 듣고.」

민석은 다시 모자를 눌러쓰고 밖으로 나섰다. 매정한 각진 어깨가 그녀에게 작별을 고했다. 미유키의 얼굴이 해쓱해졌다.

「나리도 참 너무하시네. 며칠 전에는 한복 입으신 거 보고 조선인인 척 애쓸 필요 없다고 하시더니…….」

「옷가지 몇 개 꺼내 놔. 조금 화사한 걸로.」

미유키는 공연히 나오코를 채근했다.

「하여간 이건 아니죠. 솔직히 어르신이 그 자리에 오른 게 누구 덕인데. 조선 귀족이라 봐야 뭐 별건가요? 작위만 받고 빚더미에 앉은 사람도 부지기수라던데.」

나오코는 저 혼자 투덜거렸다. 하지만 여전히 분이 풀리지 않는 모양이었다.

「슈헤이는 좀 어때?」

미유키는 괜한 민망함에 감기에 걸린 제 아들에게로 화제를 돌렸다.

「열 많이 내렸어요. 지금은 주무세요.」

「알았어. 나 올라가서 쉴 테니까 슈헤이 좀 잘 봐줘.」

「네…….」

미유키는 계단을 올라 2층으로 향했다. 나무 계단을 오르는 미유키의 뒷모습은 발걸음마저 슬펐다. 나오코는 새삼스레 마음이 아팠다. 일본에서도 좀처럼 웃지 않던 미유키였다. 그런 그녀가 조선 땅을 밟으면서 그나마 돌던 화색마저 사라졌다.

「하이고, 불쌍해라. 어찌 저리 고운 마님을 산송장으로 만드시나.」

나오코는 진심으로 제 주인을 연민했다. 천하게 태어난 제 신세보다 훨씬 가엾은 삶이었다.

제 방에 올라온 미유키는 화장대 앞에 앉았다. 그녀는 멍한 눈으로 거울을 마주 봤다. 붉게 치장한 제 입술이 눈부신 거울 사이로 도드라졌다. 제 입술이 경멸스러웠다. 그녀는 수건을 들어 기계적으로 입술을 닦았다. 하얀 천이 지난 자리로 그녀의 파리한 입술이 드러났다. 그녀는 강박적으로 수건을 문질렀다. 그 바람에 얇은 표피가 살짝 말려 올라갔다. 그렇게 붉은 입술은 사라졌다.

4

격정적인 발레곡이 숨 가쁘게 달음질쳤다. 그 속도만큼 혜림의 발돋움도 강렬해졌다. 그녀는 절도 있게 목검을 휘둘렀다. 음악을 가르며 치고 올라오는 칼 동작이 매서웠다.

「문이 열려 있어 슬쩍 들어와 봤는데 역시 대단하시군요. 이렇게 눈앞에서 연습하시는 모습을 보게 되다니 영광입니다.」

생각지 않은 불청객에 그녀의 질주가 멎었다. 요란하게 박수를 치며 춤사위에 끼어든 마모루 때문에 혜림은 저도 모르게 인상을 찌푸렸다.

「무슨 일이죠?」

혜림은 수건으로 땀을 닦으며 애써 불쾌감을 지워 냈다.

「자작님과 참 많이 닮으셨네요. 항상 용건부터 챙기시는 게.」

마모루가 모자를 벗어 과장된 인사를 전했다. 일종의 조롱이었다.

「연습에 방해받고 싶지 않아서요. 특별한 일이 없다면 돌아가 주셨으면 합니다만.」

혜림은 여전히 싸늘했다. 확실히 좋고 싫음이 그대로 드러나는 성격이었다.

「바쁘신 분인데 제가 그냥 시간을 뺏을 리야 있겠습니까? 긴히 드릴 말씀이 있어 찾아왔습니다.」

그녀는 대꾸 없이 빤히 상대를 봤다. 무언의 재촉이었다.

「이미 들어 아시겠지만 우리 대일본 제국은 이번 전쟁을 위한 준비에 총력을 기울이고 있습니다.」

마모루는 본격적으로 용건을 꺼냈다.

「그래서요?」

「뜻 있는 많은 젊은이가 천황 폐하의 높은 뜻을 받들기 위해 이번 전쟁에 자원하고 있죠.」

「본론만 말씀해 주시죠.」

혜림은 상대의 말을 잘랐다.

「부탁을 드리려고 왔습니다. 서혜림 양께서 직접 전쟁터에 나가 우리 부대원들의 사기를 높여 주십사 하고요.」

마모루는 능청맞게 웃었다. 주름 진 그의 얼굴이 야비한 탈바가지 모양으로 둥글게 뭉쳤다.

「위문 공연을 가란 말씀이신가요?」

혜림은 눈썹을 곤추세웠다.

「그렇습니다. 이왕이면 본인의 이름으로 성금이라도 전달해 그 뜻을 공고히 해 주셨으면 하는 바람이 있지만, 어쩐 일인지 자작 각하께선 항상 그 일을 꺼리시더군요. 때마다 나서서 서혜림 양의 위문 공연이나 성금 지원을 거부하시고 대신 처리하시니 저희로서는 난감합니다.」

그의 입가에 질척한 웃음이 돌았다.

「분명, 서혜림 양께서는 황국에 대한 충성도가 높은 신민일 텐데 왜 그런 영광된 자리를 한사코 밀어내시는 걸까요, 각하께서는……?」

마모루는 교묘히 말끝을 흐렸다. 협박과 회유, 조롱과 질시가 섞인 기묘한 언사였다. 사실 혜림과 민석의 아슬아슬한 관계는 마모루에게 있어 꽤나 실한 미끼가 되곤 했다. 비록 두 사람이 혼례를 치른 사이라고는 하나 이는 어디까지나 비공식적인 일에 불과했다. 진실이야 어찌 되었건 민석의 법적 아내는 혜림이 아닌 미유키였으니 말이다. 아니, 실은 민석과 혜림의 조촐한 결혼식을 한갓 언약식으로 전락시킨 장본인 중 하나가 마모루였다.

어쨌거나 마모루의 압박은 효율적이었다. 그의 혀끝에서 놓여난 몇 마디는 그녀의 마음에 자책감이라는 돌덩어리로 내려앉았다. 민석이 이제껏 자신을 보호하느라 외줄을 타고 있었다는 사실에 혜림의 심장이 곤두박질치기 시작했다.

「처음 듣는 이야기군요.」

감정을 누르는 그녀의 속눈썹이 떨려 왔다. 물론 마모루는 그 미묘한 동요를 놓치지 않았다.

「역시 그랬군요. 분명 내용을 아셨다면 기꺼이 나서 주셨을 텐데 말입니다. 물론 각하께서 지원하시는 후원금의 내용이 상당합니다만 가끔은 숨은 의도가 의심스럽기도 하더군요.」

「말씀을 가려 하시는 게 좋겠군요.」

혜림은 가차없이 그의 말을 잘랐다. 확실히 도를 넘은 말이었다. 물론 다분히 의도적인 발언이었다. 그는 능글맞게 제 행동에 대해 사과했다.

「죄송합니다. 나이가 드니 자꾸 실언을 하네요.」

마모루는 혜림을 살폈다. 앙다문 입술 때문에 그녀의 안색이 점점 창백해졌다.

「어떻습니까? 황국의 전사들을 위해 무대에 서시겠습니까?」

혜림의 동요를 느낀 마모루는 여세를 몰아 그녀를 압박했다.

「그 사람이 이제껏 막아 온 일을 제가 새삼스레 해야 할 이유가 있나요?」

혜림은 나름대로 당돌하게 맞섰다. 어쨌거나 정치란 감정과 별개의 영역이었다. 비록 그녀 안에 자신의 남자를 지키고 싶은 본능이 있을지언정 한갓 감정 때문에 돌이킬 수 없는 실수를 할 수는 없는 노릇이었다. 이는 정민석의 여자로서 수년을 보내 얻은 처세였다.

「아마, 하셔야 할 겁니다. 그렇지 않으면 각하께서 곤경에 처하실지도 모르니까요.」

마모루는 야비한 웃음을 흘렸다.

「……무슨 뜻이죠?」

「서혜림 양 어머니 말입니다.」

혜림은 뜻하지 않은 단어에 지그시 입술을 깨물었다.

「아주 대단한 기생이었죠. 아니, 독립투사라고 불러 드릴까요?」

「입 다무시죠!」

「유감스럽게도 당신 어머니 손에 죽은 선 총독이 아니라 제 아버지였죠. 총독을 지키려다가.」

마모루의 능글맞은 얼굴에 냉소가 돌았다.

「……민석 씨한테 뭘 어쩔 작정인 거죠?」

그녀는 매섭게 상대를 쏘아봤다.

「서혜림 양이 무대에만 서 준다면 각하께 해가 되는 일은 없을 겁니다. 하지만 계속 이런 식으로 고집을 부리신다면 저 역시 그냥 있을 수는 없겠죠.」

「……날 무대에 세워 당신이 얻는 게 뭐죠?」

「대단한 건 없습니다. 그저 실적의 문제죠. 공적을 쌓아야 하는데 해 놓은 일은 없으니 어쩌겠습니까? 쥐어짤 수 있는 곳을 먼저 쑤셔 볼 수밖에요.」

사실 환갑을 넘긴 나이에 부모의 원수 운운하는 것은 가당치도 않은 일이었다. 오히려 총독을 대신해 죽은 아비 덕분에 평생을 승승장구하며 살아온 그였다. 그러나 마모루는 괜한 트집으로 혜림을 무대로 몰아갔다. 그녀를 이용해 민석의 목을 조를 마음에서였다.

「어찌시겠습니까? 공연, 하시겠습니까?」

5

차에 오른 민석은 뒷좌석에 몸을 던졌다. 그제야 그는 모자를 벗었다. 부드러운 앞머리 사이로 반듯한 이마가 드러났다. 모자에 눌려 있던 호방한 눈썹도 제 기운을 찾았다. 숨이 멎었던 그의 안색에 비로소 화색이 돌았다. 사실 민석에게 모자는 시야를 가리기 위한 존재였다. 모자는 생각보다 주어진 역할에 충실했다. 특히나 미유키의 시선을 피하는 데는 제격이었다.

"제 애비보다 한술 더 뜨지. 마누라까지 왜년으로 공수를 해 왔으니."

얄팍한 창문을 비집고 군더더기 없는 욕설이 새어들었다. 민석은 싱거운 농담이라도 들은 양 가볍게 입술을 씰룩였다. 경성을 반 바퀴만 돌아도 물릴 만큼 들어 오던 욕설이니 새로울 건 없었다. 분노의 농도가 짙어졌을 뿐이었다.

"나라를 갖다 바친 놈은 그 애비지만 남의 고혈을 빨아먹는 걸로 치면 정민석을 따라갈 자가 없죠. 아주 조선의 씨를 말려 버리려고 작정한 놈이잖아요. 내선일체니 어쩌니 하면서 나라말까지 파헤치고."

운율이 느껴지는 말투는 내용의 비정함과 상관없이 흥겨웠다. 분명 사람을 끌어 모으는 데 비상한 재주가 있을 법한 자였다. 아니나 다를까 깡마른 청년의 비난에 사람들의 목소리가 섞여 들었다. 담배에 성대가 상했는지 쇳소리가 나는 노인, 신경질적인 고성의 아낙, 거기에 더해 등에 업은 아이의 울음소리까지 가세한 거리는 마치 마당극의 한 장면 같았다. 살기, 조롱, 비난, 울분, 절규. 음습한 그림자 뒤에 숨어 있던 온갖 적대적인 감정이 '정민석'이라는 이름 하나에 강한 점성으로 얽혀 들었다. 민석은 그 시커먼 덩어리가 당장이라도 자신의 목을 조여 올지도 모른다고 생각했다.

하지만 그런 일은 쉽게 일어나지 않았다. 매일 일간지를 장식하는 얼굴이지만 거리를 오가는 평범한 이 중 민석을 알아채는 이는 거의 없었다. 확실히 그들이 욕설을 퍼붓는 존재는 정민석이라는 이름의 가상일 뿐, 그의 실체에는 무심했다. 심지어는 얄팍한 유리를 사이에 두었을 뿐임에도 전혀 다른 세상의 인물인 양 떠들어 대고 있지 않은가.

하지만 저들 중에 독립군이라도 숨어 있다면 이야기는 달라질 것이 분명했다. 매일 그의 사진을 보며 기회를 엿보았을 상대라면 분명 용서 없는 총구를 겨누며 심장에 납덩이를 꽂아 넣을 터였다. 어쩌면 오늘을 위해 제대로 날을 세운 싸늘한 검이 날아들지도 몰랐다. 그도 아니면 아쉬운 대로 치기 어린 주먹 한 방이라도.

암살. 시시각각 그를 따라다니는 무의미한 단어. 지난여름, 누군가는 자신의 칼끝에 민석의 그림자가 스쳤다는 이유 하나로 모진 고문 속에 죽음을 맞이했다. 하지만 그 쇳덩이가 그림자가 아닌 심장을 꿰뚫었다면 그 다음에는 어떻게 됐을까. 정민석이라는 이름은 나라를 팔아먹은 장사치의 것으로 떠돌았을까? 아니면 조국의 근대화를 이끌어 낸 선구자라 칭송받았을까? 사실 지금의 평가는 무의미했다. 이는 분명 역사의 승자가 누구인지에 따라 각을 달리할 문제였으니 말이다.

"어제 도련님께서 극장에서 나서신 일 때문에 의장님 심기가 편치 않으십니다. 공연히 나서면 총독부와 척을 질 수도 있다고 어찌나 호통을 치시던지⋯⋯."

운전석에 앉은 동호가 입을 열었다. 밖에서 들려오는 욕설을 상쇄하기 위함이었다. 어차피 보고가 필요한 일이기도 했다. 민석은 대답 대신 등받이에 몸을 기대며 창문을 올렸다. 출발하라는 신호였다. 운전석의 동호는 조용히 시동을 걸었다. 묵직하게 울리는 엔진 소리와 함께 누군가의 아우성이 멀어졌다.

"아닌 게 아니라 총독부 쪽 분위기가 심상치 않습니다. 요즘 경성 내에 크고 작은 폭도들이 난입하는데다 아나키스트들까지 집결 중이라는 보고가 속속 들어와 마모루 경무국장께서 극도로 예민하신 상태라고 들었습니다."

"폭도라⋯⋯. 독립군들을 과소평가하는 건 여전하군. 다른 일은?"

민석의 입가에 비웃음이 스쳤다.

"경성 대장간에서 사람을 보내겠다고 연락이 왔습니다."

"경성 대장간이라면⋯⋯?"

"네, 이미 아시겠지만 경성 대장간은 선대 때부터 철도 공사에 참여해서 세를 불린 조선 최고 규모의 대장간입니다. 박춘필이라는 자 이후로 박종호가 물려받아 경영해 오고 있죠."

"그럼 박종호가 온다는 건가?"

"아닙니다. 아들 박영수를 보내겠다고 하더군요."

"아들이라⋯⋯."

민석은 말끝을 흐렸다.

"제가 좀 알아봤는데 경성에서 살다 열다섯이 되는 해에 만주로 갔다고 하더군요. 조사한 바에 의하면 오늘 경성 땅을 밟는다고 합니다."

"재미있군. 머리에 피도 안 마른 애송이가 감히 날 찾아오겠다니……."

민석은 이맛살을 찌푸렸다.

"거절할까요?"

동호가 조심스레 물어 왔다.

"아니야. 내일 저녁으로 시간 잡아 둬."

사무적인 대화가 오간 뒤 차 안은 침묵에 빠졌다. 민석은 창밖으로 시선을 돌렸다. 즐비하게 늘어선 벽돌 건물의 행렬이 새삼스레 민석을 갑갑하게 했다. 한 치의 오차도 없는 고지식한 대칭의 구조는 어쩐지 미유키를 연상케 했다. 생각이 거기에 미치자 그는 갑작스러운 질식감에 긴 한숨을 토했다. 매국노 아버지에 대한 일은 어느 정도 면역이 된 상태였다. 그러나 미유키만큼은 세월이 아무리 흘러도 적응이 되지 않았다.

정민석.

단정한 세 글자 이름 뒤에는 항상 매국노라는 더러운 꼬리표가 붙어 다녔다. 장사치의 아들이 장사치가 되는 것처럼 매국노의 아들은 매국노가 되는 것이 세상 이치였다. 그래서 받아들이기로 했다. 자신에게 주어진 운명을.

하지만 뭔가 잘못됐다. 온몸에 도는 피가 일본이라는 민족을 거부했다. 일본인이라면 손끝만 스쳐도 미칠 것 같은데 결혼까지 하란다. 뼛속까지 일본인으로 길러진 여인 미유키와 말이다.

물론 그런 제안을 호락호락 수락할 민석이 아니었다. 그 말이 떨어지기가 무섭게 혜림의 손목을 잡아끌고 명동 성당으로 향해 둘만의 혼례를 치렀으니 말이다. 하지만 자신의 여자를 지키기에 그는 너무 어렸고 권력은 너무나 강했다. 나라와 나라의 맞물림이었다. 그 꼭짓점에 아슬아슬하게 선 사랑이라는 건 잘려 나가기 쉬운 감정놀음에 불과했다. 총독은 미유키를 들이밀었고 민석의 아버지는 혜림의 목숨을 저당 잡아 아들과의 협상을 마무리했다. 민석은 그렇게 미유키와의 결혼을 받아들였다.

하지만 막상 마주친 미유키와의 삶은 예상보다 더 끔찍했다. 가문과 나라를 위해 살아야 한다고 세뇌받아 온 여자였다. 스스로의 마음 같은 건 한 번도 들여다보지 않았던 것처럼 타인에 의해 조종되는 사람이었다. 그런 사람과 매일 같은 공기를 들이마시며 지내려니 징그러워 견딜 수가 없었다.

심장은 뛸까?

숨은 쉴까?

사람이라면 그럴 수 없었다.

민석은 갑작스레 치미는 두통에 창문을 열었다. 그대로 10여 분만 더 있었다면 구토를 쏟아 낼지도 모를 일이었다. 하지만 오래지 않아 민석은 자신이 원하는 곳에 닿을 수 있었다. 참으로 다행스러운 일이었다.

차에서 내리자 우아한 음악이 그의 귓가를 휘감았다. 혜림의 연습실에서 새어 나오는 소리였다. 민석은 커튼 너머로 혜림을 바라봤다. 혜림은 한창 연습에 골몰하고 있었다. 유연한 팔놀림이 공기를 가르자 달콤한 바람이 그녀를 감쌌다. 덕분에 얇고 하얀 연습복이 그녀의 몸에 밀착됐다. 사랑하지 않고는 견딜 수 없는 정경이었다.

"이래서 널 놓지 못하나 봐. 너무 아름다워서."

연습실에 들어선 민석은 가만히 혜림의 허리를 감싸안았다. 사각거리는 그녀의 옷자락이 그의 손가락 사이를 파고들었다.

"이래서 내가 당신을 미워하지 못하나 봐. 너무 달콤해서."

민석의 고백에 화답하듯 그녀가 미소지었다. 덕분에 그녀의 암갈색 눈썹이 부드러운 곡선을 이뤘다. 화장기 없는 눈매에는 묘한 설렘이 일렁였다. 순수하면서도 도발적인 표정이었다.
"당신은 나쁜 사람이야."
혜림의 가느다란 손가락이 민석의 머리카락을 쓸어 올렸다. 그 바람에 민석의 가느다란 눈가에도 달콤함이 스쳤다.
"당신도 나쁜 사람이고."
"그러게. 우리 참 나쁘다."
혜림은 쓸쓸히 웃었다.
"그런데 너, 착한 사람 되지 마."
민석의 까만 속눈썹이 서글픈 미소로 내려앉았다.
"왜?"
"네가 착한 사람이 되면 우린 같이 있을 수 없을 테니까."
혜림은 말없이 끄덕였다. 공범자의 맹세였다. 민석은 우울함을 털어 내려 사뿐히 발을 옮겼다. 혜림은 그런 그의 움직임에 가벼이 제 몸을 맡겼다. 달콤하지만 쓸쓸한 왈츠였다.

6
어둑한 창고 문틈으로 빛이 새어 나왔다. 밖은 환하지만 안은 유독 침침했다. 그 침울한 공간 사이를 날카로운 마찰음이 헤집고 다녔다.
길주는 연거푸 무영의 뺨을 쳤다. 무영의 공허한 눈빛이 허공에 부서졌다.
"지금이 어떤 상황인 줄 알고 네놈이 나대! 가뜩이나 무기고 탄환이고 부족한데 왜 매번 멋대로야! 이 일로 우리 동선이 더 압박받는다는 걸 알아 몰라?"
마지막 뺨을 몰아치던 길주가 분노를 쏟아 냈다. 작전을 이탈해 홀로 적진을 급습한 무영 탓에 한일단의 기지가 외부로 노출되었기 때문이었다. 덕분에 이들은 막대한 손실을 감안하고 은거지를 옮겨야 했다.

"……미안해."

무영은 여전히 멍한 눈빛이었다. 길주는 다시 손을 올렸다. 맥 놓고 있는 무영의 모양새에 더욱 분이 치미는 모양이었다. 그대로 두었다간 밤새도록 두들겨 팰 기세였다.

"그만 해요, 형. 이러실 시간 없어요. 빨리 이동해야 한다고요."

승민이 나서 말렸다.

"경성에는 네가 가."

길주는 못 이기는 척 손을 내리며 무영의 발치에 쪽지를 던졌다. 쪽지에는 경성에서 신분을 증명할 방법이 빼곡하게 적혀 있었다.

"형!"

승민은 강하게 항변했다. 원래 경성에는 승민이 가기로 했던 터였다.

"이 녀석, 사람 죽이지 못해 안달이 난 녀석이야. 여기 있다가 또 무슨 사고를 칠지 누가 알아?"

"하지만……."

승민은 그럴듯한 구실을 찾지 못해 전전긍긍했다.

"갈게."

무영이 답했다. 담담한 표정이었다.

"가서 지령이 떨어지기 전에는 아무도 죽이지 마. 알았어? 이번에도 멋대로 굴면 네가 죽는다."

길주의 경고에 무영은 말없이 끄덕이며 제 입술을 닦았다. 손등에 흥건히 피가 묻어났다.

"딱 한 놈만, 가서 딱 한 놈만 내 손으로 죽일게. 그 다음에는 무조건 명령에 따를 거야."

뜬금없는 다짐이었다. 길주는 기가 차다는 듯 무영을 노려봤다.

"꼭 죽여야 할 놈이 있어. 딱 한 놈이면 돼. 그러니까 허락해 주면, 더 이상은 날뛰지 않을게."

"왜? 상해에서 죽인 놈들로 모자라? 가서 정민석이 목이라도 딸 거냐고."

길주의 빈정거림에 무영은 입을 꾹 다물었다.

"다시 한 번 경고하는데 분명히 아무도 손대지 말라고 했다. 멋대로 굴면 절대 용서 안 해. 내 말 알아들어?"

길주는 더 이상 대꾸하기 싫은 듯 거칠게 문을 열어젖히며 자리를 떠났다. 눈치를 살피던 승민은 무영의 곁에 살갑게 다가가 앉았다.

"통의동이야."

승민은 꼼꼼하게 약도를 그려 무영의 주머니에 밀어넣었다. 그리고 이것저것 살가운 당부를 잊지 않았다.

"여관 주인들은 애들만 구워삶으면 장땡이야. 그러니까 엿이라도 좀 사 주고 적당히 구슬려. 알았지? 괜히 여기서처럼 뚝뚝하게 굴다가는 밥도 못 얻어먹어! 내 말 알아들었지?"

무영은 여전히 말이 없었다. 결국 혼자 떠들던 승민은 그만 남겨 둔 채 문을 닫고 나섰다. 텅 빈 공간은 지독할 만큼 고요했다. 뽀얗게 이는 먼지만이 분주하게 제 존재감을 드러낼 뿐이었다.

7

"그래서, 오라버니가 만주에서 왔단 말이에요?"

"얘가 속고만 살았나? 그렇다니까?"

술을 따르는 애종은 미인은 아니었지만 꽤나 귀여웠다. 굴곡이 적은 하얀 얼굴에 작고 도톰한 입술이 앙증맞았다. 게다가 특유의 콧소리는 어지간한 사내의 마음 정도는 주무르고 남을 정도로 매력적이었다. 영수 또한 예외는 아니었다.

"그런데 조선엔 뭐 하러 다시 온 거예요? 조선 땅은 분위기도 흉흉하고 먹고살기도 힘든데."

외지인이라는 말에 애종의 호기심이 발했다. 덕분에 애교의 강도도 좀 더 세졌다. 콧소리의 톤이 올라갔음은 물론이었다.

"하여간 계집들이란. 넌 민족정신이라는 것도 없냐? 사람이 뿌리를 알아야지."

영수는 흥에 취해 허풍을 떨었다. 사실 그의 입에서 민족정신이라는 말이 나오는 건 상당한 허세였다. 물론 오래 전부터 아버지와 함께 거시적인 일을 준비해 온 건 사실이었다. 그로 인해 머나먼 타국에서 총기 제작을 배워 오기도 했다. 하지만 그 뜻이 민족이나 조국에 닿았다는 것은 살짝 무리가 있었다. 따지고 보면 가업을 이어 가는 개념에 가까웠다.

"와, 오라버니 은근히 멋있다! 그래서, 여기서 뭘 할 건데요?"

"나? 내가 말이지 뭘 하러 왔느냐면……."

영수는 귓엣말을 건네려 애종에게 다가갔다. 통통한 볼에 입이라도 맞춰 보겠다는 엉큼한 속셈도 있었다. 그러나 밖에서 들리는 인기척에 그의 작전은 수포로 돌아갔다. 민석이 도착했다는 소식이었다.

몇 분 지나지 않아 민석과 영수는 술상을 사이에 두고 마주 앉았다. 넓은 자리에 비해 소박한 상차림이었다.

"한 잔 받으시죠."

영수가 살갑게 말을 건넸다.

"미안하지만 술은 마시지 않겠네."

민석은 건조하게 답했다.

"아, 그러시군요. 제가 정보 수집을 잘못했나 보네요. 애주가시라고 들은 것 같았는데."

영수는 무안함에 없는 말을 지어냈다.

"잔만 받도록 하지."

영수의 넉살에 민석은 마지못해 잔을 들었다. 민석은 찬찬히 영수를 살폈다. 구김 없이 밝은 얼굴이었다.

"날 보자고 한 이유가 뭔가?"

민석은 입에 대지 않은 술잔을 내려놓으며 단도직입적으로 물었다.

"은근히 성격 급하시네요."

영수는 단숨에 술잔을 비웠다. 긴장을 풀기 위해서였다.

"불편한 자리는 딱 질색이니까."

단호한 말투였다. 하지만 딱히 적의가 있는 것은 아니었다.

"특이하시네요. 전 기생집만큼 편한 곳도 없던데."

능청스러운 추임새에 무안한 시선이 돌아왔다. 머쓱해진 영수는 괜히 헛기침을 했다.

"일단 열어 보시죠."

영수는 준비해 둔 상자를 들이밀며 여유 있게 웃었다.

"이게 뭔가?"

"마음에 드실 겁니다."

민석은 궁금증을 풀어내며 상자를 열었다. 날렵하게 생긴 검이 그를 맞이했다. 민석은 조심스레 상자 안의 칼을 꺼내 들었다.

"흥아일심만철작지興亞一心滿鐵作之라……."

민석은 검에 새겨진 문구를 읽어 내려가며 야릇하게 웃었다.

"흥아일심도입니다. 각하께서도 검에 조예가 깊으시니 흥미 있어 하실 것 같아서요."

영수는 영민한 눈을 굴려 민석의 눈치를 살폈다. 민석은 한시도 검에서 눈을 떼지 않았다. 물욕보다는 호기심에 가까운 눈길이었다.

"사람들은 이 검을 만철도라고 부르더군."

"그렇게 부르기도 하죠."

영수는 가볍게 추임새를 맞췄다.

"그런데 이 흔해 빠진 검을 보여 주자고 날 여기까지 불러낸 건가?"

칼날에 비치는 매서운 눈길에 실소가 묻어났다. 수집품이라 하기에는 지나치게 대중화된 검에 대한 반문이었다. 만철도는 전통 일본도의 외형을 유지하면서도 현대적인 제조 방식을 차용한 까닭에 탁월한 내구성을 자랑하는 검이었다. 이에 전에 없는 호평을 받으며 장교들 사이에 널리 보급되어 왔다. 그런 까닭에 민석 역시 이미 여러 자루의 만철도를 보유하고 있는 상태였다.

"이놈은 보통 흥아일심도하고는 다릅니다. 제가 남만주 철도 회사에 근무했을 때 만들었던 흥아일심도의 초기 작품이니까요."

"그 말은 자네가 만철도의 창안자라는 뜻인가?"

"그런 셈이죠."

영수는 자랑이라도 하듯 어깨를 활짝 폈다. 민석은 선선히 고개를 끄덕이며 생각에 잠겼다. 남만주 철도 회사가 군도 제작에 뛰어들게 된 이유는 계속되는 전쟁으로 급증하는 수요를 채우기 위해서였다. 개인이 감당하기에는 장교용 군도의 수요를 당해 낼 수 없었던 것이다. 덕분에 기계화된 설비를 이용할 수 있는 철도 회사가 검의 생산을 주도하게 됐다. 독일의 티거 중전차를 생산한 헨셀사가 철도 설비를 담당했던 회사임을 감안하면 자연스러운 수순이었다.

"나리께 이런 말씀 드리는 게 쑥스럽지만 만철도를 처음 고안해서 설계한 사람이 바로 저, 박영수입니다. 이후 일본 군도 중 최고라는 평가를 받고 장교용으로 제작하라는 지시가 내려왔죠."

 영수는 스스럼없이 제 자랑을 늘어놓았다. 민석은 지그시 영수를 바라봤다. 저잣거리에서 스쳐도 절대 눈에 띄지 않을 평범한 인상의 사내였다. 하지만 그에게는 보통 사람들을 뛰어넘는 여유와 배포가 배어 있었다.

 "자네가 남철에 가게 된 이유가 뭔가?"

 민석은 처음으로 물음을 꺼냈다. 소통의 시작이었다.

 "사실 대장장이 아들이 뭘 하겠습니까? 쇠붙이로 벌어먹던 집안이니 그 분야에서 전문가가 돼야 하지 않겠습니까?"

 만만치 않은 입담이었다. 사실 대장장이의 아들이라는 표현은 지나치게 겸손했다. 경성 대장간은 조선 땅에서 열 손가락 안에 드는 거상 중 하나였으니 말이다.

 "이걸 내게 주는 이유가 뭔가?"

 민석은 대번에 본론으로 치고 들어갔다.

 "이번에 큰 전쟁이 일어날 거라고 들었습니다."

 "그래서?"

 "저희 대장간에도 무기 납품권을 주셨으면 합니다."

 군더더기 없는 대화였다. 두 사람 모두 돌려 말하는 성격이 아니었다. 그런 면에 있어서는 썩 잘 어울리는 조합이었다.

 "내가 그래야 할 이유를 설명할 수 있겠나? 설마 이런 뇌물로 내 환심을 살 거라 생각하지는 않았겠지?"

 민석은 어깨를 으쓱했다. 답을 내어 놓으라는 뜻이었다.

 "더군다나 이번 전쟁은 칼로 싸우는 전쟁이 아니야. 화력과 화력이 맞붙는 싸움이지."

 틀린 말은 아니었다. 사실 민석에게 필요한 것은 검이 아닌 총이었다.

전쟁이 길어질수록 근접전이 아닌 장거리 전투가 승패를 갈랐다. 발전을 거듭하는 신무기 개발 경쟁의 결과였다. 그런 와중에 칼의 효용성이 떨어지는 것은 지극히 당연한 일이었다.

"전 검을 만들기 위해 그곳에 갔던 게 아닙니다. 총기 제작을 배우기 위해 간 거지요."

영수는 여유 있게 승부수를 띄웠다. 총기 제작이라는 말에 민석의 입가에 묘한 미소가 번졌다. 기실 찰나의 변화에 지나지 않았지만 영수는 그 순간을 놓치지 않았다.

8

시장을 보는 미유키는 소박한 차림이었다. 우윳빛 원피스에 걸친 벽돌색 모직 코트는 고급스럽지만 도드라지지 않았다. 단정하게 빗어 올린 머리에는 흔한 머리 장식 하나 없었다. 덕분에 누구도 그녀가 나라를 쥐락펴락하는 친일 귀족의 아내이자 일본 화족이라는 사실을 알아채지 못했다. 하지만 미유키의 걸음은 조심스럽기 짝이 없었다. 사방에서 남편을 향한 적개심이 비수처럼 쏟아져 내리니 무리는 아니었다.

"정민석 그놈이 쳐 죽일 놈이지. 일본에 나라 팔아먹은 것도 모자라서 같은 조선인한테 총질을 해?"

한 사내가 목소리를 높였다. 거침없는 입담이었다.

"그것도 어린애래요. 열대여섯밖에 안 된 애라던데."

다른 이가 비난을 보탰다.

"개만도 못한 놈! 사람 껍질만 썼지 어디 그게 사람이야?"

욕설은 점점 강도가 세졌다.

"그러고 보니 그놈이 중추원에 들어앉으면서부터 창씨개명이 시작됐다면서요?"

깡마른 청년 하나도 목소리를 높였다.

"내가 발품 팔며 돌아다닐 때 들은 건데, 그 뭐냐, 조선말 보급하겠다던 양반들을 죄 잡아다 죽인 것도 정민석이라고 합디다."

장사치 하나가 끼어들었다. 무리와 안면이 있는 모양이었다.

"보고 배운 게 그거밖에 없는 게지. 제 애비가 평생 남의 고혈을 빨아 떵떵거리고 살았으니 저라고 별수 있나?"

미유키는 저도 모르게 몸을 움츠린 채 방향을 돌렸다. 일종의 생존 본능이었다. 그렇게 달렸는데도 사람들의 분노는 여전히 그녀의 심장을 옥죄어 왔다. 그녀는 정신없이 달렸다. 그러다 한참 후에야 달음질을 멈췄다. 미유키는 홀로 헉헉거렸다. 갑자기 제 신세가 처량 맞게 느껴졌다. 무엇으로부터 도망치는지도 모른 채 홀로 도주한 셈이었기 때문이다.

사실 모퉁이를 도는 시점부터 무영의 걸음이 따라 붙었지만 미유키는 그 사실을 미처 알아채지 못했다.

미유키가 호흡을 가다듬는 사이 그녀를 쫓던 무영은 걸음을 멈췄다. 그리고 품 속에서 피 묻은 신문 조각을 꺼냈다. 사진과 미유키를 번갈아 보던 그는 자신이 제대로 사람을 찾아냈음을 확신했다. 그녀는 정민석의 아내가 분명했다. 이제 정민석의 집을 알아내는 것은 시간문제였다.

무영의 바람대로 미유키는 곧장 집으로 돌아갔다. 따지고 보면 조선천지에 그녀가 갈 곳이라고는 제 집뿐이었다. 물론 대문을 들어서도 반기는 이는 없었다. 그런 면에서는 차라리 자신에게 삿대질하는 군중이 더 나을지도 모르겠다고 미유키는 생각했다. 자신을 단 한 순간도 사람으로 여기지 않는 민석에 비하면 말이다.

쫓기듯 재촉한 걸음을 육중한 대문이 막아섰다. 그토록 바지런히 찾아온 제 집이었다. 그러나 미유키는 선뜻 발을 들이지 않았다. 갑작스레 서러움이 북받쳐 왔다.

「엄마!」

대문 밖으로 슈헤이가 달려 나왔다.

「그래, 엄마 왔어. 우리 아들.」

미유키는 눈물을 삼키며 가만히 아이를 보듬었다. 보들보들한 살결이 제 어미에게 위로를 건넸다.

「오셨어요? 안색이 안 좋으세요.」

나오코가 물어 왔다. 슈헤이와 함께 산책이라도 나서려던 모양이었다.

「좀 피곤했나 봐.」

미유키는 내색하지 않으려 애써 웃었다.

「저한테는 말씀하셔도 돼요. 저도 듣는 귀는 다 뚫렸다고요. 어르신께서 총으로……」

「나오코!」

미유키는 얼른 슈헤이의 귀부터 막았다.

「죄송해요, 마님.」

생각나는 대로 떠들던 나오코도 아차 싶었는지 바로 입을 다물었다.

「엄마, 아버지가 총으로 뭘 했어?」

슈헤이는 천진한 얼굴로 미유키를 올려다봤다.

「아무것도 아니야. 들어가자.」

미유키는 아이의 손을 맞잡은 채 대문 안으로 들어섰다.

미유키가 서글픈 귀가 인사를 나누던 사이, 근처에 몸을 숨기고 있던 무영은 굳건히 닫힌 민석의 집을 한참이나 바라봤다. 구조를 살피기 위해서였다. 그는 날카로운 적개심으로 세밀하게 주변을 살폈다. 경비 인원과 집의 구조, 진입로 등을 살피는 정교한 작업이었다. 얼핏 보기에도 서른은 족히 넘는 인원이 집을 에워싸며 지키고 있었다. 어쩌면 내부에는 더 많은 이가 있을지도 몰랐다. 확실히 민석을 죽이는 일은 결코 만만치 않은 듯했다.

9

"경성 대장간에 예산을 편제하라니 그게 무슨 가당치도 않은 소리야?"

규홍은 단칼에 민석의 말을 잘랐다. 내려앉은 눈꺼풀 너머로 마뜩잖은 기운이 일었다. 매섭게 치솟은 눈썹이 그의 불만을 여지없이 드러냈다. 그러나 민석은 딱히 신경 쓰지 않았다. 사실 충분히 예상 가능한 반응이었다. 민석은 백발이 성성한 아버지를 마주 봤다. 규홍은 나이가 무색할 만큼 기운이 넘쳤다. 기본적으로 물욕에 뿌리를 둔 일에는 남다른 기세를 보이는 그였다. 더군다나 평생 남의 손발을 빌어 살아온 이였으니 무리는 아니었다.

오래 전부터 두 부자간의 대화는 대부분 중추원에서 이루어졌다. 말하자면 사적인 교류는 거의 없는 셈이었다. 그럼에도 규홍은 장성해 가는 아들의 기운이 자신을 압박하고 있다는 걸 본능적으로 느끼고 있었다. 그런 이유로 규홍은 민석이 하는 일은 일단 반대부터 하고 보았다. 일종의 방어였다.

"여긴 중추원이야. 그건 우리가 왈가왈부할 문제가 아니라고."

규홍이 쐐기를 박았다.

"중추원이 단지 자문 기관일 뿐이라는 사실은 저도 잘 알고 있습니다. 공식적으로는 의결권이 없죠. 물론 비공식적으로는 다른 문제지만요."

규홍은 이맛살을 찌푸렸다. 아들의 빈정거림이 못마땅한 탓이었다. 익숙해질 법한데도 민석의 화법은 언제나 묘하게 그의 신경을 건드렸다.

"어쨌거나 총독께서 이번 전쟁을 위한 물자 수급과 무차별 징용으로 인한 조선인들의 원성을 불식시킬 의견을 구하셨기에 대안을 말씀드린 것뿐입니다. 경성 대장간의 규모를 확장하고 안정화를 도와 군수 공장을 세울 경우, 전쟁에 사용될 무기 공급과 장기적인 실업난으로 허덕이는 경성인들을 동시에 만족시킬 수 있을 테니까요."

규홍은 미심쩍은 눈으로 민석을 봤다. 말간 아들의 눈이 자신을 응시하고 있었다. 제 어미와 꼭 닮은 눈매였다. 그러나 규홍은 방심하지 않았다. 규홍은 그 눈길 뒤에 품어 둔 날카로운 칼날의 맛을 익히 알고 있었다.

"하지만 경성 대장간은 말 그대로 대장간이야. 무기 제작에 필요한 기계까지 전부 지원해야 하는데 예산이 녹록지 않아. 게다가 머리에 피도 안 마른 대장장이 아들이 맡아보겠다고 설치는 모양인데, 경험도 없는 자가 이런 큰일을 맡을 수 있을 것 같아? 어림없는 소리지."

규홍은 이런저런 트집을 늘어놓았다. 사실 군수 공장이라면 이미 내정된 곳이 있었다. 그에 적절한 뇌물 또한 받아 둔 터였다.

"그 대장장이 아들 박영수가 수년 동안 타국에서 뭘 하고 온 줄 아십니까? 총기와 무기 제작법을 배우고 왔습니다."

"아니, 대장장이 아들이 뭐 하러 그런 것까지……?"

뜻밖의 이야기에 규홍은 평상심을 잃었다.

"글쎄요. 먹고사는 쪽으로 머리가 비상하거나, 아니면 다른 꿍꿍이가 있겠죠. 머리 굴리는 모양새를 봐서는 금고를 채워 드리는 일도 소홀하지는 않을 겁니다."

민석은 노골적으로 규홍의 물욕을 건드렸다. 규홍은 생각에 잠겼다. 이제 본격적으로 전쟁이 벌어지면 총을 쥐는 자가 권력을 쥐게 될 것은 불 보듯 뻔한 일이었다.

"그럼 전 이만 가 보겠습니다."

민석은 대답을 듣기도 전에 돌아섰다. 일말의 미련도 없는 태도였다. 그도 아버지에 대해서라면 알 만치 알고 있었다. 더 이상의 반론이 없다는 것은 그 역시 같은 뜻이라는 대답이나 마찬가지였다.

"저녁때 집에 들러라."

규홍이 민석을 잡아 세웠다.

"선약이 있습니다."

"깨고 와. 네 엄마가 기다린다. 네 처랑 슈헤이도 같이 와라."

순간 민석의 속눈썹이 내려앉았다. 이번에는 규홍이 민석의 약점을 제대로 짚어 냈다.

"며칠 내로 들르겠습니다."

민석은 가벼운 인사를 뒤로 하고 복도로 나섰다. 닫힌 문에 기댄 그의 얼굴에 짜증이 스쳤다. 그는 규홍에게 제 속내를 들킨 것이 못마땅했다. 민석은 스스로의 감정 표현에 엄격했다. 제 자신이 품은 기쁨과 슬픔이 고스란히 약점이 되어 돌아온다는 사실을 그는 너무나 잘 알고 있었다. 그에게는 웃음도 눈물도 사치였다. 그런 이유로 어지간한 일에는 속내를 드러내지 않았다. 그것이 혜림과 관련된 일이라 해도 마찬가지였다. 속은 썩어 날지언정 겉으로는 한결같은 공기를 유지해 왔다.

하지만 어머니 문선만은 달랐다. 그녀가 느끼는 삶의 고통이 자신의 것과 너무나 닮아 있던 탓이었다. 문선 역시 나라를 팔아 배를 불린다는 비난에 시달려 왔다. 규홍과의 접점이 있는 자라면 피할 수 없는 노릇이었다. 조선 통감부 설립을 주도해 일본의 손아귀에 조선을 넘기고, 1920년에는 3·1운동을 비난하는 성명을 발표하며 후작의 작위까지 거머쥔 자의 아내였으니 무리는 아니었다. 일곱 살 남짓했던 민석이 자작의 작위를 받은 것도 그때의 일이었다. 문선이 그런 규홍과의 혼인을 즐겁게 받아들였을 리 만무했다. 결국 몰락해 가는 가문을 지키기 위한 희생이었던 셈이었다. 매국노라는 꼬리표와 사랑하지 않는 배우자, 민석의 삶을 잠식하는 두 개의 그림자는 이미 훨씬 오래 전부터 문선의 것이었다. 모자가 함께 품은 서글픈 교집합이었다.

착잡함에 사로잡혀있던 민석은 거북한 기억을 밀어내기라도 하는 양 세차게 마른 세수를 하고는 중추원을 나섰다. 총독을 만나기 위함이었다.

해가 저문 경성은 고요했다. 며칠간 눈이 내린 탓에 거리는 온통 은빛이었다. 민석은 뽀드득거리며 제 자취를 남겼다. 검은 흔적이 그의 뒤를 따랐다. 그는 문득 그 발자국이 자신의 처지 같다고 생각했다. 제 땅을 더럽히는 모양새가 아무리 봐도 꼭 닮아 보였다.

민석은 착잡한 기분을 떨치며 총독의 관저로 들어섰다. 그의 이른 방문에도 경호원들은 침착하게 예를 취했다. 예정된 약속이었다. 민석은 화강암으로 된 단단한 건물에게서 새삼스러운 질식감을 느꼈다.

민석이 처음 이 건물을 마주했던 건 그가 열네 살 때의 일이었다. 현 총독은 고려의 별궁이자 조선 궁의 후원이었던 이곳을 자신의 관저로 삼았다. 총독부가 경복궁 안에 청사를 지으며 함께 벌였던 일이었다. 당시 민석은 규홍의 손에 이끌려 와 이곳의 탄생을 함께 축하했다. 아버지의 강요에 못 이겨 총독에게 꽃다발을 전하기도 했다. 그 장면은 수십 장의 사진으로 찍혀 수만 장의 신문으로 뿌려졌다. 민석은 불쾌한 옛 기억에 쓴웃음을 삼켰다. 높은 천장 탓에 그의 다부진 걸음이 또각또각 울렸다. 차를 마시고 있던 총독이 인기척에 고개를 돌렸다.

「앉게.」

「네, 각하.」

민석은 정갈하게 인사했다. 조금의 흐트러짐도 없는 태도였다.

「미유키는 잘 있나?」

「네. 덕분에 잘 지내고 있습니다.」

「예나 지금이나 자네의 빈말은 늘지도 줄지도 않는군.」

총독이 가볍게 웃었다. 민석의 사무적인 대답이 우스운 모양이었다.

「죄송합니다.」

「아니야. 난 자네의 그런 면을 좋아하니까. 억지로 속을 감추려 들지 않으면서도 상대가 무안하지 않을 만큼의 예의는 지키지 않나.」

나름의 애정이 깃든 말투였다. 민석은 어색하게 웃으며 그의 호의를 받았다. 그 사이 일본인 식모가 내려와 차를 건넸다. 민석은 찻잔을 들었지만 입에는 대지 않았다. 사실 일본인이 내어 주는 찻잔에 손을 댔다는 것만으로도 그에게는 충분한 고행이었다.

「그러고 보니 미유키와의 혼례 건에 대해서도 그랬지. 하고 싶지 않지만 해야 하는 일이라면 하겠다고 했던가?」

서늘한 총독의 눈매가 웃음으로 주름 졌다. 민석은 묵묵히 듣기만 했다. 새삼스레 등장한 미유키의 이름에 체기가 느껴졌다.

「따지고 보면 자네가 해야 할 일을 한 덕분에 내가 이렇게 편하게 지내는지도 모르겠군.」

총독은 찻잔을 내려놓고 여유롭게 소파에 기대앉았다.

「당치 않으십니다.」

민석은 형식적인 대응으로 일관했다.

「자네가 미유키를 좋아하지 않는 건 알지만 그래도 반듯한 아이야. 태어날 때부터 태자비가 되기 위해 준비해 온 아이니까.」

「알고 있습니다.」

「내 친구의 딸이라서 하는 말이야. 조금은 아껴 주게.」

「네.」

무거운 대답이었다.

「그래, 날 찾아온 이유가 뭔가?」

총독은 이런저런 사설을 늘어놓은 뒤에야 본론으로 들어갔다. 그제야 민석의 얼굴에 여유가 돌아왔다.

「부탁드릴 일이 있어 왔습니다.」

「자네가 나한테 아쉬운 소리 할 때가 있다니 뭔지 궁금해지는군.」

총독은 느긋하게 웃었다. 두 사람 사이의 공기가 한층 편안해졌다.

「군과 총독부 고위 관료들을 모아 파티를 열어 주셨으면 합니다.」

「파티?」

「네. 그 자리에서 이번 전쟁과 관련된 물자 업체의 선정 건을 마무리짓고 싶습니다.」

총독은 안경을 고쳐 썼다. 투명한 안경알 사이로 날카롭고 미묘한 시선이 움직였다. 민석의 심중을 파악하기 위해서였다. 지금까지 그는 항상 민석을 편애해 왔다. 조금의 빈틈도 느껴지지 않는 결벽도 그의 신임에 한몫을 했다. 사실 총독은 이제까지 민석과 같은 이를 본 적이 없었다. 분명 조선인 중에 이처럼 모든 일에 유능한 이는 민석이 처음이었다. 자신과 맞상대하면서 당당함을 잃지 않는 유일한 조선인이기도 했다.

「특별히 자네가 이 일에 관심을 두는 이유를 설명할 수 있겠나?」

총독은 진심으로 호기심을 보였다.

「일본과 조선의 문화적 화합이 더딘 원인은 기본적으로 민생고에 있습니다. 조선인들은 자신들이 헐벗고 굶주리는 이유가 일본의 지배 때문이라고 생각하니까요.」

「그래서?」

「본 전쟁을 위한 무기 개발 및 보급이 조선인들의 실업난 종식과 경제 회생의 초석이 되었으면 합니다. 폐하의 새로운 신민을 받아들이는 이번 전쟁에 앞서 조선을 완벽한 일본국으로 만드는 일이 우선시되어야 할 테니까요. 천황께서 그토록 바라시는 진정한 내선일체 말입니다.」

조금의 오차도 찾아볼 수 없는 깔끔한 마무리였다. 총독은 흔쾌히 민석의 부탁을 수락했다.

10

홍연은 경성 최고의 명기답게 눈부셨다. 강렬한 붉은 원피스는 그녀의 하얀 피부를 더욱 환히 빛냈다. 그녀는 한쪽 다리를 꼬고 앉아 신문 보는 데 골몰했다. 지적인 자태로 턱을 괴고 앉은 신여성의 모습은 그 자체로 하나의 조형물 같았다.

"뭘 그리 골똘히 보세요?"

애종은 궁금증을 누르지 못하고 고개를 불쑥 내밀었다.

"궁금하니?"

홍연은 다정스레 물었다.

"그럼요, 궁금하죠. 전 언니가 하는 일은 뭐든지 다 궁금하다니까요."

사실이었다. 홍연은 애종의 우상이었다. 비단 애종의 일만은 아니었다. 기적에 이름을 올린 이라면 누구나 그러했다.

"어? 이수찬? 이분, 경성 제일의 모던보이잖아요. 얼마 전에 경성역에 이분 나타났다고 시끌벅적하던데."

애종은 신문에서 수찬을 발견하고는 호들갑을 떨었다. 유명인에 대한 호기심의 반증이었다.

"이번에 중추원 서기관으로 발탁되셨다는구나."

홍연의 시원스러운 눈매에 그림자가 내려앉았다.

"네? 이분 원래 조국을 위해 일하겠다고 멀리 유학까지 다녀오신 분 아니에요?"

홍연은 대답 대신 신문을 접어 테이블에 올려놓았다. 심란한 기색이 역력했다. 애종은 그런 그녀의 기분과 상관없이 연신 접힌 신문을 기웃거렸다.

"나 들어갈 테니까 커피 좀 부탁해."

"네, 언니."

애종은 건성으로 대답하고는 신문을 펼쳐 들었다. 지면에서는 매끈한 차림새의 수찬이 웃고 있었다. 하얀 중절모와 검정 재킷을 갖춰 입은 그는 사선 무늬 넥타이로 멋을 냈다. 그러나 그의 매력을 완성해 준 건 하얗게 치아를 드러낸 깔끔한 미소였다. 애종은 턱을 괴고 신문 속 사내를 향해 부질없는 연심을 보냈다.

사실 중추원 서기관의 발령은 일간지 기삿감이 아니었다. 중추원의 일이기는 하나 그다지 높은 관직이 아니었으니 말이다. 그럼에도 불구하고 그에게 기꺼이 신문 지면을 내어 준 데에는 그만한 이유가 있었다. 이수찬이라는 인물이 가진 상징성 때문이었다. 확실히 일본인에 비해 조선인의 해외 유학은 생경한 일이었다. 그런 탓에 그들의 일거수일투족은 흡사 배우들처럼 가십거리로 오르내리곤 했다. 그 와중에 조선의 희망이 될 거라 믿었던 조선인의 아들이 중추원 서기관으로 입성했으니 그 사실 하나만으로도 언론을 뜨겁게 달구기에 충분했다.

경성 바닥에 자신의 기사가 돌던 그 시각, 수찬은 부지런히 중추원으로 향했다. 이날 역시 수찬의 차림새는 말끔했다. 무채색 정장을 갖춰 입은 그는 화사한 하얀색 코트로 멋을 냈다. 보라색으로 포인트를 준 하얀색 중절모도 잊지 않았다.

「오랜만에 뵙겠습니다, 서기관장님.」

수찬이 먼저 깍듯이 인사를 건네자 상대가 악수를 청했다. 호의적인 미소도 함께였다. 유우스케는 서기관으로 근무할 수찬의 직속 상사, 즉 서기관장이었다.

「어서 오게. 그러지 않아도 기다리고 있었네.」

「절 기다리셨다니 영광입니다.」

수찬은 유우스케가 내민 손을 자연스레 맞잡았다. 오랜 세월 몸에 배어 있던 사교적인 태도였다.

「대일본 제국을 위해 일해 줄 훌륭한 인재가 아닌가. 자네의 활약상이야 연일 신문에서 떠들썩하니까. 지난달에는 경민일보에 자네의 성공적인 유학 생활에 대한 특집 기사가 실렸더군.」

「과찬이십니다.」

「아니야, 아니야. 조선을 다스리는 데는 자네같이 중용적인 인물이 필요하네. 자네는 조선인들에게 희망을 주던 인물이어서, 능력도 능력이지만 상징적인 의미도 크니까 말이야.」

유우스케는 호들갑스럽게 칭찬을 늘어놓았다. 그러나 번잡한 그의 칭송에 수찬의 낯빛에는 그림자가 스며들었다.

「난 잠시 의장실에 다녀올 테니 사무실에서 기다리게.」

「네, 알겠습니다. 다녀오십시오.」

수찬은 삽시간에 제 어둠을 지워 냈다. 하지만 유우스케가 사라지자 그의 얼굴에 자조 어린 미소가 돌았다. 자책감 때문이었다. 사실 수찬의 중추원 입성은 많은 이에게 충격을 주었다. 조선의 희망이라 불리던 그가 일본의 이익을 위해 움직이는 수족이 되었으니 당연한 일이었다. 생각이 거기에 미치자 수찬의 입에서 저도 모르게 마른 웃음이 새어 나왔다.

"희망 뒤에 찾아오는 배신감은 더 큰 법이죠."

수찬은 공허한 혼잣말로 스스로의 선택을 질책했다. 가책의 반증이었다.

확실히 언론을 대하는 조선인들의 상실감은 수찬의 상상을 넘어섰다. 특히나 독립운동을 하는 이들에게는 더욱 그랬다. 한일단의 조직원인 길주 또한 예외는 아니었다.

"이럴 순 없습니다! 조선을 대표한다는 지식인이 중추원 서기관이라니요!"

신문을 구겨 쥔 길주는 분에 못 이겨 고함쳤다. 그 바람에 불쑥 튀어나온 광대뼈가 더욱 도드라져 보였다.

"진정하고 일단 앉아라."

진배는 묵직하게 길주를 타일렀다. 그는 길주의 아버지이자 상해 한일단의 책임자였다.

"하루에 수십 명, 수백 명, 수천 명이 살아 보겠다고 일본놈들 편에 들러붙습니다. 하지만 그저 먹고살겠다고 변절하는 무지렁이들보다 몇천 배는 악랄한 게 머리에 먹물 좀 들었다는 이런 놈들입니다! 이런 놈들의 배신이야말로 조선인들의 사기를 땅에 떨어뜨리고 짓밟는 겁니다!"

길주는 애꿎은 의자를 걷어차며 화풀이를 해 댔다. 떠들다 보니 더욱 분이 치미는 모양이었다.

"앉으라고 했다! 감정만 내세울 일이 아니야!"

아까보다 강경한 어조였다. 하지만 혈기 왕성한 아들의 감정을 다독이기에는 무리였다.

"경성에 간 무영이에게 손을 쓰라 하겠습니다. 그깟 놈, 단칼에 없애 버리라고요!"

제 성미를 못 이긴 길주는 그대로 문을 박차고 나갔다. 경성 쪽에 연통이라도 넣을 작정이었다.

"사흘 뒤에 너도 길주랑 같이 경성으로 가라."

진배가 차분하게 결론을 내렸다. 놀란 승민의 눈이 동그래졌다.

"경성요?"

"그래. 가서 무영이랑 합류해. 그리고 길주에게 전해. 이수찬 문제는 상부에 보고해서 처리할 문제니 절대 경거망동하지 말라고. 무조건 죽이는 게 능사가 아니야. 가능하면 우리 쪽 사람으로 끌어들일 수 있도록 하는 게 우선이지.”

"네, 알겠습니다.”

승민은 군말 없이 고개를 끄덕였다.

“명심해. 경성 지부와의 접촉이 먼저야.”

진배는 이것저것 꼼꼼하게 당부했다. 성질 급한 길주보다 찬찬한 승민이 말귀를 더 잘 알아들을 거라는 판단에서였다. 진배의 지시를 받은 승민은 마당으로 나섰다. 그는 나무 문짝에 기대 방망이질 치는 심장을 다독였다. 그러나 흥분한 마음은 쉽게 진정되지 않았다. 그토록 고대하던 조선으로의 복귀였다. 한시도 잊을 수 없던 제 땅으로의 회귀였다. 그곳의 흙을 밟게 된다면 그토록 찾아 헤매던 형과의 조우도 가능해질지 모를 일이었다. 승민이 제 마음을 다독이는 사이 길주는 마른 고목 아래서 마른 담배를 피우고 있었다. 뽀얀 연기 사이로 드러나는 그의 얼굴에는 아직도 분노가 서려 있었다.

11

수찬은 기운 빠진 얼굴로 자전거에 올랐다. 힘든 하루였다. 유우스케와의 만남은 그의 진을 빼어 놓기에 충분했다. 수찬은 서둘러 집에 가야겠다는 생각으로 페달을 힘껏 밟았다. 그 순간 매끈하게 들어선 검은 자동차가 그의 앞을 막아섰다. 민석의 차였다. 민석의 등장에 입구의 순사들이 바짝 긴장하며 예를 갖췄다. 수찬이 들어섰을 때와는 사뭇 다른 태도였다. 민석은 눈을 내리깔며 그들을 스쳐 지났다. 덕분에 앞머리 아래로 날렵하게 솟아오른 콧날이 유달리 도드라져 보였다.

"정민석!"

격의 없는 수찬의 외침이 민석을 잡아 세웠다. 민석은 그제야 걸음을 멈췄다.

"동경에서 보고 처음이니, 3년 만인가?"

수찬은 안경알 너머로 반가움을 전했다. 그러나 돌아오는 메아리는 싸늘하기 짝이 없었다.

「신임 서기관이 위아래를 몰라보는군. 자네는 인사할 줄 모르나?」

고압적인 일본어가 수찬의 속내를 후벼 팠다. 그러나 반론을 제기할 수는 없었다. 비록 동창이긴 하나 민석은 중추원의 부의장이었고, 그는 기껏해야 서기관이었으니 말이다.

「위아래를 구분하기 힘들다면 다시 들어가 조직도라도 살펴보는 게 좋겠군. 내 기억이 맞는다면 그다지 나쁜 머리는 아니었던 것 같으니까, 한 번 훑어보면 금세 익힐 수 있겠지.」

할 말을 다 쏟아 낸 민석은 걸음을 돌렸다.

"혜림이는…… 잘 있어?"

몇 년이나 품어 왔던 물음이었다. 하지만 잠시 멈칫하던 민석은 민망하리만큼 매정한 침묵으로 일관한 채 자리를 떠났다. 수찬은 허탈했다. 그가 할 수 있는 일이라고는 그저 모멸감을 삭이는 것뿐이었다.

수찬의 삶에 혜림이 끼어든 건 그가 한창 대학의 낭만을 만끽하던 시절의 일이었다. 수찬은 타고난 예술적 감흥에 걸맞게 혜림의 무대를 찾았고, 옴짝달싹 못할 만큼 강렬한 흡인력에 빠져 생을 마치는 날까지 자신의 심장을 그녀에게 내어 주겠노라 홀로 다짐했다. 아마 비극적인 장면을 목격하지 않았다면 그의 다짐은 빛나는 맹세가 되어 그들의 삶에 축복이 되었을지도 모를 일이었다. 그러나 애석하게도 달뜬 심장을 품고 그녀를 찾은 수찬은 믿고 싶지 않은 사실을 확인해야 했다. 언제나 자격지심을 안겨 주던 친구 민석이 그녀의 연인이라는 사실을 말이다.
 독설이나 풀어내던 얼음장 같은 민석의 입술이 꽃봉오리처럼 여문 혜림의 입술을 달구는 사이, 수찬은 처음으로 끓어올랐던 연심을 조용히 박제해야 했다. 물론 비겁하다 여길 수도 있었다. 그러나 오랜 세월 뿌리내린 열등감이라는 놈은 좀처럼 수찬을 놓아주지 않았다. 때문에 그는 어설픈 고백 한 번 전하지 못한 채로 사랑하는 여인의 불행을 지켜봐야 했다.
 수찬이 혜림과의 추억을 되새기며 가슴앓이하고 있던 그 시각, 혜림은 미스코시 백화점에 있었다. 화려한 실내 공간이 돋보이는 미스코시 백화점에는 사치스러운 물건들이 즐비했다. 경성 내에서도 가장 부유한 계층을 상대로 한 백화점이었으니 당연한 일이었다. 혜림은 여유로운 얼굴로 쇼핑에 나섰다. 그럴듯한 차림새의 고객들이 많았지만 그녀는 단연 돋보였다. 조선 최고 권력가의 연인이자 촉망받는 예인이었으니 어찌 보면 당연한 일이었다. 따지고 보면 백화점이라는 공간은 그녀가 지닌 풍요와 감각의 조합이 제대로 돋보일 만한 장소였다.
 혜림은 무릎까지 내려오는 먹빛 시폰 원피스를 걸쳤다. 단조로운 무채색 옷에 길게 늘어뜨린 진주 목걸이는 단아한 멋을 더했다. 검정색 깃털로 치장된 하얀색 모자와 우윳빛 구두는 우아한 마무리를 도왔다. 보기만 해도 설렘이 느껴지는 자태였다. 그녀는 늘씬한 걸음으로 모퉁이를 돌았다. 그러자 세련된 암갈색 중절모가 그녀의 시선을 사로잡았다. 그녀는 모자를 집어 들기 위해 유연하게 손을 뻗었다. 그 순간 낯선 손이 마주쳤다. 혜림의 망막에 근심이 끼어들었다.
 「잘 어울릴 것 같네요. 마침 저도 그게 눈에 들어왔는데.」
 혜림은 마음속 흔들림을 들키지 않으려 애써 쾌활하게 인사를 건넸다. 상대는 미유키였다. 그러나 혜림의 기척에도 미유키는 선뜻 입을 열지 않았다. 그 어색한 고요함에 혜림은 조급함을 느꼈다.

「목도리는 뭐가 좋을까요? 이거 어떠세요?」

혜림이 목도리를 하나 집어 들었다. 채도 낮은 푸른빛 목도리였다. 모자와 썩 잘 어울리는 조합이었다.

「죄송하지만 우리가 이런 이야기를 나눌 사이는 아닌 것 같은데요.」

드디어 미유키가 입을 열었다. 차분한 말투였다.

「불편하신가요?」

「천한 예인과 말을 섞는 일이 편안할 리 없지요.」

당돌한 물음에 허를 찌르는 반격이 돌아왔다. 혜림은 애써 당차게 웃었다. 공격은 아니었다. 오히려 방어에 가까웠다. 이유야 어찌 됐든 상대는 자신이 사랑하는 남자의 아내였다. 그러니 본능적으로 발톱을 세우게 되는 건 당연했다.

혜림은 새삼스레 미유키를 마주 봤다. 마치 반대의 상을 비추는 거울 같았다. 자신이 불이라면 그녀는 물이었다. 한쪽이 투명한 유리라면 다른 쪽은 속내를 알 수 없는 백자 같았다. 그럼에도 불구하고 둘의 접점은 같았다. 뿌리 끝이 항상 정민석이라는 이름에 맞물려 있으니 말이다.

「그럼 먼저 가 보겠습니다.」

미유키는 정중히 허리를 숙였다. 혜림은 그녀를 잡지 않았다. 따지고 보면 불편하기는 매한가지였다. 미유키가 시야에서 멀어지자 혜림은 서글퍼졌다. 습자지 같은 내면으로 스며드는 자격지심이 그녀를 괴롭혔다. 유치하게도 그녀는 서열을 확인하고 싶은 충동에 빠졌다. 지금의 그녀에게는 진창을 구른 자존심을 건져 내 줄 손길이 절실했다.

「이거랑 이거 포장해 주시고요, 전화 한 통만 빌려 쓸게요.」

그녀는 수화기를 들었다. 건조한 기계음이 도돌이표를 찍었다. 그 바람에 초조해진 혜림은 민석의 목소리를 듣기 전까지 애꿎은 전화 줄만 꼬아대야 했다. 그리고 그 불안은 민석의 얼굴을 마주하기 전까지 계속됐다.

물론 그녀 자신도 알고 있었다. 민석이 품은 사랑의 뿌리가 자신에게 닿아 있다는 사실을. 하지만 손에 쥘 수 있는 그럴듯한 이름 하나 없다는 게 그녀를 불안하게 했다. 정당하지 못한 자리에 둥지를 튼 아슬아슬한 사랑의 대가였다. 줄이 끊어지면 언제 바닥으로 곤두박질할지 모르는 인연이었다. 그가 손을 놓아 버리면 무참하게 바닥에 짓이겨질 사랑이었다. 지금은 나의 것이나 언젠가는 나의 것이 아닐까 무서웠다. 오늘은 숨겨진 여자이지만, 내일은 잊힌 여자일까 두려웠다.

그녀는 초조함에 부등부등 장갑을 쥐어뜯었다. 다행히 민석은 오래지 않아 나타났다. 그는 그녀의 짧은 기다림에도 가벼운 사과를 건넸다. 예정된 만남이 아니라는 건 중요하지 않은 모양이었다.

"춥겠다."

그는 그녀의 외투 단추를 차곡차곡 잠가 줬다. 섬세한 손끝이 닿은 자리마다 뻐근한 설렘이 스며들었다. 혜림은 제 남자의 눈을 들여다봤다. 찰나의 초조함이 무색해질 만큼 따뜻한 눈길이 그녀를 향해 웃었다. 순간 그녀의 눈에 습기가 스몄다. 고마움과 미안함이 체기처럼 가슴에 똬리를 틀었다.

"무슨 일 있어?"

민석이 차분하게 물음을 건넸다. 그녀의 서글픈 공기를 읽어 낸 모양이었다.

"일은 무슨……. 참! 나 민석 씨한테 선물 줄 거 있는데."

혜림은 적당히 얼버무렸다. 그녀는 목도리를 꺼내 들어 그의 목에 감았다. 민석은 그런 그녀를 빤히 바라봤다. 목을 감싸는 창백한 푸른빛에 그의 눈길이 더욱 날카로워 보였다. 혜림은 그 시선을 피하려 모자를 꺼내 들어 푹 눌러씌웠다.

"근사하다, 내 남자. 역시 내 안목이 틀리지 않았다니까."

혜림은 애써 입꼬리를 말아 올렸다. 그 바람에 시원스레 뻗은 그녀의 눈매도 우아한 반달을 그렸다. 민석은 계속 신경을 건드리는 묵직한 공기를 외면했다. 덮어 두고자 하는 일을 헤집는 건 그의 성미에 맞지 않았다. 더군다나 그것이 그녀의 상처라면 더더욱.

"갑자기 선물은 왜?"

"그냥 백화점 나갔다 민석 씨 생각나서. 그 모자, 어쩐지 주인이 정민석이라고 쓰여 있는 것 같더라고."

따지고 보면 그랬다. 그를 축으로 둔 두 여자가 동시에 집어 든 물건이었으니 말이다. 실제로 모자는 그에게 썩 잘 어울렸다.

"싱겁긴."

민석은 그제야 웃음을 보였다.

"가자. 데려다 줄게."

민석이 그녀의 어깨를 감싸안았다.

"아니야. 얼굴 봤으니 됐어. 이거 주려고 부른 거야."

"춥잖아. 타고 가."

"걷고 싶어서 그래."

진심이었다.

"알았어. 그럼 간다."

민석의 가느다란 손가락이 굽이치는 그녀의 머리카락을 매만졌다. 그러다 어린아이를 대하듯 둥글게 머리를 쓰다듬었다. 혜림은 그의 손끝에 묻어난 소박한 애정에 홀로 설레었다.

"이수찬 왔더라."

돌아서던 민석이 시큰둥하게 입을 열었다. 혜림은 피식 웃었다. 무뚝뚝하게 던져진 말의 모양새가 우스웠던 모양이었다.

"듣기 좋다."

"뭐가?"

"민석 씨 질투하는 소리."

혜림이 그의 뺨에 가벼운 입맞춤을 남겼다. 그러자 민석은 달콤한 입술로 화답했다. 그 애틋한 자취에 묶여 있던 그녀의 서글픔이 삽시간에 녹아내렸다.

민석의 차가 떠나자 두 사람이 있던 자리에는 연인의 발자국과 길게 뻗은 바퀴의 흔적만이 남았다. 담벼락에 기대 경멸에 찬 눈길을 거두는 무영의 언 몸도 함께였다.

12

"가지 마……."

민석은 헛소리를 웅얼대다 잠에서 깼다. 그는 젖은 베개의 감촉을 느끼며 현실로 돌아왔다. 언제나 같은 꿈이었다. 10년 전부터 그는 수백 번이 넘도록 혜림과의 이별을 반복해야 했다. 민석은 참담한 눈길로 천장을 바라봤다. 꿈과 현실은 쌍둥이처럼 닮아 있었다. 마치 암수가 한 몸인 아메바 같았다. 그 경계에 선 민석은 여전히 무력했다. 그러나 그 무력감은 한순간에 분노로 돌변했다. 그를 지켜보고 있던 미유키의 눈길 때문이었다. 그 불쾌한 질감에 민석은 몸을 벌떡 일으켰다.

"내가…… 여기 함부로 들어오지 말라고 했지!"

분출된 분노는 신경질적인 고성으로 터져 나왔다. 그는 손에 잡히는 대로 물건을 던졌다. 요란한 소리와 함께 꽃병이 바닥을 나뒹굴었다. 봉인이 풀린 감정은 고삐 풀린 날짐승처럼 제멋대로 날뛰었다.

「나리, 나리 진정하세요…….」

놀라 달려온 나오코가 민석을 말리고 나섰다. 나오코는 멋대로 휘젓는 그의 손에 매달렸다. 그러자 민석은 오물이라도 붙은 듯 거세게 나오코를 밀쳐 냈다.

"내 몸에 손대지 마! 더러운 일본인 따위 역겨워! 지겹다고! 그러니까 당장 여기서 나가란 말이야!"

그는 옴이라도 옮은 듯 몸서리쳤다. 민석은 완전히 공황 상태였다. 나오코가 제 몸에 손을 댔다는 사실 하나만으로도 미쳐 버릴 것 같았다. 하지만 더 참을 수 없는 건 미유키였다. 그 감정 없는 눈길에 제 슬픔을 들켜 버렸다는 사실이 그를 제어할 수 없는 분노로 이끌었다. 그러나 실낱같은 이성이 그의 폭주를 잠재웠다. 겁에 질려 달려온 슈헤이 때문이었다. 민석은 세 사람의 참담한 시선을 받으며 방을 나섰다. 옷걸이에 걸린 옷가지를 챙겨 든 채였다. 계단을 내려가던 그는 신경질적으로 소매를 털어 냈다. 그러다 성에 차지 않아 셔츠를 벗어 쓰레기통에 처박아 버렸다. 그렇게 나오코의 흔적도 함께 버려졌다.

소동의 끝을 알리듯 슈헤이의 울음이 터졌다. 미유키는 가엾은 아들을 가만히 보듬었다. 그녀가 해 줄 수 있는 유일한 위로였다.

한바탕 소동이 지나간 뒤 미유키는 쓸쓸히 제 방으로 돌아왔다. 유난히 큰 창문이 그녀를 맞았다. 횅한 바람에 찬기가 들이쳤다. 미유키는 커튼을 치려 창가로 다가섰다. 송알송알 맺힌 빗물이 그녀의 마음을 두드렸다. 때 아닌 겨울비였다. 비에 젖은 정원은 제법 운치 있었다. 겹겹이 들어선 마른 나무가 안개비에 잠겼다. 그러나 미유키는 야멸치게 등을 돌렸다. 하늘거리는 초록 커튼이 풍경을 대신했다.

「넌 오로지 아버지를 위해 존재하는 딸이다. 그리고 언젠가는 네 남편을 위해 존재하는 아내가 될 거야. 그러니 무슨 일을 하든 한 치의 실수도 있어선 안 돼. 무슨 뜻인지 알겠니?」

기억이 존재하는 순간부터 항상 반복되어 들어왔던 말이었다. 미유키는 새삼스레 어머니 유카를 떠올렸다. 비가 오면 고개를 쳐드는 비참한 오후의 잔상과 함께였다.

미유키는 그날도 어김없이 다도를 배우고 있었다. 태자비 간택을 위해 그녀가 준비해 온 수많은 것들 중 하나였다. 다도를 익히는 날이면 항상 정갈하게 기모노를 차려입었다. 허리를 곧게 세우고 마음가짐도 다잡아야 했다.

「너는 가문을 세우고, 아버지를 빛내고, 네 남편을 보필해야 할 사람이야. 그러니 항상 몸가짐을 조심해야 한다.」

유카는 언제나처럼 획일적인 말을 늘어놓았다.

「네, 명심할게요.」

미유키의 대답은 짧고 기계적이었다. 학습된 행동이었다. 불만은 없었다. 건조하지만 평온한 하루였다. 하지만 거친 발걸음 소리가 평정심을 깼다. 다이칸이었다. 그녀는 그의 험상궂은 표정에서 불길한 기운을 느꼈다. 예감은 적중했다. 다이칸은 신도 벗지 않고 마루에 올라서 미유키를 발로 걷어찼다. 다과상이 쓰러지며 깨진 찻잔이 바닥에 나뒹굴었다.

「여보, 왜 이러세요!」

놀란 유카가 남편을 만류했다. 하지만 이성을 잃은 남편의 발길질을 멈추기에는 역부족이었다.

「쓸모없는 년! 가문에 먹칠을 할 바에는 차라리 죽어 버려!」

무참한 폭력에 미유키는 속수무책이었다. 다다미방에 머리를 맞대던 미유키는 무심결에 제 이마를 짚었다. 그녀의 손에 흥건하게 피가 맺혔다.

「진정하세요. 이러다 애 죽겠어요.」

유카가 울음을 터뜨렸다. 하지만 미유키는 이를 악물고 버텼다. 지고 싶지 않은 마음에서였다. 덕분에 다이칸은 더욱 독이 올라 제 딸의 멱살을 잡아 일으켰다.

「태자비가 되라고 이날 이때껏 공을 들였는데 함부로 몸을 굴려 집안에 먹칠을 해?」

다이칸의 눈은 분노로 벌게져 있었다.

「그게 무슨 말씀이세요?」

놀란 유카가 울음을 거두며 물었다.

「가쿠슈인에 소문이 쫙 퍼졌다는 거야. 학교에서 미유키가 동급생이랑 연애질을 한다고.」

가쿠슈인은 일본 황족과 화족들만이 다닐 수 있는 명문 학교였다.

「그럴 리가 없어요. 미유키는 학교가 끝나면 늘 제가 데리고 오는걸요. 집과 학교밖에 오가는 곳이 없는 아이예요. 게다가 영어에, 다도에, 피아노에…… 그 많은 걸 배우느라 잠도 못 자는 아이인데, 어떻게…….」

유카는 애써 딸을 방어하고 나섰다. 그러나 그녀 역시 적잖이 충격을 받은 눈치였다.

「아무려면 어때! 망할 놈들이 결탁해서 헛소문을 뿌렸든 이년이 시원치 않아 꼬리를 잡혔든……. 미유키는 태자비 후보에서 탈락했어.」

다이칸은 그제야 힘이 빠진 듯 털썩 주저앉았다. 유카 역시 허망함에 비틀거렸다. 하지만 미유키의 표정은 담담했다. 차라리 잘됐다는 표정이었다. 참담한 세 사람을 위로하듯 빗물이 떨어졌다. 미유키의 이마에 맺힌 피도 함께 떨어졌다.

13

매서운 칼바람이 그의 옷자락에 스몄다. 무영은 오한에 몸을 움츠렸다. 감기라도 올 모양이었다. 무영은 서둘러 걸음을 옮겼다. 갑자기 잔병이라도 들면 이래저래 귀찮아질 게 뻔했다. 얼마 지나지 않아 여관이 모습을 드러냈다. 갈색 벽돌로 지어진 건물은 작은 창과 쪽문으로 그를 맞았다. 무영은 지체 없이 안으로 들어섰다. 양철 문이 삐거덕거리며 그의 방문을 알렸다. 그 바람에 쪽방에서 잠을 청하던 여주인이 눈을 떴다.

"방 내드릴까요?"

주인은 아직 잠이 덜 깼는지 연신 눈을 비벼 댔다. 무영은 대답 대신 쪽지를 내밀었다. 한일단의 암호문이었다.

"201호네? 따라오세요."

여자는 느긋하게 걸음을 옮겼다. 무영은 경계심을 풀지 않고 상대를 따랐다. 그러나 주인은 딱히 신경 쓰지 않는 눈치였다. 무영이 독립군이라는 사실이 그녀에게는 새삼스러운 일이 아닌 모양이었다. 어쩌면 독립 행위를 묵인하는 것이 그녀가 할 수 있는 선에서의 애국인지도 모를 일이었다.

두 사람은 복도 양옆으로 늘어선 문을 지나 2층으로 올라갔다. 주인이 앞서 걷자 나무 계단에서 삐걱삐걱 소리가 났다. 무영도 조용히 따라갔다. 2층에 오르자 자지러질 듯 웃는 여자와 거나하게 취한 남자의 목소리가 들렸다. 무영은 불편한 기색으로 바삐 걸었다. 주인은 구석진 방으로 그를 안내했다. 무영은 민망한 소음에서 도망치려 서둘러 방으로 들어섰다.

낡은 문이 닫히자 그는 완벽하게 혼자가 됐다. 그는 벽장 속에 짐을 밀어넣고는 한쪽 벽에 기대앉았다. 짧지 않은 여정이라 피곤했지만 도무지 잠이 오지 않았다. 슬픔과 분노라는 극한의 감정이 묘하게 얽혀 들었다. 무영은 습관처럼 품 속의 신문 조각을 꺼내 들었다. 질리도록 봐 온 민석의 얼굴이 그를 향해 웃고 있었다. 무영은 무표정한 얼굴로 신문을 벽에 붙였다. 구겨진 신문 조각을 펴는 그의 손가락에 힘이 들어갔다. 감정의 무게였다. 그는 한참 동안 상대를 쏘아보다 벽장을 열었다. 대충 던져 놓은 짐 가방이 그를 맞았다. 무영은 짐 꾸러미 안에서 낡은 나무 상자를 꺼냈다. 상자를 열자 가지런히 정리된 총과 여러 종류의 칼이 보였다. 무영은 제 손가락만 한 단도를 집어 들었다. 야무지게 생긴 녀석이었다. 무영은 천천히 칼날을 매만졌다. 촉수에 닿는 차가운 감촉이 매끈한 살기를 전했다. 달빛을 받은 칼날이 스산하게 빛났다. 목표물을 향한 그의 눈빛도 함께였다. 그는 검을 장난감처럼 쥐고 놀았다. 사냥을 앞둔 짐승의 유희 같았다. 그의 손아귀에서 놀던 단도가 매섭게 벽에 꽂혔다. 명중이었다. 칼날은 정확하게 사진 속 민석의 정수리에 꽂혔다. 실감 나는 시연이었다. 이미 민석의 얼굴에 배어든 핏자국은 흡사 칼날의 흔적처럼 섬뜩했다.

무영은 벽에 기대 찬 기운을 느꼈다. 그러다 품 속에서 뭔가를 끄집어냈다. 낡은 끈 뭉치였다. 그는 제 손에 쥔 물건을 높이 들어 바라봤다. 피 묻은 끈 뭉치는 어찌나 품고 다녔는지 낡아서 너덜거렸다. 주인 잃은 혈흔은 색이 변해 어떤 것은 누렇고, 어떤 것은 갈색이고, 다른 것은 제법 붉었다.

무영은 공허한 눈길로 톡톡한 레이스의 감촉을 더듬었다. 그 찰나의 행동에 묻어 뒀던 그리움이 응어리져 북받쳐 올랐다. 무영은 한갓 천 조각이 되어 버린 망자의 유품을 그러쥐며 서글프게 웃었다. 어렴풋이나마 온전한 형체로 존재했던 천 조각의 역사가 떠오른 탓이었다. 하얀 원피스를 입고 있던 망자의 환한 미소를 떠올리며 묵직한 눈을 감았다.

쏴아아…….
칠흑 같은 밤공기에 소낙비가 들어찼다. 무영이 할 수 있는 일이라고는 흙이 잔뜩 낀 손가락을 바들바들 떠는 것뿐이었다.
똑, 똑, 똑, 똑…….

규칙적인 빗방울 소리와 함께 붉은 핏물이 떨어졌다. 피에 반쯤 잠긴 그는 벌써 수일째 갇혀 있었던 듯 초췌한 얼굴이었다. 매정한 선혈이 그의 눈꺼풀을 두드렸다. 그 차가운 감촉에 무기력한 속눈썹이 파르르 떨려 왔다. 눈물인지 핏물인지 알 수 없는 액체가 무영의 볼을 타고 흘러내렸다.

"수진아······."

무영의 마른 입술이 달싹였다. 그는 제 입에서 새어 나온 참담한 이름에 벌떡 일어났다. 악몽보다 참혹한 기억의 재생이었다. 무영은 잠에서 깨자마자 방구석으로 달려갔다. 그는 구역질을 하며 금이 간 플라스틱 그릇에 위액을 쏟아 냈다. 폭포수 같은 빗소리와 견주듯 격한 구토 소리가 공간을 메웠다.

토악질이 멈추자 무영은 스르륵 벽에 기대앉았다. 속에 있는 걸 모두 쏟아 낸 그는 탈진한 듯 축 늘어졌다. 맥없는 시선이 창문에 닿았다. 반듯하게 난 쪽창 틈으로 빗줄기가 보였다. 무영은 체념한 기색으로 마른 한숨을 토했다. 역시 비 때문이었다. 비가 오는 날이면 그는 어김없이 토악질을 해 댔다. 먼지가 씻겨 내려간 청량한 향기는 언제나 그에게 피비린내를 상기시켰다. 죽음이 남긴 무력한 시간의 흔적이었다. 수진은 무영의 눈앞에서 홀로 죽어 갔다. 어떤 일이 있어도 살아남아야 한다는 가혹한 유언만을 남겨 둔 채.

"이 녀석, 어르신이 뭐냐. 아버님이라고 불러야지."

그녀의 발그레한 뺨 위로 마지막 온기가 저물어 가던 순간, 무영은 그녀의 아버지 학평을 떠올렸다. 수진과의 혼례를 허락하며 자신의 손을 그러쥐던 그 뭉클한 아귀힘을 무영은 잊지 못했다. 그것은 딸을 둔 아비의 마음이었다.

수진이 참살되었던 것은 학평이 조선어 학회 사건에 연루된 까닭이었다. 무영에게 흔쾌히 제 딸을 내어 주겠다던 그날, 학평은 낯선 손님을 맞았다. 이윤재라는 자였다. 학평은 그를 위해 100만 원이라는 거액을 선뜻 내밀었다. 조선어 사전 편찬을 위한 자금이었다.

학평은 조선어 연구회가 창립될 당시부터 물질적 지원을 아끼지 않았다. 덕분에 이들은 8년 뒤 조선어 사전 편찬회를 조직해 한글 맞춤법 통일안과 표준어 사전, 외래어 표기 등의 제반 규칙을 정리할 수 있었다. 사람들은 그런 학평을 두고 진심 어린 존경과 감사를 표했지만 그는 그럴 때마다 자신의 못 배운 죄를 갚는 것뿐이라며, 오히려 모든 독립군 조직을 후원해 주지 못하는 것에 미안함을 전했다. 실제로 임시 정부 쪽에서도 여러 번 그를 찾았지만 학평은 정중한 거절과 함께 그들을 돌려보내곤 했다. 학평은 조선이 나라를 잃고 부유浮遊하게 된 원인을 배움의 부재에서 찾았다. 그런 이유로 그는 윤재를 만날 때마다 자식 같은 이 땅의 청년들을 제대로 가르쳐 달라 부탁하고는 했다. 하나밖에 없는 철없는 딸자식이 평생 철들지 않아도 되는 세상을 만들어 달라 청하기도 했다. 그러나 조선어 학회의 마지막 후원금을 건네주던 그날 학평의 일가는 참혹하게 도륙됐다.

"수진아! 수진아!"

무영은 장터에서 사 들고 온 식칼을 들고 동네를 헤매었다. 순사들이 난입해 수진의 일가를 살육했다는 소식을 듣고 난 뒤였다. 전해 들은 말대로라면 그녀의 가족이 살던 집은 이미 순사들이 놓은 불길에 잿더미가 되었다고 했다. 그러나 무영은 제 눈으로 보기 전까지는 그 사실을 믿을 수가 없었다.

그는 시야를 가리는 더운 눈물을 뚫고 헉헉거리며 달렸다. 그러자 오래지 않아 비릿한 피비린내가 그의 걸음을 맞이했다. 무영은 새삼스러운 공포에 우뚝 멈춰 섰다. 한갓 단백질 덩어리가 되어 버린 참혹한 시신들이 그의 앞에 즐비하게 늘어섰다. 무영은 입술을 덜덜 떨며 오늘 아침까지 인사를 나누었던 익숙한 얼굴들을 지나쳤다. 무영은 힘이 풀린 다리를 억지로 잡아끌었다. 이 절망의 행렬 속에 부모님이나 그녀의 가족, 혹은 수진이 있을지도 모른다는 사실에 무영은 극한의 공포를 느꼈다.

그때였다. 낯익은 음성이 비명이 되어 그의 귓가를 때렸다. 수진이었다. 무영은 소리가 나는 쪽으로 황급히 달려갔다. 야트막한 담장 너머로 순사들에게 끌려가는 수진의 모습이 보였다. 순사들은 그녀의 손발을 강압적으로 겁박하고는 흙바닥으로 그녀를 밀어젖혔다. 그러고는 날카로운 마찰음과 함께 그녀의 옷을 찢어 냈다. 말간 레이스 조각 사이로 봉긋하게 솟아오른 그녀의 가슴팍이 드러났다.

「우리 부모님…… 어떻게 됐어?」

수진은 너덜거리는 옷자락으로 제 몸을 가리며 입술을 떨었다.

「대일본 제국을 배신한 반역자의 최후라는 게 뻔하지 않나? 더러운 피를 타고난 주제에 제 나라말을 찾겠다고 발광을 했으니……. 그러고 보니 네년도 네 아비 따라 황천길 가려고 단장을 아주 제대로 했구나.」

순사는 수진을 위아래로 훑으며 더러운 웃음을 보였다. 그러고는 거침없는 손길로 그녀의 옷자락을 헤집었다. 그의 입가는 묘한 흥분으로 씰룩이고 있었다. 그러다 돌연 그의 동공이 커졌다. 무영의 식칼이 그의 등짝을 파고든 탓이었다. 무영은 이를 악물고 손에 쥔 칼을 돌렸다. 그 야무진 손놀림에 살이 짓이겨지는 소리가 들렸다. 그의 오장육부가 도륙되는 순간이었다.

탕!

그와 동시에 매캐한 총성과 함께 무영의 입에서 비명이 터졌다. 건너편 순사가 날린 총알이 무영의 어깨에 박혔다. 무영은 일그러진 얼굴로 쓰러진 순사의 총을 잡으려 손을 뻗었다. 그러나 모진 발길질이 무영의 움직임을 막아섰다. 네댓 명의 순사들이 몰려와 무영을 구타하기 시작했다. 이성을 소멸시키는 모진 뭇매에 무영은 정신을 잃었다. 멀어지는 의식 너머로 수진의 절규가 메아리쳤다.

무영의 의식이 돌아온 것은 부어오른 그의 입술에 하나 둘 빗방울이 떨어지기 시작할 즈음이었다. 그는 진물이 오른 입 언저리를 찡그리며 가까스로 몸을 일으켰다. 총을 맞은 어깨는 감각이 없었다. 오래 피를 흘린 까닭에 붉게 물든 셔츠는 상처에 들러붙어 있었다. 무영은 납덩이처럼 무거운 몸을 일으킨 뒤 비척거리며 걸었다.

병든 걸음에 몫을 더하듯 빗방울이 거세졌다. 무영은 부옇게 흐려지는 빗속을 뚫고 수진을 찾아 헤매었다. 그는 몇 번이고 소멸해 가는 의식을 끌어당겼다. 수진은 분명 살아 있었다. 그러니 무슨 수를 써서라도 찾아내야 했다. 그 아이를 지켜 줘야 했다.

무영은 지남철에 끌리듯 언덕을 올랐다. 수진과 함께 오르던 곳이었다. 그곳은 비록 높지는 않지만 평지가 일색인 평양에서는 제법 전망이 좋았다. 오래 묵은 느티나무 기둥에라도 오르면 조선 땅 어디라도 훤히 보일 기세였다. 무영은 그 나무에 올라 수진을 찾아내리라 마음먹었다.

세찬 빗방울이 상처 입은 몸뚱이를 두드려 댔다. 무영은 빗줄기와 맞서며 겨우겨우 언덕 위에 올랐다. 오래지 않아 무영은 나무 앞에 다다랐다. 그리고 그들의 나무 앞에 선 채 입술을 덜덜 떨었다. 추위 때문이 아니었다. 처참한 몰골로 나무에 매달린 수진을 발견한 탓이었다.

무영은 망연한 눈으로 머리 위에 매달려 있는 수진을 올려다봤다. 온통 피범벅이 되어 버린 수진은 두툼한 나뭇가지에 손이 묶인 채 허공에 떠 있었다. 의식이 날아간 눈동자는 차마 무영을 보지 못하겠다는 듯 먼 곳을 향했다. 잔혹하게 찢겨 나간 옷자락 아래로 피에 절은 맨살이 드러났다. 무영은 차마 그녀에게 다가가지 못해 굳어 섰다. 수진은 저물어 가는 의식 가운데에서도 무영이 들어주길 바라며 입을 달싹였다.

"사……."

사력을 다해 끌어내는 수진의 신음 소리에 무영은 치미는 울음을 삼켰다. 그녀의 마지막 말마저 놓칠 수 없다는 마음에서였다. 무영은 핏물과 눈물이 엉긴 눈동자로 멀거니 수진을 올려다봤다. 그러자 수진은 힘껏 웃음을 끌어내며 제 목소리를 전했다.

"……살아. 꼭…… 살아."

수진은 메마른 숨을 뱉어 내고는 고요히 저물어 갔다. 무영을 담아 둔 눈은 끝내 감지 못한 채였다.

무영은 떨리는 손가락으로 그녀의 눈을 감겨 줬다. 손가락 마디마디다 스며든 냉기는 도저히 그녀의 것이라 믿기지 않을 만큼 싸늘했다. 무영은 사랑하는 이를 눈앞에 두고도 지켜 내지 못한 제 자신을 저주하며 오열했다. 살아 달라는 애달픈 유언이 무영의 심장을 족쇄처럼 옭아맸다. 그 사이 빗줄기는 더욱 굵어졌다. 무영은 수진의 피비린내에 흠뻑 절은 채 의식을 놓았다.

14

「이윤재가 죽어?」

스즈키의 보고를 듣던 마모루가 코를 킁킁거렸다. 감기 때문이었다. 두어 번 마른기침을 내뱉던 마모루의 입에서 실소가 새어 나왔다. 조선 지주들의 후원에 힘입어 조선어 사전 편찬에 나섰던 이윤재가 함흥 형무소에서 옥사했다는 소식이었다. 그는 치안 유지법을 어긴 내란죄로 재판에 회부된 상황이었다.

「네. 방금 함흥 형무소에서 전갈이 왔습니다. 고문 후유증인 모양입니다.」

스즈키는 대단한 낭보라도 되는 양 입가에 미소를 올렸다. 스즈키는 종로 경찰서 소속의 순사 부장이자 마모루의 오른팔이었다.

「얼빠진 놈. 맷집도 없는 놈이 죽어라 버티더니 해를 못 넘기고 죽어 나가는군.」

마모루가 빈정거리며 코를 풀었다.

「민족 운동이라. 힘으로 당할 수 없는 놈들이 부리는 잔꾀지.」

스즈키가 동의하는 듯 비죽 웃었다.

「그나저나, 대륙 극장에서 죽은 한일단원과 관련해선 더 알아낸 게 없나?」

「네.」

「결국 찾아낸 건 빈 깡통하고 이 쪽지 쪼가리뿐이다?」

스즈키의 보고를 듣던 마모루는 골똘한 표정으로 책상 위의 쪽지를 집어 들었다.

「네, 그렇습니다. 그자를 먼저 조준한 건 경무국장님이셨지만 직접적인 사인은 자작 각하께서 쏘신 총알이라고 합니다. 자작 각하의 것으로 확인된 탄피가 심장을 정확히 관통했다고 최종 부검 결과가 나왔습니다.」

결국 손은 마모루가 빨랐으나 공은 민석이 세웠다는 불편한 이야기였다. 스즈키는 상관의 눈치를 살피느라 연신 눈을 굴렸다.

「거만한 조센징 자식. 더러운 피를 타고난 주제에 건방을 떨어? 총독께서 절 조금 예쁘게 봐 주신다고 아주 기고만장이지.」

마모루는 새삼스레 분이 치미는지 이마에 핏발을 세웠다.

「경무국장님께서도 정민석 자작을 지지하시는 것 아니었습니까? 외람되지만 미유키 상과의 정략결혼을 추천하신 것도 경무국장님의 뜻으로 알고 있었습니다만······.」

「멍청하긴! 내가 개인적인 감정으로 대일본 제국의 일을 허투루 처리할 것 같나?」

마모루는 대뜸 호통을 쳤다. 그의 불편한 심기가 애먼 스즈키에게 옮겨 간 것이었다. 스즈키는 제 발등에 떨어진 질책에 움찔했다.

「정민석은 써 먹을 데가 아주 많은 놈이야. 아직까지는······.」

마모루는 턱을 괴며 저 혼자 중얼댔다. 스즈키는 마모루의 뜻을 헤아리기 힘들어 갸우뚱했다.

「어쨌거나 그놈이 요란스럽게 쏴 죽이지만 않았어도 어떻게 해서든 우리가 이 쪽지의 암호를 알아냈을 텐데. 여우 같은 놈. 그런 식으로 또 한 번 총독의 눈에 들고 싶었겠지.」

민석이 공을 가로챘다며 마모루가 분개하는 사이, 중추원 내에서는 소년이 남긴 암호문에 대해 설왕설래했다. 낯선 사자성어의 조합을 두고 각자의 의견을 세워 옥신각신하기도 했다. 민석 또한 크게 다르지 않았다. 그 역시 동호의 보고에 호기심을 보였다.

"1535?"

"네, 다들 쉬쉬하면서도 뜻을 몰라 답답해서 그런지 서로 이러니저러니하고 있더라고요."

"1535라······. 나온 건 그 쪽지 하나뿐이란 말이지?"

민석의 눈빛이 깊어졌다.

"제가 보기엔 그냥 장난질하는 것 같기도 한데. 폭탄 테러 이후로 총독부가 사사건건 날이 서 있어서 그런지 그 글귀가 무슨 암호일 거라고 난리던데요?"

"만일 그게 암호라면 풀어내는 건 총독부에서 하겠지."

민석의 입가에 냉소가 돌았다. 총독부에 대한 조소였다.

"더 할 말 없으면 집에 좀 다녀와야겠어."

민석은 책상에 고개를 박은 채 화제를 돌렸다. 동호는 흘깃 그를 살폈다. 민석은 아까 들은 암호문을 적어 둔 뒤 일어섰다.

"집에는 왜……?"

"잊었어? 오늘 모임, 부부 동반이잖아."

민석은 '부부'라는 말을 뱉어 내며 홀로 몸서리쳤다. 부부라니. 징그럽기 짝이 없었다. 민석은 괜한 짜증에 펜 끝에 힘을 줬다. 그 바람에 암호문을 적어 내리던 종이에 애꿎은 구멍이 생겼다. 민석은 찢어진 종이를 집어 들며 저 혼자 중얼댔다.

"1535……."

15

영수는 찬찬히 종호의 방을 둘러봤다. 예나 지금이나 검소하기 짝이 없는 방이었다. 가구라고 해 봐야 널찍한 좌식 탁자와 작은 문갑이 전부였으니 말이다. 그 외에는 문갑 위에 놓인 책과 책상 옆에 바짝 붙여 둔 커다란 나무 상자가 전부였다.

"잘할 수 있겠니?"

종호는 제 아들을 향해 방석을 밀어 줬다. 멋없는 애정의 표시였다.

"그럼요. 이날을 위해서 여태 준비해 온 거잖아요. 믿고 맡겨 주세요."

영수는 언제나처럼 큰소리부터 쳤다.

"인부들 모집할 때 각별히 신경 써야 한다. 잘 알겠지만 경성은 각양각색의 사람들이 모인 곳이야. 일일이 출신을 가늠할 수 없으니 꼼꼼하게 살펴야 해. 너는 외지인이라 특히 더 조심해야 할 거다."

종호는 이런저런 당부를 늘어놓았다. 딱히 믿지 못해서라기보다는 괜한 노파심에서였다.

"그건 걱정 마세요. 할아버지 때부터 기다려 왔던 일이잖아요. 절대 실수하지 않을 거예요. 절대로."

영수는 믿음직스럽게 자신감을 드러냈다. 종호는 그제야 미소를 보였다.

"그래서, 정민석은 만나 봤니?"

"네, 그러지 않아도 말씀드리려고 했어요."

"그래, 어떻게 될 것 같니?"

"보통 깐깐한 게 아니더라고요."

영수는 민석의 싸늘한 얼굴을 떠올리며 혀를 내둘렀다.

"설득에 실패한 게로구나?"

종호가 빙긋 웃었다.

"에이, 아버지도! 제가 누구예요? 박영수잖아요. 그깟 젊은 귀족 하나쯤 구워삶는 건 식은죽먹기죠."

"그럼 입찰권을 따냈다는 거냐?"

"아직 확답은 듣지 못했지만 솔깃해하는 것 같았어요."

영수는 호언장담했다. 종호는 그런 아들이 미더웠는지 흡족하게 웃었다. 그제야 부자는 편하게 술잔을 기울었다. 종호의 술잔으로 떨어지는 술이 유난히 맑았다.

16

연회가 진행되는 총독의 관저는 흥겨움에 들떠 있었다. 본관은 물론 비서실과 경호실을 위시한 각 부속 건물들까지 화려한 조명으로 반짝였다. 이날 참석한 사람들은 총독 이하 군 고위 관료, 총독부 고위 관료들로 현 조선 땅의 핵심 권력 집단이었다. 이들은 북악산까지 이어지는 넓은 정원에서 다과를 즐겼다.

「자네 추진력 하나는 알아줘야겠군. 이렇게 관계된 자들을 다 불러 모으다니.」

총독이 민석을 추켜세웠다.

「총독께서 배려해 주신 덕분입니다.」

민석은 예의 깍듯한 미소를 보였다.

「나야 장소랑 이름만 빌려 준 셈이지. 그래, 이제 어쩔 작정인가?」

총독이 궁금증을 보였다.

「어렵게 빌린 이름이니 오늘까지만 요긴하게 쓰고 싶습니다.」

민석은 의미심장한 미소를 보였다.

「역시 배짱 하나는 일품이군.」

총독은 그의 배포가 마음에 들었다. 대부분의 관료들이 총독의 눈치를 보기에만 급급했던 터라 더욱 그랬다.

「그런데 자네, 중추원을 택한 이유가 뭔가? 원래 전공은 인류학으로 알고 있는데?」

총독은 뜬금없는 물음을 던졌다. 예전부터 궁금해했던 부분이기도 했다.

「각하 때문입니다.」

간결한 대답이 돌아왔다. 조금의 주저함도 없는 말투였다.

「나 때문이다?」

총독은 재미있다는 듯 입꼬리를 올렸다.

「그렇습니다. 조선인으로서 각하와 유일하게 소통할 수 있는 기관은 중추원뿐이니까요.」

총독은 미간에 주름을 지었다. 그는 생경한 얼굴로 제 앞의 사내를 살폈다. 언제나 직설적인 말을 쏟아 내는 자였다. 분명 민석의 말에는 거짓이 없었다. 그럼에도 총독은 본능을 거스를 수 없는 묘한 위화감을 느꼈다. 총독은 자신이 놓친 것이 무엇인지 생각하며 골똘해졌다.

총독과의 담론을 뒤로 한 민석은 본관으로 향했다. 이미 핵심 관료들이 모여 앉아 회의를 기다리고 있는 참이었다. 민석이 들어서자 자리한 이들이 일제히 기립했다. 민석은 말없이 자리에 앉았다.
「총독께서는 아직이십니까?」
마모루가 퉁명스레 물었다. 그는 이 자리의 우두머리가 민석이라는 사실이 못마땅했다.
「요즘 들어 부쩍 두통이 심하신 것 같더군요. 곧 오실 겁니다.」
마모루의 속내를 읽은 듯 민석이 비죽 웃었다.
「혹시 자작 각하께선 오늘 이 자리가 왜 마련된 건지 알고 계신 겁니까?」
구라토미의 감정 없는 물음이 던져졌다.
「물론입니다.」
확신에 찬 대답이었다.
「각하께서는 이 자리에서 이번 선생에 필요한 물자의 수급과 관련된 일들을 매듭짓고 싶어하십니다.」
모두 웅성거리며 동요했다. 하지만 민석은 별다른 동요 없이 제 말을 이어 갔다.
「혹여 그런 일은 없겠지만 혈연이나 인맥, 혹은 뇌물과 연관된 일로 업체를 선정하는 일이 없도록 준비 중이신 것으로 알고 있습니다.」
민석은 마치 이 자리에 있는 이들을 꼬집듯 한 사람 한 사람마다 시선을 맞췄다. 그러자 한쪽에 있던 이가 얼굴이 벌게져 일어섰다.

「뇌물이라니요! 말씀이 과하신 것 아니오?」

남자의 고함이 쩌렁쩌렁 울려 퍼졌다.

「흥분하시는 이유를 모르겠군요. 총독께선 그저 미연에 방지하자는 취지로 말씀하신 것뿐인데 말입니다.」

민석의 얼굴에 부드러운 미소가 돌았다.

「각하의 말씀을 전하는 제 언사에 문제가 있었던 것 같군요. 결례를 사과드립니다.」

민석은 예를 다해 묵례했다. 덕분에 언성을 높이던 이만 머쓱해졌다. 민석은 다시 말을 이었다.

「아시는 바와 같이 각하께서는 이번 전쟁에 대해 큰 그림을 그리고 계십니다. 세계 각국의 사람들을 천황 폐하의 신민으로 규합하는 이번 전쟁에 앞서 가장 시급한 것이 이미 형제의 나라로 맺어진 조선과의 관계 개선이라고 생각하시죠.」

「형제의 나라라……..」

마모루가 빈정대듯 중얼거렸다.

「경무국장께선 다른 견해를 갖고 계신 겁니까? 천황께서 자애로운 마음으로 조선을 품고 있다는 사실을 모르시진 않겠지요?」

민석은 마모루를 가벼운 웃음으로 도마에 올렸다.

「지당하신 말씀입니다.」

마모루는 마지못해 답했다. 잘못 말려들었다가는 본전도 찾지 못할 것이 뻔했다. 그러나 자꾸만 속이 꼬여 드는 건 참을 수 없었다.

「이에 각하께서는 본 전쟁에 필요한 무기 공급처를 조선인이 운영하는 민간 기업으로 지정함으로써 실업난이 심각한 조선 인재들과의 화합을 이끌어 내는 것은 물론, 황국 신민으로서의 자부심을 고취시키고자 하십니다.」

민석은 차분히 본론을 꺼냈다. 그러자 마모루가 공격에 나섰다.

「부의장께서는 지금 조선인들을 대변하러 오신 겁니까? 지금 이 자리에서 혈연과 인맥으로 따지면 각하만큼 유력한 인물도 없을 거라고 생각됩니다만.」

마모루의 뼈 있는 반론에 일순 정적이 일었다. 이는 분명 민석이 조선인임을 염두에 둔 도발이었다.

「또 모를 일이죠. 거기에 뇌물까지 추가되는지도.」

주저앉은 마모루의 눈꺼풀 아래로 승부욕이 반짝였다. 본격적으로 한번 붙어 보자는 도전적인 눈길도 함께였다.

「경무국장께서는 아직도 절 황국의 신민이 아닌 조선인으로 여기시는 모양이군요.」

민석은 싸늘히 웃었다. 그의 혀끝에서 반격의 칼날이 반짝이고 있었다.

「굳이 그런 뜻으로 말씀드린 건 아닙니다.」

마모루는 떨떠름하게 답했다.

「총독께서 심사숙고 끝에 시작하신 조선 포용 정책을 한갓 혈연이나 지연으로 치부하는 걸 아신다면, 과연 총독 각하께선 어떻게 생각하실지 궁금해지네요.」

민석은 마모루와 시선을 맞추며 어깨를 으쓱했다. 마모루는 입을 다물었다. 이 이상 말을 이어 봐야 본인이 패배할 것이 자명했기 때문이었다. 결과적으로는 민석을 도발하려 했던 말이 그의 논지에 힘을 보태 준 셈이 되고 말았다. 이를 증명하듯 민석은 좌중을 향해 더욱 힘주어 말했다.

「이번 전쟁이 가져야 할 힘의 근원은 내선일체에 있습니다! 대륙으로 뻗은 조선의 기운이 황국을 향해 있지 않으면 승산이 없다는 뜻입니다!」

민석은 강단 있는 화법으로 제 주장을 마무리했다.

「그래서, 자작 각하께서는 이번에 육군으로 투입될 총기의 하청을 어디에 주자는 말씀이십니까?」

구라토미가 온화하게 물었다. 냉랭한 분위기를 잠재우기 위해서였다.

「경성 대장간입니다.」

17

"호외요! 호외! 경성 대장간에 최대 규모 무기 공장 설립! 호외요, 호외!"

전차에 오르는 사람들 뒤로 소년이 뿌린 신문이 펄럭거리며 거리를 뒤덮었다. 행인들은 새로운 이야깃거리에 호기심을 보이며 신문을 펼쳐 들었다.

"농사지을 땅도 없는 세상에 뭐 한다고 대장간에 사람을 긁어모아?"

젊은 남자가 빈정거리기 시작했다.

"거기, 철도 깔고 나서 떼돈 벌어 문 닫지 않았었나? 또 무슨 돈 냄새를 맡았기에?"

다른 이도 맞장구쳤다.

"어쨌거나 또 일본놈들에게 빌붙어 한탕 해 보려는 속셈이겠지."

두 사내는 객쩍게 비난을 이어 갔다. 그러자 꾸역꾸역 손수레를 몰고 가던 노인이 걸음을 멈추며 버럭 소리를 질렀다.

"모르는 소리면 입 밖에 뱉지도 말아! 그래도 다른 업자들이 노동자들 개 부리듯 착취하며 경부선 뚫을 때 경성 대장간은 꼬박꼬박 노임도 주고, 배불리 먹이고, 인간답게 대접했어! 어디서 나라 팔아 배불린 놈들이랑 같은 취급을 해?"

노인은 핏대를 세우느라 얼굴이 퍼렇게 질렸다.

"아니, 뭘 그렇게 역정을 내세요?"

생각 없이 떠들던 청년들은 다소 머쓱해졌다.

"이 부근에서 그런 소리 잘못하면 몰매 맞아. 춘필 어르신 아니었으면 목숨 부지 못했을 인생들이 여럿 있으니까 그딴 소리 하려거든 썩 꺼져!"

노인은 노기를 감추지 않고 그들을 나무랐다. 남자들은 괜한 벌집 건드렸다 싶은 듯 슬금슬금 자리를 피했다. 홀로 남은 노인은 다시 수레를 끌며 한숨을 내쉬었다.

"경성 대장간이라……. 춘필 어르신도 안 계신데 어찌 꾸려질지……."

춘필은 영수의 할아버지였다. 실제로 노인은 젊은 날 춘필의 주도하에 경부선 철로를 깔았다. 지금이야 하나의 교통수단으로 남은 경부선이었지만 그 길을 놓기 위해 희생된 목숨을 생각하면 가슴이 미어지는 일이었다. 노인의 동생 역시 그 경부선 때문에 목숨을 잃기도 했으니 말이다. 하지만 그런 과거야 어찌 되었든 경성 대장간은 미어터지기 시작했다. 호외 하나만 믿고 들이닥친 인파가 대장간 앞에 인산인해를 이뤘다.

대장간 앞은 한 마디로 북새통이었다. 대기 줄을 놓고 서로 시비가 붙는가 하면 징용에 끌려가는 것보다 백 배 나으니 꼭 붙여 달라고 벌써부터 통사정을 하는 이도 있었다. 그 난리의 한가운데서 영수는 면접을 보느라 진땀을 빼고 있었다.

"할아버지, 할아버지께서 하시기에는 일이 너무 고돼요."

영수가 제 앞의 노인을 달랬다. 진심에서 우러나온 걱정이었다. 노인은 오랜 영양 결핍 때문인지 얼굴이 꺼멓게 죽어 있었다. 울긋불긋 내려앉은 검버섯은 칙칙한 인상에 몫을 더했다. 앙상하게 뼈만 남은 야윈 손은 애처로울 지경이었다. 영수의 말마따나 노인은 당장이라도 쓰러질 것 같은 기색이었다.

하지만 노인은 물러설 수 없었다. 이곳에서 내몰리면 그 뒤의 현실이 더 비참하다는 사실을 누구보다 잘 알고 있었기 때문이었다.

"거 무슨 소리야? 내가 어렸을 때 약을 잘못 먹어서 머리가 좀 희끗희끗하지만 아직 40대야!"

노인은 억지를 피웠다.

"에이, 할아버지 농담도 잘하세요. 농도 어지간히 하셔야지. 인심 좀 써서 50대라고 하시면 모를까……."

영수는 그 와중에도 농을 던졌다.

"거 나이로 사람 차별 하면 못 써! 늙은이라고 괄시하나? 내가 이래 봬도 어릴 때부터 대장간 풀무질로 잔뼈가 굵은 사람이야! 춘필 어르신도 인정하던 멀쩡한 일꾼이었다고!"

이번엔 수세에 몰린 노인이 화를 벌컥 냈다. 참으로 환장할 노릇이었다. 그러나 허풍은 아닌 것 같았다. 노인의 팔등에 내려앉은 화상 자국이 그 증거였다.

"네, 알겠습니다. 어르신은 제가 잘 기억해 두겠습니다."

노인은 반드시 채용하겠다는 확답을 받고서야 자리에서 일어섰다. 영수는 벌써부터 지쳐 갔다. 명철이 노인을 밖으로 모시고 나가자 영수는 의자 뒤로 벌렁 몸을 젖혔다.

"아이고 머리야. 아니, 노인장들은 징용 갈 일도 없는데 왜 이렇게 몰리는 거야?"

영수는 머리를 긁적이며 투덜거렸다.

"형님, 간만에 조선 땅 밟은 거 너무 티 내시는 거 아니오? 소작해 먹고 살던 사람들 죄 땅 뺏겨서 경성에 몰려드는데 여기라고 뾰족한 수 있소? 그렇다고 고향에 돌아가자니 여비가 없고."

모처럼 의기양양해진 인호의 목소리가 높아졌다. 인호는 명철과 함께 어릴 때부터 종호가 거둬 키운 아이였다. 영수에게는 형제 같은 존재이기도 했다.

"근데 너 아까부터 은근히 기어오른다?"

"헤헷, 그럴 리가요. 그냥 답답하니 하는 말이죠."

"됐고, 다음 사람까지만 보고 점심 먹자. 아우, 뱃가죽이 등에 붙겠어."

영수는 지친 기색으로 의자에 기대앉았다. 꼿꼿하던 자세는 여지없이 흐트러졌다. 하지만 범상치 않은 공기를 몰고 온 사내의 등장에 자세를 달리 했다. 상대는 거칠게 의자를 끌어당기며 요란스레 앉았다. 모처럼 영수의 눈이 반짝였다. 지루하던 참에 재미있는 일이 벌어질 것 같았다.

"이름이?"

"이무영."

짧은 질문에 어울리는 간결한 대답이었다.

"거 형씨 말 짧은 게 맘에 드네. 특기가 뭐요?"

영수는 턱을 치받치며 의자를 당겨 앉았다.

"총."

무영은 품 속의 총을 꺼내 들었다. 뜻하지 않은 반응에 모두의 얼굴이 경직됐다. 무영은 화려한 손놀림으로 총을 몇 바퀴 돌린 뒤 영수 앞에 탁 내려놓았다. 곁에 있던 인호와 명철의 입이 떡 벌어졌다.

"또?"

"칼."

이번에는 단도였다. 날카로운 칼날은 금방이라도 영수의 심장을 베어 낼 듯 빠른 속도로 탁자 위에 꽂혔다. 인호는 흠칫 놀라 눈이 동그래졌다. 그러나 영수는 점점 호기심이 동하는지 질문을 쏟아 냈다. 할아버지의 옛 날이야기를 기다리는 어린아이 같았다.

"특기도 맘에 들고. 고향은?"

"평양."

서술어는 몽땅 잡아먹은 화법이었다. 영수는 코를 찡긋거렸다. 흥이 동한 탓이었다.

"아, 동향일 줄 알았는데 아쉽네. 배짱이 맞아서 그럴 줄 알았더니. 어쨌거나 보통 분은 아닌 거 같은데 우리 악수나 한번 합시다."

영수는 넉살 좋게 손을 내밀었다. 하지만 무영은 그런 영수의 얼굴을 빤히 쳐다볼 뿐이었다. 머쓱해진 영수는 제 손을 도로 주머니에 넣었다. 곁에 있던 인호와 명철이 키득거렸다.

"여기서 일하겠다는 이유가 뭐요?"

영수가 마지막 질문을 던졌다. 그러자 서늘한 무영의 인상에 걸맞는 담백한 대답이 돌아왔다.

"글쎄……. 당신과 같은 이유라면 설명이 될까?"

18

규홍의 집에는 하루 종일 기름 냄새가 요란했다. 아내 문선의 얼굴에서는 여느 때와 달리 생기가 돌았다. 온종일 식모와 함께 요리를 준비하느라 분주했지만 지친 기색이 없었다. 아들이 온다는 소식에 어지간히 들뜬 모양이었다. 문선은 조심스러운 손길로 음식을 담았다. 대바구니에 곱게 놓인 색색의 전이 유난히도 고왔다.

"마님 고집도 참. 저한테 맡기시라니까 꼭 이러셔요."

식모가 애정 어린 잔소리를 건넸다.

"내 새끼들 밥은 내 손으로 해서 먹이고 싶어 그러지. 거의 달포 만에 오는 건데."

문선은 흥분한 마음을 감추지 않았다. 반듯한 이마 아래로 곧게 뻗은 그녀의 속눈썹엔 설렘과 애틋함이 뒤엉켜 있었다.

"그래도 그렇죠. 어제까지만 해도 몸살 기운 있다고 종일 누워 계시더니 갑자기 어디서 그렇게 기운이 펄펄 솟으신데요?"

문선의 흥겨움이 반가워 식모는 공연히 놀렸다.

"그러니까 다들 손자가 약이라고 하지."

손자라는 단어를 입에 올리며 문선은 슈헤이를 떠올렸다. 솔직히 살갗을 파고드는 포근함은 느껴지지 않는 손자였다. 아이도 달려들지 않았지만 그녀 역시 선뜻 품을 자신이 없었다. 민석처럼 일본인에 대한 본능적인 거부감 같은 것은 아니었지만 여전히 살가운 감정이 들지 않는 건 어쩔 수 없었다. 그러나 누가 뭐래도 민석의 하나뿐인 혈육이었다. 그 이유 하나만으로도 그녀에게는 최선을 다해 그 아이를 사랑할 의무가 있었다.

그 사이 관리인들이 더욱 분주하게 움직이기 시작했다. 수정과를 따르던 문선은 그 기색에 정원 밖으로 시선을 돌렸다. 대문을 넘어서는 민석의 모습이 보였다. 그의 뒤를 따라 슈헤이와 미유키가 들어섰다. 민석은 주변의 시선을 의식하며 슈헤이의 손을 잡았다. 슈헤이는 그런 제 아버지가 낯설어 빤히 올려다봤다. 그러자 미유키가 아이의 다른 손을 잡았다. 아이는 다시 미유키에게로 고개를 돌렸다. 미유키는 그런 아들을 향해 부드러운 미소를 보였다. 세 사람은 나란히 손을 잡은 채 걸음을 옮겼다. 영락없이 화목한 가족의 모습이었다. 문선은 하던 일을 멈추고 서둘러 정원으로 달려 나왔다.

「아이고, 우리 강아지. 주평이 왔니?」

문선이 슈헤이의 언 뺨을 어루만졌다. 제법 쌀쌀한 날씨였다.

「할머니, 내 이름은 주평이가 아니라 슈헤이인데요?」

슈헤이는 제 조선식 이름이 마음에 들지 않는지 또박또박 고쳐 말했다.

「슈헤이!」

당황한 미유키가 슈헤이를 나무라며 얼른 남편의 눈치를 살폈다. 민석은 일부러 못 들은 척 외면하고 있었다.

「괜찮아요. 어린애가 하는 말이니 너무 마음 쓰지 말아요.」

문선은 아직도 타국인 며느리에게 존칭을 쓰고 있었다.

"들어가세요, 어머니. 바람이 차요."

민석은 아이를 잡았던 손을 놓으며 조용히 제 어머니의 손을 그러쥐었다. 얼마 전보다 더욱 앙상해진 손이 그의 마음을 아프게 했다. 민석은 목도리를 풀어 문선의 목에 둘러 줬다. 미유키는 담담한 눈길로 그 다정함을 살폈다. 할 수만 있다면 당장이라도 훔쳐 내고 싶은 온기였다.

「당신도 들어가지.」

민석은 능숙하게 미유키의 어깨에 손을 얹었다. 자연스러운 행동이었다. 미유키는 낯선 민석의 태도에 당황했다. 하지만 그녀 역시 민석의 행동을 제대로 이해하고 있었다. 어머니에게 완벽한 가족의 모습을 보여 주고 싶어한다는 걸 알고 있었던 것이다. 그런 이유로 그녀 역시 그의 가식을 즐겼다. 어깨 너머로 전해지는 그의 손은 따뜻했다. 믿어지지 않는 온기였다. 그녀는 1분 남짓 제 촉각에 닿은 감촉을 잊지 않기 위해 촉수를 곤두세웠다. 그러나 현관을 들어서며 야멸치게 거둔 손은 그녀가 품은 잔상마저도 잔인하게 거둬 갔다.

그럼에도 민석의 살가운 행동은 계속됐다. 식사를 하는 동안 민석은 미유키를 위해 이것저것 반찬을 옮겨 줬다. 찬물을 마시면 속탈이 난다며 따뜻한 물을 섞어 건네주기도 했다.

「당신 생선 좋아하잖아. 이것 좀 먹어 봐.」

민석은 생선살을 발라 미유키의 수저에 얹었다. 미유키는 밥을 떠 넣을 생각도 하지 못한 채 제 남편의 얼굴을 봤다. 나무랄 데 없는 상냥한 미소가 돌아왔다. 가슴이 뛰었다. 비록 찰나의 순간이었지만 그 미소는 분명 자신의 것이었다. 거짓 웃음이라도 상관없었다. 쥐고 있을 기억 하나라면 잔인하게 파고드는 외로움이라는 한파도 거뜬히 이겨 낼 수 있을 것 같았다.

「편히 들어요.」

문선은 아들 부부의 모습을 미소로 바라봤다.

「어머니도 참. 결혼한 지가 언젠데 아직도 존칭을 쓰세요? 그러시면 이 사람 불편해요. 안 그래, 여보?」

그는 감당하기 버거울 만큼 다정했다. 덕분에 그녀의 작위적인 행복은 계속 됐다.

「네……」

「미안해요. 아직은 습관이 안 돼서……. 다른 뜻은 없으니 편하게 들어요.」

문선은 자신도 모르게 드러낸 거리감에 미안함을 표했다.

「네, 어머님.」

미유키는 사심 없이 웃었다. 그런 그녀의 속내를 아는 까닭이었다.

"언제까지 며늘아기를 손님 대하듯 할 거야?"

규홍이 퉁명스레 끼어들었다. 제 아내가 못마땅한 모양이었다.

「아니에요, 아버님. 전 괜찮아요.」

미유키는 대답과 동시에 남편의 안색을 살폈다. 그는 제어할 수 없는 적개심을 담아 자신의 아버지를 노려보고 있었다.

"우리 민석이가 어릴 때부터 싹싹해서 안사람 생기면 잘하겠구나 싶더니 오늘 보니까 반찬까지 챙겨 주고, 엄마가 마음이 좋다."

문선 역시 아들의 불편한 심기를 읽었는지 애써 분위기를 북돋웠다.

"어머니도 참. 그런 말씀 하시면 이 사람 속으로 웃어요. 제가 죄지은 게 많거든요."

미유키는 민석의 뻔뻔함에 실소했다. 그가 옳았다. 민석은 참으로 죄가 많은 사람이었다. 조선인이라면 누구나 그렇게 생각하겠지만 미유키에게는 더더욱 그랬다. 그럼에도 불구하고 저렇게 천연스레 제 죄를 실토하다니, 어처구니가 없었다. 하지만 더 어이없는 것은 그녀 자신이었다. 그런 민석이 원망스러웠을지언정 결코 미운 마음이 들지는 않았으니 말이다.

미유키는 반찬을 집어 들던 젓가락을 거두고 민석을 봤다. 그는 규홍을 노려보던 시선을 거둔 채 묵묵히 밥을 먹고 있었다. 미유키는 새삼스레 코끝이 찡했다. 흠잡을 데 없이 뻗은 그녀의 옆얼굴에 슬픔이 밀려왔다. 누구보다 가까이 있음에도 결코 제 것으로 삼을 수 없는 까닭이었다.

문선을 위한 연극이 끝난 건 두 시간쯤 뒤의 일이었다. 민석은 미유키와 헤어진 뒤 곧바로 해일관으로 향했다. 영수와의 만남이 예정되어 있었다.

"육군 병기부의 총기 설계에 참여하고 싶습니다."

영수는 깔끔하게 제 목적을 털어놓았다. 군더더기를 싫어하는 민석의 성격을 감안한 처세였다.

"본인이 직접 말인가?"

"네."

"제작만으로는 만족스럽지 못한가 보군."

민석의 얼굴에 야릇한 미소가 스쳤다.

"밥그릇 달린 일이 다 치열하니까요. 그릇을 한 개라도 더 얻어야 밥도 더 많이 얻어먹을 수 있는 것 아니겠습니까?"

누구에게도 뒤지지 않는 입담이었다. 민석은 그런 영수에게 흥미를 느꼈다. 단순한 호기심도 있었지만 쓰임새를 파악하고자 하는 의도가 더 컸다. 민석은 찬찬히 상대를 훑었다. 허세는 있지만 거짓을 담을 줄 모르는 인물이었다. 민석은 영수가 믿을 만한 인재라 결론을 내렸다. 자신감이란 모름지기 스스로에 대한 믿음에 뿌리를 두는 법이라는 것이 그의 논지였다.

"내 입장에선 이만하면 충분히 배려한 것 같은데, 내가 이 이상 경성 대장간을 도와야 할 이유가 있나?"

민석은 마지막 반론을 내밀었다. 일종의 확인 작업이었다.

"물론이죠. 각하의 밥그릇도 커지는 일이니까요."

민석은 피식 웃으며 제 앞의 술잔을 비워 냈다. 덕분에 영수의 얼굴에도 사람 좋은 웃음이 스쳤다. 그의 빈 술잔이 동의를 의미한다는 사실을 알아챈 탓이었다. 영수는 흥에 겨워 다시 한 번 술을 비웠다.

19

"거, 잠깐 나 좀 봅시다."

풀무질하는 무영을 영수가 잡아 세웠다.

"재미있는 거 보여 줄 테니까 따라와 봐요."

영수는 제 말만 남기고 걸음을 옮겼다. 무영은 조용히 그를 따라나섰다. 영수가 안내한 곳은 그의 작업실이었다. 그는 들어서자마자 커튼으로 창문을 가렸다. 실내가 암실처럼 어두워졌다. 무영은 그런 영수의 행동을 조용히 지켜봤다. 영수는 잰걸음으로 조명을 켠 뒤 탁자 앞에 섰다. 탁자 위에는 아직 조립되지 않은 총기들이 가지런히 놓여 있었다. 영수는 무영에게 과시하듯 익숙한 솜씨로 총을 조립했다. 무영의 시선이 그의 손으로 옮겨 갔다. 날렵한 손놀림이었다. 무영은 홀린 듯 그의 손장난을 구경했다.

"확실히 꾼이 꾼을 알아본다니까."

무영의 눈빛을 읽은 영수는 짓궂게 웃었다. 손은 여전히 조립에 몰입한 채였다. 그는 진심으로 즐거워 보였다. 그에게 총은 작업이자 유희였다.

"막 만지고 싶어 미칠 것 같지?"

영수는 완성된 총을 돌려 잡아 무영을 겨눴다. 마치 전쟁놀이에 몰두한 꼬마 같았다. 반질반질 윤기 나는 총구가 무영을 향했다.

"당신이 꾼인 건 설명할 필요 없는데, 정체가 뭔지는 알아야겠어."

영수가 돌연 진지해졌다. 게다가 사뭇 날카로운 눈빛이었다. 두 사람 사이에 새삼스레 팽팽한 기운이 돌았다.

"생각보다 성미가 급하군."

무영이 묵직하게 입을 열었다.

"할 일이 많으니까."

영수는 어깨를 으쓱했다.

"그러니까 증명해 봐. 자신이 누군지."

영수는 팔짱을 낀 채 등받이에 몸을 묻었다. 무영은 성큼성큼 걸음을 옮겼다. 물음에 대한 대답이었다. 그는 영수의 책상 뒤에 있는 거울을 떼어 낸 뒤 창가로 걸어갔다. 영수의 호기로운 시선도 함께 움직였다. 무영이 커튼을 열어젖혔다. 그러자 어두웠던 실내에 햇살이 들어찼다. 그는 거울로 반사판을 만들었다. 순간 햇빛이 거울에 부서지고, 반대편 벽에 상이 비쳤다. 溢嗚森悟일오삼오, 한일단의 표식이었다.

"마경의 위치를 알고 오셨다 이거군."

한일단은 서로의 신분을 확인하는 데 특별한 마경을 이용했다. 마경은 강한 빛을 비추면 반대편 벽에 미리 새겨 둔 무늬가 반사되도록 만든 특수 거울이었다. 남만주 철도 회사에 있던 시절 처음 이 마경을 접한 영수는 거울 뒷면에 한일단의 상징을 새겨 넣어 신분을 확인하면 좋겠다고 제

안했고 조직은 이를 흔쾌히 받아 줬다.

"한일단 경성 지부 박영수요. 이젠 이 악수 받아 주겠지?"

영수는 싱긋 웃으며 악수를 청했다. 새하얀 치아가 시원스레 드러났다.

"이무영이오."

무영은 깔끔하게 그 손을 받았다. 그 역시 어깨에 힘이 빠진 눈치였다.

"형씨 말썽 많기로 소문이 자자하던데 여기선 애먹이지 마. 상해에서 연락 왔어. 정민석 건드리지 말라고."

증오해 마지않는 이름 석 자에 무영의 얼굴이 굳었다.

"당신이 무슨 맘으로 그치를 손보려는지 모르지만 원수진 게 있으면 단물 쓴물 다 빨아먹고 잡아드쇼. 어쨌거나 지금 여기, 경성 대장간에서 일본군 군수품을 만들 수 있도록 힘쓰는 게 정민석이고 우린 그 덕에 최신 무기를 빼돌릴 수 있게 된 거니까."

영수의 입바른 소리에 무영의 눈가에 경련이 일었다. 하나같이 마찬가지였다. 모두가 입을 모아 그를 죽이면 안 된다고 했다. 무영은 납득할 수 없었다. 죽여도 되는 놈이었다. 조선인들의 고혈을 빨아 그 자리에 오른 이였으니 말이다. 그런데 누구도 그를 벌하라 하는 이가 없었다.

"잘 모르나 본데 무조건 명줄부터 끊어 놓는다고 복수가 아니야. 진짜 소중한 걸 뺏어 가는 게 복수지."

웃기는 말장난이었다. 이성적으로 판단하라면 납득할 수 있는 이야기였다. 그러나 복수에 영혼을 팔아 버린 자의 머릿속에 이성이라는 놈은 들어 있지 않았다. 심장을 활활 태우는 분노만이 자리할 뿐이었다.

"저치들은 믿어도 되나?"

창밖을 보던 무영이 말을 돌렸다. 영수는 고개를 돌렸다. 양지바른 대장간 마당에서 인호와 명철이 왁자하게 웃고 있는 참이었다.

"믿고 말고 할 게 뭐 있어? 가족인데."

영수는 시큰둥했다.

"가족이라……. 어디까지 알고 있는 거지?"

무영은 냉소적으로 물었다. 조직의 정체가 노출되었는지에 대한 물음이었다. 그러나 이면에는 영수의 쓴소리에 대한 반발심도 있었다.

"물론 대장간 내에 한일단원들이 섞여 있긴 해. 하지만 저 둘은 아무것도 몰라. 그냥 가족처럼 지내는 사람들이지. 저 친구들이 아는 거라고는 우리가 이번 전쟁에서 일본군이 들고 나갈 무기를 만든다는 것뿐이야. 한일단 관련해선 깜깜하지. 여기 있는 사람들 중 절반 이상은 그저 먹고살기 위해 나온 사람들이기도 하고."

"일본놈들을 위해 일하겠다는 놈들을 죄 모아서 뭘 하자는 건지. 한심하군."

무영은 여전히 삐딱했다.

"이념이라는 게 어디까지 통할 것 같아? 조국, 혁명, 독립, 이 모든 건 내가 굶지 않고 있을 때 할 수 있는 얘기야. 그러니 어쩌겠어? 먹고살 만한 내가 저 사람들 거둬 먹이는 조건으로 내 쓰임새에 맞게 써먹을 수밖에. 그러는 형씨는 오로지 이 땅의 자유를 위해 움직이는 거야?"

핵심을 찌른 반문이었다. 뜻하지 않은 일격에 무영은 무장 해제됐다.

"글쎄……. 원 없이 죽이고도 살인자 소리를 면할 수 있어서인지도 모르지."

무영이 담담하게 제 속내를 털어놓았다. 영수는 단번에 수긍했다.

20

구라토미와 남부 대령은 일식집에서 마주 앉아 있었다. 94식 권총에 대한 논의를 하기 위해서였다. 문이 열리고 민석이 들어서자 앉아 있던 두 사람은 자리에서 일어서 예를 취했다.

「회의가 길어져 조금 늦었습니다.」

「아닙니다. 저희도 이제 막 자리에 앉았습니다.」

형식적인 인사와 함께 민석이 자리에 앉았다. 두 사람도 착석했다. 자리에 앉은 구라토미가 남부를 소개했다.

「일본군 총기 설계를 담당한 기리조 남부 대령입니다.」

「반갑습니다. 중추원 부의장 정민석입니다.」

「뵙게 되어 영광입니다, 자작 각하.」

남부는 민석의 잔에 술을 채웠다. 민석은 고개를 까딱한 뒤 한쪽으로 술잔을 밀어 뒀다. 낯설지 않은 행동이었다. 구라토미는 그런 민석의 태도를 대수롭지 않게 생각했다. 그저 술을 싫어하는 것이라 여겼던 탓이다. 아마 마모루였다면 의혹의 눈초리부터 보냈을 터였다.

「대령께서 이번에 개발한 94형 권총은 잘 봤습니다. 저희 연구원이 보더니 감탄을 멈추지 않더군요.」

민석의 눈짓에 구라토미가 입을 열었다.

「과찬이십니다.」

남부의 입가에 흡족한 미소가 돌았다.

「아닙니다. 구조도 단순한데다 비용도 효율적이라 이번 전쟁의 주된 무기로 보급하기에 손색이 없다고 들었습니다.」

「감사합니다.」

의례적인 칭찬에 남부의 어깨에 힘이 들어갔다.

「그런데…… 설계에서 조금 아쉬운 부분이 보인다고 하더군요.」

구라토미가 야무지게 본론을 꺼냈다. 남부는 얼굴을 찌푸렸다.

「구체적으로 어떤 점이?」

「전문가들의 이야기니 제가 듣는다고 알겠습니까?」

구라토미는 은근슬쩍 주제를 흐렸다. 남부는 떨떠름했다. 눈치 빠른 구라토미가 남부의 잔부터 채웠다.

「그래서 드리는 말씀인데 94식 권총 설계에 저희 병기부가 함께하면 어떻겠습니까?」

민석은 조용한 눈길로 구라토미를 살폈다. 확실히 구라토미는 충실한 사람이었다. 일본인을 완전히 배제할 수 없는 이상 구라토미는 분명 유용한 패였다. 반면 남부는 우둔한 자였다. 확실히 정치에 능한 이는 아니었다. 민석은 조용히 새 잔에 제 술을 따라 비웠다. 낙관적인 결론을 내린 탓이었다. 그리고 예상대로 남부 대령은 구라토미의 제안을 수락했다.

"이 사람, 참 일관성이 있어 좋단 말이야."

구라토미가 경성 대장간에 설계도를 전한 것은 그날 오후의 일이었다. 설계도를 펼쳐 보던 영수는 뭐가 재미있는지 연신 싱글벙글했다. 무영은 그런 그에게 내성이 생겨 별다른 반응을 보이지 않았다.

"자살 권총이라고 알지? 이 양반이 그거 만든 분이거든. 14식 권총 말이야."

그제야 무영의 관심이 동했다. 자살 권총이란 작은 충격에도 총이 자꾸만 격발되어 오발 사고로 인한 희생자가 많아 붙은 14식 권총의 불명예스러운 별명이었다. 다른 총에 비해 값이 싸다는 이유로 그 총을 선택한 일본군들은 제 목숨을 저당 잡히며 전장에 나서야 했다.

"그때의 오명을 씻어 보려고 이번엔 노력 좀 하신 것 같은데……. 이번에도 꽤 재미난 녀석이 나오겠어. 조금만 손을 봐주면 말이지."

영수는 설계도를 톡톡 건드리며 저 혼자 골똘해졌다.

"어쩔 생각이야?"

무영이 무심하게 말을 건넸다.

"별건 아니야. 설계도만 조금 건드릴 생각이니까. 일본군 보급품으로 이 녀석을 쫙 뿌려 놓고 전쟁터에 내보내면 볼 만하겠지."

순간 무영의 동공이 커졌다. 일부러 자살 권총 같은 불량품을 만들어 일본군에 납품한다니, 허를 찌르는 작전이었다. 무영은 영수가 달리 보였다. 그는 어린애처럼 웃고 있는 영수의 머릿속에 어떤 그림이 들어 있는지 궁금해졌다.

"한일단 보급품으로 빼돌릴 총이라고 하지 않았나?"

무영은 확인에 나섰다.

"재료를 빼돌린다고 했지, 총을 빼돌린다고 하진 않았잖아? 우리가 쓸 총은 내가 따로 만들 거야."

무영은 생경한 얼굴로 영수를 바라봤다. 제멋대로 솟은 곱슬머리 아래로 장난스러운 이마가 반짝거렸다. 가뜩이나 도톰한 눈두덩은 웃음에 부풀어 더욱 통통해져 있었다. 확실히 그는 진심으로 즐거워 보였다. 이해할 수 없는 노릇이었다.

"넌 왜…… 이 일을 하는 거지?"

무영이 물었다. 순수한 궁금증이었다.

"안 할 이유가 뭐가 있어? 재밌고, 돈 되고, 게다가 폼도 나잖아. 독립군씩이나 되니 말이야."

명료한 대답이었다. 무영은 어떤 반론도 내밀지 못했다.

"임시 정부는 이번 전쟁에서 연합군 쪽으로 붙는다며? 그러니 두고 봐. 내가 일본군에게 이 총을 쥐어 주는 것만으로도 임정은 나한테 큰절을 해야 한다니까."

틀린 말은 아니었다. 영수의 말대로 남부의 14식 권총, 즉 자살 권총은 그 사고 위험 때문에 일본군에 은근한 위협을 줬다. 군에 값싼 자동 권총을 보급하기 위해 개발한 총이었지만, 돈이 있는 장교들은 누구도 그 총을 쓰지 않았다. 덕분에 죽어나는 것은 힘없는 하급 장교들이었다. 그런 전적을 만회하기 위해 새롭게 만든 총이 94식 권총이라 했다. 그런데 영수가 다시 설계도를 흔든다면 일본군에게 또 한 번 상당한 타격이 될 것이 분명했다.

"그러는 너는 왜 정민석을 죽이려는 거야? 조직에서 시킨 일도 아닌데 뭐 하러 실속 없이 사고를 치는 거냐고. 혹시 역사책에 이름 석 자 남기고 싶은, 뭐 그런 거야?"

이번엔 영수가 물음을 던졌다.

"그딴 건 관심 없어."

무영이 잘라 말했다. 언제 들어도 속이 뒤틀려 오는 이름이었다.

"그냥 난 누굴 죽이고 싶을 뿐이고, 죽여도 되는 놈이 정민석이니까. 그래서 없애려는 것뿐이야."

무영은 다시 영수에게 시선을 돌렸다. 무영은 영수가 낯설었다. 영수는 분명 재미있고 폼이 나서 이 일을 한다고 했다. 같은 독립운동을 하면서도 자신과는 도저히 접점을 가질 수 없는 가치관을 품고 있었다. 문득 무영은 독립군으로 살아간다는 것에 얼마나 많은 이유가 존재할지 궁금해졌다. 누군가는 돈을 위해, 누군가는 복수를 위해, 다른 이는 권력을 위해 독립군이라는 이름을 거머쥐었을 터였다. 그도 아니면 운명 때문일지도 모를 일이었다.

21

무영은 비장한 표정으로 총을 꺼내 들었다. 더 이상 거사를 미룰 수 없다는 판단 때문이었다. 탐색이라면 충분히 해 왔다. 그러니 오늘은 반드시 민석의 숨통을 끊어 놓아야 했다. 오랜 관찰 결과 그는 민석의 집에서 몇 가지 빈틈을 발견했다. 많은 이가 경비를 서고 있음에도 덩치가 워낙 컸던 탓에 곳곳에 구멍이 존재했다. 날렵한 무영의 몸이라면 뚫고 들어가는 일은 그리 어렵지 않을 터였다.

총을 챙긴 무영은 지체 없이 여관방을 나섰다. 만일을 대비한 단도도 함께였다. 사실 계획했던 일정은 아니었다. 그저 영수와의 설전과 초저녁에 마신 막걸리가 일을 부추겼을 뿐이었다. 하지만 충동적인 계획치고는 운이 좋았다. 민석의 집 앞에 주차된 차가 그의 귀가를 알렸다. 제 주인이 들어선 탓인지 경비들도 한산해 보였다. 무영은 하늘이 준 기회라 여겼다.

힐끗 정문을 살피던 무영은 모퉁이를 돌았다. 전면에 진 치고 있는 경비들을 피하기 위함이었다. 하지만 담벼락 뒤에도 보초가 두 명 있었다. 물론 그들을 잠재우는 일은 어렵지 않았다. 오랫동안 살인 병기로 길러졌던 무영에게 얼빠진 경호원 두 사람쯤 기절시키는 일은 식은죽먹기였다.

무영은 가볍게 담을 뛰어넘었다. 날랜 몸이 잘 손질된 정원으로 풀썩 내려앉았다. 그는 찬찬히 내부를 둘러봤다. 가까이서 본 정원과 건물은 상상하던 것 이상으로 압도적이었다. 정원이라기보다는 공원에 가까운 규모였다. 그는 조심스레 길음을 옮겼다. 눈에 얼어붙은 바닥은 미끄러웠다. 얇은 신발 바닥을 뚫고 찬 기운이 올라왔다. 발가락의 감각이 서서히 둔해졌다. 하지만 그런 건 아무렇지 않았다. 심장에서부터 치밀어 오르는 열기에 비하면 이까짓 한파쯤은 아무것도 아니었다. 무영은 조심스레 건물을 배회했다. 창문은 모두 야무지게 닫혀 있었다. 그는 진입로를 찾느라 전전긍긍했다.

그때였다. 현관이 열리며 인기척이 들렸다. 나오코였다. 무영은 잽싸게 나무 그늘로 몸을 숨겼다. 나오코는 추위에 몸을 웅크린 채 종종걸음을 쳤다. 이제 막 슈헤이를 재운 뒤 제 숙소로 돌아가는 길이었다. 무영은 뒤에서 달려들어 그녀의 입을 틀어막았다. 뜻하지 않은 공격에 놀란 나오코는 차마 비명도 지르지 못한 채 질겁했다. 무영은 칼등으로 조용히 그녀의 급소를 쳤다. 나오코는 맥없이 쓰러졌다. 무영은 늘어진 나오코를 한쪽 구석에 뉘어 둔 뒤 안으로 걸음을 옮겼다. 그러다 못내 찜찜해 돌아와서 제 옷을 덮어 줬다. 행여 여자의 몸이 얼까 걱정스러운 마음에서였다.

"한심하군."

그는 제 행동을 못마땅하게 여기며 현관을 통해 안으로 들어섰다. 주위를 살피던 무영은 조용히 현관문을 닫고 걸어 잠갔다. 밖에서 사람이 들까 염려한 탓이었다.

철커덕.

묵직한 금속음과 함께 문이 잠겼다. 모든 것이 완벽해 보였다. 하지만 그는 예상치 못한 난관에 봉착했다. 내부가 지나치게 넓었다. 민석의 뒤를 수없이 밟으며 정탐해 온 그였지만 집 안까지 살필 수는 없었다. 그러니 상상 이상의 규모에 당황하는 건 어찌 보면 당연한 일이었다.

좌우를 살피던 그는 2층으로 향했다. 본능에 의지한 행동이었다. 반쯤 계단을 오르던 무영의 시선이 살짝 열린 문에 닿았다. 불빛이 있었다. 안에 사람이 있음이 분명했다. 그는 발소리를 죽여 방으로 다가섰다. 은은한 조명과 함께 화려한 침실이 보였다. 분명 저택의 주인이나 사용할 수 있을 법한 고급스러운 방이었다. 무영은 새삼스레 묘한 흥분을 느꼈다. 침대 위에 사람의 흔적이 자리하고 있었다. 목표물임이 분명했다. 그는 가만히 품 속의 칼을 꺼내 들었다. 싸늘한 감촉이 그의 살기를 부추겼다. 무영은 스산하게 웃었다. 조금 후면 그의 오랜 염원이 열매를 맺게 될 터였다.

그는 조용히 문을 밀고 안으로 발을 들였다. 상대는 그의 기척을 눈치채지 못했는지 미동도 없었다. 무영은 이불을 확 들추며 상대를 향해 칼을 겨눴다. 그러자 겁에 질린 검은 눈동자가 그를 응시했다. 무영은 당황했다. 예상하지 못한 상대였기 때문이었다. 칼끝을 마주 보고 있는 이는 민석이 아닌 미유키였다.

무영이 당황하는 사이 미유키는 제 몸을 방어하려 몸을 움츠렸다. 그녀는 맑은 눈으로 상대를 올려다봤다. 제 몸을 덮치는 공포에 도리어 정신이 맑아진 모양이었다.

"조용히 닥치고 있는 게 좋을 거야."

음습한 목소리가 그녀의 목을 조여 왔다. 그녀는 조용히 끄덕였다. 그는 힐끗 그녀를 살폈다. 참혹한 최후와는 어울리지 않는 단아한 인상이었다.

"정민석 어디 있어?"

무영이 다급하게 물었다.

「알려 주면, 그 사람 죽일 작정인가요?」

안개처럼 내려앉은 물음이 그의 심장을 파고들었다. 순간 무영의 한쪽 눈썹이 솟구쳤다.

「그래. 하지만 알려 주지 않으면 널 죽이겠지.」

조금의 주저함도 없는 협박이 이어졌다. 본능에 가까운 대답이었다.

「날 죽이면 당신은 뭘 얻게 되나요?」

흔들림 없는 까만 눈동자가 그를 빤히 응시했다. 무영은 자신을 바라보는 검은 그림자에 당혹감을 느꼈다.

「……뭐?」

「이 자리에서 날 죽이면, 조선 땅…… 찾을 수 있는 건가요?」

맥없는 물음이 그의 뇌를 흔들었다. 조곤조곤 움직이는 붉은 입술이 묘하게 그를 도발했다.

「닥쳐. 이 칼이 날뛰는 게 보고 싶지 않다면.」

무영은 낮은 독설과 함께 그녀를 쏘아봤다. 두려움을 끄집어내기 위해서였다. 그러나 막막했다. 생전 희로애락 같은 건 담아내 본 적 없는 것 같은 얼굴이었다. 이목구비의 경계가 없는 완만한 곡선에는 감정으로 단련된 근육 같은 건 자리하지 않았다. 하지만 무영은 그녀의 이면에 일렁이는 슬픔을 읽어 냈다. 마치 말간 기름종이로 만든 가면과 마주하는 것 같았다. 속내를 드러내지 못하는 얼굴을 지녔다는 건 서글픈 일이었다.

「당신은 그저 꼭두각시군요. 자신의 검이 왜 상대를 찌르는지도 모르는.」

"닥치라고 했지!"

무영은 살기 어린 목소리로 미유키의 목을 조여 갔다. 그러나 미유키의 입가에는 까닭을 알 수 없는 미소가 돌았다. 자조였다. 그녀는 뜻밖에도 낯선 사내에게서 제 모습을 보고 있었다. 그는 움직이고 자신은 멈춰 있음에도 어쩐지 같아 보였다. 무엇을 위해 행동하는지에 대한 자각이 없다면 달리거나 멈춰 있거나 다를 바 없었다.

「그래. 곧 사라질 목숨이니 소원이라면 말해 주지. 난 그저 누군가의 핏값을 받으러 왔을 뿐이야. 정민석이라는 이름을 위해 피를 뿌린 누군가의 핏값.」

무영은 까닭 없는 대답을 늘어놓았다. 알 수 없는 모멸감 때문이었다.

「핏값이라……. 재미있는 계산법이네요. 피의 값을 피로 치르겠다니.」

겁먹을 줄 알았던 그녀의 입가에 싸늘한 미소가 돌았다. 무영은 그 웃음에서 서늘함을 느꼈다.

「민석 씨를 죽이고 나면 당신이 잃어버린 누군가를…… 다시 살려 낼 수 있는 건가요?」

「말장난하지 마!」

　인내심을 잃은 무영이 미유키의 목에 칼날을 들이댔다. 미유키는 질끈 눈을 감았다. 이렇게 끝나는 것도 나쁘지 않았다. 무영을 향해 던진 비수가 뜻하지 않게도 제 가슴에 박혀 있던 가시를 긁어낸 것 같았다. 인형처럼 조종당하는 삶도, 더러운 물건처럼 천대받는 생활도 안녕이었다. 짧은 순간 미유키는 그렇게 제 인생에 작별을 고했다.

　탕! 탕! 탕!

　애석하게도 그녀의 작별 의식은 그 끝을 보지 못했다. 미유키는 예기치 않은 총성과 함께 바닥을 굴렀다. 제 몸을 덮친 낯선 사내와 함께였다. 무영은 출입구를 향해 총을 쐈다. 보이지 않는 상대의 공격 때문이었다. 무영은 본능적으로 그가 민석이라는 사실을 알아챘다. 무영은 잽싸게 피할 곳을 찾았다. 하지만 밀폐된 방에서 제 몸을 숨길 곳은 아무 데도 없었다.

　"지금 쏘면 이 여자가 다칠 거야."

　무영은 망설임 없이 미유키의 목을 끌어당겼다. 그는 그녀를 방패삼아 뒷걸음질쳤다. 미유키는 제 머리에서 날카로운 감촉을 느끼며 민석을 빤히 바라봤다. 구조 신호였다. 그러나 민석은 그녀의 바람을 무참히 짓밟았다.

　"좋으실 대로."

　민석은 건조한 대답을 내뱉고는 주저 없이 방아쇠를 당겼다.

　탕! 탕! 탕!

　미유키는 어찌 되어도 상관없다는 기색이었다. 날카로운 총알이 벌처럼 방을 누볐다. 매운 탄약 냄새에 이런저런 파열음이 섞여 들었다. 무영은 깨진 꽃병 위로 휘청거리며 주저앉았다. 다리에 총을 맞았던 것이다.

　미유키는 멍한 눈길로 제 남편을 봤다. 몸은 멀쩡했다. 너덜너덜해진 건 그녀의 마음이었다. 설마 하며 품고 있던 일말의 기대는 참담하게 짓밟혀 피투성이로 바닥을 굴렀다. 너덜너덜해진 마음에 시린 바람이 들어 찼다. 미유키는 혼란스러움에 자신이 어째서 아직도 멀쩡한지를 자각하지 못했다. 그러다 문득 육중한 움직임에 정신이 돌아왔다. 그녀는 그제야 자신의 몸뚱이가 낯선 남자의 보호 아래 이리저리 굴러다니고 있음을 깨달았다. 그 새삼스러운 자각에 돌연 미유키의 두 뺨이 발갛게 달아올랐다. 경각에 달린 목숨과는 어울리지 않는 여심의 발현이었다. 그러나 그런 그녀의 마음과는 별개로 무영은 민석의 저격 방향을 가늠하며 더욱 세차게 그녀를 감싸안고 있었다. 미유키를 짓누르는 무영의 압박에 그의 다리에서 새어 나온 붉은 피가 그녀의 흰 옷을 적셨다.

"나라면 조용히 항복하는 쪽을 택할 거야."

어둠 속에서 민석이 모습을 드러냈다. 무영의 비척거림을 확인한 뒤였다. 민석은 비죽 웃으며 총을 장전했다. 무턱대고 총을 난사하지 않는 것으로 보아 죽이지 않고 사로잡을 모양이었다. 그렇게 두 사람은 미유키를 사이에 둔 채 서로를 겨누고 있었다.

무영은 머릿속으로 남은 총알의 수를 계산했다. 그의 기억대로라면 남은 탄환은 오직 한 발이었다. 그 총알로 승부를 보지 못하면 그는 꼼짝없이 그의 손아귀에 넘어갈 판이었다. 취기에 허술하게 나선 것이 화근이었다. 방아쇠에 닿은 검지가 떨려 왔다. 망설임이었다. 하지만 지금이 아니면 기회는 없었다. 설령 실패해서 죽는다 해도 아쉬울 것 없는 삶이었다. 무영은 제 몸에 있는 모든 집중력을 끌어 모았다. 민석의 위치를 기억해야 했다. 무영은 눈을 부릅뜨며 상대를 살폈다. 거만하기 짝이 없는 냉소가 그의 심장을 조여 왔다. 무영은 침대 위의 이불을 낚아채 민석을 향해 던졌다. 그 더러운 낯짝에 총구멍을 내기 위함이었다. 무영은 자신이 던진 이불을 향해 검지를 당겼다.

탕!

총성과 함께 둔탁한 마찰음이 들렸다. 총알이 이불을 꿰뚫는 소리였다. 그와 동시에 둔탁한 울림이 전해졌다. 살덩이가 내려앉는 소리였다. 무영은 그 묵직한 소리에 민석의 패배를 예감했다. 그러나 다음 순간 그의 심장이 덜컥 내려앉았다. 미유키가 어깨에 총을 맞고 쓰러져 있었다. 그녀는 그 정신에도 남편을 구하기 위해 이불을 막아선 모양이었다. 무영은 떨리는 손을 허리춤에 가져갔다. 당황하는 손끝으로 도신의 야무진 감촉이 전해졌다. 무영은 손에 쥔 칼로 커튼을 찢었다. 그러고는 민석을 향해 단도를 던지며 창밖으로 몸을 날렸다.

민석은 간발의 차이로 검을 피했다. 그의 턱 선을 지난 칼날이 머리카락 몇 가닥과 함께 벽에 꽂혔다. 민석은 신경질적으로 커튼을 밀어젖히고 창밖을 조준했다. 그러나 그의 시야에는 아무것도 보이지 않았다.

22

무영은 가까스로 담을 넘었다. 그러나 불운한 몸뚱이는 담벼락 아래 둔 자전거에 부딪히며 바닥을 나뒹굴었다. 얼어붙은 땅덩어리가 날카로운 발톱으로 그의 몸을 할퀴었다.

「총 내려! 움직이면 쏜다!」

무영은 바닥에 배를 맞댄 채 위를 올려다봤다. 자신을 내려다보는 다섯 명의 순사가 보였다. 무영은 바닥에 총을 내려놓고는 서서히 일어섰다. 그 사이 순사들은 그를 겨눈 채 점점 다가오며 진을 짰다. 그는 자신을 향해 다가오는 발소리를 가만히 되뇌었다.

하나, 둘, 셋.

상대가 사정거리 안에 들어오자 무영은 순사의 칼을 잡아 뺐다. 놀란 순사가 반사적으로 방아쇠를 당겼다. 그러나 총성은 하릴없이 허공을 갈랐다. 총을 쥔 손목이 무영이 휘두른 칼날 아래 떨어져 나간 까닭이었다. 예상치 못한 전개에 순사들은 사색이 됐다. 그러나 폭주는 그때부터였다. 그들은 공평하게 칼날을 나눠 가지며 피를 토했다. 살점을 도려내는 둔탁한 금속음과 함께였다. 무영은 손등을 적시는 그들의 더운 피에 이성을 되찾았다. 칼바람을 타고 비릿한 피비린내가 올라왔다. 무영은 그 비정한 냄새에 의지하며 걸음을 옮겼다. 자꾸만 정신이 아득해졌다.

무영은 사력을 다해 달렸다. 아픈 다리에서는 감각이 사라진 지 오래였다. 심한 통증에 다리의 움직임이 둔해졌다. 결국 지친 그는 담벼락에 기대 헉헉거렸다. 고통을 잊으려 눈을 감았다. 그러자 총을 맞고 쓰러지는 미유키가 스쳐 지났다. 그 모습은 자꾸만 죽어 가던 제 연인의 모습과 겹쳐졌다. 무영은 그 생각을 지워 내기 위해 다시 달렸다. 지우고 싶었다. 벗어나고 싶었다. 할 수만 있다면 비참한 과거로부터 영영 도망치고 싶었다.

그는 천신만고 끝에 대장간에 도달했다. 무영은 안간힘을 다해 영수의 사무실 문을 열어젖혔다. 왈칵 문이 열리자 설계도를 살피던 영수가 놀라 돌아봤다. 그의 시야에 피범벅이 된 무영의 다리가 들어왔다. 무영은 그대로 풀썩 쓰러졌다.

"무슨 일이야?"

영수가 급히 무영을 부축했다. 영수의 손바닥으로 끈끈하게 멍울거리는 피가 흘러내렸다.

"미안하게 됐군."

무영이 가쁜 숨을 몰아쉬었다.

"진짜 미안하게 됐네. 이 꼴로 여길 왔단 말이야? 아이고, 아주 길 안내 제대로 하셨구먼. 경성 순사들 전부 이리 불러 모을 셈이야?"

무영은 그제야 뒤를 돌아봤다. 사방에 흩어진 핏자국이 길을 만들고 있었다.

"능력 좋잖아. 어떻게 좀 해 봐."

"아, 참 미치겠네. 아오, 내가 저 사고뭉치한테 정말 제대로 낚였구나."

영수는 잽싸게 창문과 문을 걸어 잠갔다. 그리고 검정색 커튼으로 꼼꼼하게 실내를 가린 뒤 설계도가 있는 책상을 한쪽 구석으로 밀었다. 무영은 맥없는 얼굴로 그런 영수를 물끄러미 보다 흠칫 놀라 몸을 일으켰다. 책상을 치운 영수가 카펫 바닥에 숨겨진 출입문을 열었다. 그는 무영을 부축해 아래로 밀어넣었다.

"빨리 들어가! 빨리! 형씨 때문에 우리 일 다 망치기 전에!"

무영은 계단을 내려가다 굴러 떨어졌다. 그는 가까스로 벽을 짚고 다시 서서 그 자세 그대로 주위를 살펴봤다. 고통으로 일그러져 있던 얼굴이 놀라움으로 굳었다. 총기들이 벽면에 가득했다. 무영은 고통도 잊은 채 비척거리며 걸었다. 그대로 10분 남짓 걸어 들어가자 맞은편에 철문이 보였다. 무영은 주저하지 않고 그 문을 열어젖혔다.

끼이익.

요란한 쇳소리와 함께 문이 열렸다. 그 순간 무영은 경악했다. 자신과 마주하고 있는 거대한 땅굴 때문이었다. 보는 것만으로도 위압감이 느껴지는 압도적인 규모의 지하도였다.

운명의 붉은 실

1

민석의 집은 아침부터 분주했다. 순사들은 먼지 한 톨 놓치지 않을 기세로 정원을 살폈다. 하지만 별다른 흔적은 찾아내지 못했다. 무영이 기물의 파손 없이 잠입했기 때문이었다. 이들은 나오코를 붙들고는 범인의 인상착의에 대해 추궁했다. 그러나 한순간에 정신을 잃었던 그녀가 제대로 된 답을 할 리 만무했다.

「담 넘는 도둑놈이 이름 써 붙이고 다니는 것도 아닌데 대체 뭘 조사하라는 거야? 없어진 물건도 없다면서. 하여간 유난스럽게.」

찬 바람에 손을 비벼 대던 순사가 구시렁거렸다. 그는 감기에 들었는지 연신 코를 훌쩍였다. 마른기침을 하는 그의 입가로 뽀얗게 김이 올라왔다.

「자작 각하 댁이니 신경 써서 조사하라는 청장님 말씀 못 들었어? 괜히 입 나불대다 경치지 말고 잘 살펴봐. 자고로 별 볼일 없는 일 백 번 하는 것보다 이런 일 한 번 잘 해결하는 게 출세의 지름길이니까.」

맞은편의 동료가 뼈 있는 충고를 건넸다.

「그런데 무슨 집이 이렇게 넓어? 아무리 봐도 끝이 없으니 이거 원.」

감기 든 순사는 여전히 투덜거렸다. 사유지라 믿어지지 않을 규모의 정원을 세 바퀴나 돌아 본 그의 입장에서는 합당한 불만이었다.

순사들이 정원을 살피는 사이 민석은 미유키의 방을 돌아 보고 있었다. 순사들보다 먼저 사건 현장을 다시 살피기 위해서였다. 방 안에는 특별한 흔적이 없었다. 민석은 고개를 든 채 얕은 한숨을 쉬었다. 그때였다. 뜻하지 않은 단서가 눈에 띄었다. 무영의 단도였다. 민석은 가만히 검을 쓸었다. 미끈한 기름이 묻어났다. 상대는 분명 자신을 향한 적개심을 담아 이 칼을 매만졌을 터였다. 민석은 쓴웃음을 지으며 이리저리 칼을 돌려 봤다. 그러다 누군가의 발걸음 소리에 단도를 제 품 속으로 밀어넣었다. 뒤를 돌아보자 스즈키가 들어서고 있었다. 스즈키가 절도 있는 인사와 함께 자신의 다짐을 전했다.

「경성 내의 모든 경찰력을 동원해 최선을 다해 수사하겠습니다.」

스즈키는 비굴한 웃음을 보였다. 다분히 아부가 섞인 태도였다.

「요란한 건 질색이니 이만 돌아갔으면 좋겠군. 더 이상 건질 것도 없어 보이니.」

민석은 귀찮은 기색으로 의자에 몸을 묻었다.

「대일본 제국 자작 각하 댁에 침입자가 발생한 사건입니다. 더군다나 그자는 각하의 목숨을 노리고 온 자입니다. 그러니 이참에……」

「기세가 좋군.」

민석의 싸늘한 목소리가 공기를 갈랐다. 스즈키는 그런 민석의 의도를 몰라 긴장했다.

「그런데 기세에 비해 조사는 허접스러워 보이는데. 딱히 알아낸 거라도 있나?」

민석은 창밖의 순사들에게로 시선을 돌렸다.

「그게…….」

스즈키는 곤란한 듯 머뭇거렸다.

「조직이 개입되지 않은 독자적 범행. 다시 말해 2차, 3차의 범행이 진행된다면 당사자에게도 꽤 위험한 도박이 되겠지.」

민석은 상황을 명료하게 정리했다.

「어떻게 그런 것을……?」

스즈키는 무안함에 말을 잇지 못했다.

「자네는 가서 기자들 입단속이나 하는 편이 낫겠군. 괜히 암살이니 뭐니 떠들어서 신경 거슬리는 건 딱 질색이니까.」

민석의 얼굴에 조소가 떠올랐다.

「알겠습니다.」

머쓱해진 스즈키는 꾸벅 인사를 한 뒤 사라졌다.

스즈키가 떠난 뒤에도 민석의 집은 한동안 분주했다. 나오코는 엉망이 된 집안을 정리하느라 부산했고, 경호원들의 움직임은 전에 없이 강경해졌다. 뿐만 아니라 뒤늦게 도착한 고등경찰들까지 가세해서 집안은 뒤숭숭하기 짝이 없었다. 잠시 후 오래지 않아 혜상까지 도착했다. 그는 민석의 주치의이자 경성 병원의 원장이었다.

"다행히 신경은 손상되지 않았습니다. 당분간 안정을 취하면 금세 회복되실 것 같습니다. 총알이 조금이라도 옆에 맞았으면 큰일 날 뻔했는데 정말 다행입니다."

응급 처치를 마친 혜상은 진심으로 안도했다. 그의 기색으로 봐서는 꽤 위험한 상황이었던 모양이다. 미유키의 안색은 단정한 하얀 이불처럼 창백했다.

"총알은, 빼냈습니까?"

민석이 물었다. 싸늘한 어조였다.

"네, 여기."

혜상은 스텐 용기 속에 담긴 총알을 건넸다. 탄피를 받아 든 민석은 탐색에 들어갔다. 보물이라도 살피듯 꼼꼼한 눈초리였다.

"내일부터 저녁시간에 맞춰 매일 들르겠습니다."

혜상은 의료 도구들을 챙기며 자리에서 일어섰다.

"아닙니다. 바쁘신 분께 그런 결례를 범하고 싶지 않습니다."

혜상은 분주한 손길을 멈추고 물끄러미 민석을 바라봤다. 아까와는 다른 따뜻한 기운이 돌고 있었다. 민석은 확실히 냉정한 인물이었다. 하지만 혜상에게만은 언제나 살가웠다. 물론 그의 성격이 허용할 수 있는 범위에 한정되긴 했지만 말이다.

"괜찮으시다면 유능한 여의사께서 와 주시는 편이 나을 것 같군요. 이 사람이 낯을 많이 가리다 보니."

민석은 자연스럽게 뼛속까지 각인된 다정한 남편의 처세를 끄집어냈다. 속내야 어찌 되었건 미유키에 대한 경멸감을 온 세상에 알릴 필요는 없었다. 불필요한 흠을 잡힐 이유도 없었다.

"상처 부위를 계속 손봐야 하니 그게 낫겠군요. 그렇다면 부족하지만 제 여식을 보내도록 하겠습니다."

"고맙습니다. 늦은 시간까지 고생 많으셨습니다."

"아닙니다. 경황이 없으실 텐데 각하도 이만 쉬십시오."

혜상이 인사를 전하자 민석은 그를 따라나섰다. 민석의 입가에 속내를 알 수 없는 미소가 스쳤다. 그는 조용히 제 주머니 속에 총알을 집어넣었다. 두 사람은 묵묵히 1층으로 내려왔다. 거실에는 10여 명의 고등 경찰들이 분주히 움직이고 있었다. 그들은 증거 찾기에 여념이 없어 보였다. 그러다 경직된 자세로 제 상사를 맞이했다. 현관을 들어서는 마모루는 얼굴이 붉었다. 뒤늦게 연락을 받은 모양이었다. 그는 헐레벌떡 달려오느라 민석에게 인사하는 것도 잊었다. 민석은 싸늘한 눈길로 그런 그를 주시했다.

「어떻게 된 일입니까?」

마모루가 사색이 되어 물었다.

「보고받으신 그대로입니다. 상대는 절 노리고 총을 쐈고, 운이 없게도 아내가 대신 맞았습니다.」

여유 있는 대답이었다. 순간 마모루는 얼굴을 찌푸렸다. 미유키의 안위는 아랑곳 않는 민석의 태도 때문이었다. 마모루는 불쾌해졌다. 한갓 조선인이 일본 화족의 안위에 무심하다는 사실이 그의 심기를 건드렸다. 더군다나 미유키는 제 친구의 딸이었다.

「미유키 상은 어떻습니까?」

「다행히 치료만 잘하면 회복에는 무리가 없을 것 같습니다.」

「평소에 그렇게 순사들을 내치지만 않으셨어도 이런 일은 없었을 텐데…….」

마모루는 저도 모르게 불만을 내비쳤다.

「탄피입니다.」

민석은 그의 말을 가로챘다. 알량한 투덜거림에 대한 일갈이었다. 탄피라는 말에 마모루의 눈이 동그래졌다. 확실한 증거품이었기 때문이다.

「경무국장님께 직접 드리려고 제가 가지고 있었습니다.」

총알은 수건에 놓인 채로 건네졌다. 행여 마모루의 손에 닿을까 하는 염려에서였다. 속내를 모르는 마모루는 무심히 총알을 받아 들었다. 민석은 저도 모르게 손가락을 오그렸다.

「8밀리 탄피군요.」

마모루가 낙심했다.

「남부 권총인 것 같습니다.」

「가장 손에 넣기 쉬운 권총이죠.」

건조한 어투였다. 그러자 현관을 나서던 혜상이 뒤를 돌아봤다. 순간 민석과 혜상의 눈이 마주쳤다. 하지만 두 사람 모두 그 이상의 동요는 보이지 않은 채 일별했다.

2

물방울 떨어지는 소리가 반복적으로 지하도에 울려 퍼졌다. 무영은 아픈 다리를 질질 끌며 벽에 걸린 총기를 살폈다. 그러다 갑작스레 몸을 숨겼다. 방어 태세도 함께였다. 맞은편에서 발걸음 소리가 들려왔다. 무영은 품 속의 단도를 꺼내 들었다. 판단이 아니었다. 본능이었다.

가까워진 기척에 무영은 칼을 휘둘렀다. 그러자 그의 칼끝에 사색이 된 영수의 코끝이 스쳤다. 그제야 무영은 겨우 긴장이 풀려 털썩 자리에 주저앉았다. 다리에는 피가 흥건했다.

"아주 기운이 펄펄 넘치는구먼? 남은 중노동을 시켜 놓고."

영수는 지친 기색으로 껑충한 제 몸을 구겨 앉았다.

"미안해."

머쓱한 사과였다. 하지만 진심이었다.

"피범벅 해 놓은 거 죄 청소해 놨더니만 그래도 보람은 있네. 형씨한테 미안하단 소리를 다 듣고."

영수는 짤막한 사과에 고생을 잊었다. 무영의 성격을 감안하면 쉽지 않은 말임을 아는 까닭이었다.

"총 맞은 거야? 어디 봐."

그는 바지런히 무영의 상처를 살폈다. 영수가 다리를 건드리자 무영의 얼굴이 일그러졌다. 벌어진 상처에서는 어느새 진물이 나오고 있었다. 영수는 저도 모르게 이맛살을 찌푸렸다.

"병원 못 가는 거 형씨가 더 잘 알지?"

무영은 조용히 끄덕였다. 이대로 밖으로 나간다는 건 자살행위였다.

"총알…… 내가 뺀다."

영수가 중얼댔다. 제 스스로에 대한 다짐이었다. 하지만 막상 칼을 집어 든 그는 주저했다.

"아, 나 진짜. 나 비위 약해서 이런 거 못하는데. 내가 진짜 못 살아. 임자 하나는 제대로 만났다니까."

영수의 호들갑과 달리 무영의 표정은 담담했다.

"이 꽉 깨물어."

영수는 비장한 표정으로 몇 번이나 심호흡을 했다. 그러고 나서야 겨우 상처에 칼을 댔다. 꽉 다문 무영의 이 사이로 비명이 새어 나왔다. 영수는 제 살을 찢어 내는 양 신음 소리를 토하며 더 심하게 찡그렸다.

땡그랑!

마침내 총알이 빠져나왔다. 낭랑한 금속음이 지하도에 울려 퍼졌다.

영수는 지혈해 주는 것도 잊은 채 총알을 집어 들었다. 그는 피에 젖은 탄피를 구석의 물 양동이에 씻어 냈다. 증거에 집착하는 모양새는 민석과 판박이였다.

"이 탄피, 루거잖아?"

총알을 살피던 영수의 얼굴이 하얗게 질렸다. 총의 주인이 범상치 않은 인물임을 파악했기 때문이었다. 루거는 독일 장교들에게나 지급되는 희귀한 총이었다. 그런 탓에 루거를 소지하고 있다는 건 그 자신이 장교이거나, 혹은 장교의 숨을 끊어 놓았다는 의미로 해석됐다. 조선에서 그런 총을 쥐고 있는 이는 분명 흔치 않을 터였다.

"혹시……, 너 정민석 총에 맞은 거야?"

행여나 하는 물음에 침묵이 돌아왔다. 긍정의 표시였다.

"도대체 어쩔 셈이야? 이제 다들 눈이 뻘게져서 형씨를 찾아 나설 텐데. 총독부며 종로서며 전부 동원될 거라고. 그뿐이야? 상해 쪽에서도 이번엔 그냥 넘어가지 않을걸? 당장 우리 아버지가 아셔도 펄펄 뛸 일이라고!"

무영은 그를 외면한 채 제 상처를 묶었다. 미안해서였다. 하지만 그 침묵에 영수는 더욱 분이 치밀었다.

"도대체 무슨 생각인 거야? 얼마나 대단한 원한 관계인지는 모르지만 어떤 사람들은 이 일에 평생을 걸었어! 조금이라도 어긋나면 여러 사람 인생이 골로 간다고! 너무 무책임한 거 아니야?"

영수는 진정이 안 되는지 연신 손으로 이마를 짚었다. 고집스러운 곱슬머리가 제멋대로 흐트러졌다.

"에라, 나도 모르겠다. 난 여차하면 형씨 팔고 발 뺄 거야. 총독부나 중추원에서 냄새 맡고 대장간까지 물고 늘어지면 그냥 팔아넘길 거라고!"

영수는 홧김에 마음에도 없는 말을 쏟아 냈다.

"맘대로 해. 그런데 여긴 뭐야?"

무영은 무뚝뚝하게 화제를 돌렸다.

"뭐겠어? 비밀 통로지."

영수가 퉁명스레 답했다. 아직도 흥분이 가라앉지 않은 듯했다.

"비밀 통로?"

"우리 할아버지께서 만들어 두신 거야. 대단한 양반이지. 일본놈들이 조선을 삼키기도 전에 낌새를 채셨으니까."

영수는 모처럼 진지해졌다.

"형씨가 알까 모르겠지만 우리 경성 대장간, 알고 보면 꽤 역사가 깊어. 우리 아버지가 5대째로 물려받은 곳이니까. 그냥 오래되기만 한 게 아니라 기술로도 조선 최고지."

"그런데 이 통로는 왜……?"

"할아버지께서 경성 대장간을 운영하시던 시절에 일본놈들이 경부선을 뚫겠다고 밀고 들어왔어. 지들이 대륙으로 넘어갈 때 무기 수송을 원활하게 하려면 그게 최선의 방법이었을 테니까."

대화가 깊어질수록 영수의 눈빛에 총기가 일었다.

"고종 폐하께서 그 속셈을 알고 미국 쪽에 부설권을 줬지만 그 입찰권을 따낸 놈들이 돈이 없었나 봐. 결국 끝까지 포기 안 하고 기회만 엿보던 일본놈들이 돈으로 알랑거린 거지. 아무튼 최후의 승자는 일본이었고, 그때부터 혈안이 돼서 기술자들을 찾아다니기 시작했어. 강제로 인부들을 동원한 것도 물론이고."

무영은 숙연해졌다. 자신에 대한 영수의 분노가 모두 이해됐다. 그는 문득 제 자신이 한 행동에 부끄러움을 느꼈다.

"그때 우리 할아버지께서도 경부선 공사에 참여하셨어. 물론 먼저 할아버지를 찾은 건 그놈들이었지만, 사실은 할아버지께서도 바라시던 일이었어."

"어째서?"

"그놈들의 동선을 세세하게 파악할 수 있으니까."

영수의 입가에 회심의 미소가 돌았다. 무영의 얼굴에도 이채가 서렸다. 한일단에 속한 지 5년이 넘었지만 이런 큰 그림을 가지고 있는 조직이라고는 생각해 본 바가 없었다. 그는 새삼스레 자신이 하는 일에 대한 사명을 되새겼다.

"우리 할아버지는 경부선뿐 아니라 전국 방방곡곡 철로가 깔릴 때마다 모두 참여하시면서 뜻 있는 조선 지주들을 찾아다니셨어. 그렇게 긁어모은 돈으로 일본놈들이 무기를 움직이는 동선 그대로를 본 따서 지하에 통로를 파 두셨지."

"이런 곳을 혼자 준비하셨단 말이야?"

"당신 바보야? 이런 걸 어떻게 혼자 파? 할아버지와 함께 일하던 분들의 자손이 지금 각 지역 한일단의 대다수야."

무영은 완벽하게 수긍했다.

"무슨 말인지 알겠어? 우리 가문은 이번 일을 위해 3대가 준비해 왔어. 우리뿐이 아니야. 평생 망치 두들기고 쇳물 부어 가며 살아온 분들이 이 일을 위해 인생을 걸었다고! 그러니까 다시는 멋대로 굴지 마. 그땐 일본 놈들이 널 잡아내기 전에 내가 먼저 족칠 테니까."

3

미유키는 스르륵 잠에서 깼다. 그녀는 묵직한 눈을 들어 제 방을 살폈다. 오렌지빛 커튼 사이로 평화로운 햇살이 찾아들었다. 무영이 찢어 놓고 간 뒤 새로 교체한 것이니. 어쨌거나 그녀의 방은 여느 때와 다름없이 정갈한 모습이었다. 전날 밤 충격의 흔적 같은 건 도저히 찾아볼 수 없는 고요한 정경이었다. 미유키는 침대에 의지해 제 몸을 일으켰다. 그러자 무게감 있게 무릎을 누르는 나오코의 얼굴이 보였다. 그녀는 밤새 간호라도 했는지 침대 위에 엎드린 채 잠들어 있었다. 미유키는 다시 주위를 둘러보다 지친 기색으로 침대에 몸을 기댔다. 그러다 침대 사이에 낀 알 수 없는 물건에 시선을 빼앗겼다. 미유키는 조심스레 그 꾸러미를 집어 들었다. 어떤 것은 시커멓게 변해 있고 다른 것은 어제 거둬들인 핏빛인 듯 붉었다. 미유키는 그 참담한 물건에서 누군가의 분노를 읽었다. 분명 민석을 죽이려 했던 그 사람의 물건일 터였다.

「아카이…… 이토.」

미유키는 그 참혹한 붉은 실에서 아카이이토赤い糸에 얽힌 제 조국의 설화를 떠올렸다. 사랑하는 이들의 새끼손가락을 이어 준다는 운명의 붉은 실에 대해.

「마님! 정신이 드세요?」

선잠이 깬 나오코가 말을 걸어 왔다. 미유키는 자신도 모르게 그 꾸러미를 이불 속으로 밀어넣었다.

「응. 괜찮아.」

미유키는 애써 웃었다. 나오코를 안심시키기 위해서였다. 그러나 나오코는 다짜고짜 미유키를 부둥켜안고 울었다.

「제가 얼마나 놀랐는지 아세요? 어쩌자고 그러셨어요. 진짜로, 진짜로 마님께서 돌아가셨으면…….」

나오코의 눈물이 미유키의 어깨를 적셨다. 미유키는 그 촉촉한 감촉에 제가 살아 있음을 실감했다.

「이렇게 살아 있잖아. 괜찮아. 나 슈헤이 두고 절대 안 죽어.」

미유키는 가만히 나오코의 등을 토닥였다. 오히려 미유키가 그녀를 달래는 형국이었다.

「도련님도 밤새 울다 두 시간 전쯤에 겨우 잠드셨어요.」

「그랬구나……. 그 사람은?」

그녀는 어린 아들이 받았을 상처에 가슴이 미어졌다. 하지만 그에 앞서 남편의 안위가 궁금했다.

「나리께서는 무사하세요.」

「그래…….」

순간 그녀의 눈두덩이 묵직해졌다.

「진짜 얼음장 같은 분인 줄은 알았지만 그 정도일 줄은 몰랐어요. 마님께서는 사경을 헤매시는데도 어찌나 침착하신지.」

미유키는 서운함에 가슴이 먹먹해졌다.

「솔직히 마님께서 왜 총을 맞으셨어요! 나리 대신해서 맞으신 건데 어쩌면…….」

나오코는 분을 토하려다 입을 다물었다. 민석이 들어선 까닭이었다. 나오코는 고개를 푹 수그린 채 서둘러 방을 나섰다. 민석은 차가운 눈길로 그런 그녀의 뒷모습을 일별했다.

「……그 사람, 반드시 다시 올 거예요. 당신을 정말로 죽이고 싶어했으니까요.」

미유키는 맥없는 목소리로 민석의 시선을 끌어당겼다. 행여 나오코에게 불똥이 튈까 염려해서였다.

「의외네. 당신이라면 내가 죽는 편이 나을 거라고 생각할 줄 알았는데.」

제대로 뒤틀린 독설이었다.

「그런 말이 어디 있어요?」

미유키는 억울함에 항변했다.

「아직도 모르겠어? 어제 같은 상황에서 내가 당신을 전혀 보호할 생각이 없었다는 건 당신과 나! 부부로 가망이 없다는 뜻이야. 그러니까 내 신경 쓰지 말고 남는 기운 있으면 당신 자신이나 돌봐.」

가망이 없다.

미유키는 몇 번이나 그 말을 되뇌었다. 정성을 다하면 얻을 수 있다 생각했다. 전부는 아니더라도 마음 한 귀퉁이 정도는 얻어 가질 수 있다 믿었다.

아니었다.

실은 거짓이었다.

단지 그렇게 믿고 싶었을 뿐이었으니까.

「아이 아빠니까 최소한의 끈이라도 있을지 모른다고 생각했다면 지금이라도 그 생각 버려. 슈헤이는 내가 당신하고 부부라는 최소한의 징표고, 당신에게서 놓여나지 못하는 족쇄일 뿐이니까.」

그는 애써 외면하는 그녀에게 참담한 진실을 들이밀었다. 미유키는 더 이상 울지 않았다. 뼈로 스며드는 한기에 눈물마저 얼어 버렸다.

「나한테야 그렇다고 해도 어떻게 슈헤이까지…….」

「처음부터 말했을 텐데. 난 일본인을 혐오한다고. 소름 끼칠 만큼 싫은 피는 당신 하나면 족하다고! 애초에 아이 같은 거 바란 적 없다고!」

높아지는 민석의 언성에 미유키의 입술이 덜덜 떨렸다. 손가락 마디마디가 제 심장처럼 저려 왔다. 날고기처럼 도마에 오른 진실에 속이 울렁거렸다.

「그래도 우리 아이, 아니…… 당신 아이잖아요.」

미유키가 맞섰다. 항변이라기보다 애원에 가까운 말투였다. 그러나 마지막 희망은 야멸치게 짓밟혔다.

「어린아이니까! 피붙이니까! 마음 어느 한구석에는 아이를 사랑하는 마음이 있을지도 모른다는 기대 같은 건 버려! 그 아이에겐 내 피도 흐르지만 당신 피도 함께 흐르고 있으니까!」

민석은 잔인하게 쐐기를 박았다. 흥분에 잠긴 그의 눈에는 핏발이 서 있었다. 미유키는 감당할 수 없는 모멸감에 입을 다물었다. 싸움은 그대로 종결이었다. 민석은 미련 없이 밖으로 나갔다. 묵직한 나무 문짝이 요란한 소리로 닫혔다.

미유키는 입술을 꼭 깨물었다. 울고 싶지 않다. 눈물을 쏟아 내면 비참한 제 현실을 인정하는 꼴밖에 되지 않을 테니까. 미유키는 절망감에 휩싸였다. 그토록 인정하고 싶지 않았던 현실이 처참한 몰골로 눈앞에 파헤쳐져 있었다. 그에게 그녀는 단 한 순간도 여자가 아니었다. 아니, 사람도 아니었다. 미유키는 제 몸에 남은 그의 흔적을 기억하려 눈을 감았다. 그러나 바람처럼 스쳐 가던 온기는 세월의 이끼에 가려 자취를 잃었다.

"사랑해……."

한시도 잊어 본 적 없는 기억의 한 토막이 죽어 있던 그녀의 촉각을 깨웠다. 술에 젖은 애달픈 고백이 그녀의 입술을 더듬었다.

그날의 민석은 엉망으로 취해 있었다. 그는 허물어져 가는 제 의식을 실낱같은 이성으로 끌어올리고 있었다. 그 바람에 휘청거리던 그의 몸은 한 번씩 경직되며 곧추섰다. 그러다 그는 한순간에 스르륵 무너졌다. 마치 허깨비 같았다. 미유키는 만취한 그를 부축해 침실에 들었다. 하지만 술의 무게를 짊어진 남자는 천근 같았다. 민석은 그대로 중심을 잃고 쓰러졌다. 미유키와 함께였다. 그렇게 그와 그녀의 호흡이 맞닿았다. 순간 미유키의 심장이 달음질쳤다. 그와 그녀의 좁혀진 간격 때문이었다. 미유키는 걷잡을 수 없이 뛰는 제 심장을 다독였다. 그때 민석의 입술이 거칠게 밀고 들어왔다. 마른 나무 같은 그의 턱이 스치자 술 냄새가 물씬 풍겨 왔다. 미유키는 부드러운 입술로 그 향을 이어받았다.

"미안해……."

낯선 조선말의 웅얼거림이 그녀의 귓가를 스쳤다. 그의 것이라 믿을 수 없을 만큼 나약하고 구슬픈 언어였다.

"당신…… 당신 아프게 해서…… 정말 미안해……."

그가 토해 낸 말은 흡사 짐승의 울음 같았다. 제어할 수 없는 슬픔이 다시 그녀의 입술을 덮쳤다. 그녀는 부드럽게 그의 상처를 핥았다. 그러자 취기에 비틀거리는 그의 손가락이 그녀의 얇은 블라우스 속을 파고들었다. 그의 손끝이 지나는 자리마다 달뜬 열기가 스몄다. 미유키는 부드러운 살갗을 훑는 맹렬한 손길에 가볍게 몸을 떨었다.

"사랑해……."

달콤한 술 냄새와 함께 그의 남자가 들어왔다. 미유키는 가슴이 뻐근해졌다. 결혼하고 3년이 지나도록 눈 한 번 제대로 맞춰 주지 않던 남편이었다. 그런 그에게서 '사랑'이라는 단어가 새어 나왔다. 찰나의 것이라도 좋았다. 술기운이라도 상관없었다. 이 시간 이후 말끔히 잊어도 좋았다. 그녀는 그저 지금 이 순간, 그 언어가 자신의 것이라는 사실에 감사했다.

"사랑해…… 사랑해, 혜립아……."

가혹한 고백이었다. 그 서러운 통곡에 미유키의 몸이 싸늘하게 식었다. 오직 이 순간에만 유효할지라도 충분히 감사할 수 있었던 고백이었다. 그러나 그 내밀한 언어의 주인은 그녀가 아니었다. 그가 품에 안은 이는 미유키가 아니었다. 이름만 입에 올려도 그의 마음을 저리게 하던 그만의 애틋한 연인이었다. 하지만 그럼에도 미유키는 민석을 밀어내지 못했다. 모욕감이 커질수록 더욱 세게 그를 끌어안았다. 그래야 참담함이 조금은 사라질 것 같았다.

취기에 젖은 그의 손길이 그녀의 속살을 파고들었다. 그의 자취가 달콤할수록 그녀의 슬픔은 깊어 갔다. 그렇게 미유키는 민석을 받아들였다.

4

"도대체 일을 어떻게 하기에 이런 기사가 나가!"

민석은 신문을 구겨 쥐며 호통을 쳤다. 지면은 전날 밤의 충격 사건을 대대적으로 보도하고 있었다.

"죄송합니다. 총독부 쪽에 신신당부했는데 어디서 새어 나간 건지……."

동호는 난감함에 연신 땀을 닦았다.

"편집장에게 전화해. 폐간되고 싶지 않으면 신문 전부 회수하고 기사 내리라고! 빨리!"

민석의 목에서 쇳소리가 났다. 과로와 감기의 후유증이었다.

"그리고 이번엔 입단속 제대로 해. 무슨 말인지 알아들어?"

혜림과 문선을 염두에 둔 당부였다. 동호는 재빨리 제 주인의 명을 따랐다. 동호가 나서자 민석은 등받이에 기대 눈을 감았다. 곧게 뻗은 속눈썹은 피곤에 절어 있었다. 그는 눈두덩 안쪽의 열기를 느끼며 슬쩍 졸음을 즐겼다. 사실 민석은 몇 년 전부터 불면증에 시달리고 있었다. 하루에 서너 시간을 겨우 넘기던 잠자리는 최근 들어 절반도 누리지 못하게 됐다. 그나마도 절반쯤은 악몽에 시달렸다. 대부분은 사람들에게 짓밟히거나 손가락질받는 꿈이었다. 어쩌다 다른 꿈을 꾸려 하면 어김없이 혜림과의 이별이 찾아들었다. 그가 처한 현실만큼이나 지독한 가상이었다.

그는 감은 눈 아래로 연신 뭔가를 만지작거렸다. 싸늘한 감촉이 그의 정신을 일깨웠다. 그는 주먹을 펴 쥐고 있던 물건을 책상 위에 올렸다. 단단한 나무 책상 위로 차가운 금속 덩어리가 마찰음을 내며 굴러갔다. 미유키의 몸에서 나온 진짜 탄피였다. 한참 동안 탄환을 살피며 골똘하던 민석은 다시 서랍으로 그 물건을 밀어넣었다. 규홍의 부름을 받은 탓이었다. 민석은 내키지 않는 걸음을 옮겨 의장실로 향했다.

"처신을 어떻게 하고 다녔기에 그런 꼴을 당해! 그러게 왜 쓸데없는 일에 나서서 원한을 사!"

규홍의 메마른 고함 소리가 민석에게 던져졌다. 앞도 뒤도 없는 질책이었다. 그에게는 아들의 안위보다 집안의 명예가 더 걱정인 눈치였다.

"어머니께서 하시는 말씀이면 달게 듣겠지만 아버지께 듣고 싶진 않습니다."

민석은 미리 준비라도 한 것처럼 딱딱하게 맞섰다. 몸에 밴 반감이었다.

"뭐가 어째? 뭘 잘했다고! 어디서 못 배운 놈 같이 굴어!"

규홍은 버럭 소리를 질렀다.

"제대로 배웠습니다."

"……뭐?"

"장사치의 아들은 장사치가 되고, 매국노의 아들은 매국노가 되는 게 세상 이치 아닌가요? 아버지께서 살아오신 인생, 충실하게 잘 배우고 있습니다. 그러니 아버지의 아들이라는 사실 하나만으로도 조선 팔도에 저 죽이겠다고 나설 자들이 한둘이겠습니까?"

민석은 제 아버지를 보며 비죽 웃었다. 명백한 도발이었다.

"뭐가 어째?"

결국 규홍은 제 성미를 이기지 못하고 책상 위에 있던 유리잔을 던졌다. 민석의 얼굴에 파편이 스쳤다. 날카로운 마찰과 함께 그의 뺨에 핏물이 고였다. 묵묵히 규홍의 폭력을 받아 내던 민석은 손등으로 수척해진 뺨을 닦았다. 송골송골 맺혀 있던 핏방울이 바닥으로 툭툭 떨어졌다. 그 유연한 움직임에 민석은 맥없이 웃었다.

"차라리 이대로 다 쏟아 내 버렸으면 좋겠네요. 아버지한테 물려받은 매국노의 피 말이에요."

민석은 분노로 부들부들 떠는 아버지를 등 뒤에 두고 밖으로 나섰다. 복도에 선 그는 물끄러미 손끝에 묻어난 피를 봤다. 탐스러운 붉은빛이 그를 매혹했다. '죽음'이라는 방임의 언어가 그의 머릿속을 맴돌았다. 어쩌면 자유라는 건 생각보다 훨씬 간단하게 얻을 수 있는 것인지도 몰랐다.

"괜찮으십니까?"

어색한 목소리가 끼어들었다. 수찬이었다. 민석이 상하 관계를 분명히 하라고 쏘아붙인 이후로 수찬은 민석에게 친구임에도 존대를 하고 있었다.

"인사치레도 눈치껏 하지그래? 딱 봐도 괜찮은 상황은 아닐 텐데."

민석은 맥 빠진 대답을 건넸다. 건조하지만 친밀한 반응이었다. 수찬은 그런 그에게 말없이 손수건을 건넸다.

"여전히 계집애들 같군."

손수건을 받아 든 민석은 피식 웃었다.

"앞으로 괜찮으시겠습니까? 누군지 모르지만 집까지 침입해서 각하를 노렸다면 쉽게 물러서지 않을 텐데요."

수찬도 이미 전날의 침입 사건에 대해 알고 있는 모양이었다. 하기야 중추원 내부에 있는 사람이니 딱히 모를 일도 아니었다.

"질투하는 건가?"

민석은 한 손으로 뺨을 누르며 싱겁게 입을 열었다.

"네?"

"조선을 배신한 걸로 치면 연일 신문에 오르내리는 자네의 유명세도 만만치 않잖아? 그런 자네를 제치고 날 먼저 죽이러 왔으니 말이야."

서글픈 농이었다. 수찬은 그 어이없는 우스갯소리에 헛웃음을 쳤다.

"오랜만이네요. 농담을 다 하시고."

그랬다. 돌이켜보면 유학 시절에는 제법 농담도 주고받던 그들이었다. 물론 기억조차 까마득해질 만큼 먼 과거의 이야기였지만 말이다.

"세탁이라도 해서 주고 싶지만 자네한테 소중한 물건인 것 같으니 그냥 지금 주도록 하지."

민석은 다시 손수건을 건넸다. 수찬은 제 손에 쥔 수건을 봤다. 곱게 접힌 초록빛 그것에는 혜림의 이름이 수놓여 있었다. 오래 전 혜림에게 받은 손수건이었다.

5

커튼이 쳐진 실내는 깜깜했다. 혜림은 감각에 의존해 불을 켰다. 그러자 소파에 누워 잠든 민석의 마른 어깨가 시야에 들어왔다. 혜림은 사근사근한 미소로 그의 머리맡에 앉았다. 매끈하게 뻗은 옆얼굴은 곤하게 잠들어 있었다. 혜림은 착실하게 빗어 내린 앞머리를 가만히 쓰다듬었다. 섬세하게 내려앉은 눈꺼풀이 그녀의 시선을 사로잡았다. 그 평온한 기운에 혜림의 얼굴에 엷은 미소가 돌았다. 하지만 반원을 이루던 그녀의 눈가에 이내 근심이 어렸다. 민석의 뺨에 생긴 상처 때문이었다. 그녀는 가만히 손을 뻗어 상처를 보듬었다. 빳빳하게 내려앉은 딱지에 그녀의 마음이 싸해졌다.

"언제 왔어?"

그녀의 손길에 민석이 눈을 떴다. 부드러운 미소와 함께였다.

"방금."

혜림은 눈물을 밀어넣기 위해 가만히 고개를 들었다. 그 사이 민석은 몸을 일으켰다. 그는 갈증이 났는지 벌컥거리며 물을 마셨다. 느슨해진 넥타이 너머로 힘찬 물길이 움틀거렸다.

"이건 뭐야?"

혜림은 장난스럽게 손가락으로 민석의 뺨을 눌렀다.

"아버지의 특별 훈장."

그는 싱겁게 웃었다.
"뭔지 몰라도 또 매를 벌었나 보네."
혜림은 애써 구박에 나섰다.
"또?"
"당신, 미운 짓 많이 하잖아. 처음 만났을 때부터."
혜림은 목에 걸고 있던 시계를 끄집어내 흔들었다. 그제야 민석은 피식 웃었다. 세월에 아득해진 혜림과의 첫 만남이 떠올랐다.

두 사람의 인연이 시작된 곳은 다름 아닌 공연장이었다. 그날의 공연은 유학 생활을 마친 후 해외에서 이름을 얻어 온 그녀가 처음으로 서는 국내 무대였다. 말하자면 데뷔 무대나 다름없는 자리였다. 혜림은 그 무대를 위해 새로운 창작 무용을 준비했다. 조선의 춤을 출 수 없다는 압박 때문이었다.

이제껏 타국에서 그녀의 이름을 드높여 준 작품들은 조선 전통춤에 뿌리를 두고 서구식 무용을 가미한 형태였다. 하지만 총독부는 어떤 경우에도 조선의 전통춤을 무대에 올릴 수 없다고 압력을 넣었다. 뿐만 아니라 첫 공연은 일반인이 아닌 총독부를 위시한 각 조직의 고위 관료들과 조선 귀족들을 대상으로 해야 한다는 조건을 내걸었다.

혜림은 오랜 고민 끝에 그들의 제안을 받아들였다. 자신이 힘을 얻기 전까지는 아무것도 이룰 수 없다는 판단에서였다. 그녀는 그렇게 그 무대에 섰다.

조선에서의 첫 공연은 파격 그 자체였다. 담대하면서도 절제된 동작은 단순한 아름다움을 뛰어넘어 거대한 기운을 품고 있었다. 익숙한 선율과 몸짓을 넘어서는 실험은 단순한 미학을 초월한 울림이었다.

그러나 작품의 완성도로 이름을 얻겠다는 혜림의 생각은 순진한 것이었다. 공연을 보는 관중의 시선은 저급했고, 무대를 향한 객석의 반응은 저열했다.

음악과 함께 그녀의 동작이 멎자 관람객들의 분위기는 마치 기생의 춤사위를 보고 난 것처럼 술렁였다. 때문에 공연이 끝난 이후에도 박수와 함께 휘파람 소리가 난무했다. 장터의 약장사에게 보내는 환호성과 다를 바 없었다. 혜림은 상상치 못했던 치욕스러운 상황에 이를 악물었다. 그러나 모욕은 시작에 불과했다.

「대단해! 아주 훌륭한 공연이야!」

한 남자가 소란을 잠재웠다. 그는 요란하게 손뼉을 치며 자리에서 일어섰다. 그의 돌출 행동에 객석은 일순 조용해졌다. 제법 귀한 집의 자식인 모양이었다.

「그래서? 얼마야?」

지갑을 꺼내 든 남자가 물었다. 객석에서 폭소가 터졌다. 무대에 선 혜림은 싸늘한 시선으로 사내를 응시했다. 그러나 환한 무대에 있는 그녀에게는 상대의 얼굴이 보이지 않았다. 혜림은 묵묵히 어둠 속의 짐승과 맞섰다.

「얼마냐고 묻잖아!」

남자의 탐욕스러운 음성이 쩌렁쩌렁 울려 퍼졌다. 객석에 앉아 있던 민석은 조용히 상황을 지켜봤다. 실로 경멸스러운 작태였지만 일말의 호기심이 그를 잡아 세우고 있었다. 한 시간 남짓한 시간 동안 자신의 심장을 흔들었던 강렬함의 정체에 대한 궁금증이기도 했다. 민석은 그 답을 구하듯 무대를 올려다봤다. 길들여지지 않은 고양이처럼 앙칼진 여자였다.

사실 공연을 보는 내내 민석은 당혹감에 사로잡혀 있었다. 제멋대로 달음질치던 심장의 울림 때문이었다. 무대를 바라보는 내내 그의 심박동은 다부지게 움직이던 그녀의 발끝을 따라 멋대로 내달리던 참이었다. 실로 낯설기 짝이 없는 일이었다. 이는 이제까지 그를 위로해 주던 여타의 예술적 감흥과는 사뭇 달랐다.

「이 자리에 계신 분들은 모두 오늘 공연에 대한 정당한 대가를 치르고 입장 하신 걸로 알고 있습니다. 더 이상 지불하실 의무는 없는 것 같은데요.」

카랑카랑한 목소리가 무대에서 내려왔다. 그 선뜻한 기운에 민석의 입가에는 얄궂은 미소가 돌았다. 재미있는 대응이었다. 불과 몇 분 전까지 무대를 압도하던 그녀의 유연한 몸과 썩 닮아 있는 처세였다. 민석은 찬찬히 혜림을 훑어봤다. 그녀는 저잣거리와 같이 난잡한 이 무대 위에서도 홀로 고고했다. 민석은 저 도도한 여자를 소유하고 싶다는 새삼스러운 욕망에 사로잡혔다. 야무지게 틀어 올린 그녀의 머리카락을 제 손가락으로 헤집고 싶은 묘한 충동이 그의 이성을 잠식해 왔다. 그는 누구에게도 사로잡히지 않을 것 같은 야생의 눈동자를 자신의 것으로 길들이고 싶었다. 그리하면 격정적인 춤사위 끝에 미처 정돈하지 못한 그녀의 날숨을 단숨에 집어삼킬 수 있을 터였다. 생각이 거기에 미치자 민석의 입에서 실소가 새어 나왔다. 이런 한심한 생각을 하고 있는 스스로가 우스웠다. 이는 확실히 그답지 않은 일이었다.

「보기보다 앙큼하네? 내숭도 떨 줄 알고. 네 몸값이 얼마냐고 묻는 거잖아.」

남자는 여전히 저급한 말투로 혜림을 모욕했다.

「죄송하지만 돈으로 여자를 취하고 싶으시면 기생집으로 가시죠. 여긴 신성한 무용을 하는 공연장입니다.」

그녀의 야무진 대답에 객석에서 환호가 터졌다. 남자의 승부욕을 자극하는 함성이기도 했다.

「신성한 무용 좋아하시네. 사람들 앞에서 춤이나 파는 주제에 기생 년들이나 네년이나 뭐가 달라?」

빈정대던 남자가 지갑에서 지폐를 꺼내 펄럭였다. 그는 자존심이 상했는지 얼굴이 완전히 일그러져 있었다.

「그래서 한 장? 두 장? 아니면 다섯 장?」

그의 병든 눈길이 그녀를 훑어갔다. 혜림은 어둠 속에 묻혀 있는 상대의 시선에서 극심한 모멸감을 느꼈다.

「그럼 난 열 장 건다!」

그 사이 다른 이가 나서 여세를 몰았다. 공연장에 천박한 함성 소리가 가득 찼다. 마치 경매장인 듯 서로 돈을 걸고 아우성을 쳤다. 혜림은 품위를 잃지 않으려고 애썼다. 하지만 이미 상식이 통하는 자리가 아니었다. 그녀는 서서히 자제심을 잃기 시작했다.

그때였다. 망연한 폭력의 향연 속에 낯선 발걸음 소리가 섞여 들었다. 민석이었다. 민석은 혼란의 틈바구니에서 고요히 무대에 올랐다. 예상치 못한 전개에 객석의 술렁임이 삽시간에 잦아들었다. 숨이 멎을 것 같은 정적이 뒤를 이었다.

침묵을 짓누르는 그의 걸음이 그녀를 향했다. 혜림은 자신에게 닥쳐올 일을 가늠하려 눈살을 찌푸렸다. 치기와 오만함으로 무장한 청년이 그녀를 향해 다가왔다. 이제 갓 소년의 기운을 벗은 나른한 미소도 함께였다. 그 미소에 혜림은 잠시 아득함을 느꼈다.

「이거면 되겠지?」

혜림이 상대를 가늠하는 사이 민석은 손목의 시계를 풀어 그녀의 발치에 놓았다. 혜림은 예상치 못한 전개에 당황했다. 민석은 완력으로 혜림의 손목을 잡아챘다. 그 자리에서 끌어내리려는 심산이었다. 혜림은 완강히 저항했다. 그러자 그의 다른 손이 그녀의 어깨를 강하게 끌어당겼다. 그 거친 반동에 두 사람의 호흡이 맞닿았다. 순식간에 벌어진 일이었다.

민석은 거칠게 혜림의 아랫입술을 훔쳐 내고는 부드럽게 윗입술을 얼렀다. 그 농염한 입맞춤에 혜림은 정신이 혼미해졌다. 그러다 귓가에 일렁이는 요란한 함성에 나른해진 이성을 끌어올렸다. 객석에서 호들갑스럽게 환호성이 터졌다. 저마다의 입에서 터져 나온 언어들은 하나의 덩어리가 되어 혜림을 덮쳤다. 혜림은 그 기괴한 음성에 울렁거림을 느꼈다.

무대 위의 조명이 두 사람을 오롯이 비췄다. 그녀의 붉은 입술이 입맞춤의 흔적으로 반짝였다. 민석은 손가락으로 가볍게 그 흔적을 지웠다. 야릇한 미소와 함께였다. 치기와 승리감, 도발이 뒤엉킨 묘한 웃음이었다. 혜림은 조금의 주저함도 없이 민석의 뺨을 쳤다.

「저게 미쳤나! 누구한테 감히……」

객석의 한 남자가 분노로 일어섰다. 좌중은 분노로 동요했다. 하찮은 무희가 귀족의 얼굴에 손을 댄다는 건 분명 있을 수 없는 일이었다. 그 사이 출입구를 지키던 순사들은 조직적인 보폭으로 무대를 향해 이동했다. 그러나 이들은 무대에 오르지 못했다. 민석이 이들을 저지한 탓이었다. 민석은 호기로운 미소로 그녀를 봤다. 모멸감에 찬 그녀의 눈에는 눈물이 가득 고여 있었다.

"나쁜 놈……. 넌 싸구려야."

혜림은 민석의 시계를 지그시 발로 밟은 뒤 밖으로 나갔다. 혜림은 목구멍까지 응어리진 설움을 꾸역꾸역 눌렀다. 걸음이 빨라질수록 속에서 멀미가 치밀었다. 그녀는 가만히 멈춰 섰다. 그러고는 그 묵직한 덩어리를 끄집어내려 눈물을 쏟았다. 그러자 부옇게 차오르던 감정이 말갛게 눈물에 씻겨 나갔다. 혜림은 그제야 10여 분도 채 안 되는 시간 동안 사랑의 열병과 실연의 아픔이 지나가 버렸음을 깨달았다.

수초 남짓한 사이 온 마음을 주었던 남자가 기방의 기녀 대하듯 자신을 농락했다는 사실에 그녀의 눈가에 새삼스레 물기가 솟았다. 그러나 혜림은 애써 울음을 삼켰다. 어차피 잊어버리면 그만인 일이었다. 도려내면 사라질 시간이었다. 가늠할 수 없는 그의 자력에 끌려 심장의 나침반이

고장 난 것이 분명했다. 그렇지 않고서야 그토록 짧은 시간, 그런 냉혈한에게 끌릴 수는 없을 터였다. 그녀도 알고 있었다. 찰나의 순간, 제 마음을 훔쳐 낸 이가 조선인이라면 누구나 역적의 이름으로 기억할 남자, 정민석이라는 사실을 말이다.

"그 자리, 계속 서 있을 작정이었나?"

울음이 잦아질 즈음 나직한 음성이 그녀의 등 뒤로 감겨 왔다. 민석이었다. 혜림은 돌아보지 않은 채 굳어 있었다. 도저히 그를 마주 볼 용기가 나지 않았다. 혜림은 무엇이건 단숨에 집어삼킬 것 같던 그의 눈매를 기억했다. 그 밀물 같은 눈빛이 자존심이라는 외줄을 거머쥔 채 겨우 버티고 선 제 마음을 앗아 갈까 두려웠다.

"무대가 끝나지 않았으니까요, 작작 각하."

혜림은 애써 말꼬리에 민석의 작위를 붙였다. 나름의 빈정거림이었다.

민석은 그 행간의 의미를 읽어 내며 피식 웃었다. 확실히 흥미로운 여자였다.

"바보 같군. 자기가 설 자리도 모르고 있다니."

민석은 자박자박 제 구두 소리를 밟아 가며 혜림과의 거리를 좁혔다. 어깨 너머로 다가온 그의 공기에 그녀의 눈가가 가만히 떨렸다. 서늘하지만 청명한 공기가 우아하게 뻗은 그녀의 목 언저리에 내려앉았다. 그 싸늘한 기운에 혜림은 가볍게 몸을 떨었다.

"난 춤꾼이고, 춤꾼이 있어야 할 자리는 무대예요."

혜림은 알맹이 없는 말을 던지고는 입술을 깨물었다. 스스로 뱉은 말의 무력함이 새삼스레 그녀의 두 뺨을 붉혔다. 혜림은 그 비참한 감정에서 달아나려 민석을 등진 채 걸었다. 그때 소나무의 잔가지처럼 단단한 그의 손가락이 그녀의 손목을 잡아챘다. 그 거침없는 완력에 그와 그녀의 거리가 다시 좁혀졌다. 두 사람은 팽팽한 기운으로 서로를 노려봤다. 민석이 품고 온 서늘한 솔잎의 향과 혜림이 뿜어내는 나른한 장미의 체취가 더운 공기 속에 얽혀 들었다.

"예술과 유흥도 구분 못하는 인간들뿐인 그딴 무대가 너한테 뭔데?"

민석은 전에 없이 버럭 소리를 질렀다.

평생을 뒤집어써 온 가면이 한순간에 깨지는 순간이었다. 그는 주저 없이 자신의 맨 얼굴을 드러냈다. 그의 눈가에서는 누구에게도 드러내지 않았던 날것의 감정이 펄떡이고 있었다. 그는 그런 스스로가 낯설었다. 자신의 결벽을 무장 해제시키는 그녀의 존재감이 생경하고 두려웠다.

"나도 원해요! 내가 선 무대의 가치를 알아줄 그런 관객을! 그런 조국을, 원해요!"

상대의 가감 없는 공격에 혜림 역시 발톱을 세웠다. 굳어 있던 민석의 입가에 부드러운 미소가 돌았다. 그녀 역시 자신처럼 맨 얼굴로 나선 것이 흡족했다.

"원치 않는 자리에 있는 건 나 하나로 족해."

민석은 담담히 진심을 토로했다. 일말의 불순물도 끼어들지 않은 순수한 고백이었다. 그 담백한 밀어에 굳건하게 벽을 쌓던 혜림의 방어막이 일순간에 무너졌다. 그녀는 그 짤막한 고백에 담긴 감정의 깊이를 읽어 냈다. 그리고 그가 지닌 가늠할 수 없는 외로움의 크기에 그녀는 일순 먹먹함을 느꼈다.

"난 모르겠어요. 이제부터 뭘 해야 하는지. 어디에 있어야 하는지."

경계를 푼 혜림이 조곤조곤 입을 열었다.

"내 곁에 있어."

민석은 지금 놓으면 완전히 놓쳐 버릴 동아줄처럼 제 손바닥 안에 인질로 잡힌 그녀의 가는 손목을 굳게 거머쥐었다.

뼛속까지 조여 오는 강인한 힘에 혜림은 헤아릴 수 없는 설렘을 느꼈다.

"적어도 너만은 네가 원하는 자리에 있게 해 줄게. 내가…… 그렇게 만들어 주지."

손목에서 미끄러진 그의 손가락이 완만하게 뻗은 그녀의 손등을 지나 가느다란 손가락을 덮쳤다. 그 유연한 손놀림에 혜림은 상기된 얼굴로 그의 눈을 마주 봤다. 밤하늘의 공허를 닮은 그의 눈매가 살갑게 그녀를 얼러 왔다. 외로움에 길들여진 곧은 속눈썹 사이로 거짓이 섞여 들지 않은 맑은 눈동자가 반짝였다. 거침없이 자신을 덮쳐 오는 거대한 기운에 혜림은 새삼 두려움을 느꼈다. 이대로 그에게 휩쓸려 끝이 어디인지 모를 거대한 바다로 끌려 들어갈 것 같은 막막함이 그녀의 속내에 들어찼다.

"내가 있을 자리는 내가 정해요."

혜림은 당돌하게 맞서며 그의 손아귀에서 제 손을 잡아 뺐다. 민석은 별다른 동요 없이 가만히 혜림을 바라봤다. 그녀의 다음 행보가 궁금한 눈치였다.

"그리고 나, 당신이 빼앗아 간 건 돌려받아야겠어요."

혜림은 당찬 미소로 그를 올려다보고는 가볍게 발끝을 세웠다. 그리고 이내 부드럽게 민석의 입술을 훔쳤다. 촉촉하게 젖어 오는 온기에 그는 그녀의 허리를 꼭 끌어안았다. 그러고는 그 도발적인 공격에 앙갚음이라도 하듯 야무진 반격을 퍼부었다. 거칠게 주고받는 숨결 너머로 그들의 인연이 얽혀 들었다.

6

잠든 무영은 연신 식은땀을 흘리며 뒤척였다. 마른 입술은 누군가의 이름을 부르며 쉼 없이 달싹였다. 나직한 신음 소리에는 간간이 웃음이 섞여 들있다. 어찌 들으면 울음소리 같기도 했다.

"큰일 났네. 의사한테 보여야 할 텐데."

영수는 잠든 무영을 초조하게 살폈다. 무영은 찡그린 얼굴로 뒤척이다 간헐적으로 흐느꼈다. 지독한 악몽이라도 꾸는 모양이었다.

"일단 내가 돌볼 테니까 도련님은 일 봐요. 식사는 챙겨 왔으니까 상처 소독하면서 기다릴게요. 그래도 이게 상처가 심해서 약이 있어야 할 텐데."

평양댁은 바지런히 수건을 적셔 무영의 이마를 닦았다.

"역시 우리 평양댁 배포 하나는 알아줘야 한다니까. 여기가 어디냐, 뭐 하는 데냐 이런 거 하나도 안 묻고. 예뻐 죽겠다니까."

"또! 또 늙은이 놀리죠? 내가 종호 어르신하고 연 맺고 나서 심장 벌렁거릴 일이 한두 번이었어야 말이죠. 입에 자물통 채울 테니까 걱정하지 말고 어디서 의사 양반이나 좀 구해 와요."

"그래야 할 텐데 누굴 믿어야 할지 모르겠단 말이지."

영수는 고민에 빠졌다. 자칫 엉뚱한 이에게 보였다가는 사건이 일파만파 커질 게 불 보듯 뻔했다.

"그 어디냐, 경성 병원 윤 원장님이 그렇게 인품이 자자하다는데 한번 운이라도 떼어 보면 어때요?"

그녀는 다른 수건을 들어 무영의 다리를 닦았다. 축축한 수건 위로 붉은 핏물이 배어 나왔다.

"우리 평양댁 추천이라면야 백 번이라도 다녀와야죠."

영수는 공연히 농을 던졌다. 고마움의 표시였다.

"하여간 이 마당에도 넉살은……."

평양댁은 영수의 짓궂음을 나무랐다. 그러나 딱히 싫지는 않은 눈치였다.

"아, 내가 30년만 일찍 태어났어도 우리 평양댁하고 백년가약을 맺는 건데."

영수는 헤벌쭉 웃었다. 시원스레 웃는 그의 입술 사이로 슬쩍 뻗은 송곳니가 드러났다.

"으이그. 지금 그렇게 농이나 칠 때예요? 얼른 나가서 일 봐요."

평양댁의 매운 손이 영수의 등에 찰싹 감겼다. 영수는 외마디 비명을 지르며 엄살을 피웠다. 그 사이 그는 생각에 잠겼다. 평양댁의 말대로 도움을 청한다면 혜상이 적격인 것 같았다. 윤혜상 박사는 명망이 높은 자였다. 혜상은 조선인 최초로 서양 의술로 의사 면허를 취득한 7인 중 하나였다. 뛰어난 의술과 인품으로 조선인은 물론 일본인에게도 존경받고 있는 인물이기도 했다. 그런 자라면 최악의 경우가 와도 밀고까지는 하지 않을 터였다.

7

"당분간은 병원에 출근하지 말고 각하 댁으로 가거라."

혜상은 지은에게 미유키의 진료 기록을 건넸다.

"제가요?"

"아무래도 안사람이 몸에 총상을 입었으니 여의사가 편하겠지. 그래서 널 보내겠다고 했으니 소홀함 없이 잘 살펴 드려라."

"네."

지은은 사무적으로 서류를 받았다.

"그리고 너, 요즘 통 집에 안 들어오던데 이제 그만 풀 때도 되지 않았니?"

혜상은 묵혀 둔 말을 꺼냈다. 진즉부터 하고 싶은 말이었다. 하지만 말이 떨어지기가 무섭게 날카로운 공격이 돌아왔다.

"제가 제일 싫어하는 사람이 어떤 사람인지 아세요? 상대방 마음 다 뒤집어 놓고 왜 빨리 화 풀지 않냐 하는 사람이에요. 때가 되고 아니고는 제가 결정해요. 아빠 멋대로 정하는 게 아니고요."

지은의 입에서 찬바람이 쌩쌩 새어 나왔다.

"지은아……."

"말씀 끝나셨으면 나가 볼게요."

지은은 야멸치게 돌아 나갔다. 거칠게 닫히는 문 뒤로 혜상의 먹먹한 시선이 전해졌다. 지은은 애써 그 눈길을 외면하며 모퉁이를 돌았다.

지은이 집을 나온 건 두 달 전의 일이었다. 혜상에게 연인이 있다는 사실을 알게 된 후부터 지은은 병원에서 기거했다. 아버지가 어머니가 아닌 다른 이와 함께한다는 건 상상도 못해 봤던 엄청난 일이었다. 그건 배신이었다. 하지만 혜상은 일말의 사과도 없었다. 미안해하기는커녕 그들의 관계를 사랑이라 공표했다. 사랑이라니, 생각만 해도 끔찍했다. 지은은 갑자기 심기가 뒤틀렸다. 보이는 이가 누가 됐든 한바탕 붙고 싶은 심정이었다. 그런 지은의 시야에 수상쩍게 어정거리는 영수의 모습이 들어왔다. 삐딱하게 눌러쓴 헌팅캡이 불량해 보였다. 아무렇게나 걸쳐 입은 회색 점버노 마음에 들지 않았다. 게다가 계집애같이 하얀색 목도리라니, 짜증이 치밀었다.

"무슨 일이시죠?"

지은은 영수에게 다가가 용건을 물었다. 시작부터 날이 선 목소리였다.

"아…… 그게, 그러니까."

지은의 매서운 기세에 영수는 평소답지 않게 머뭇거렸다.

"김 간호사! 내가 잡상인 들여보내지 말라 그랬지? 요즘 장사치들은 이렇게 반지르르하게 입고 다니나?"

지은은 경멸 어린 눈길로 영수를 훑어봤다.

"잡상인? 이게 어디서 사람을 잡상인 취급이야?"

영수는 기가 막혔다.

"이게? 이게 어디서 봤다고 초면부터 이게야? 야! 너 뭔데 처음 보는 사람한테 반말이니?"

두 사람 사이에 삿대질이 오고 갔다. 제대로 시비가 붙은 셈이었다.

"야? 야? 이게 진짜 의사라고 눈에 뵈는 게 없나? 야, 너처럼 근본이 안 된 애들은 의사하면 안 돼! 제 성격대로 칼 휘둘렀다간 사람 잡지, 사람 잡어!"

"뭐? 이게 정말!"

지은은 본격적으로 싸우려 덤벼들었다. 그 바람에 주변에 있던 간호사들이 전부 달려들어 말렸다. 평소 그녀의 성정을 아는 까닭이었다.

"주변에서 떠받들어 주니까 아주 기고만장인데 너 여자만 아니었어도 오늘 나한테 아주 작살났어."

간호사들이 그녀를 만류하자 영수는 더욱 의기양양해졌다.

"웃기시네. 너야말로 우리 간호사들 아니었으면 바로 영안실이야!"

지은은 양팔을 간호사들에게 잡힌 채 버둥거렸다. 맥없이 허공을 가르는 발길질도 함께였다.

"계속 이렇게 소란 피우시면 사람 부를 거예요."

시비가 끊이지 않자 이번에는 간호사가 영수를 나무랐다. 사람을 부른다는 말에 영수는 입을 다물었다. 일을 크게 키울 생각은 없었기 때문이었다.

"그런데 무슨 일로 오셨어요?"

간호사가 용건을 물었다. 영수는 그제야 무영을 떠올렸다.

"아, 그게, 환자가 집에 있는데…… 피도 좀 나고……. 하여간 약이 좀 필요해서요."

그는 횡설수설했다. 도대체 두서라고는 없는 말이었다. 영수는 스스로도 어처구니가 없었다.

"상처가 심한가요? 무조건 약만 쓴다고 될 일이 아니에요. 환자를 직접 봐야 정확한 상태를 알 수 있을 테니 일단 모시고 오시죠."

간호사는 차분히 환자의 상태를 물었다. 예상치 못한 상황이었다.

"그게, 음……. 환자가 상태가 너무 안 좋아서…… 몸을 움직일 수가 없어요."

핑계는 갈수록 궁색해져 갔다.

"그렇다면 저희 의료진을 보낼까요? 왕진 비용을 부담하시면 저희가 댁으로 의사 선생님을 보내 드릴게요."

"아, 근데 그게 저희 집이……."

영수는 어물어물 말을 맺지 못했다. 그러자 지은이 빈정거리며 끼어들었다.

"됐어. 딱 보면 몰라? 겉만 번지르르하니 속 빈 강정 같아 가지고. 제 몸에 돈 처바르느라 집은 꼴이 말이 아니시겠지. 의사 왕진 비용 댈 돈이 있겠어?"

영수는 다시 열이 치밀었다.

"와, 저게 오늘 아주 속을 제대로 긁네? 네가 우리 집 봤어? 봤어?"

영수는 턱을 치켜들며 지은에게 다가섰다.

"꼭 먹어 봐야 똥인지 된장인지 아나?"

지은은 지지 않고 눈을 부라렸다.

"똥? 야, 더럽다, 더러워. 그게 젊은 여자 애 입에서 나올 소리냐? 너 같은 걸 누가 데려갈지 진짜 걱정이다."

"여자들이 아무한테나 예쁜 말을 하니? 다 상대 봐 가면서 한다고."

그녀는 고슴도치처럼 가시 돋친 등짝을 곧추세웠다.

"아, 아오! 혈압 올라. 아오!"

다시 한 번 두 사람 사이에 고성이 오고 갔다. 결국 이 싸움의 끝은 영수가 관리인에게 끌려 나가며 마무리됐다. 물론 손에는 약을 한 보따리 쥐고 있는 채였지만 말이다.

8

민석은 영수를 통해 종호를 불러들였다. 평소 검에 대한 종호의 식견이 남다르다 들어 왔던 까닭이었다. 민석은 마주 앉은 종호 앞으로 정갈한 나무 상자를 들이밀고는 단도를 꺼내 보였다. 무영이 남기고 간 칼이었다.

"이걸 보여 드리려고 모셨습니다."

종호는 조심스레 검을 집어 살폈다.

"검에 대한 지식은 일천하지만 근처에서 쉽게 볼 수 있는 물건이 아닌 것 같아서요."

민석이 사견을 덧붙였다.

"외람되지만 어디서 구하신 건지 여쭤 봐도 되겠습니까?"

종호는 조심스럽게 물었다.

"그게 중요합니까?"

민석이 반문했다.

"아니요. 그런 건 아니지만 각하와 어울리는 녀석은 아니니까요."

"무슨 뜻이죠?"

"이 녀석…… 꽤나 많은 사람의 피가 스쳐 간 듯한 느낌이라……."

종호는 찬찬히 검을 살폈다.

"꽤 특이한 칼이군요. 단도는 단도인데 이건 마치…… 항일대도를 축소해 놓은 것 같네요."

"항일대도라……. 역시 그런가요?"

민석은 피식 웃었다. 이미 짐작했던 바였다. 다만 확인이 필요했을 뿐이었다. 수집가인 자신의 생각보다는 종호의 전문적인 견해를 듣고 싶었다.

"각하께서도 검을 수집하신다니 잘 아시겠지만 항일대도는 중국 팔로군이 사용하는 대도입니다. 중국은 일본과 달리 아직 탄약을 지급할 만한 능력이 못 되죠. 그런 이유로 근접전에 대비하기 위해 휴대하도록 나눠 준 칼이 항일대도입니다."

그는 기대에 걸맞은 친절한 설명을 덧붙였다.

"그럼 이 단도도 중국에서 건너왔다는 말인가요?"

민석은 적극적으로 호기심을 보였다.

"글쎄요. 반드시 그렇게 단언할 순 없습니다. 이건 대량 보급품이 아닌 개인 제작품으로 보이니까요. 굳이 중국인이 아니어도 항일대도를 사용해 본 사람이라면 누구라도 만들 수 있겠죠."

"그렇다면 시연해 보지 않고도 제작은 가능하겠군요."

"물론 가능하겠지만 직접 항일대도의 칼 맛을 보지 않은 자라면 이런 걸 만들 이유가 없겠죠."

"칼 맛이라……."

민석은 쓰게 입맛을 다셨다.

"게다가 단도로 적용하기에 적합지 않은 항일대도를 굳이 본 따온 건……."

"일본의 검은 취하지 않겠다는 뜻이겠죠."

애써 흐린 말끝을 민석이 이어받았다.

9

무영은 괴성을 지르며 깨어났다. 또 악몽을 꾼 모양이었다. 덕분에 옆에서 졸고 있던 평양댁은 흠칫 놀라 잠에서 깼다.

"하이고……, 무슨 꿈을 그리 요란스럽게 꿔요. 사람 간 떨어지게. 이제 정신이 들어요?"

무영은 반사적으로 칼에 손을 가져갔다. 몸에 밴 습관이었다. 하지만 평양댁은 조금도 놀라는 눈치가 아니었다. 오히려 근심스레 다가와 무영을 살폈다.

"영수 도련님은 약 구하러 갔어요. 어휴, 이만하길 다행이지."

평양댁은 주름 진 손으로 상처를 닦아 냈다.

"죄송하지만 누구신지……."

무영은 여전히 경계를 풀지 않았다.

"아, 종호 어르신 댁의 평양댁이에요. 우리 영수 도련님 코 찔찔 흘릴 때부터 업어 키운 사람이니까 믿어도 돼요."

그녀는 무영을 안심시키려 따뜻하게 웃었다. 어쩐지 가슴 한구석을 뭉클하게 하는 미소였다.

"아, 누가 코를 찔찔 흘렸다고 그래요?"

맞은편 문을 열고 들어오던 영수가 투덜댔다.

"아이고, 이제 오셨네. 왜 이리 오래 걸렸어요? 늙은이 쪼그리고 자다 곱사등이 되는 줄 알았네."

평양댁은 진심으로 원망했다. 감정보다는 몸이 하는 말이 앞서는 게 나이 든 이들의 일상이었다.

"고생하셨어요. 가서 식사도 하시고 눈도 좀 붙이세요."

영수는 따뜻하게 평양댁을 다독였다.

"그럼 고생들 해요."

평양댁은 연신 손으로 어깨를 두드리며 반대편 모퉁이로 사라졌다.

"아, 똑바로 뻗어. 약 바르게."

영수가 무영의 다리를 발로 툭툭 쳤다. 지은에게 당하고 온 화풀이였다. 무영은 찡그리며 다리를 뻗었다. 영수는 야무진 솜씨로 붕대를 풀었다.

"내가 이놈의 약 구하느라 무슨 소릴 들은 줄 알아? 참 나, 어디서 새파랗게 어린 계집애가 나보고 똥이래. 내가 왜 똥이야? 진짜 어이가 없어서."

약을 바르던 영수가 구시렁거렸다. 아직도 분이 삭지 않은 모양이었다. 무영은 저도 모르게 피식 웃었다.

"웃어? 내가 누구 때문에 그런 취급을 받았는데?"

영수는 분김에 따져 물었다.

"미안해."

"또?"

"고마워."

"그래, 됐다. 그만 하자. 나도 자꾸 이러니까 되게 쪼잔한 놈 되는 거 같아 싫다. 우리 사이 애정 전선은 여기까지만 확인하자고."

영수는 괜한 머쓱함에 휘휘 손을 내저었다.

"밖은 좀 어때?"

무영이 물었다.

"어떨 것 같아? 살벌하다 못해 빙판이지. 사방에 순사들이 쫙 깔려서 조금이라도 수상한 사람은 다 잡아들이는 모양이야. 웃기는 건 그 덕에 길바닥의 거지새끼들이 죄 유치장에서 쌀밥 먹고 있다는 거지."

영수는 말의 물꼬가 트였는지 제 흥에 겨워 계속 떠들었다.

"그래도 정민석이 대단하긴 대단해. 어떻게 된 게 경성 한복판에서 총질하고 난리가 났는데 신문에는 쥐새끼 한 마리 죽었단 소리가 없어. 무슨 수로 기자들 입을 죄 막은 건지……. 그리고 더 이상한 건…….."

무영은 무심한 듯 귀를 곤추세웠다. 사실 그도 민석이 여간 신경 쓰이는 게 아니었다.

"내가 총독부에 아는 사람이 있어 흘깃 들었는데, 정민석이 경무국장에게 총알을 건넸다는 거야. 자기 부인이 맞은 총알이라고. 근데 건네준 총알이 8밀리 탄피라나?"

무영은 충격에 멍해졌다.

"그거 네 것 아니지?"

무영은 대꾸하지 않았다.

"내가 그럴 줄 알았지. 형씨가 그런 허접스러운 총을 쓸 리가 없잖아?"

그랬다. 무영이 쏜 총알은 8밀리가 아니었다. 민석이 경무국장에게 8밀리 탄피를 건넸다면, 이는 민석이 총알을 바꿔치기했고, 수사를 방해하고 있다는 뜻이었다. 이해할 수 없었다. 제 목에 칼을 겨눠야 하는 민석이 도리어 자신을 보호하고 있다니. 게다가 그는 천하에 둘도 없는 냉혈한이었다. 그런 죽어 마땅한 친일 귀족이 자신의 편에 서 있었다. 도저히 있을 수 없는 일이었다.

"거 이상한 사람이네. 무슨 꿍꿍일까?"

영수가 채근하듯 물었다. 무영이야말로 민석의 꿍꿍이가 궁금했다. 어쩐지 뒷맛이 찝찝해지는 사건이었다.

10

"선물."

연습실을 찾아온 수찬은 대뜸 꽃다발부터 내밀었다.

"오늘도 리시안셔스네?"

눈송이처럼 내려앉은 꽃다발에 혜림의 얼굴에도 미소가 번졌다.

"변치 않는 내 마음을 전해 주는 꽃이니까."

"문제는 조선 땅에서 얼마나 많은 여자에게 이 꽃이 전해지느냐 아니겠어?"

혜림은 애교 있게 그를 올려다봤다. 그 신비스러운 눈길에 수찬은 가슴이 먹먹해 왔다. 그림자처럼 웅크리다가도 한 번씩 기지개를 켜는 설렘이었다.

"역시 오르기 힘든 나무라니까."

수찬은 제 마음을 들킬세라 싱겁게 웃었다.

"백 번쯤 찍어 보면 한 번 생각해 볼게."

혜림은 가볍게 수찬의 마음을 넘겼다. 사실 누구보다 예민하게 수찬의 마음을 살펴 온 혜림이었다. 자신에게 건네는 농담 한 마디, 가벼운 미소 하나하나에 담긴 그의 사랑을 일찍부터 감지하고 있었다. 그런 이유로 혜림은 종종 수찬에게 미안함을 느끼곤 했다. 그러나 친구라는 이름으로 그를 매어 두고 싶은 이기심 또한 그녀의 일면이었다.

"그런데 오랜만이라 그러지 더 근사해진 것 같다?"

혜림은 찬찬히 상대를 살폈다. 머리부터 발끝까지 흰 옷으로 치장한 수찬은 누가 봐도 인정할 만한 모던보이의 전형이었다.

"립서비스 여전하네. 그래도 기분은 좋다."

수찬은 머쓱함에 코를 찡긋거렸다.

"뭐야, 갑자기 겸손병이라도 생긴 거야? 입만 열면 허세가 툭툭 떨어지는 이수찬은 어디 간 거야?"

혜림은 밝게 웃으며 조잘거렸다. 하지만 수찬은 그런 그녀의 얼굴에서 그늘을 읽었다. 사실 직접 보기 전부터 가늠하던 바였다. 그녀가 민석의 여자인 이상 꼬리표처럼 따라다니는 만인의 비난을 피할 수는 없을 터였다.

"그러지 않아도 민석 씨가 얘기하더라. 수찬 씨 들어왔다고. 언제 한번 봐야지 했는데 연락도 못하고 있었네."

혜림이 화제를 돌렸다.

"민석이가 내 얘길 해?"

"긴 말 한 건 아니고. 성격 알잖아. 이러쿵저러쿵 털어놓는 사람 아니니까. 그냥 들어왔다고만 하고 말더라고."

"그렇겠지……."

그는 쓰게 웃었다.

"그래서 동창 줄은 어때? 친구가 중추원 실세인데 덕 보는 건 좀 있는 거야?"

혜림은 뻔히 답이 보이는 물음을 던졌다. 그녀답지 않은 짓궂음이었다.

"알면서 뭘 물어. 찬바람 쌩쌩이지. 아예 모르는 사이면 그냥 지나칠 일도 한 번씩 쥐어박는데, 죽을 맛이야."

"민석 씨는 그게 매력이지."

혜림의 눈가에 쓸쓸함이 스몄다. 새삼스레 민석의 이름에 가슴이 시려 오는 모양이었다.

"둘이 여전해?"

수찬이 객쩍은 물음을 던졌다.

"그럼……. 여전하지."

그녀의 쓸쓸함이 짙어졌다. 수찬은 단번에 그 속내를 읽었다. 여전한 것은 분명 그들의 사랑만은 아닐 터였다. 두 사람을 향한 사람들의 비난 또한 변함이 없을 테니 말이다. 그러나 정작 수찬의 마음을 후벼 판 건 두 사람의 고통이 아니었다. 세월과 세상의 힘에도 흔들리지 않는 두 사람의 사랑이었다.

"그런데 어쩐 일이야?"

그 사이 그에게 새삼스러운 물음이 던져졌다.

"그럴 줄 알았지만 섭섭하네."

수찬은 애꿎은 대목에서 서운함을 토로했다.

"무슨 일 있어?"

"아직 안 봤구나?"

수찬은 신문을 내밀었다. 자신의 신춘문예 입상 소식을 알리는 기사였다. 말은 당당하게 했지만 쑥스러운 기색이 역력했다.

"뭐야, 이거 사람 기죽게. 엘리트 서기관 나리가 이렇게 멋있기까지 해도 되는 거야?"

그녀는 미안함에 애교 있게 웃었다. 그 초승달 같은 눈웃음에 수찬의 서운함은 한순간에 녹아들었다.

"완전히 찔려서 절 받기네."

그런 그의 마음에 보조를 맞추듯 그녀가 옆구리를 쿡 찔렀다.

"아무나 찌른다고 절 안 하거든?"

수찬도 웃고 혜림도 웃었다. 모처럼 따뜻한 한때였다. 두 사람은 그렇게 함께 거리를 걸었다. 격의 없는 농담을 주고받아 가며 웃기도 했다. 제법 잘 어울리는 그림이었다. 적어도 규홍이 나타나기 전까지는.

차를 타고 지나던 규홍은 혜림을 보고 멈춰 섰다. 혜림은 제 앞에 나타난 상대의 정체를 알고 굳었다.

"안녕하세요, 아버님."

혜림이 공손히 허리를 숙였다. 곁에 있던 수찬도 함께였다.

"내가 왜 네 아버님이야! 어디서 천한 계집이!"

규홍은 대뜸 소리를 질렀다. 그 바람에 고집스러운 그의 비근이 아래로 주저앉았다.

"죄송합니다, 후작 각하."

혜림은 차분히 용서를 구했다. 수찬은 분노가 치밀었다. 하지만 일단 참는 수밖에 다른 도리가 없었다. 수찬은 곁눈으로 혜림을 살폈다. 그녀는 침착해 보였다.

"원래 춤 팔고 웃음 팔고 사는 그런 계집인 걸 알고는 있었다만, 민석이가 허구한 날 감싸기에 조금은 나아진 줄 알았다. 그런데 벌건 대낮에 길 한복판에서 외간 남자랑 웃고 떠들다니……."

규홍은 혜림이 제 며느리라도 되는 양 내키는 대로 비난을 퍼부었다. 혜림은 그저 담담했다. 하지만 바들바들 떨리는 손은 거짓말을 하지 못했다. 미세하게 요동치는 손끝을 따라 수찬의 눈동자도 흔들렸다.

"심려를 끼쳐 죄송합니다, 의장님. 부의장님께서 제게 심부름을 시키셔서 잠시 전해 드린다는 것이……."

결국 수찬이 총알받이로 나섰다. 수찬은 의도적으로 혜림이 손에 쥔 하얀 꽃다발을 봤다. 일종의 증거 제시였다.

"한심한 놈! 서기관이 꽃 심부름이나 하라고 있는 자리인가?"

규홍의 노여움이 수찬에게로 옮겨 갔다.

"송구합니다."

수찬은 혜림 대신 머리를 조아렸다. 그러나 비난은 여전히 그녀의 몫이었다.

"너 같은 아이 때문에 일국의 귀족이 허구한 날 주간지에 오르내리는데 넌 느끼는 게 없냐?"

"조심하겠습니다."

혜림은 단정한 사죄로 그녀가 할 수 있는 최소한의 방어를 대신했다.

"얼른 출발해."

규홍은 짜증스레 기사를 재촉했다. 그의 명이 떨어지자 차는 빠른 속도로 자리를 떠났다. 질척한 눈길 위에는 지저분한 바퀴 자국만이 남았다. 두 사람을 감싸는 어색한 기운과 함께였다.

"뭐 하러 그랬어. 괜히 민석 씨 오해받게."

혜림은 진심으로 수찬을 원망했다.

"너 야단맞는 거 싫어서 그랬어! 네가 왜 이런 취급을 받아야 해? 정작 잘못한 건 출세 때문에 너 배신하고 다른 여자랑 결혼한 민석이 아냐? 멀쩡히 자기 아내 두고 아무 일 없는 것처럼 널 만나는 그 자식이 문제 아니냐고!"

혜림의 질책에 수찬의 분노가 폭발했다.

"결국 수찬 씨도 다른 사람하고 똑같구나."

혜림은 서운했다. 세상 모든 이의 비난 따위는 아무렇지도 않았다. 하지만 수찬은 달랐다. 그라면 자신과 민석의 허물까지도 이해해 줄 거라는 믿음이 있었던 탓이었다. 물론 수찬의 입장에서 보면 참으로 이기적인 믿음이었다.

"미안한데 먼저 갈게."

혜림은 수찬이 채 잡을 서틀도 없이 인력거에 올랐다. 완전히 혼자가 되어서야 혜림의 뺨에 눈물이 흘렀다. 그녀는 끊임없이 제 손가락을 잡아뜯었다. 그 바람에 손에 낀 망사 장갑은 엉망이 됐다. 불안할 때면 나오는 오랜 습관이었다.

민석이 결혼하던 날도 그랬다. 종일 그녀는 애꿎은 장갑만 망가뜨렸다.

그날 아침은 세기의 결혼을 알리는 요란한 홍보 행사로 온 경성이 떠들썩했다. 양국의 화합을 상징한다는 명목하에 거행된 혼례였으니 무리는 아니었다. 총독 이하 고위 관료들이 모인 식장은 마치 국가 행사를 치르듯 경건했다. 혜림은 그 자리에서 꼼짝도 않은 채 제 연인의 혼례를 지켜봤다. 민석은 일본식 장교복을 갖춰 입고 있었다. 그는 한시도 환한 미소를 잃지 않았다. 세상에서 가장 행복한 남자 같았다. 혜림은 그 곁에 선 일본 여자를 봤다. 우아한 웨딩드레스를 입은 그녀는 단아한 기품이 배어 있었다. 요코야마 미유키. 혜림은 그 이름을 조용히 중얼거려 봤다. 어쩐지 가슴이 아파 오는 이름이었다. 그것이 자신에 대한 슬픔인지 상대에 대한 연민인지는 알 수 없었다.

"서혜림 양 맞죠?"

제 생각에 빠져 있던 혜림은 뜻밖의 기척에 당황했다.

"그렇습니다만……."

"나 민석이 어미 되는 사람이에요."

따뜻한 말투였다. 문선을 몰라봤던 혜림은 놀라 허리를 숙였다.

"처음 뵙겠습니다. 서혜림입니다."

"괜찮다면 시간 좀 내줄 수 있겠어요? 꼭 해야 할 말이 있어서 그래요."

혜림은 반달 같은 눈으로 자신을 바라보는 제 남자의 어머니를 봤다. 민석과 꼭 닮은 눈이었다.

"많이 힘들죠?"

문선이 조심스레 입을 열었다. 인적이 드문 식당에 안착한 후였다.

"괜찮습니다."

혜림은 의연하게 보이고 싶었다. 하지만 목이 메어 겨우 새어 나온 대답은 오히려 참담했다. 문선은 그 마음씀씀이에 가슴이 저렸다.

"이런 부탁을 한다는 게 참 경우 없는 일이지만……, 난 혜림 씨가 계속 우리 민석이 곁에서 힘이 되어 줬으면 좋겠어요."

뜻밖의 말이었다. 혜림은 눈물 나게 기뻤다. 무엇보다 그의 곁에 머무를 수 있는 제대로 된 구실을 쥐게 된 셈이었으니까. 하지만 받아들일 수 없는 부탁이었다. 해서는 안 되는 일이었다.

"죄송하지만, 어머님. 저도 겨우 민석 씨, 마음에서 떠나보냈어요. 그러니까……."

혜림은 차마 말을 잇지 못했다. 누구보다도 그의 곁에서 힘이 되어 주고 싶던 건 그녀 자신이었다. 그 강한 열망을 겨우 눌러오고 있던 참이었다. 그런데 문선은 지금 그 얄팍한 자제심을 흔들고 있었다.

"민석이가 이 결혼을 택한 건 혜림 씨 때문이에요."

문선은 어렵게 입을 뗐다. 결심이 필요한 말이었다.

"네……?"

"들었는지 모르지만……, 민석이는 처음부터 이 결혼을 완강하게 거부했어요. 부자지간의 연을 끊고 눈앞에서 사라져 주겠다면서 단호하게 짐을 싸더군요. 아마 미국으로 갈 생각이었겠죠. 자기가 공부하던 곳이었으니까."

"네……."

"그때 털어놓더군요. 혜림 씨랑 이미 언약식을 치렀다고. 이 세상에 자기 아내는 서혜림 한 사람뿐이라고."

혜림은 조용히 고개를 끄덕였다. 그녀 스스로 지켜봤던 전쟁이었다. 그러니 누구보다도 그의 마음만은 잘 알고 있었다. 민석은 완강했다. 그는 그녀와의 삶을 간절히 원했다. 그녀와 함께하기 위해 쥐고 있는 모든 걸 버리겠다고 했다. 그녀는 그런 그의 진심에 지금까지도 고마움을 느끼고 있었다. 그러나 그의 마음을 외면한 건 그녀 자신이었다. 혜림은 분명 아버지의 뜻을 따르라 했다. 운명을 받아들이라 했다. 그것이 그를 진심으로 사랑하는 법이라 믿었다. 물론 그녀는 뒤늦게 제 교만을 후회했다. 뼈에 사무치는 실수였다.

"그래서 결국 그 양반이 최후의 수단을 썼어요. 이번 국혼을 승낙하지 않으면 혜림 씨를……, 다시는 두 발로 서지 못하게 할 거라고……. 혜림 씨 아버님의 상단도 쑥대밭으로 만들겠다고…….”

그 사이 문선은 상상도 못했던 이야기들을 쏟아 내고 있었다. 순간 혜림의 이성이 정지했다. 그가 결혼을 택한 건 얄팍한 자신의 희생 때문이 아니었다. 끝까지 제 연인을 보호하기 위한 선택이었다. 그 새삼스러운 깨달음에 혜림의 입술이 떨려 왔다. 감각이 사라진 그녀의 눈에는 눈물이 고였다.

“그날 처음 들었어요. 혜림 씨 어머니 이야기…….”

문선은 새삼스레 제 아들의 일에 목이 메었다.

“그날 밤 그 녀석이……, 태어나서 처음으로 아버지 앞에서 무릎을 꿇었어요. 원하는 대로 뭐든지 하겠다고. 결혼도 하고, 중추원 일도 나서겠다고. 그러니까 혜림 씨는 그냥 놓아 달라고…….”

문선은 조용히 혜림의 손을 맞잡았다. 따뜻한 손이었다. 그 애틋한 공모에 두 여자의 눈물이 얽혀 들었다.

“우리 민석이……, 어미가 변변치 못해서 참 아프게 큰 아이예요. 혜림 씨가 손을 놓으면 민석이는 세상 누구한테도 마음 열 곳이 없어요. 그러니까 도와줘요. 내가 이렇게 부탁할게요.”

문선은 성심을 다해 제 소망을 전했다. 혜림은 그 간절한 바람을 거절하지 못했다. 물론 제 마음에 뿌리내렸던 미련을 거두지 못한 탓이 더 컸다. 어쨌거나 그 결정은 혜림의 삶을 완전히 바꿔 놓았다. 그녀는 그 순간부터 매국노의 여자가 됐다. 애첩이라는 꼬리표와 함께.

11

“글쎄, 그놈은 벌써 죽으면 곤란하다니까?”

영수는 준익과 동신을 앞혀 두고 설전을 벌였다. 공공의 적인 민석을 중심에 둔 입씨름이었다.

"그건 또 무슨 소리예요?"

준익이 심드렁하게 대꾸했다.

"넌 잘 모르겠지만 말이다. 윗물에서 노는 분들만 아는 심오한 이야기가 있단다."

영수는 실없이 거들먹거렸다.

"글쎄 그 윗분들 이야기를 알아듣게 설명이나 해 봐요, 그럼. 어차피 일본놈 앞잡인데 죽여도 상관없잖아요."

영수의 잘난 체에 준익이 투덜대며 물었다.

"눈에 거슬리는 놈부터 죽인다고 전부인 줄 알아? 폼으로 달고 다니지 말고 머리를 좀 써라. 지금 경성 대장간에 예산 따다 주는 게 누군지 알아? 그게 정민석이라고! 게다가 일본놈들 돈이 아니면 우리 쪽 독립군에게 필요한 탄약을 조달하는 건 어림도 없어. 알아들어?"

"자존심도 없어요? 왜놈들한테 뺏긴 나라 되찾자고 왜놈들한테 손을 벌리다니."

동진이 삐딱하게 말을 잘랐다.

"그게 장사라는 거지. 땅 파서 항아리에 돈 묻어 둔다고 부자 되는 줄 알아? 그 돈으로 장사하면 갑부 될 것 같지? 그런 생각으로는 죽어라 일만 하지 돈은 못 쥐어. 은행에 대출이라는 게 괜히 있는 줄 알아?"

영수는 속사포같이 제 주장을 펼쳤다. 그는 확실히 달변이었다. 조금 두서가 없긴 했지만 분명 일리 있는 주장이었다.

"장사랑 무기 자금 조달받는 게 무슨 상관인데?"

이번에는 동진이 토를 달았다.

"아이고, 이 사람아. 땅 파면 쇠가 나와 밥이 나와? 돈이 없으면 칼은 어떻게 만들고 총은 어떻게 만들겠냐? 죽어라 만든다고 밥은 누가 먹여 주냐고. 그러니 누구 돈이 됐든 대주겠다는 놈 주머니를 털어야지."

"그렇지만 우리 힘으로 우리 땅을 찾아야지. 그러자고 독립군들이 뜻 있는 분들 찾아다니며 군자금도 모으고 그러는 거 아니야?"

준익은 여전히 그의 논리가 못마땅한 모양이었다.

"아우, 답답해. 일본놈들한테 살 다 발리고 뼈만 남은 조선 지주들한테 뭘 바라는데? 3대가 정승을 지내고 떵떵거리며 살던 대지주들도 독립 자금이다 뭐다 죄 털리고 상해 일대를 떠돌며 부랑자처럼 산다는 말 못 들었어? 깨끗한 돈 더러운 돈 가리고 모았다간, 형 살아생전에 독립하는 꼴 보기 힘들걸?"

세 사람의 논쟁은 결국 영수의 압승으로 끝났다.

12

지은은 나오코의 안내를 받으며 현관 앞에 섰다. 그녀는 새삼스레 뒤를 돌아봤다. 저택의 전경을 보기 위함이었다. 거대한 정원은 마치 만인의 공원인 듯 넓고 아름다웠다. 지은의 눈은 호기심으로 반짝였다. 하지만 호기심은 연민으로 돌변했다. 한쪽 구석에서 쓸쓸히 그네를 타고 있는 슈헤이 때문이었다. 따지고 보면 저 어린 꼬마가 누리고 있는 아름다움이라는 건 스스로가 선택하지 않은 희생의 산물이었다. 매국노라 손가락질 받는 아버지와 자객에게 생명의 위협을 받는 어머니. 지은은 새삼스레 아이가 처한 상황이 딱하게 느껴졌다. 그러나 감상 또한 잠시였다. 집 안에 들어선 지은은 정원에서와 마찬가지로 탐색에 들어갔다. 타인의 슬픔도 그녀의 호기심을 잠재우지는 못하는 모양이었다.

「죄송하지만 잠드신 지 얼마 안 됐으니 조금 기다려 주세요. 우선 차를 좀 내오겠습니다.」

「네, 신경 쓰지 마시고 천천히 오세요.」

「그럼.」

나오코가 방을 나가자 지은은 내심 잘됐다고 생각했다. 아무래도 편히 방 안을 둘러볼 수 있을 테니 말이다. 그녀는 호기심 어린 눈으로 방을 둘러봤다. 기대와는 달리 소박한 방이었다.

"일본 사람이라더니 이건 뭐 완전히 조선 안방마님 방이네."

지은은 손에 든 왕진 꾸러미를 서랍장 위에 내려놓았다. 그때 그 옆에 놓인 작은 상자가 그녀의 눈길을 끌었다. 지은은 갑작스레 상자를 열고 싶은 충동을 느꼈다. 남의 물건에 함부로 손을 대도 되나 싶었지만 호기심이 더 컸다. 지은은 조심스레 뚜껑을 열었다. 그 안에는 낡은 끈 뭉치가 있었다. 그녀는 저도 모르게 인상을 찌푸렸다.

"피…… 잖아?"

지은은 끈 뭉치를 공중에 들어올렸다. 피에 익숙한 그녀였지만 오래 묵은 얼룩은 그녀를 질겁하게 하기에 충분했다.

「내려놓으세요.」

날카로운 음색이 공기를 갈랐다. 지은은 깜짝 놀라 뒤를 돌아보았다. 미유키가 이제 막 잠에서 깬 듯 비칙거리며 앉고 있었다. 지은은 황급히 물건을 내려놓은 뒤 미유키를 부축했다.

「조심하세요. 아직 함부로 움직이시면 안 돼요.」

「누구시죠?」

미유키가 통증에 찌푸리며 물었다.

「저는 경성 병원에서 온 윤지은이라고 합니다. 자작 각하께서 특별히 여의사면 좋겠다고 지정하셔서 윤 원장님이 아닌 제가 주치의로 오게 됐습니다.」

정중한 인사였다. 그럼에도 미유키는 조금의 동요도 없이 지은을 빤히 바라보았다. 해명을 기다리는 눈치였다.

「그리고, 조금 전의 일은 진심으로 사과드립니다. 워낙 유명한 분의 댁에 들어오게 되니 저도 모르게 호기심이 동해서 결례를 범했습니다. 너그럽게 이해해 주시길 부탁드립니다.」

지은은 단정히 고개를 숙였다. 정직한 사죄였다.

「유명하다……. 어떻게 유명한가요?」

무표정한 미유키의 얼굴에 이채가 돌았다. 감정 없는 말투였다.

「네?」

「아니에요. 그만두죠. 어차피 좋은 소리도 아닐 텐데.」

미유키는 괜한 짓을 했다는 생각에 제 말을 거뒀다. 저잣거리에 발을 디밀기 전부터 듣게 되는 뻔한 욕설을 떠올려 보면 무리는 아니었다.

「그렇지 않아요.」

그녀의 속내를 읽은 지은은 저도 모르게 힘주어 말했다.

「사람들 단순하잖아요. 국가나 이념에 의해 움직이는 사람들도 있지만 대부분은 자신의 이해관계를 따라갈 뿐이니까요.」

미유키는 귀를 기울였다. 흥미가 동하는 이야기였다.

「정치같이 까마득한 일하고 상관없이 사는 사람들은 눈앞의 일에만 충실해요. 당장 내 밥그릇 뺏어 가는 놈은 욕하고 거기에 밥 채워 주는 사람은 칭찬하고 그러는 거죠. 아, 죄송해요. 놈이라니……. 헤헤, 제가 가끔 이렇게 말투가…….」

「아니에요. 계속 듣고 싶어요.」

미유키의 까만 눈동자에 호기심이 깃들었다.

「중추원에서 하는 일이 워낙 경제랑 밀접하다 보니 밥벌이 될 만한 일이 생기면 좋은 소리도 나와요. 이번 경성 대장간 일도 그렇고.」

지은은 미유키에게 다가가 어깨의 상처를 살폈다. 혜상의 손길이 느껴지는 야무진 마무리가 눈에 들어왔다. 지은은 조용히 제 아버지의 흔적을 거뒀다.

「경성…… 대장간요?」

상처에 스미는 소독약의 감촉에 미유키는 선뜻함을 느꼈다.

「아, 각하께서 말씀을 안 해 주셨나 봐요? 이번에 무기 수급 관련해서 조선인들 일자리 창출한다고 경성 대장간에 무기 납품권을 주셨거든요. 그 덕에 실업자가 많이 줄었다고 다들 좋아해요.」

「그렇군요.」

믿음과 현실은 그렇게 충돌했다. 그녀는 줄곧 남편을 좋은 사람이라고 믿고 싶어했다. 지은은 그 믿음을 증명시켜 줬다. 하지만 이해할 수 없었다. 그가 호인이라면 이렇게까지 잔혹하게 굴 까닭이 없었다. 단지 자신에게 일본인의 피가 돌고 있기 때문이라면 그건 너무 억울했다.

「그래도 이만하시길 다행이에요.」

「고마워요.」

「별말씀을요. 아까 결례했던 것 다시 한 번 사과드립니다.」

「괜찮아요.」

치료를 마친 지은은 제 도구를 정리하며 깍듯하게 인사했다.

「그럼 이틀 뒤에 다시 오도록 하겠습니다.」

「아니요.」

「네?」

예상치 못한 단호한 대답에 지은의 눈이 동그래졌다.

「매일 와 줘요. 그럴 수 있죠?」

지은은 의아해했다. 그러나 이내 수긍했다. 그녀의 눈에 담긴 고독을 읽었던 까닭이었다. 지은은 밝게 웃으며 말했다.

「네, 그렇게 하겠습니다. 그럼 내일 뵙겠습니다.」

「잠깐만요.」

「네?」

「그 사람, 어떻게 됐어요?」

「자작 각하는 무사하신 것으로 전해 들었습니다만.」

「아니요. 그 사람요. 총 쏜 사람…… 잡혔나요?」

어렵게 꺼낸 물음이었다.

「아니요. 아직 수사 중인 걸로 알고 있습니다.」

「그래요. 알았어요. 고마워요.」

미유키는 얕은 한숨을 토했다. 불안인지 안도인지 모를 미묘한 맺음이었다.

13

중추원 회의실에는 긴장감이 감돌았다. 규홍을 위시한 관료들은 회의에 한창이었다. 분위기는 사뭇 진지했다.

「이번 안건은 경성과 춘천을 잇는 경춘 지하 철도 허가에 대한 것입니다. 각자 의견을 제시해 주십시오.」

규홍은 회의의 시작을 선언했다.

「현재 경춘선 철도에 할애된 사업비는 1400만 원입니다. 이는 총 80여 킬로미터에 해당하는 철로에 대한 비용입니다. 그런데 현재 예상하는 바에 의하면 지하 철도의 경우 고작 성동에서 동대문까지의 구간을 위해 땅을 파고 선로를 놓는 데 드는 비용이 자그마치 500만 원입니다.」

민석은 자리에서 일어나 주제를 환기시켰다.

「외람되지만 이는 남만주 철도 회사를 통해 이미 허가가 난 사업안입니다. 다시 논의하는 게 의미가 있습니까?」

유우스케가 의문을 제기했다.

「물론 의미가 있습니다. 서기관장님께서는 지금이 전시라는 사실을 잊지 않으셨겠죠?」

여유 있는 방어였다. 유우스케의 표정이 떨떠름해졌다.

「이 사업이 허가가 난 시점은 전쟁이 계획되기 훨씬 전입니다. 공론화된 것은 그보다 한참 후의 일이지만 말이죠. 결론적으로 말씀드리면, 전시 체제라는 특수 상황에선 모든 것이 재고되어야 합니다. 모든 일의 최우선은 황국의 승전보를 위한 것이어야 할 테니까요.」

「하지만 장기간 계획된 국책 사업을 하루아침에 뒤집을 수는 없습니다!」

이번에도 유우스케였다. 초조한 기색이었다.

「뒤집을 수 없는 이유가 궁금하군요.」

민석의 입가에 기묘한 웃음이 돌았다.

「무슨 뜻입니까?」

유우스케는 발끈했다.

「흥분하실 건 없습니다. 저는 다만 전쟁의 승리를 위한 가능성까지 희생해 가며 이 사업을 진행해야 하는 진짜 이유가 궁금해서 드린 말씀이니까요. 부디 그 원인이 지극히 개인적이고 물질적인 것이 아니길 바랄 뿐입니다.」

민석은 교묘히 상대의 목을 죄었다.

「말씀이 과하십니다!」

유우스케는 핏대를 세웠다.

「그만! 지금 시국이 어떤데 싸움질이야!」

규홍은 버럭 소리를 질렀다. 유우스케는 할 수 없이 씩씩대며 자리에 앉았다. 민석은 여유 있게 자리에 앉으며 흘깃 규홍을 봤다. 일종의 압박이었다. 규홍은 초조한 기색으로 유우스케의 눈치를 살폈다. 사실 유우스케나 마모루 같은 관료들과의 결탁은 그의 주된 수입원 중 하나였다. 중추원과 총독부를 움직여 국책 사업으로 인한 부가 가치를 얻는 것은 어제오늘의 일이 아니었다. 그러나 민석의 머리가 굵어지면서 그 또한 쉽지 않은 일이 됐다. 민석이 총독의 신임을 얻고자 이 같은 일을 속속 보고했던 것이다. 더군다나 반년 전 규홍은 집 안에 난입한 독립군에게 수십 번의 칼침을 맞은 바가 있었다. 각고의 몸부림 끝에 겨우 목숨은 건졌지만 그때의 충격은 그를 나약하게 만들기에 충분했다. 그 뒤로 규홍은 문제가 불거질 만한 일에서는 조심스레 발을 빼곤 했다. 규홍은 민석의 기색을 살폈다. 오만하기 짝이 없는 미소가 답례로 돌아왔다. 분명 이번에도 뭔가 꼬투리를 잡은 게 분명했다.

「이번 안건에 대한 중추원의 공식 입장은 지하 철도 계획을 지상으로 선회하는 것으로 결정할 테니 그리들 아시오. 그럼 이상!」

규홍은 그렇게 회의의 종결을 선언했다. 순간 당혹감에 젖은 유우스케의 시선이 규홍에게 향했다. 규홍은 난감함에 헛기침을 연발하며 그의 시선을 외면했다. 결국 회의는 민석의 의도대로 정리가 된 셈이었다.

낭패감에 젖은 이는 규홍뿐만이 아니었다. 지하 철도 건과 관련하여 힘깨나 쓴다는 관료들은 모두가 그랬다. 특히 많은 하청업체로부터 단단히 한몫 챙겨 받았던 유우스케의 경우 더욱 그랬다.

「건방진 놈. 그깟 사소한 약점을 쥐고 날 모욕해? 하! 뇌물? 제가 뇌물에 대해 남을 탓할 입장이 되나? 온갖 유세 다 떨고 한 결혼 하나로 벼슬이며 재산이며 모두 얻어 낸 게 누군데?」

회의가 끝난 뒤 유우스케는 마모루와 술잔을 기울였다. 그는 치미는 감정을 누르지 못해 연거푸 술을 들이켰다.

「확실히 정민석은 거슬리는 놈입니다. 사사건건 대일본 제국을 위한 일에 시비를 거는 놈이죠.」

마모루는 술을 따르며 유우스케의 감정을 부추겼다.

「그놈이 진짜 여우 같은 건 사소한 데서 깽판을 놓고도 큰 먹이를 덥석 쥐어 주면서 입을 막아 버린다는 거죠. 총독께서도 그런 가시적인 공적 때문에 정민석을 총애하시는 것이기도 하고요. 실무자 입장에선 여간 거슬리는 게 아닙니다. 저 혼자 튀어 보겠다고 아랫사람들을 죄 밟아 놓으니 이거 살겠습니까?」

유우스케는 다시 술잔을 비웠다. 듣다 보니 더 열이 치미는 듯했다.

「그래서 이렇게 이 자리를 마련한 게 아닙니까? 이제부터 서기관장님께서 절 좀 도와주셔야겠습니다.」

실컷 떠들던 마모루는 그제야 본심을 드러냈다.

「뭘 말입니까?」

「아무래도 정규홍을 끌어내려야 할 것 같습니다.」

「네?」

유우스케는 저도 모르게 목소리를 높였다. 마모루는 반사적으로 밖을 살폈다. 두 사람만을 위한 독립된 공간이었지만 행여 듣는 귀가 있을까 염려스러웠다.

「아시다시피 이제껏 정규홍을 그 자리에 두었던 이유는 오직 하나입니다. 주인의 명을 잘 듣는 충실한 말이었기 때문이죠. 한데 그 말이 몇 번 칼침을 맞고부터는 겁을 집어먹고 달릴 생각을 안 하니 어쩌겠습니까? 목을 베어 버려야지요.」

「그럼 경무국장께서는 후작의 변심이 지난번 피습 사건 때문이라는 겁니까?」

「아마 그럴 겁니다. 수십 차례 난도질을 당했다고 하니 몸을 사리는 것도 무리는 아니죠. 더군다나 이제 상늙은이가 아닙니까? 원래 나이가 들수록 사는 것에 집착하는 법이죠.」

마모루는 입을 씰룩이며 빈정댔다.

「좋지 않군요.」

「모르긴 몰라도 앞으로는 더 심해질 겁니다. 당장 오늘 지하 철도 건만 해도 그렇습니다. 정민석이 묘하게 도발해 오니 판을 벌이기도 전에 꼬리를 내리지 않았습니까?」

「폐에 구멍이 났다더니 헛바람이 든 게로군요. 뒤늦게 없는 양심을 챙긴다고 부지할 수 있는 목숨이 아닐 텐데 말입니다. 그래서, 어쩌실 생각인 겁니까?」

「헌 말의 목을 베고 새 말을 들여야겠지요.」

마모루는 단숨에 술잔을 비웠다.

「그럼 정민석도 함께 제거하실 생각입니까?」

유우스케는 술로 입술을 축였다. 말은 편하게 하지만 입이 바싹바싹 마르는 모양이었다.

「아직 망아지 새끼가 아닙니까? 써먹기 좋은 종마가 될지, 단칼에 베어 버릴 노새인지는 좀 더 두고 봐야겠죠.」

14

마모루는 눈길을 밟으며 입을 씰룩였다. 적당히 오른 술기운에 흥이 더해졌다. 코트 주머니에 손을 꽂아 넣은 그는 콧노래까지 흥얼거렸다. 계획이 성공한다면 건방진 조선 귀족의 날개를 가차없이 부러뜨릴 수 있을 터였다. 그는 총독부로 향했다. 급히 나온 술자리에 짐을 두고 나온 탓이었다. 그 길에서 그는 민석과 마주쳤다. 민석은 이제 막 퇴근을 하려던 참이었다. 마모루는 능청스러운 미소로 민석에게 인사를 건넸다.

「늦은 시간까지 일하시는군요.」

「전시 체제니까요. 경무국장께서는 이 시간에 어쩐 일이십니까?」

민석은 가벼운 눈인사와 함께 사무적인 대답을 건넸다.

「아, 아시는지 모르겠지만 서기관장과 제가 오랜 친구라서요. 술 한잔하고 헤어지는 길입니다.」

「그러시군요. 그럼 전 이만.」

민석은 성가신 듯 바삐 제 차로 향했다.

「참, 서혜림 양께는 감사하다고 전해 주십시오.」

마모루의 뒷말이 그의 발목을 잡아챘다.

「무슨 말씀이시죠?」

민석은 그의 입 안에 도는 혜림의 이름에 까닭 모를 불쾌감을 느꼈다.

「제가 드린 청을 흔쾌히 받아 주시더군요. 이번에 중국으로 파병된 군인들을 위한 위문 공연 건 말입니다.」

민석은 찬찬히 상대를 쏘아보았다. 능청맞은 웃음이 그와 맞대응하고 있었다. 참으로 집요한 자였다. 그동안 민석은 일본이 추진하는 문화 정치에 혜림이 말려들지 않도록 애써 왔다. 물론 그렇게 하기 위해 물질적인 공세를 아끼지 않았다. 이에 다른 이들은 굳이 혜림을 이 일에 끌어들이려 하지 않았다. 하지만 마모루만은 달랐다. 그는 꽤 오랜 시간 동안 그 일을 두고 사사건건 물고 늘어져 왔다.

「자작 각하께서는 내키지 않으시겠지만 아시다시피 혜림 양은 대일본 제국 최고의 뮤즈입니다. 타국에서도 명성이 높은 예술가지요. 그런 분의 아름다움이 황국 군대의 사기를 드높인다면 이보다 더 가치 있는 일이 어디 있겠습니까?」

구렁이 같은 미사여구가 민석의 숨통을 조여 왔다.

「그 일을 제게 말씀하시는 이유가 뭡니까?」

민석은 불쾌감을 감추지 않았다.

「그야 두 분의 특별한 관계 때문 아니겠습니까?」

마모루는 교묘하게 이죽거렸다.

「보기보다 공사 구분을 못하시는 분이군요. 공무에 대한 감사는 서혜림 씨 본인에게 직접 전하십시오.」

민석은 싸늘히 차에 올랐다. 창밖으로 보이는 마모루의 얼굴에 비열한 웃음이 스쳤다. 민석의 눈가가 파르르 떨렸다.

"단성사로 가."

"네."

동호는 단숨에 혜림이 있는 곳으로 차를 몰았다. 이동하는 사이 민석은 한 번도 입을 열지 않았다. 동호는 거울로 흘깃 제 주인의 안색을 살폈다. 그는 분노를 누르느라 달뜬 얼굴이었다.

혜림과 함께 영화를 보기로 약속했던 민석은 극장 안으로 들어서 왈칵 문을 열어젖혔다. 텅 빈 극장에는 혜림이 홀로 앉아 있었다. 스크린에는 영화가 한창이었다.

혜림은 민석의 발걸음에서 분노를 읽었다.

"너 뭐 하는 애야?"

앞도 뒤도 없는 물음이었다.

"뭐가?"

혜림은 그에게 눈길을 주지 않았다.

"왜 네 멋대로 위문 공연을 하겠다고 나서냐고!"

민석은 전에 없이 언성을 높였다.

"내가 하는 공연을 내가 정하는 게 잘못이야?"

"서혜림!"

"민석 씨는 황국에서 가장 총애하는 조선인이잖아. 내가 그런 민석 씨하고 격을 맞추려면 좀 더 분발해야 할 것 같아서."

그녀는 괜한 오기를 부렸다.

"너 진짜 왜 이래?"

"당신은 되고 나는 안 돼?"

혜림은 그제야 그를 바라보며 도전적으로 되받아쳤다. 민석은 말문이 막혔다.

"당신은 일본을 등에 업고 승승장구해도 되고, 나는 안 되냐고! 나 그냥 당신 인형이 아니야. 나도 내가 원하는 춤 추고 싶고, 날 찾는 사람들 환호성 즐기고 싶고, 나를 부르는 곳이 있다면 어디든 가고 싶어!"

"너 지금 왜 억지 써? 내가 뭘 걱정하는지 몰라? 더럽게 사는 건 나 하나로도 족하다고!"

결국 민석도 인내심을 잃고 폭발했다.

"그래서 모든 화살을 다 자기한테 돌리는 거야?"

혜림의 갈색 눈동자가 그를 빤히 응시했다. 민석은 그제야 제 감정을 눌렀다. 곧게 뻗은 속눈썹에 가려진 슬픔을 읽어 낸 까닭이었다.

"그게 무슨 소리야?"

"내가 모르는 줄 알지? 당신이 그 여자랑 결혼한 거 나 때문이라며? 천하의 정민석이, 아버지한테 무릎을 꿇었다며."

그녀는 조여 오는 목구멍 사이로 슬픔을 쏟아 냈다. 민석은 그녀의 상처를 읽었다.

"혜림아……."

"나한테 공연 압력 들어올 때마다 네가 다 막았다며! 내 이름으로 나갈 성금, 전부 네 이름으로 돌려놨다며!"

상처 입은 자존심은 눈물이 되어 쏟아져 나왔다.

"너는 나 때문에 오물을 뒤집어쓰고 진창을 구르는데 나보곤 고고하게 춤이나 추라고? 그 여자는…… 널 위해서 총을 맞는데…… 나보고는 널 사지로 내몰고 편히 살라고? 당신 그러는 게 날 얼마나 아프게 하는지 알아? 사람들이 당신 욕할 때마다, 그것도 모자라서 죽이겠다고 덤빌 때마다 내가 어떤 마음일지 상상이나 해 봤어? 나 때문에 네가 죽을까 봐……, 그럴까 봐……."

결국 울음이 터졌다. 한탄의 응어리가 울음소리에 묻혀 절반쯤은 웅얼거렸다. 민석은 혜림을 꼭 끌어안았다. 그가 할 수 있는 최선의 위로였다.

"그만 해."

"나…… 무대에 갈 거야. 더 이상 너한테 짐 되기 싫어."

그의 가슴팍에 그녀의 슬픔이 젖어들었다.

"그런 거 아니야."

"날 지키고 싶어질수록…… 넌 점점 더 못되질 거잖아. 그런 너는…… 내가 싫어. 그러니까 나는 이제 내가 지켜. 그리고 그렇게 해서 너도 살릴 거야."

혜림은 다부지게 입술을 앙다물었다. 울음을 참기 위해서였다. 하지만 볼에는 여전히 속절없는 눈물이 흘러내리고 있었다. 민석은 그 뺨에 가볍게 입을 맞췄다. 그녀의 눈물이 그의 입술에 닿았다. 그는 제 입술에 달라붙은 짠내에서 형언할 수 없는 슬픔을 읽었다. 민석은 그녀에게 남은 아픔을 거둬 내기라도 하듯 부드럽게 그녀의 입술을 얼렀다.

15

경성역은 여전히 부산했다. 무리지어 기차를 타는 젊은 여자들과 이제 스무 살도 안 되어 보이는 여사 아이들이 플랫폼을 가득 메웠다. 맞은편에서는 삼삼오오 모인 사람들이 울음을 쏟아 내고 있었다. 그들의 가족인 모양이었다. 북새통 사이에 선 길주와 승민은 여간 심란한 게 아니었다.

"왜들 저런데요?"

승민은 칼바람에 어깨를 움츠렸다.

"일본 공장으로 끌려가는 거겠지. 더러운 놈들. 저들 멋대로 들어와서 단물 쓴물 다 빨아먹지."

길주는 바닥에 침을 탁 뱉었다. 분이 치미는 모양이었다.

"목소리 좀 낮춰요. 저쪽에 순사들 쫙 깔렸는데 듣기라도 하면 어쩌려고 그래요?"

승민은 불안한 눈길로 좌우를 둘러봤다. 아닌 게 아니라 맞은편에서는 순사들의 검문이 한창이었다. 길주는 그들을 보며 대놓고 인상을 찌푸렸다. 승민은 그런 길주의 기운을 상쇄하려 연신 싱글벙글 웃었다. 길주는 그런 승민이 못마땅했다.

"뭐 잘못 먹었냐? 왜 그렇게 실실 웃어?"

"아, 누군 웃고 싶어 웃어요? 괜히 잡혀서 치도곤 칠까 봐 그러죠."

"됐고. 오늘따라 왜 이리 순사가 많아? 또 무슨 일 터진 거 아니야?"

"글쎄요. 오며 가며 신문 봤는데 별일 없던데요?"

"아무튼 조심하는 게 좋겠어. 서두르자."

그들은 분주히 통의동으로 걸음을 옮겼다. 무영과 만나기 위해서였다. 전차를 탄 두 사람은 낯선 경성의 풍경을 만끽했다. 거리에는 일본식으로 단장한 2층 건물이 즐비했다. 하지만 그들의 눈길을 더 사로잡은 것은 위풍당당한 서구식 건물이었다. 특히 경성 사람이라면 누구나 한 번쯤 구경했다는 화신 백화점 건물은 가히 일품이었다. 단단한 화강암으로 지어진 외벽은 입구를 장식한 대리석과 어우러져 고풍스러운 멋을 더했다. 그러나 누가 뭐래도 변화의 중심은 사람이었다. 맵시 있게 양장을 뽐내는 이가 있는가 하면, 아직도 한복을 고수하며 마고자를 움켜쥐는 사람도 있었다. 뿐만 아니라 어설프게 빗어 넘긴 단발에 어울리지 않는 두루마기를 걸친 여자도 있었다. 분명 지난여름에 양장을 시도했다 마땅한 겨울옷을 장만하지 못한 게 분명했다. 이런저런 것들을 구경하느라 길주와 승민의 걸음이 더뎠다. 결국 그들은 해가 거의 떨어질 쯤에야 여관에 도착했다. 하지만 무영은 거기 없었다.

"이틀 동안이나요?"

승민은 뜻하지 않은 상황에 난색을 표했다.

"그렇다니까. 원래 들쑥날쑥하긴 해도 외박은 안 했는데. 혹시나 해서 방에 가 봤더니 짐은 그대로야. 어쨌거나 왔으니까 방값이나 치르고 가."

여관 주인은 이른 잠이 치밀었는지 연신 하품을 했다. 승민은 부지런히 셈을 치렀다.

"어떻게 된 걸까요? 또 무슨 사고를 친 건 아니겠죠?"

두 사람은 황망한 얼굴로 여관을 나섰다. 승민은 초조함에 애꿎은 눈길을 툭툭 걷어찼다. 얄팍한 그의 신발 사이로 습기가 올라왔다.

"글쎄. 그랬다면 벌써 우리 쪽에 연락이 왔을 텐데. 일단 경성 대장간으로 가 보자. 가서 물어보면 알겠지."

길주는 담배를 꺼내 물었다. 경성까지 와서도 무영의 뒤치다꺼리를 해야 하는 상황에 길주는 착잡해졌다. 맑은 공기 사이로 매캐한 연기가 흩어졌다.

16

문이 열리자 거의 눕다시피 한 자세로 잡지에 골몰한 영수가 보였다.

영수는 그들의 등장에도 아랑곳 않고 잡지에 머리를 묻은 채 낄낄거렸다. 의자에 기대 책상 위로 다리까지 올려놓은 모습은 영락없이 한량이었다. 길주와 승민은 한심하다는 표정을 지었다.

"저 사람이 정말 경성 한일단 책임자예요?"

승민이 귀엣말을 건넸다.

"그러게. 그나마 지부장은 저 양반의 부친이라고 하니 이걸 다행이라 해야 하나."

길주는 맥 빠진 모습이었다. 그러는 사이 영수는 다리를 내리며 자세를 고쳤다.

"무슨 일이십니까?"

영수가 대수롭지 않은 얼굴로 낯선 이들을 맞았다.

"상해 한일단 한길주요."

길주는 가감 없이 제 신분을 밝혔다.

"그런데 무슨 일로……?"

영수는 상대의 정체를 가늠하려 묘하게 말끝을 흐렸다.

"마경 위치는 알고 왔소. 증명해야 합니까?"

마경이라는 말에 영수는 안도했다. 신분 확인 방법을 알고 있다는 것 자체가 일종의 암호인 셈이있다. 영수는 잽싸게 창밖을 살폈다. 창문 밖에서 궁금증을 못 이긴 인호가 코를 들이박고 있었다.

"안전을 위해 그러면 좋겠지만 지금은 보시다시피 보는 눈이 많아서요. 벌써 해도 지고 있고. 신분은 확인했다고 칩시다."

영수는 주먹 쥐는 시늉으로 윽박지르며 인호를 쫓아냈다.

"우리 무영이 어디 있소?"

"하, 그 대단한 양반 말이군요. 그 애물단지를 덜렁 혼자 보내 놔서 내가 얼마나 고생이 많았는지 아쇼?"

영수는 대뜸 구시렁댔다.

"무영이 형이 또 사고 쳤어요?"

"이거 봐, 이거 봐. 또, 라잖아. 어쩌자고 그런 폭탄을 혼자 보냈소? 배짱도 좋지. 따라와요."

영수는 밖으로 나섰다. 길주와 승민도 뒤를 이었다. 그들은 몰아치는 칼바람을 이기려 담배를 나눠 물었다. 영수는 한참을 앞서 걸었다. 그리고 개미굴만 한 골목을 굽이굽이 돌아 어둑한 숲으로 들어섰다. 어느새 마른 나뭇가지 사이로 초승달이 고개를 내밀었다. 싸늘한 공기에 몸의 감각이 점점 무뎌졌다. 까칠해진 볼은 내 것이 아닌 양 얼어 갔고, 얄팍한 귓불은 화끈거리기 시작했다. 승민은 지친 기색이 역력했다. 상해에서부터 쉼 없이 강행군을 했으니 무리는 아니었다.

"아직 멀었어요?"

참다못한 승민이 입을 열었다.

"사람들하고는. 명색이 비밀 통로인데 너무 쉽게 도착하면 곤란하지. 이제 다 왔으니까 엄살 좀 그만 떨어요."

영수는 제법 날쌔게 걸었다. 길주는 제 불만을 누르며 꾸역꾸역 따라갔다. 한참을 걷자 100미터 앞쯤에 낡은 폐가가 보였다. 오랫동안 사람이 살지 않은 듯 으스스한 분위기였다. 영수는 성큼성큼 문을 열고 들어갔다. 사립문 소리가 음산했다.

"이쪽 바닥 전설은 조금 아시나?"

영수가 뜬금없이 농을 걸었다.

"전설요?"

"뭐, 전설이랄 건 없고 그냥 귀신 이야기 같은 거지만."

"귀신요?"

승민은 대번에 질겁했다.

"거 휘소리 치지 말고 빨리 가쇼."

길주는 버럭 소리를 질렀다.

"알았어요, 알았어. 거 성질하고는."

구시렁거리던 영수는 부엌으로 걸음을 옮겼다. 텅 빈 부엌에는 아궁이 두 개만 덩그러니 놓여 있었다. 아궁이 위에는 커다란 가마솥 두 개가 뽀얀 먼지를 덮어 쓰고 있었다.

"자, 들어가쇼."

가마솥 뚜껑을 연 영수가 안으로 들어가라고 재촉했다. 어이없는 상황에 길주의 짜증이 폭발했다.

"근데 이 사람이 진짜."

길주는 당장이라도 멱살을 잡을 기세로 영수를 몰아붙였다. 그러나 그의 주먹은 날아가지 않았다. 놀라운 광경을 목격했기 때문이었다. 영수가 안내한 가마솥 뚜껑 아래에는 길게 사다리가 드리워져 있었다. 길주는 안을 들여다봤다. 끝이 보이지 않는 터널이 마치 우물 같았다.

"보안을 위해서랄까? 그리고 재밌잖아. 이게 구멍은 작아도 천장일 뿐이니까 좁진 않다오."

영수는 구멍 사이로 제 몸을 들이밀었다.

"들어와요. 거 마지막에 내려오는 사람은 가마솥 제대로 닫고 와요."

영수가 먼저 사다리로 내려갔다. 승민과 길주는 당혹스러운 시선을 교환했다. 길주는 담배를 비벼 끄고 영수를 따라 내려갔다. 솥뚜껑을 닫는 것은 승민의 몫이었다. 지하도를 걷는 동안에도 영수는 뭐가 신났는지 연신 싱글벙글했다. 승민은 지하 통로가 신기해 계속 두리번거렸다. 하지만 길주는 여전히 마뜩잖은 눈치였다.

"저기로 단원들이 드나든다는 말이야?"

영수는 짓궂게 고개를 끄덕였다.

"어처구니가 없군. 장난치는 것도 아니고, 들고나는 무기량을 어떻게 감당하려고 저런 출입구를……."

"설마 저게 유일한 통로라고 생각하는 건 아니겠죠? 저긴 그냥 내 취미에 맞게 만든 맞춤 통로라고나 할까요."

길주는 어이가 없었다.

"앞으로 우리는 작전상 이 통로를 무기 보급로로 이용하게 되겠지만 애초에 할아버지께서 지하 통로를 설계하셨던 목적은 여러 가지였어요. 그 중에는 전략상 침입이나 도주 같은 동선도 포함되어 있죠."

길주는 그제야 지하도를 돌아봤다. 상상 이상의 압도적인 공간이었다. 외벽에 매달린 선반에는 잡다한 물건들이 가득했다. 대부분 총기 조립을 위한 부품들이었다. 그 옆에는 차곡차곡 쌓인 상자들도 있었다. 이미 조립이 완성된 무기들이었다.

그들은 몇 개나 되는 출입문을 통과했다. 지도가 없다면 길을 잃어도 이상하지 않을 만큼 복잡한 구조였다. 조금 더 걸음을 옮기자 군용 트럭이 보였다. 길주는 땅 위에서만 구르던 트럭의 존재에 흠칫 놀랐다. 하지만 그를 놀라게 하는 것은 그것만이 아니었다. 일정 간격을 두고 통신 시설과 연료까지 완벽하게 구비되어 있었던 것이다.

"트럭이 어떻게 땅으로 꺼진 거야?"

길주가 궁금증을 참지 못하고 물었다.

"당신 바보야? 통로를 만들면 되는 거지."

영수는 은근히 말을 놓고는 주머니에 손을 넣은 채 건들거리며 걸었다.

"그러니까 무슨 수로 저걸 끌어들인 거냐고."

길주가 따지듯 물었다.

"초면에 이런 말 하기 되게 미안한데, 머리를 좀 써, 머리를. 지상에서 지하까지 경사를 만들면 될 것 같지 않아?"

"그럼 차가 드나들 수 있는 통로가 있단 말이야?"

"당연하지. 그럼 평생 사람만 드나들 줄 알았어?"

"그럼 차량이 출입하는 통로는 얼마나 많이 있는 거예요?"

승민이 끼어들어 물었다.

"애석하게도 전국에 여섯 군데가 전부야. 많으면 많을수록 편하긴 하겠지만 그만큼 발각될 위험도 커지는 거니까. 그중에서 가장 가까운 통로가 남산 통로야."

그 사이에도 영수는 몇 번이고 길을 돌았다. 상해에 있을 때부터 진배를 통해 이야기를 쭉 들어 왔지만 생각보다 훨씬 방대한 구조물이었다. 그때였다. 모골이 송연해지는 비명 소리가 그들의 앞을 가로막았다. 길주는 긴장감에 총부터 빼 들었다.

"무슨 소리야?"

영수가 한숨을 내쉬었다.

"휴……. 그 애물단지, 또 꿈이라도 꿨나 보네."

영수는 모퉁이를 돌아 벽을 밀었다. 둔탁한 벽돌 문이 회전했다. 그들은 순식간에 무영이 있는 공간으로 연결되어 들어갔다. 이제 막 꿈에서 깨어난 무영은 땀에 흠뻑 젖은 모습이었다. 며칠이나 면도를 하지 못해 턱에는 수염이 덥수룩했다.

"형……?"

승민의 얼굴에 반가움과 놀라움이 교차했다. 길주는 무영의 상처부터 눈에 들어왔다.

"너 이 자식, 뭐야?"

무영의 멍한 시선이 길주에게 닿았다. 길주가 대뜸 그 멱살을 잡았다.

"함부로 날뛰지 말랬지! 또 무슨 짓을 한 거야?"

"거 성질 좀 죽이고. 아, 진짜 상해 쪽 물에 약이라도 탔나? 왜 이렇게 사람들이 과격해?"

영수가 나서서 말렸다. 길주는 씩씩대다 겨우 떨어졌다.

"앞뒤 들어 보지도 않고, 참. 저 형씨한테 뭐라고 하지 마요. 우리 쪽 자재 옮기다가 저렇게 된 거니까."

영수는 눈 하나 깜짝하지 않고 능청맞게 둘러댔다. 무영은 놀라 영수를 봤다. 그러나 그는 짐짓 태연했다.

"진짜야?"

길주가 미심쩍은 눈길을 보냈다.

"아, 진짜 속고만 살았나? 요즘 이쪽에서 쇠붙이 긁어모은다고 난리도 아니거든요. 그래서 저 형씨가 그거 창고에 쌓아 놓다가 다리에 놋그릇들이 왕창 떨어져서는 저 지경이 됐다니까."

"그런데 왜 여기 있는 거야? 병원에 안 가고."

"아, 그게 말이지, 어제 경성 병원에 갔는데 진짜 재수 없는 여자 의사를 만나 가지고 빈정 상해서 그냥 왔지. 세상에 그 계집애가 나보고 똥이래. 아, 나 진짜 어이가 없어서. 똥이 뭐야. 더럽게."

영수가 능청스레 투덜거렸다. 이에 무영이 피식 웃고, 길주 역시 덩달아 긴장을 풀었다. 그제야 상해 한일단의 제대로 된 해후가 이뤄졌다.

"그런데 갑자기 무슨 일이야?"

정신을 차린 무영이 물었다.

"이제 작전 시작하니까 경성 쪽에 파견된 거예요. 그리고……."

"지령이야. 암살 대상자가 정해졌어."

어물거리는 승민의 말을 길주가 가로챘다.

"아, 죽이라는 건 아니었잖아요."

승민이 난감한 듯 토를 달았다.

"끌어들일 수 없으면 죽이라고 했잖아."

길주는 퉁명스레 말을 뱉었다.
"위험해서는 아니라고 했잖아요."
"상징적 의미 몰라? 머리에 먹물 든 조선놈이 앞장서서 변절을 해 버리면 배웠다는 놈들은 줄줄이 그 뒤를 따르지 않겠어?"
두 사람이 설왕설래하는 사이 무영은 암살이라는 말을 되새기며 눈빛을 빛냈다.
"누군데요?"
"근데 그 꼴을 해서 퍽이나 죽일 수 있겠다."
길주가 퉁명스레 말을 뱉었다.
"누구냐고요!"
무영이 채근했다.
"중추원 서기관 이수찬."

17

수찬은 매끈한 차림으로 다방에 앉아 있었다. 먼지라도 닿을까 손이 절로 움츠러드는 하얀 모직 코트 안에는 싱그러운 하늘빛 셔츠를 입고 있었다. 티끌 하나 없는 구두는 눈이라도 내려앉은 듯 하얗게 빛났다. 추운 날씨가 무색해지는 화사한 복장이었다.
"식사하시기도 짧은 점심에 이렇게 어려운 시간 내주셔서 감사합니다."
커피를 마시던 김 기자가 입을 열었다.
"아닙니다. 저야말로 영광입니다."
수찬은 사교적인 미소로 답했다.
"역시 소문대로 멋쟁이시네요. 참 부럽습니다. 사회적인 성공도 이루고, 글도 잘 쓰시고, 게다가 이렇게 미남이시라니."

"죄송하지만 여자들이 하는 칭찬이 아니면 정중히 사양하겠습니다."
"하하, 그런가요? 제가 큰 결례를 했네요."
두 사람은 왁자하게 웃었다. 흥겨운 자리였다.
"오늘 인터뷰를 빌미로 뵙자고 한 건 청이 있어서입니다."
"말씀하십시오."
"서기관님께서 저희 신문에 시를 연재해 주셨으면 합니다."
"제 시를요?"

매끈한 안경알 너머로 작은 흥분이 일렁였다. 수찬은 그 기운을 잠재우려 커피를 마셨다. 달착지근한 온기가 혀끝을 맴돌았다.

"네. 사실 저희가 신춘문예를 기획한 의도도 저희 신문의 필자를 찾기 위해서니까요. 어떻게 생각하십니까?"
"저야 거절할 이유가 없죠. 항상 꿈꾸던 일이니까요."

수찬은 가감 없이 제 뜻을 전했다. 그의 말은 사실이었다. 비록 상황에 밀려 중추원 서기관의 자리까지 서게 됐지만 그의 꿈은 언제나 시인이었다. 같은 사물을 보고도 수만 갈래의 감상을 주체하지 못했던 그였다. 수찬은 언제나 그런 자신의 세계를 누군가와 공유하고 싶어했다. 혼자 품고 있기에는 너무나 외로운 노릇이었다.

"이야! 생각보다 성격이 시원시원하시네요. 저는 여자들에게 인기가 많다고 하기에 속좁은 샌님을 생각했는데 이거 서러워서 안 되겠네요."

김 기자는 악수를 청했다. 수찬은 선선히 그 손을 잡았다. 깔끔한 계약이었다.

18

"두 사람은 잘 간 거야?"

총을 조립하던 무영이 물었다. 무심한 말투였다. 하지만 속내에는 상해 식구들에 대한 애틋함이 배어 있었다.

"일이 끝날 때까지 보안 여관에 있을 거래. 주소지를 남기는 것보다는 그편이 나을 것 같다면서. 공식적으로는 내일부터 두 사람도 경성 대장간으로 나올 거고."

영수는 무심하게 답했다. 그 역시 설계도 때문에 머리를 싸매고 있던 탓이었다. 이후 두 사람 사이에 잠시 정적이 흘렀다.

"그런데…… 혹시 들었어?"

먼저 침묵을 깬 쪽은 무영이었다.

"뭘?"

"내가 쏜 총에 여자가 맞았거든. 그 여자, 어떻게 됐는지 알아?"

"글쎄? 밖으로 도는 소문이 없으니 나도 모르지."

영수는 시큰둥했다. 무영은 들리는 소식이 없는 이유가 무엇을 의미하는지에 대해 골몰했다.

"확실한 건 정민석은 제 발로 잘 돌아다니고 있다는 것뿐이야."

영수가 덧붙였다. 무영은 착잡했다.

"여자라면, 혹시?"

영수가 되물었다.

"일본 여자."

"그 부인 말이군. 그렇다면 죽진 않았을 거야. 죽었다면 뻑적지근하게 장례라도 지냈을 테니까."

"그래……."

짧은 순간 무영은 안도했다. 수많은 이가 그의 칼끝에서 죽어 나갔다. 하지만 단 한 순간도 의도하지 않은 목숨이 희생되길 바란 적은 없었다. 물론 그녀에 대한 염려가 단지 그런 이유에서 시작된 것만은 아니었다.

그러나 그는 그녀가 신경 쓰이는 진짜 원인이 무엇인지 아직까지는 깨닫지 못했다.

19

미유키는 창틀에 한쪽 손으로 턱을 괴고 정원을 내려다봤다. 다른 손으로는 조용히 무영의 끈 뭉치를 만지작거렸다. 그녀는 손끝에 닿는 톡톡한 감촉에서 무영의 잔상을 떠올렸다. 생각할수록 괴이한 남자였다. 시커먼 얼굴로 피비린내를 몰고 다니는 사내가 이런 레이스 쪼가리를 들고 다닌다니 참으로 어울리지 않았다. 물론 미유키 역시 이 물건에 사연이 있다는 사실쯤은 짐작하고 있었다. 하지만 분명 망자의 물건일 터였다. 미유키가 이해할 수 없는 것은 그 부분이었다. 그는 분명 존재하지 않는 사랑의 흔적을 품고 다닐 만큼 마음이 여린 자였다. 그런 이가 타인의 목을 겨누며 그 피로 망자의 유품을 물들인다는 사실이 심히 괴이쩍었다. 복수라고 한다면 더더욱 이해가 안 됐다. 그렇게 사람의 눈에 광기를 밀어넣을 사랑이 존재한다는 사실이 믿기지 않았다. 그녀에게 있어 사랑이란 소설에나 나옴직한 환상일 뿐 실제로 존재하지 않는 감흥이었다. 손으로 거머쥐기는커녕 마음에서조차 느껴 본 적 없는 감정이었다. 그나마 민석과의 스침에서 느껴지는 미묘한 잔상들이 그에 가까운 존재일 거라 추측해 볼 뿐이었다.

미유키는 창문에 입김을 불었다. 은빛 정원이 뽀얀 안개 너머로 사라졌다. 그녀는 손가락을 들었다. 그의 이름이라도 써 볼까 하는 마음에서였다. 하지만 생각해 보니 그의 이름도 몰랐다. 그녀는 허전한 마음에 손바닥으로 제가 만든 백지를 지웠다. 그러자 정원으로 들어서는 지은의 모습이 눈에 들어왔다. 미유키는 조용히 끈 뭉치를 상자 속에 밀어넣었다. 그러고는 다시 턱을 괴고 밖의 풍경을 살폈다. 문 밖에서 인기척이 날 때까지.

「날씨 좋네요.」

지은이 들어서자 미유키는 가볍게 인사를 건넸다. 여전히 창가에 앉아 있는 채였다.

「기분이 좋아 보이세요.」

지은은 미유키 곁으로 걸음을 옮겼다.

「그래 보여요?」

「네.」

「그냥 조금 달라진 것 같아요.」

확실히 그랬다. 지은 역시 미유키의 공기가 다른 때와는 차이가 있음을 느끼고 있었다.

「뭐가요?」

「나도 잘 모르겠어요. 다만…… 그냥 자꾸 궁금해져요. 내가 어떤 사람인지 궁금해지고, 내가 뭘 하고 싶은지도 궁금해지고, 내가 이런 생각을 하게 만든 사람은 어떻게 지낼지 궁금해지고…….」

그녀의 말끝에 무영에 대한 마음이 묻어났다.

「……네?」

「미안해요. 내가 알 수 없는 말만 했죠?」

「아니에요.」

지은은 차분히 상처를 살폈다. 가뭇가뭇한 딱지 아래로 새살이 돋아나고 있었다. 극진한 보살핌 덕에 회복은 빠르게 진행됐다.

「보호자가 계시면 가벼운 외출 정도는 괜찮으실 것 같아요.」

지은은 준비해 온 연고를 얇게 펴 바른 뒤 뽀송뽀송한 새 붕대를 덧댔다.

「다행이네요. 안 그래도 갑갑했는데.」

미유키의 입가에 엷은 미소가 돌았다.

「어디 다녀오시고 싶으세요?」

「그냥 자꾸 쏘다니고 싶네요. 다니다 보면 내가 원하는 걸 찾을지도 모르잖아요.」

지은은 문득 그녀가 측은하게 느껴졌다. 어쩌면 제 환자에게 필요한 것은 의사가 아닌 친구일지도 모른다는 생각이 들었다.

「아카이이토라고…… 들어 본 적 있어요?」

미유키는 돌연 화제를 돌렸다.

「붉은 실 말씀이신가요?」

일본어라면 지은 역시 뒤지지 않았다. 조선어 말살이 한창 기승을 부리는 시기였으니 무리는 아니었다.

「운명의 붉은 실이죠.」

단호한 말투였다. 미유키의 그 야무진 정정에 지은은 웬지 조금 머쓱해졌다.

「일본에선 서로 사랑하는 사람들의 손가락에 보이지 않는 붉은 실이 연결돼서 두 사람을 이어 준다고 믿고 있어요. 그 실이 끊어지면 두 사람의 인연도 끝나는 셈이죠.」

「낭만적이네요.」

지은은 무심히 대꾸했다.

「윤 선생님도 아직 사랑은 못해 보셨나 보네요.」

미유키의 눈가에 선선한 미소가 돌았다.

「그걸 어떻게 아세요?」

지은은 딱히 부정하지 않았다.

「사랑 때문에 아파해 본 사람이라면 그게 아름답다고만 말하진 못할 것 같아서요.」

서글픈 추측이었다. 그나마도 무영의 흔적으로 인한 상상에 불과할 뿐이었다.

「그럴 수도 있겠네요.」

지은은 치료를 마무리하며 긍정했다.

「지은 씨는 어느 쪽 사람이죠?」

미유키는 지은의 얼굴을 빤히 봤다.

「……네?」

「내가 윤 선생님을 얼마나 믿어도 되는지 알고 싶어서 묻는 거예요. 민석 씨랑은 알고 지내는 사이인가요?」

「아니요. 전 한 번도 뵌 적이 없어요. 정확히 말하면 저 혼자 멀리서 뵌 적은 여러 번 있죠. 아빠랑 친분이 있거든요.」

「네…….」

미유키는 낙심했다. 속내를 털어놓을 수 없다는 허전함에서였다.

「근데 전 아빠랑 별로 안 친해요.」

미유키의 마음을 읽은 지은이 말했다.

「왜요?」

「저는 한 번도 안 해 본 그 사랑이라는 걸 하고 계시거든요.」

미유키는 어쩐지 동질감이 느껴졌다. 지은 역시 같은 마음이었다.

「그러니까 외람되지만 자작 각하 모르게 부탁하고 싶으신 일이 있으면 말씀하셔도 돼요.」

한참을 망설이던 미유키의 눈가에 결심이 일었다.

「……그럼 한 가지만 부탁할게요.」

그녀는 지은에게 조용히 귓속말을 건넸다. 지은의 얼굴에 이채가 돌았다. 그녀의 눈은 흥미로 반짝이고 있었다.

20

술기운이 오른 수찬은 비틀거리며 걸었다. 그를 부축하는 신여성과 함께였다. 그는 만취한 상태였다.

"배웅해 줘서 고마워."

수찬은 여자의 뺨에 가볍게 뽀뽀했다. 여자는 마뜩잖은 얼굴로 건물을 올려다봤다. 해일관이었다.

"여긴 뭐야? 기생집 아니야?"

그녀는 대번에 얼굴을 찡그렸다.

"어허! 여긴 그냥 기생집이 아니야. 경성 최고의 미녀들로 가득 찬 꿈과 사랑의 공간이지."

투명한 안경알 너머로 객쩍은 미소가 새어 나왔다. 혀는 완전히 꼬인 상태였다.

"지금 뭐 하자는 거야?"

신경질적인 여자의 음성이 그의 귓가를 후려쳤다.

"응? 뭘 하다니? 집까지 데려다 준다며? 여긴 내 집이나 마찬가지거든. 그래서 이리 온 건데 왜? 뭐가 잘못됐어?"

수찬은 싱겁게 웃으며 너스레를 떨었다. 허파에 새어 드는 공허한 바람에 마른 웃음이 새어 나왔다.

"나하고 지금 장난하자는 거야?"

여자는 어처구니가 없는지 얼굴이 붉어졌다.

"왜 흥분하고 그래? 이렇게 야심한 시간에 도대체 뭘 기대하고 따라온 거야? 혹시 신여성과 모던보이의 뜨거운 야사를 완성하러 온 건가?"

그의 조롱에 여자의 인내심이 폭발했다. 여자는 주저함 없이 그의 뺨을 쳤다. 수찬의 얼굴에 선명한 손자국이 남았다. 제 얼굴을 감싸쥔 수찬이 히죽거리며 웃었다.

"와, 손 진짜 맵다. 알고 보니까 진짜 무서운 언니네."

수찬은 아픈 뺨을 부여 쥐고도 실없이 웃었다. 들숨 날숨이 멋대로 엉킨 얼빠진 미소였다. 여자는 기가 막혀 어찌할 바를 몰랐다. 그 사이 수찬은 고래고래 소리를 질렀다.

"홍연아! 홍연아! 오라비 왔다! 홍연아!"

요란한 소리에 장정들이 뛰어나왔다. 그 틈을 타 수찬은 안쪽으로 돌진했다. 그러나 취한 몸은 장정들을 당해 내지 못했다. 결국 그는 구차하게 끌려 나와 땅에 뒹굴고 말았다. 여자는 창피함에 줄행랑친 지 오래였다.

"당신 누구야?"

사내가 위압적으로 물었다.

"나 몰라? 경성 최고의 미남 이수찬인데? 어깨 씨는 됐고, 가서 우리 홍연이 불러와. 홍연아! 홍연아!"

수찬은 제 옷에 묻은 눈을 털어 내며 일어섰다. 살을 에는 찬 바람에 입을 열 때마다 뽀얗게 입김이 올라왔다. 폴폴 풍겨 오는 술 냄새와 함께였다.

"이게 어디 와서 주정이야!"

장정들은 그를 내쫓을 심산으로 주먹을 들었다.

"그만둬!"

홍연이었다. 그녀를 본 수찬은 취기로 벙긋 웃었다.

"와……, 홍연이다!"

그는 그녀를 와락 안으려다 중심을 잃고 쓰러졌다. 차가운 눈이 뺨에 닿았다. 그는 그 매서운 감촉에 새삼스레 쓰라림을 느꼈다. 그런 그를 내려다보는 홍연의 눈길이 착잡했다.

"매화방으로 모셔."

수찬은 그렇게 두 사내에 의해 옮겨졌다. 복잡한 표정의 홍연과 함께였다.

21

대야에 받은 물이 유난히 맑았다. 세수하고 일어서던 애종은 길게 기지개를 켰다. 그녀는 그래도 선잠이 깨지 않아 반쯤 겨우 뜬 눈을 비볐다. 그러다 갑작스레 눈을 번쩍 떴다. 대문을 넘어선 혜림의 등장 때문이었다.

"하나도 안 반가운 손님이 오셨네요?"

애종은 퉁명스러웠다. 아침부터 찾아든 혜림이 마뜩잖았다. 그동안 혜림은 수차례나 홍연을 찾아 승무를 배우길 청했다. 그러나 홍연은 요지부동하며 늘 이런저런 이유로 거절해 왔다.

"제가 싫어요?"

혜림은 미소로 답했다. 정곡을 찔린 애종은 당황했다.

"아니, 뭐 꼭 싫다기보다는 기생집에 어울리는 손님은 아니잖아요. 홍연이 언니한테 자꾸 곤란한 부탁을 하시는 것도 그렇고……."

애종은 곤란함에 말끝을 흐렸다.

"그럼 홍연 씨가 날 좋아하면 애종 씨도 좋아해 줄 거예요?"

담백한 질문이었다. 길게 꼬리가 늘어진 상냥한 눈웃음과 함께였다.

"뭐, 그럴 수도 있고…… 아닐 수도…… 있죠?"

애종은 황급히 혜림의 시선을 피했다. 바라보고 있으면 어쩐지 무장 해제가 되고 마는 눈길이었다.

"홍연 씨는 좋겠다. 이렇게 귀여운 동생이 많아서."

애종은 대답 대신 혜림의 차림새를 살폈다. 그녀는 윤기 나는 벨벳 원피스를 입고 있었다. 우아한 붉은색 원피스는 부드러운 여우 목도리와 더

없이 잘 어울렸다. 그림처럼 뻗어 내린, 목이 긴 가죽 장갑에 이르러서는 탄식이 절로 나왔다.

"전 그쪽이 더 부러운데요. 예쁜 것도 많고."

애종은 입을 삐죽였다.

"이거 가질래요?"

혜림은 선선히 가죽 장갑을 벗어 건넸다.

"내가 뭐 거지예요! 그런 걸 받게?"

애종은 괜히 발끈했다.

"섭섭하게 왜 그래요. 이거 뇌물이에요. 친해지고 싶어서."

혜림은 다정스레 웃었다. 화장기 없는 그녀의 얼굴에 여느 때와 다른 친근함이 깃들어 있었다. 애종은 그 다정스러움에 갈등했다. 마음이 약해지기도 했지만 그보다는 장갑이 갖고 싶었다.

"나 나쁜 사람 아니에요. 근데 여기 사람들 말고도 나 미워하는 사람이 너무 많아서 사실은 좀 외롭거든요. 그러니까 뇌물 받고 나 조금 좋아해 주면 안 돼요?"

혜림은 쓸쓸한 농을 건넸다. 그 서글픈 고백에 애종은 괜히 가슴이 시큰해졌다. 따지고 보면 딱히 혜림을 미워해야 할 이유도 없었다. 굳이 이유를 찾아본다면 그녀에 대한 선입관이 전부였으니 말이었다. 더군다나 지금의 그녀는 자신에게 몹시 따뜻했다.

"아니, 뭐, 이런 거 안 주셔도 잘 지낼 순 있어요. 사람 마음 약해지게……."

애종은 못 이기는 척 장갑을 받았다. 혜림의 얼굴에 미소가 돌았다.

"받아 줘서 고마워요. 우리 자주 봐요."

혜림은 싱긋 웃으며 애종에게 악수를 건넸다. 애종은 선선히 그녀의 손을 맞잡았다.

좋은 징조였다. 오늘은 반드시 홍연의 승낙을 받아 낼 참이었다. 혜림은 제 결심을 다잡으려 하늘을 올려다봤다. 시리도록 맑은 하늘 아래로 줄지어 매달린 고드름이 반짝이고 있었다. 그녀는 그 영롱한 빛에서 응원의 기운을 느꼈다. 혜림은 기분 좋게 안채로 걸음을 옮겼다. 그때 허겁지겁 밖으로 나서는 수찬의 모습이 보였다.

"수찬 씨가 여긴 웬일이야?"

"너야말로 여기 어떻게······."

당황한 기색이 가득한 수찬의 얼굴이 붉어졌다.

혜림은 찬찬히 그의 행색을 살폈다. 대충 걸쳐 입어 어깨가 뒤로 늘어진 재킷 안으로 어긋나게 채운 셔츠 단추가 보였다. 급하게 눌러쓴 모자 안에서는 빗질하지 않은 머리카락이 제멋대로 엉켜 있었다. 지난밤의 행적을 고스란히 보여 주는 흔적들이었다.

"내가 실례했네. 천하의 이수찬에게 왜 해일관에 있느냐고 물어본 게 바보지."

혜림은 새어 나오는 웃음을 참지 못했다.

"그런 거 아니야. 어제는······."

그는 어색하게 변명을 시도했다. 하지만 알코올에 굳어 버린 뇌는 적절한 답을 내놓지 못했다. 게다가 가쁜 발걸음 소리까지 끼어들었다. 두 사람은 동시에 소리 나는 쪽으로 고개를 돌렸다. 홍연이었다.

"시 한 수 홀연히 남겨 두시고 어딜 그리 급히 가세요?"

홍연이 평소답지 않은 애교를 부렸다. 다분히 혜림을 의식한 태도였다. 수찬은 난감해졌다.

"간밤에 잠자리가 편하셨다니 다행이에요."

"응······."

수찬의 떨떠름한 대답에 혜림은 홍연을 살폈다. 항상 차분했던 그녀의 얼굴이 발갛게 상기되어 있었다. 게다가 종이를 쥔 손은 초조하게 움찔거렸다. 수찬이 남겨 뒀다는 시가 틀림없었다. 혜림은 그제야 두 사람의 미묘한 공기를 읽었다.

"전 홍연 씨 보러 왔어요. 두 분은 아직 나눌 이야기가 남은 것 같으니까 안에서 기다리고 있을게요."

혜림은 눈치껏 자리를 피했다.

"······어제는 미안해."

혜림이 사라진 뒤 수찬은 어렵사리 입을 열었다.

"뭐가요?"

홍연은 전에 없이 날카로웠다.

"좀 많이 취해서 실수한 것 같네."

그는 무의식적으로 머리를 긁적이며 멋쩍은 사과를 전했다.

"진짜 실수는 지금 하신 것 같네요. 날 보러 여기까지 와 놓고 그걸 실수라고 하는 거요."

홍연은 혀끝에 가시를 품었다. 그 싸늘한 일격에 수찬은 말문이 막혔다.

"출근시간 늦겠어요. 나중에 봐요."

홍연은 야멸치게 한마디 던진 채 돌아섰다. 수찬은 무안함에 차마 그녀를 잡지 못했다.

22

홍연은 속이 타들어 갔다. 사실 수찬이 한량이라는 건 경성 시내가 다 아는 일이었다. 그러나 숱한 여인들과의 염문에도 그녀는 달리 동요하지 않았다. 딱히 제 처지가 그럴 만한 상황이 아닌 탓이었다. 하지만 혜림만은 달랐다. 수찬의 진심이 항상 혜림을 향해 있다는 사실은 어쩐지 그녀를 쓸쓸하게 했다. 방으로 들어서자 혜림이 기다리고 있었다. 다소곳하게 차를 들고 있는 그녀의 자태에는 여유가 깃들어 있었다. 홍연은 그 단정함에 괜히 화가 치밀었다.

"꽤 고집이 있네요."

여느 때와 달리 감정이 스민 말투였다.

"칭찬으로 들을게요."

혜림이 부드럽게 대답했다.

"일전에 제 뜻은 다 전할 걸로 기억하는데 다른 용무가 있어 오신 건가요?"

홍연은 숨김없이 제 발톱을 드러냈다. 혜림은 그 가감 없는 공격에 도리어 편안함을 느꼈다. 지금껏 자신이 내쳐진 이유를 깨달은 덕분이었다.

"아니요. 같은 부탁을 드리려고 왔어요."

혜림은 차분히 웃었다. 상대의 속내를 끄집어내기 위한 일종의 도발이었다.

"무례한 분이시군요."

홍연은 고스란히 그 작전에 말려들었다.

"상대방의 부탁을 여러 차례 거절하는 건 쉽지 않은 일이에요. 그런데 혜림 씨는 그런 곤란한 일을 저에게 계속 강요하고 계세요."

홍연은 거침없이 속에 있는 말을 쏟아 냈다. 그러고도 속이 풀리지 않았는지 곧게 뻗은 이마가 연신 움찔거렸다.

"저에게 승무를 가르쳐 주시지 않는 진짜 이유가 뭔가요?"

혜림은 돌연 정곡을 찔렀다.

"진짜 이유라뇨?"

홍연은 당혹감을 감추지 못했다. 무안함이 깃든 눈동자는 제 주인의 심장처럼 바들바들 떨고 있었다.

"기생 학교에서 학생들에게 승무를 가르쳐 주고 계시다고 들었어요. 그런데 저에겐 특별한 이유 없이 계속 안 된다고만 하시잖아요. 왜 저는 안 되는 거죠?"

혜림은 담백하게 물음을 던졌다. 홍연은 그제야 차분하게 상대를 살폈다. 다른 때와는 달리 평온해 보이는 민낯이었다. 홍연은 그 말간 얼굴에서 까닭 모를 패배감을 느꼈다.

"혜림 씨는 제 제자가 될 수 없어요. 기녀가 아니니까요."

"굉장히 궁색한 변명인 거 아시죠?"

홍연은 혜림을 쏘아보았다. 더 이상 빠져나갈 구멍이 보이지 않았다.

이제는 인정해야 했다. 홍연은 그저 혜림을 향해 열린 수찬의 마음이 싫었다. 그 마음을 외면하는 혜림도 싫었다. 사실 수찬만 아니었다면 생기지 않았을 적개심이었다.

"그렇게 제 승무가 보고 싶으시면 자작 각하와 함께 방문해 주시죠. 춤을 팔아 사는 기생이니 남자와 돈 앞에서라면 보여 드리지 못할 이유도 없죠."

홍연은 제 앞에 나뒹구는 패배감에 삐딱하게 굴었다.

"그렇게는 하고 싶지 않아요."

홍연은 혜림을 살폈다. 자신의 흥분에도 그녀는 여전히 침착했다. 그제야 홍연은 혜림이 자신의 감정을 읽고 있다는 사실을 깨달았다.

"전 홍연 씨의 능력에 대해 존경심을 갖고 있어요. 그런 분의 춤을 보는 자리는 경건해야 한다고 생각합니다."

"제가 혜림 씨한테 승무를 보여 드려야 할 이유가 있나요?"

홍연이 반문했다. 민망함을 마무리하기 위한 방어였다.

"홍연 씨의 안무를 무대에 세워 보고 싶지 않나요?"

무대라는 말에 홍연은 갑자기 가슴이 뛰었다. 허영은 아니었다. 자신의 춤이 상품이 아닌 예술로 존중받는 것에 대한 설렘이었다. 기녀라면 누구나 가슴에 품고 있을 만한 감정이었다.

"얼마 전 하차투리안이라는 사람이 발레곡을 선보였어요. 전 그 중에서 '칼춤'을 동양식으로 바꿔 무대에 올려 보고 싶어요."

무대를 이야기하는 혜림의 얼굴에는 수만 가지 표정이 스쳤다. 어깨까지 굽이치는 사랑스러운 곱슬머리만큼이나 유연한 움직임이었다.

"우리 춤의 안무는 이야기보다는 감정을 품고 있잖아요. 기쁨이나 슬픔, 즐거움이나 두려움 같은 것들요. 전 그런 것들을 묶어 하나의 이야기로 전하고 싶어요. 그래야 조선이라는 작은 나라가 품은 뜻을 세계에 전할 수 있을 테니까요."

혜림은 진심을 담아 제 속내를 풀어냈다. 고양이 같은 그녀의 눈매는 흥분으로 반짝이고 있었다.

"재미있는 이야기네요. 대일본 제국 관리의 총애를 한 몸에 받는 혜림 씨가 조선의 기운을 논한다는 자체가요."

홍연의 속내에 남은 마지막 자존심이 발톱을 세웠다. 그러나 혜림은 특별히 동요하지 않았다.

"다음에 뵐 때는 좀 더 솔직해지셨으면 좋겠네요."

혜림은 밝게 웃었다. 처음으로 수확을 얻었다고 자신했다.

"수찬 씨랑 두 사람, 참 잘 어울려요."

혜림은 호의적인 말을 남기고 밖으로 나섰다. 문이 닫히자 방은 다시 고요해졌다. 하지만 홍연의 마음은 어수선했다. 생각에 잠긴 그녀의 눈길에 흥분이 깃들었다. 혜림은 분명 자신의 안무를 무대에 세우고 싶으냐 물었다. 예인으로서의 질문이었다. 사실 홍연의 대답은 정해져 있었다. 그럼에도 바로 답할 수가 없었다. 춤꾼이 아닌 여자로서의 자존심 탓이었다.

23

거울 앞에 선 지은은 몇 번이나 제 얼굴에 콧수염을 붙였다 떼었다 했다. 양복에 중절모까지 갖춘 지은은 전형적인 모던보이처럼 보였다. 그녀는 거울을 보며 어색하게 표정 연습까지 했다. 그러다 그런 제 모습이 어색해 혼자 웃었다.

"내가 살다가 별짓을 다 해 보네."

화장실을 나온 지은은 사방을 살폈다. 그러자 맞은편에서 걸어오던 간호사가 아연실색했다. 지은은 화들짝 놀라 모퉁이를 돌았다.

"저 남자 왜 여자 화장실에서 나와? 변태 아니야?"

간호사는 중얼대며 사라졌다. 그녀의 눈에 지은은 젊은 사내 이상도 이하도 아니었던 모양이었다. 지은은 그런 그녀의 반응에 짜릿함을 느꼈다. 지은의 남장은 확실히 성공적이었다. 지은은 그 차림새 그대로 거리로 나섰다. 그러나 행색만 멀쩡했을 뿐 그녀의 행동은 어설프기 짝이 없었다. 어쭙잖은 한량놀음이었다.

전차에 오른 지은은 신문사로 향했다. 목적지로 향하는 동안 그녀는 몇 번이나 제 걸음을 고쳐 봤다. 헛기침을 반복해 보기도 했다. 지나는 여자들이 몇 번이나 그런 그녀를 돌아봤다. 지은은 그들을 향해 어색하게 웃었다.

신문사에 도착한 지은의 발걸음은 광고국으로 옮겨졌다. 그녀는 연습한 대로 목소리를 깔며 직원을 불러 세웠다.

"광고를 내고 싶은데요. 어떻게 하면 되나요?"

그녀는 제 말투가 낯설어 몇 번이나 헛기침을 했다.

"광고 낼 날짜를 주시고 지면을 선택해 주시면 돼요. 지면과 크기에 따라 비용은 달라집니다."

친절한 대답이 돌아왔다.

"전면을 통으로 살 수도 있나요?"

"돈을 내면 안 될 리가 있겠어요?"

곁에 있던 직원이 심드렁하게 끼어들었다.

"야, 그건 아니지. 전면 기사를 어떻게 밀어내?"

"말이 그렇다는 거죠. 어지간한 회사도 못 내는 거금을 누가 낸다고."

자기들끼리 의견이 분분했다. 한마디로 황당하다는 반응이었다.

"두 배를 드리죠."

지은의 호쾌한 한마디가 설전을 잠재웠다.

"내일 조간신문의 전면, 비워 주세요."

24

다음날 아침, 미유키는 흔들의자에 앉아 조간신문을 보고 있었다. 지면을 살피는 미유키의 입가에 묘한 미소가 스쳤다. 그녀의 의도대로 일이 진행된 모양이었다.

미유키는 우윳빛 원피스를 곱게 차려입고 거울 앞에 앉았다. 그녀는 정성껏 제 얼굴을 단장했다. 유난히 화려하고 고운 화장이었다. 힘주어 그려 놓은 그녀의 눈꼬리가 제 매무새를 살폈다. 붉게 마무리된 입술이 매혹적으로 빛나고 있었다.

「괜찮으시겠어요? 아직 좀 무리인 것 같은데.」

나오코가 걱정스레 물었다. 그녀는 미유키의 머리를 틀어 올리던 참이었다.

「윤 선생님이 동행이 있으면 가벼운 외출 정도는 괜찮다고 했어. 그리고 다른 데도 아니고 병원에 가는 건데 뭐 어때?」

「하지만……」

「윤 선생님 일하는 병원이 궁금해서 그래. 매일 오라 가라 하는 것도 미안하고.」

「네…….」

나오코는 더 이상 만류하지 못했다. 그 사이 미유키는 제 목에 길게 늘어진 진주 목걸이를 걸었다. 덕분에 곧게 뻗은 그녀의 목선이 한층 우아해 보였다.

「인력거는 불렀어?」

「네. 근데 왜 동호 씨를 안 부르시고요? 각하의 일정이 없을 때는 차 바로바로 오잖아요?」

「그래도 바깥일이 갑자기 어떻게 될지 모르는 거잖아. 모처럼 인력거 타 보고 싶기도 하고.」

미유키는 풍성한 밍크 숄을 두른 뒤 밖으로 나섰다. 그녀는 확실히 들떠 있었다. 나오코는 그런 그녀를 걱정스레 바라봤다. 하지만 제 주인의 걸음을 막아서지는 못했다. 모처럼의 흥겨움을 깨고 싶지 않았기 때문이었다.

두 사람이 탄 인력거는 경성 시내를 그대로 관통했다. 미유키는 상기된 얼굴로 밖을 둘러봤다. 거리는 출근길로 분주했다. 그 와중에 신문을 들고 떠드는 사람들이 간간이 눈에 띄었다. 전차 안의 샐러리맨들도 광고를 손에 쥔 채 뭐라 떠들며 웃어 댔다. 미처 신문을 사서 보지 못한 사람들은 궁금증을 못 이기고 곁에서 흘끔거렸다.

문제의 신문은 대장간에도 전해졌다. 영수는 책상에 두 발을 얹어 둔 채 거의 눕다시피 하며 신문을 보고 있었다. 영수는 산만하게 발까지 까딱거리며 호들갑을 떨었다. 하지만 무영은 무심하게 총기만 살폈다.

"누군지 아주 돈이 썩어 나는구나. 이런 장난질에 신문 전면을 사들이다니."

무영은 전혀 관심이 동하지 않는 눈치였다. 하지만 영수는 제 흥에 겨워 목소리를 높였다. 그는 또박또박 광고의 문구를 읽어 내려갔다.

"붉은 실의 주인을 찾습니다."

첫 구절이 시작되자 무영의 손길이 멈췄다. 그는 굳은 얼굴로 영수를 향해 걸어갔다. 그러는 사이 영수는 계속 본문을 읽었다.

"하얗게 바랜 실을 붉게 물들인다고 사라진 운명의 끈이 다시 이어질까요? 당신이 잃어버린 붉은 실을 돌려드리겠습니다. 돌려받기를 원하신다면 경성 병원에서 당신과 똑같은 상처를 지닌 사람을 찾아 주세요."

무영은 거칠게 신문을 뺏어 쥐었다. 광고를 읽어 내려가는 무영의 손이 부들부들 떨렸다. 그제야 영수는 그에게서 심상치 않은 기운을 읽었다.

"뭐야? 찾을 게 있다더니, 혹시 이거야?"

무영은 완전히 공황 상태였다.

"너 절대 가면 안 되는 거 알지?"

영수는 단호하게 쐐기를 박았다. 하지만 무영은 전혀 들을 기세가 아니었다.

"너 이 자식, 내가 분명히 얘기했다! 너 하나 때문에 산통 깨지 말라고! 이거 함정인 거 몰라?"

"……함정 같은 거 아니야."

무영이 겨우 입을 열었다. 그는 뭔가에 사로잡힌 눈빛이었다.

"그렇게 믿고 싶겠지! 근데 이게 어떻게 함정이 아니냐? 누가 자기한테 총질한 놈에게 잃어버린 물건 돌려주겠다고 신문 지면을 통째로 사 가며 진상을 하냐고!"

"아니, 절대 함정이 아니야."

무영은 확신에 차 있었다.

25

「반드시 찾아내야 해!」

마모루는 신문을 구겨 쥐며 소리쳤다.

「그렇게까지 하실 필요가 있겠습니까? 아카이이토라 하지 않습니까? 헤어진 애인이라도 찾으려는 졸부의 장난 아닐까요?」

스즈키는 여전히 아둔하게 굴었다. 사건은 고사하고 제 상사의 심기조차 제대로 헤아리지 못하는 자였다.

「정신 나간 소리! 이건 암호가 틀림없어.」

마모루는 확신에 차 있었다.

「그래, 누가 광고를 냈는지는 알아봤나?」

「그게…… 젊은 남자라고 하던데……. 직원들도 너무 당황했던데다가 갑자기 전면 기사를 뒤로 빼고 하는 통에 정신이 없어 제대로 보지 못했다고 합니다.」

스즈키는 보고에 충실했다.

「어쨌거나 당장 경성 병원에 순사들 배치해. 임정이나 아나키스트들이 움직이려는 건지도 모르니까.」

마모루의 추상같은 명령에 경성 병원은 삼엄한 경비 태세에 들어갔다. 순사들은 분주하게 움직이며 병원을 에워쌌다. 덕분에 오가는 환자들의 얼굴에 불안한 기색이 역력했다. 간호사들 역시 심란하기는 마찬가지였다.

"이게 웬 난리래요? 무서워 죽겠어요."

"무섭긴 뭐가 무서워? 죄지은 거 없으면 그만이지."

지은은 애써 태연하게 굴었다. 하지만 그녀 역시 내심 겁이 났다. 상상했던 것 이상으로 일이 커진 느낌이었다.

"언제는 뭐 죄 있는 사람들만 잡아갔어요? 자기들한테 거슬리는 거 있음 그냥 끌고 갔죠. 하여간 죄가 있고 없고를 떠나 여기서 사건이라도 터질까 봐 걱정이에요. 독립군이라도 숨어들어 있으면 어떻게 해요?"

간호사들은 자기들끼리 쑥덕거렸다. 지은은 그녀들의 불안을 뒤로 한 채 진료실로 들어가 버렸다. 그녀는 크게 심호흡을 했다. 분명 미유키가 모든 일을 책임지겠다고 했다. 지은은 그녀를 믿기로 했다. 생각을 바꾸니 조금은 진정이 됐다.

그 사이 무영은 경성 병원 복도에 들어섰다. 그는 오고 가는 순사들을 살피며 간호사실로 직행했다.

"어떻게 오셨어요?"

무심한 시선이 무영을 향했다.

"다리를 다쳐서 왔는데요."

"접수하세요. 여기 이름 적으시고, 어디를 어떻게 다쳤는지도 써 주세요."

사무적인 태도였다. 무영은 잠시 망설이다 뭔가를 적어 건넸다. 접수를 받던 간호사의 얼굴이 하얗게 질렸다.

"따라오세요."

그녀는 다급한 마음에 종종걸음을 쳤다. 사색이 된 그녀는 경황없이 지은의 진료실 문을 열어젖혔다. 간호사는 무영을 문 밖에 세워 둔 채 지은에게 속삭였다.

"큰일 났어요."

"무슨 일인데?"

지은이 긴장하며 물었다.

"저분…… 총상을 입었대요."

간호사의 말이 떨어지자 지은의 불안감은 호기심으로 바뀌었다. 분명 미유키가 말한 붉은 실의 주인공이 틀림없었다. 지은은 흘깃 무영을 살폈다. 무영은 차가운 시선으로 지은을 응시했다.

"알았어. 내가 조용히 처리할 테니까 김 간호사는 입 꾹 다물고 있어. 알았지?"

"네……."

간호사는 쭈뼛거리며 무영을 살피다 나갔다.

"이쪽에 누우세요. 불편하실 텐데."

지은은 침착했다.

"네."

"어느 쪽 다리죠?"

"오른쪽요."

그녀는 찬찬히 상처를 살폈다. 야무지게 매듭지어진 붕대가 그녀를 마주했다.

"생각보다 응급 처치를 잘하셨네요? 소독도 제대로 하셨고. 이제 와서 위험을 무릅쓰고 병원을 찾을 만큼 심하진 않네요. 뼈도 멀쩡하고."

무영은 흘깃 지은을 살폈다. 영리해 보이는 여자였다. 그는 쾌활한 그녀의 입담에서 뜬금없이 영수를 떠올렸다. 두 사람이 닮아 있다는 생각에서였다. 그 사이 지은은 꼼꼼하게 약을 바른 뒤 다시 붕대를 감았다.

"그 여자는 어디 있습니까?"

거침없는 추궁이었다.

"위험한 분이네요. 절 어떻게 믿고 입을 여시죠?"

"왜 총에 맞았는지 묻지 않았으니까요."

지은은 이제 제대로 게임이 시작됐다고 생각했다.

그때였다. 열린 문으로 스즈키와 순사들이 들이닥쳤다. 순식간에 지은의 얼굴이 굳었다. 그녀는 침착하려 애썼다. 그러나 붕대를 쥔 손이 바들

바들 떨리는 것은 어쩔 수 없는 노릇이었다.

26

매끈하게 들어서는 차에 사람들의 시선이 집중됐다. 병원 앞에 내려선 민석의 공기는 여느 때보다 훨씬 부드러웠다. 입구에서 기다리던 혜상이 반갑게 그를 맞았다. 두 사람이 지나자 보초를 서던 순사들은 절도 있게 인사하며 길을 열어 주었다. 혜상은 민석이 갑작스럽게 방문한 이유가 궁금했다. 하지만 언제나 그렇듯 그는 자신의 궁금증을 입 밖에 내지 않았다. 두 사람은 혜상의 진료실로 향했다. 진료실 문을 열자 오래 묵은 종이 냄새가 훅 풍겨 왔다. 민석은 찬찬히 공간을 훑어봤다. 서재를 방불케 하는 방대한 양의 책이 인상적이었다.

"여기 들르신 게 처음이던가요?"

혜상은 민석의 자리 앞으로 국화차를 준비해 뒀다.

"아닙니다. 어릴 때 아버지를 따라 몇 번 왔던 기억이 나네요."

"그러고 보니 생각나네요. 참 조용한 꼬마 신사셨는데 말이죠."

민석은 쓰게 웃었다. 어린 시절의 그는 항상 말이 없었다. 특히나 아버지와의 외출 시에는 더더욱 그랬다. 사실 딱히 입을 열고 싶지 않았다.

"그런데 어떻게 여기에 들르실 생각을 다 하셨습니까?"

차를 내주던 혜상이 물었다.

"호기심 때문이죠."

"호기심요?"

"오늘 조간에 실린 전면 광고를 보고 오는 길입니다."

"뜻밖이네요. 각하께서 그런 일에 흥미를 보이시다니."

"그래서 나타났습니까?"

민석은 진심으로 호기심을 보였다. 혜상은 그런 그의 기색이 낯설었다.

"글쎄요. 누구의 장난인지는 모르겠지만 덕분에 아침부터 순사 구경은 실컷 했습니다."

두 사람은 함께 웃었다. 혜상은 민석의 웃는 얼굴이 그의 어머니를 닮았다고 생각했다. 웃을 때면 눈썹과 함께 가늘게 선을 이루는 눈매가 꼭 그랬다.

27

「진료 중입니다. 무슨 일이시죠?」

지은은 최대한 침착하려 애썼다.

「공무 수행을 위해 수색 중입니다. 협조해 주시죠.」

스즈키는 고압적으로 진료실을 둘러봤다.

「허가는 받고 오신 건가요?」

「물론입니다. 방금 윤 원장님 진료실도 돌아보고 오는 길이고요.」

지은은 입술을 깨물었다. 더 이상 반박의 여지가 없었다. 그들이 수사를 강행한다면 지은 혼자의 힘으로 막기에는 역부족일 것이 뻔했다. 그녀가 고민에 빠진 사이 스즈키의 시선이 무영을 향했다. 그의 입에서 피식 웃음이 배어 나왔다. 사냥감을 발견한 날짐승의 눈빛도 함께였다.

「이자부터 조사해 보는 게 낫겠군요. 어쩐지 불량한 기운이 도는 친구네요.」

지은은 난감했다. 그러나 만류할 구실이 없었다. 그녀는 곁눈으로 무영을 살폈다. 그는 왼쪽 다리에 숨겨 둔 칼로 손을 뻗고 있었다. 지은은 제 시선을 들킬세라 황급히 눈길을 돌렸다.

「다리를 다쳤군.」

스즈키는 주저함 없이 무영의 오른쪽 다리를 걷어올렸다.

「붕대, 풀어 보시죠.」

스즈키가 지그시 지은을 노려봤다. 협박을 뿌리에 둔 말투였다.

「환자한테 이게 무슨 짓이에요?」

지은은 앙칼지게 버텼다. 그러자 스즈키는 자신의 수하들을 향해 명령했다.

「붕대 풀어!」

「네!」

순사들은 대답과 동시에 일사불란하게 움직였다. 칼을 쥔 무영의 손에 핏줄이 섰다. 이제 몇 초만 지나면 현란한 칼부림이 벌어질 참이었다.

「멈춰요!」

날카로운 외침이 이들을 가로막았다. 일동은 놀라 문 쪽을 돌아봤다. 순간 무영의 눈빛이 강하게 흔들렸다. 뜻밖의 인물 때문이었다. 미유키였다.

「마님께서 여긴 어떻게…….」

스즈키는 당혹감을 감추지 못했다.

「윤 선생님이 제 주치의예요.」

「아, 그러셨군요.」

스즈키는 마뜩잖은 표정을 지었다.

「그런데 꽤나 무례해 보이는군요.」

「그게, 지금 수상한 자를 조사하는 중이라 불가피하게…….」

그는 난감한 듯 얼버무렸다.

「수상한 자라면 저 사람 말인가요?」

미유키의 까만 눈동자가 무영을 응시했다. 무영은 저도 모르게 시선을 피했다.

「그렇습니다. 아시다시피 지난번 댁에 침입했던 자가 자작 각하의 총에 맞아 다리를 다쳤다는 보고가 들어와 있습니다. 한데 이자 역시 다리를 다쳤더군요. 그래서 범인이 아닐까 하는 생각에…….」

「그 사람, 제가 고용한 사람이에요.」

미유키는 천연덕스럽게 스즈키의 말을 가로챘다. 순간 미유키와 무영의 시선이 교차했다. 미유키는 무표정한 눈길로 그의 눈길을 받아 냈다. 무영은 그녀의 태연함에 까닭 모를 서늘함을 느꼈다.

「총격전이 있기 전 저희 집에 강도가 들었던 것 기억하시죠?」

「물론입니다.」

「그때부터 불안해서 조용히 사람을 들였어요. 저 다리도 그날 다친 거고요.」

미유키는 미리 준비라도 해 둔 것처럼 술술 거짓말을 늘어놓았다.

「그런데 왜 서에는 알리지 않으셨습니까?」

「뭔가 착각하시는 것 같군요. 백여 명이 넘는 저희 집 관리인들을 들일 때마다 하나하나 총독부의 허가를 받아야 하나요?」

계속되는 스즈키의 압박에 미유키가 날카롭게 쏘아붙였다. 위엄이 서린 목소리였다.

「아닙니다.」

서릿발 같은 그녀의 말투에 스즈키의 기세가 보기 좋게 꺾여 버렸다.

「저희 집에 든 범인을 찾는 데 필요한 정보라면 경찰에서 요구하지 않아도 제가 먼저 알려 드리지 않았을까요? 지난번 경무국장님도 그렇고 사건 피해자를 대하는 태도가 엉망이네요.」

그녀의 노골적인 불만에 스즈키는 머리를 조아렸다. 상대는 조선 최고 귀족의 아내이자 일본 화족 출신이었다. 그에게는 반박할 수 있는 자격이 없었다. 물론 논리적으로도 반론의 여지는 없었다.

「수사에 진척이 없는 것도 답답한데 이런 식의 무례까지 범하다니 몹시 불쾌하군요.」

미유키는 상대를 향한 질책에 쐐기를 박았다. 실로 거침없는 공격이었다.

「죄송합니다.」

스즈키는 정중히 사과했다. 처음과는 사뭇 다른 모습이었다.

「나가서 일 보세요.」

「네.」

스즈키는 무영을 쏘아보았다. 무영은 그런 스즈키를 향해 비웃음을 던졌다. 일종의 도발이었다. 스즈키는 모멸감에 이를 악물었다. 그는 분기를 누르며 거칠게 문 밖으로 나섰다. 순사들도 무리지어 따라 나갔다. 지은은 그제야 긴장이 풀렸는지 털썩 주저앉았다. 하지만 미유키는 여전히 꼿꼿하게 서 있었다. 미동도 없는 미유키의 얼굴에 문득 비장함이 스쳤다.

잠시 후 미유키와 무영은 병원 앞 벤치에서 다시 조우했다. 더 이상 지은을 곤란하게 할 수는 없는 노릇이었다. 두 사람 사이에 어색한 공기가 흘렀다. 다소 떨어져 앉은 모습은 엉거주춤했다. 나오코는 그들과 100미터쯤 떨어진 곳에서 초조하게 주위를 살폈다. 그녀는 제 주인이 벌이는 일이 무엇인지 몰라 안절부절못했다.

「돌려드려야 할 것 같아서요.」

미유키가 상자를 건넸다. 무영은 조용히 받아 들어 내용물을 살폈다. 자신이 잃어버린 끈 뭉치였다.

「생각보다 대담하군.」

그는 품 속에 물건을 집어넣었다. 상자는 의자 위에 내팽개쳐 둔 채였다.

「절 죽일 생각 같은 건 없다는 걸 알고 있으니까요. 그러려고 했다면 처음 왔을 때 끝내 버렸겠죠.」

무영은 그대로 일어섰다. 일말의 미련도 없는 태도였다.

「남편을 죽인다고 해도 당신은 원하는 걸 얻을 수 없어요.」

얼음장 같은 음성이 그를 잡아 세웠다. 고드름이 뚝뚝 끊어지듯 매서운 말투였다.

「열녀문이라도 세워 줘야겠군. 남편의 목숨을 구걸하러 나온 건가?」

무영은 공연히 빈정거렸다.

「난 그냥 사실을 말해 주는 것뿐이에요. 그 사람을 죽인다고 해도 당신의 나라도, 당신이 원하는 사람도 돌아오지 않아요.」

그녀가 차분한 목소리로 답했다. 그 사이 슬며시 눈발이 찾아들었다. 그를 올려다보는 그녀의 속눈썹에도 은빛 가루가 내려앉았다. 무영은 그 담담한 눈길에 괜히 분이 치밀었다.

「입 다물어.」

「돌아오지 않을 한 사람 때문에 세상을 등지는 일…… 하지 말아요.」

진심 어린 호소였다. 끈 뭉치를 통해 나눈 교감 탓이었다. 무영은 그 짤막한 말에서 묘한 위안을 받았다. 그녀가 남편이 아닌 자신을 염려한다는 생각에서였다. 하지만 그는 곧 제 감정을 지웠다. 가당치도 않은 일이었다. 그녀는 적국의 여자였다. 매국노의 아내였다. 그런 여자가 자신을 연민한다는 건 있을 수 없는 일이었다. 설령 그렇다 해도 용납하면 안 되는 일이기도 했다.

「이유가 뭐야?」

그는 그녀의 팔을 잡아채 자신의 앞으로 끌어당겼다. 낮은 목소리에는 분노가 일렁였다.

「놔주세요.」

단호한 말투였다. 그녀가 할 수 있는 최선의 방어였다.

「내 생각에는 나보다 당신이 더 원하던 일일 것 같은데. 정민석의 명줄을 끊어 놓는 일 말이야.」

무영은 비죽 웃었다. 빈정거림이었다.

「바보 같은 소릴 하는군요. 자기 아이의 아버지를 죽게 내버려 둘 사람이 세상에 있을 거라고 생각해요?」

분명 진심이었다. 그녀는 결코 민석이 죽기를 원치 않았다. 할 수만 있다면 자신의 몸을 던져서라도 그의 죽음을 막을 터였다.

「자신이 원하는 게 뭔지 모르는군.」

무영의 입가에 비웃음이 스쳤다.

「충고 하나 해 줄까? 당신이야말로 명심해. 평생 눈길 한 번 안 줄 사람 마음 잡겠다고 애쓰면서 살지는 말라고. 당신이 이런다고 정민석이 고마워할까?」

무영은 거침없이 그녀의 폐부를 찔렀다. 어쩐지 상처를 주고 싶었다.

「그런 건 바라지 않아요. 난 단지…….」

「아무에게도 미움받고 싶지 않다는 거겠지.」

무영은 그녀 자신도 모르는 속내를 끄집어냈다. 눈밭에 내동댕이쳐진 진실에 미유키는 혼란을 느꼈다. 한 번도 생각해 보지 못했던 사실이었다. 하지만 듣고 보니 과연 그랬다. 미유키는 물끄러미 제 앞의 사내를 봤다. 분명 그는 사랑을 아는 자였다. 아마도 제 사랑을 잃은 슬픔에 세상에 칼을 겨누고 있을 터였다. 그렇지 않고서야 제 자신도 모르고 있던 공백을 이토록 낱낱이 읽어 낼 수는 없었다.

「세상 모든 사람에게 미움받지 않고 사는 방법 같은 건 없어. 누군가에게는 원망을 듣고, 다른 이에게는 비난을 받아야 진짜 자기가 원하는 사람을 지킬 수 있을 테니까.」

 무영은 진심 어린 충고를 건넸다. 사랑을 아는 자만이 전할 수 있는 조언이었다.

「누군가의 증오를 견뎌 가며 지키고 싶은 사람이 당신에게 있나?」

 무영은 말끝에 비수를 묻었다. 그가 던진 짧은 울림에 그녀의 우주가 흔들렸다. 질투 때문이 아니었다. 자신이 믿어 왔던 세상이 무너지는 충격 때문이었다.

「적어도 당신 남편에겐 있는 것 같던데.」

 미유키는 치미는 공허함에 멍하니 앉아 있었다. 무영은 그런 그녀를 남겨 둔 채 걸음을 옮기려 했다.

「잠시만요. 나는…….」

 미유키는 황급히 그의 팔을 움켜잡았다. 제 팔에 전해지는 그녀의 온기에 무영은 굳어 섰다. 까닭을 알 수 없는 슬픔 때문이었다. 무영은 그 손을 뿌리치지 못한 채 그녀를 마주 봤다. 혼돈에 찬 까만 눈동자가 그를 올려다봤다. 먹성 좋은 바다 같은 눈길이 그의 심장을 헤집었다. 무영은 그 시선에 휩쓸리지 않으려 안간힘을 썼다.

 그 혼란의 뿌리가 무엇인지는 중요치 않았다. 연민이건, 동정이건, 혹은 그와 다른 무엇이건 간에 상관없었다. 그녀는 자신이 죽여야 하는 자의 아내였다. 제 나라를 짓밟은 일본의 화족이었다. 마음껏 증오하고 짓밟아야 할 여자였다.

 그는 온 힘을 다해 그녀를 밀어냈다. 힘겨운 항거였다. 그러나 그의 저항은 맥없이 멈춰 섰다. 갑작스레 그녀의 파도가 멈춘 까닭이었다. 그를 빨아들이던 눈동자가 제 몸을 떨었다. 그를 거머쥐던 손끝의 힘도 스르르 풀렸다. 심상치 않은 미유키의 기운에 무영은 뒤를 돌아봤다. 그러자 눈

꽃이 피어난 마른 가지 사이로 민석의 환한 미소가 다가왔다.
 그는 혜상과 대화를 나누며 두 사람을 향해 걸어오고 있었다. 의기양양하게 그들의 뒤를 따르는 스즈키와 함께였다. 무영은 곁눈으로 미유키를 살폈다. 제 팔을 거머쥐던 앙상한 손은 애처로울 만큼 바들바들 떨고 있었다. 자신을 휘어잡던 거대한 힘은 사라진 지 오래였다. 무영은 그 나약한 손길에서 까닭 모를 분노를 느꼈다. 불끈 쥔 그의 주먹이 미유키의 그것처럼 가늘게 떨렸다. 그것이 민석에 대한 살의 때문인지, 미유키를 향한 연민 때문인지는 그 자신도 알지 못했다.

신기루

1

「당신이…… 여긴 어떻게?」

미유키는 맥없는 물고기처럼 입을 벙긋거렸다.

「당신이야말로 어떻게 나온 거야? 아직 회복도 다 안 됐을 텐데.」

민석의 손이 자연스럽게 미유키의 어깨를 감싸안았다. 그는 제 손끝에 닿는 미묘한 떨림에 마른 웃음을 뱉었다.

「윤 선생님이, 가까운 곳 외출은 괜찮다고 해서요.」

그럴듯한 방어였다.

「그랬군. 난 윤 박사님을 뵙고 나오는 길이야.」

지극히 심상한 말투였음에도 미유키의 심장이 거세게 뛰기 시작했다. 단순히 두려움 때문은 아니었다. 꽃망울이라도 피워 낼 듯 포근한 그의 말투에서 오는 설렘이었다. 미유키는 그런 스스로의 감정에 신기함을 느졌다. 이성적 끌림이라는 건 항상 상대의 의도와 상관없이 가당치도 않은 순간에 고개를 들이밀곤 했다.

그 사이 무영은 속으로 헛웃음을 지었다. 민석의 가식적인 모습 때문이었다. 제 아내를 앞에 두고 총질을 하던 놈이었다. 일본인이라면 징그럽다며 발악을 하던 그였다. 그런데 지금 민석은 더없이 다정한 남편의 모습을 가장하고 있었다. 참으로 비위가 상하는 노릇이었다.

「또 뵙습니다. 윤혜상입니다.」

혜상은 미유키에게 정중히 인사를 건넸다.

「네……, 안녕하세요.」

미유키는 건성으로 인사를 받았다. 그녀는 완전히 평정심을 잃은 상태였다.

「마님께는 다시 한 번 사과드리겠습니다. 치료차 방문하신 진료실에서 수사를 한다고 법석을 떨었으니 면목이 없습니다.」

안절부절못하는 그녀의 모습에 스즈키가 끼어들었다. 꼬투리라도 잡았다는 심산이었다. 미유키는 곁눈으로 민석을 살폈다. 그는 속내를 알 수 없는 표정으로 묵묵히 스즈키의 말을 듣고 있었다.

「아까는 죄송했습니다. 각하 댁의 식솔인 줄도 모르고 범인으로 오해를 했으니 말입니다.」

스즈키는 고의적으로 무영에게 이목을 집중시켰다. 민석은 그제야 무영을 바라봤다.

「딱히 범인으로 오인할 만한 여지가 있었나?」

민석이 차분하게 입을 열었다. 딱딱한 물음이었다. 여전히 무영에게 시선을 고정한 채였다.

「별다른 건 없었습니다. 단지 다리에 감은 붕대 때문에…….」

「붕대라…….」

민석의 눈길이 무영의 다리로 옮겨졌다. 그는 순간 제 총에 맞고 비척거리던 침입자의 뒷모습을 떠올렸다. 기억대로라면 분명 오른쪽 다리였다. 하지만 그 모든 정황과 상관없이 이들은 모두 구면이었다. 민석도, 무영도 서로를 노려보며 총과 칼을 겨누던 지난밤의 조우를 잊지 않았다. 그럼에도 민석은 그런 내색을 하지 않았다. 미유키는 피가 마르는 것 같았다.
　「물론 그 상처에 대해선 마님께서 해명해 주셨습니다. 지난번 저격범을 쫓다가 다친 거라고 하시더군요. 맞습니까?」
　스즈키가 미유키를 빤히 보며 물었다. 심문이었다. 미유키의 얼굴은 사색이 됐다. 더 이상은 빠져나갈 길이 없었다. 미유키는 모든 일을 털어놓고 남편에게 용서를 빌기로 결심했다.
　그때였다. 날카로운 마찰음과 함께 스즈키의 얼굴이 돌아갔다. 민석이 뺨을 친 탓이었다. 찰나의 일이었다. 매섭게 몰아붙인 따귀에 스즈키는 그대로 나동그라졌다.
　「지금 내 아내를 의심하는 건가?」
　서릿발 같은 목소리였다.
　「죄송합니다.」
　스즈키는 벌떡 일어나 경직된 자세로 사죄했다.
　「자네는 일반 신민이 귀족에게 갖춰야 할 예의를 전혀 모르고 있군.」
　스즈키는 고개를 숙였다. 민석은 다시 한 번 그의 뺨을 몰아쳤다. 채찍이라도 휘어 감기는 듯 무시무시한 소리에 잔가지에 쌓여 있던 눈이 후드득 떨어졌다. 스즈키는 맥없이 모욕을 받아 냈다. 그가 벌겋게 달아오른 얼굴을 감싸쥐고 있는 사이 민석은 손수건을 꺼내 쥐었다. 제 피부에 닿은 일본인의 감촉을 단 한 순간도 참을 수 없는 모양이었다.
　「다시 한 번 내 식구들을 심문한다면 자네뿐 아니라 마모루까지 자리를 내놔야 할 거야. 이건 마지막 경고야.」

「잘 알겠습니다.」

스즈키는 완전히 기합이 들어 있었다.

"좋지 않은 모습을 보여 죄송합니다. 아내가 몸이 안 좋아 전 이만 가야 할 것 같군요."

민석은 혜상에게 정중히 사과했다.

"괜찮습니다. 다음에 또 뵙겠습니다."

"그럼."

혜상에게 인사를 전한 민석은 미유키의 숄을 감싸안았다. 사실은 그녀의 온기가 닿는 것이 싫어 취한 행동이었지만 그 모습은 더없이 다감해 보였다. 미유키는 꼿꼿이 선 채 민석이 하는 대로 내버려 뒀다. 민석은 모두에게 과시하듯 미유키를 부축하며 차를 향해 걸었다. 그리고 그 사이 무영의 앞을 지났다. 두 사람이 스치는 공간에 묘한 파장이 일었다. 하지만 그 이상의 일은 벌어지지 않았다.

「기대 이상으로 재미있는 구경을 했군. 신문에 광고를 낸 게 당신이었어?」

차에 오른 민석이 신경질적으로 손을 닦았다. 그 움직임이 빨라지는 만큼 미유키의 심박동도 미친 듯이 뛰었다.

「내가 설명할게요, 그건……」

「뜻밖이야. 당신에게 이렇게 대담한 면이 있었다니. 하긴, 요코야마 가문의 피를 이어받은 사람이니 놀랄 일도 아니지.」

「여보……」

「처음으로 당신이 조금 마음에 드네. 그저 또각거리고 시키는 대로만 움직이는 밀랍 인형인 줄 알았는데 자기가 원하는 걸 위해 그런 도박을 걸다니. 훌륭해. 그동안 내가 당신을 과소평가한 것 같군.」

냉소적인 말이었지만 진심이었다. 민석은 미유키의 대담함에 적잖이 놀라고 있었다. 자신이 원하는 사람을 찾기 위해 신문 지면을 사들인다는 것은 보통 배포의 일이 아니었다. 더군다나 상대는 자객이었다. 분명 독립군일 터였다.

「그 사람에 대해서는 설명할게요. 그 사람은……」

「변명하지 마.」

그는 싸늘하게 말을 잘랐다.

「구질구질해지니까 하지 말라고.」

결국 미유키의 눈에 눈물이 고였다. 그녀는 차마 떨어뜨리지도 못할 눈물을 그렁그렁 부여잡았다. 극도의 공포 때문이었다.

「당신은 당신대로 즐겨. 어차피 바라던 바야. 나랑 결혼했다고 해서 목석처럼 감정 누르며 지내라고 할 생각은 없어. 그러니까 만나고 싶은 사람이 있으면 얼마든지 만나라고. 그편이 덜 징그러우니까.」

폭풍 같은 독설이 지난 자리는 황폐했다. 그러나 마음에 없는 소리는 아니었다. 비록 민석이 미유키를 싫어할지언정 그 감정이 증오는 아니었다. 말하자면 그녀에게 얽힌 제 운명이 징그러울 뿐 미유키의 삶을 망가뜨리겠다는 비뚤어진 마음은 품고 있지 않다는 뜻이었다. 제 자신에게 해를 주지 않는 범주의 일이라면 그녀가 무슨 짓을 하든 상관하고 싶지 않았다. 그것이 다른 남자에게 마음을 주는 일이라 할지라도.

어쨌거나 그들 사이에는 숨 쉬는 것조차 죄스러울 만큼 고요한 침묵만이 남아 있었다. 민석은 다시 손을 닦는 데 열중했다. 불결한 것이라도 만진 듯 시종일관 찌푸린 채였다.

2

지은은 퇴근하자마자 미유키의 집으로 향했다. 그녀는 진료를 보는 내

내 미유키에 대한 걱정으로 마음이 무거웠다. 간호사들의 쑥덕거림에 의하면 병원 밖에서도 한바탕 소동이 있었다 들었다. 자세한 상황까지는 알 수 없었지만 분명한 건 민석이 무영과 미유키의 만남을 알아챘다는 사실이었다. 지은은 그 소식을 듣자마자 머리털이 쭈뼛 서는 것 같은 오싹함을 느꼈다. 자신도 그러한데 미유키가 느낄 공포의 강도는 상상의 범주를 훌쩍 뛰어넘을 터였다.

미유키는 제 방에 틀어박힌 채 꼼짝하지 않았다. 그녀는 긴장이 풀렸는지 맥없는 눈길로 침대에 걸터앉아 있었다.

「괜찮으세요?」

지은은 다정스레 그녀의 옆에 앉았다.

「……네.」

「그 사람이…… 범인인 거죠?」

미유키는 침묵으로 긍정했다.

「왜 도와주시는 거예요?」

「……나보다 나은 사람이라서요.」

맥진한 대답이었다.

「네?」

「적어도 자기가 가고자 하는 길을 스스로 정하는 사람이니까요. 그리고…….」

미유키는 하려던 말을 그대로 삼켰다. 사실은 제 목숨 따위는 아랑곳하지 않던 민석보다 훨씬 더 좋은 사람이라고 말하고 싶었다. 하지만 그녀는 그 말을 입 밖에 내지 않았다. 그대로 뱉어 버리면 사실이 될 것 같은 알 수 없는 두려움 탓이었다. 어쨌거나 자신은 정민석의 아내였다. 하늘이 무너진다고 해도 변하지 않을 굳건한 진실이었다. 그러니 제 남편을 욕하는 일은 아무리 자신일지라도, 아니 그녀 자신이기에 절대로 용납할 수 없었다.

「그나저나 지은 씨한테 미안해요. 괜히 저 때문에…….」

미유키는 자연스레 말머리를 돌렸다.

「아니에요. 그건 상관없는데, 이제 어쩌실 생각이세요? 각하께서도 의심하실 텐데.」

「민석 씨, 이미 알고 있어요. 그 남자가 범인이라는 걸.」

지은은 충격에 얼굴이 굳었다. 하지만 미유키는 도리어 차분해졌다. 제 스스로 뱉어 놓은 말에 혼자 감정을 추슬렀다.

「하지만 이 이상 들추지 않을 거예요. 그 사람, 자존심이 강한 사람이니까.」

3

"이무영입니다."

무영은 종호에게 예를 갖춰 큰절을 했다. 영수는 그런 분위기가 어색한 듯 엉거주춤하게 서 있었다.

"앉게."

종호의 말에 무영과 영수는 나란히 앉았다.

"평양 출신이라고 했나?"

"네."

"평양이라……. 전국 팔도에 사연 없는 땅이 없지만 평양은 내게도 특별한 땅이었지."

무영은 제 앞에 앉은 노인의 농익은 눈빛을 읽었다. 삽시간에 과거와 맞닿은 눈동자는 회한에 젖어 있었다.

"거기에 내가 형님처럼 모시던 분이 계셨다네. 김, 학 자, 평 자를 함자로 쓰셨지."

가슴에 응어리져 차마 올리지 못했던 이름을 낯선 땅에서 해후했다. 무영은 뜻하지 않은 이름에 마른침을 삼켰다. 듣기만 해도 가슴을 조여 오는 이름이었다.

"김학평이라는 함자를 들어 본 적이 있나?"

종호가 평온한 얼굴로 물었다.

"네."

"그렇겠지. 평양 사람치고 그분을 존경하지 않은 이가 없을 테니까. 참이 땅에 없어서는 안 될 바른 분이셨는데, 너무 비참하게 돌아가셨어."

종호는 진심으로 안타까워했다.

"자네도 알고 있었나?"

"……네."

무영은 목이 메어 겨우 대답하고는 이내 고개를 숙였다. 어떻게 해서든 눈물만은 막아 볼 참이었다.

"내 뒤늦게 시신이라도 수습하려고 갔지만 헛수고였지. 그 대토지가 이미 다른 쪽으로 넘어가서 아예 발길도 못하게 됐으니까. 듣자 하니 가족들의 시신은 아무도 거두지 않고 집과 함께 태워 버렸다지."

무영의 행복을 앗아 갔던 참혹한 과거는 타인의 입을 통해 그의 귀로 돌아왔다. 무영은 그 새삼스러운 고통에 가슴이 저려 왔다.

"그 땅을 누가 넘겨받았는데요?"

영수가 끼어들어 물었다.

"그 땅의 주인은 정민석이다. 요코야마 가문과의 혼인에 대한 치하였지."

종호는 씁쓸함에 담배를 꺼내 물었다. 그 사이 영수는 무영을 살폈다. 그가 시종일관 예사롭지 않은 기운을 풍겨 왔던 까닭이었다. 꼿꼿이 허리를 세워 앉은 무영의 등은 분노로 굳어 있었다. 그러쥔 주먹은 아까부터 떨렸다. 아래로 떨어뜨린 눈두덩에는 쉼 없이 경련이 일었다. 분명 뭔가 사연이 있었다.

이후 종호와의 인사를 마친 무영은 한일단원들과의 회의를 위해 영수와 함께 지하 통로로 향했다. 무영은 영수의 존재는 까맣게 잊은 채 바삐 걸었다. 몰아치는 제 감정에 맞춘 발걸음이었다. 그의 머릿속에서는 오로지 피로 얼룩진 과거만이 맴돌았다. 그날의 비명 소리와 빗속에 잦아들던 피비린내가 자꾸만 속내를 헤집었다. 그는 그 기억 속에서 도망치려 저 혼자 달음질쳤다.

"뭔가 있는 거지?"

갑작스러운 촉감에 무영은 흠칫 놀라 돌아봤다. 영수였다. 그는 한참을 달려왔는지 헉헉거리고 있었다.

"그 평양 지주 김학평이라는 분. 너랑 어떤 관계야?"

영수가 재차 물었다. 하지만 무영은 어떤 대답도 할 수 없었다. 제멋대로 뒤엉킨 기억에 신물이 올라왔다. 무영은 북받치는 구역감을 느끼며 저 홀로 앞서 달렸다. 그의 등 뒤로 영수의 투덜거림이 멀어졌다.

"야, 야, 관둬라 관둬. 나도 관심 없거든? 치사하다 치사해. 네가 말 안 해 준다고 궁금해할 것 같아? 하나도 안 궁금하다고!"

두 사람은 시간차를 두고 지하 통로에 도착했다. 뒤늦게 도착한 영수를 끝으로 모든 한일단원들이 자리에 착석했다. 이들은 바닥에 펼친 설계도를 중심으로 둥글게 모여 앉았다. 무영은 여전히 멍한 눈빛이었다. 그는 외톨이처럼 조금 떨어진 상자에 걸터앉아 있었다.

"좀 더 무겁게, 좀 더 허술하게, 좀 더 위험하게, 하지만 모양은 세련되게. 그게 이번 총기 설계의 핵심이야."

영수는 흥에 들떠 일본군에 납품할 총기 설계도에 대해 설명했다. 영수의 어처구니없는 계획에 길주와 승민의 입에서는 헛웃음이 새어 나왔다. 그 사이 영수는 새로운 도면을 꺼냈다. 한일단에서 사용할 신형 권총의 설계도였다.

"우리 쪽의 기본은 마우저 권총[1]이야. 물론 똑같지는 않겠지만. 그리고 돈도 돈인데 마우저는 기본 이상의 사격 실력이 아니면 다루기 힘들지. 그래서, 하나 더 필요한 게 이거."

영수는 두 번째 설계도 위에 새로운 도면을 펼쳤다.

"이게 뭐예요?"

승민은 갸우뚱하며 고개를 들이밀었다.

"산탄총."

"산탄총은 적중률이 형편없잖아요?"

승민이 반론을 제기했다.

"그건 숙련자에게 해당되는 이야기고."

무심하던 무영이 불쑥 끼어들었다.

"우리 조직이 훈련을 혹독하게 해 온 건 사실이지만 그건 중심 세력에 한해서야. 각 지방에서는 부족한 인원을 맞추기 위해 어린아이나 여자들까지 동원하고 있어. 그런 사람들이 연습은 고사하고 총이라도 한 번 만져 봤을 것 같아? 어림없는 소리지."

무영이 야무진 설명을 덧붙였다. 승민은 그제야 이해가 가는 눈치였다.

"역시 형은 총이나 칼 이야기가 나와야 수다스러워지는구나."

모두가 키득거리기 시작했다. 승민의 말은 사실이었다.

"아무튼, 그런 사람들 때문에 산탄총을 대량으로 제작할 생각이야. 산

---

1. 마우저 권총: 정식 명칭은 모제르총. 독일의 마우저(Mauser, P. P.)가 발명한 권총으로 연발식이고 구조가 간단하며 견고함.

탄충이라면 총알이 여러 발 나가니 대충 쏴도 어디 한 군데는 맞을 거 아니야. 물론 근거리에 한해서지만."

이번에는 영수가 의견을 보충했다. 모두는 반론 없이 수긍했다. 회의는 그대로 끝이었다.

4

경성역 광장은 언제나처럼 분주했다. 타지에서 경성으로 오고 가는 이들도 많았지만 건물 자체를 조형물삼아 구경 오는 이들도 적지 않았다. 그도 그럴 것이 경성역은 그 자체만으로 근대화의 상징이기 때문이었다. 1925년에 완공된 경성역은 대지 70,830평에 연면적 2,052평에 달하는 초대형 건축물이었다. 어마어마한 규모도 그랬지만 르네상스풍 건물에 비잔틴풍으로 올린 돔은 완공 당시부터 하나의 문화적 충격으로 자리매김했다. 단순한 교통수단의 객체가 아닌 하나의 관광 상품인 셈이었다.

혜림은 그 거대한 조형물 속에서 누군가를 기다렸다. 화려한 벨벳 원피스에 은빛 모피를 두른 그녀는 경성역에 버금가는 인기를 누리고 있었다. 오가는 행인들 모두가 힐끔거리며 그녀를 구경했다. 연일 신문지상에 오르내리는 유명인이기도 했지만 확실히 그녀에게는 존재 자체로 세인의 이목을 끄는 막강한 힘이 있었다. 그러나 혜림은 타인의 시선에 무심했다. 남의 시선 같은 건 이미 익숙해진 지 오래였다. 자신을 향한 눈길에 담긴 것이 호감이건, 혹은 그와 반대이건 그녀에게는 별다른 의미가 없었다. 그녀는 행인들을 살피느라 목을 길게 뺐다. 무심한 동작이었지만 보는 이에게는 하나의 안무처럼 황홀하게 다가오는 자태였다. 물론 혜림은 그 자신이 갖는 미학적 가치를 계산하지 않았다. 그러는 사이 멀리서 정장 차림의 남자가 다가왔다. 잘 꾸며진 인형처럼 새침하던 혜림의 얼굴에 금세 미소가 돌았다.

"아빠!"

혜림은 한달음에 달려가 달진의 목을 끌어안았다. 가감 없는 미소와 함께였다.

"이 녀석. 다 큰 녀석이 아빠가 뭐냐."

달진은 머쓱하게 웃었다. 반가움과 쑥스러움이 공존한 미소였다.

"아빠가 아빠죠, 뭐. 가셨던 일은 잘되셨어요?"

혜림은 모처럼 응석을 부렸다. 어깨에 내려앉은 곱슬머리가 그녀의 목소리처럼 살랑거렸다.

"그래, 네 덕분에 잘 다녀왔다."

딸의 질문에 답하던 달진의 표정에 씁쓸함이 감돌았다. 확실히 그의 일이 잘 진행되었던 것은 혜림 덕분이었다. 정확히 말하면 민석의 권력에 힘입은 결과였다.

"제가 뭐 한 게 있다고요. 항상 아빠 속만 끓이는데."

혜림이 무안하게 말을 받았다. 아버지의 속내를 눈치 챈 까닭이었다.

"민석이가 이번에도 큰 도움을 줬다. 전쟁에 대한 정보를 미리 준 덕분에 대량으로 가죽 수입을 해 올 수 있었으니까."

달진은 민석에 대한 칭찬으로 딸의 심기를 다독였다.

"가죽요?"

"총을 만들려면 가죽이 많이 필요하니까."

"그랬군요."

혜림의 표정이 어두워졌다. 자신의 앞가림도 모자라 제 가족까지 챙기고 있는 민석 때문이었다. 그녀는 그에게 있어 '서혜림'이라는 여자가 어떤 의미인지 곱씹어 보았다. 분명 사랑이라 믿어 왔다. 하지만 '어쩌면'이라는 가설이 그녀를 짓눌렀다. 자신의 존재가 '가책'이나 '책임'으로 전락해 버리지 않았을까 하는 서글픈 염려가 떠나지 않았다.

"왜. 둘이 안 좋니?"

딸의 안색을 살피던 달진이 걱정스레 물었다.

"아니요. 그런 건 아니고요. 일단 가세요. 가면서 더 이야기해요."

혜림은 다시 밝게 웃었다. 길들여지지 않은 고양이처럼 시원스러운 웃음이었다. 하지만 늘씬하게 뻗은 눈매에 다시 그림자가 내려앉았다. 광장으로 들어서는 민석의 차 때문이었다. 이미 예정된 수순처럼 그의 차는 혜림의 앞에서 멈춰 섰다. 차에서 내린 민석이 깍듯한 인사와 함께 두 사람 앞으로 다가왔다.

"늦어서 죄송합니다."

그는 달진을 향해 정중히 허리를 숙였다. 달진은 따뜻한 미소로 그런 민석의 어깨를 토닥거렸다.

"민석 씨가 여긴 어떻게 왔어?"

혜림의 물음에 민석은 싱겁게 웃었다. 자연스레 빗어 내린 그의 앞머리 아래로 청년의 싱그러움이 묻어났다. 사랑하는 이의 가족 앞에 잘 보이려 하는 평범한 남자의 머쓱함이었다.

"오랜만이네."

달진은 민석에게 악수를 청했다.

"일단 차에 타시죠. 모시겠습니다."

민석은 정중히 차 문을 열어 달진을 보필했다.

"왜 미리 말 안 했어?"

혜림은 차 문이 닫히는 때를 기다려 민석에게 말을 건넸다. 조금은 원망이 섞인 투였다.

"왜겠어? 신경 쓸까 봐 그랬지."

솔직한 대답이었다.

"나 너희 가족한테 빚졌잖아. 차곡차곡 갚아야지."
"무슨 말이 그래? 바보같이."
그녀는 새침한 얼굴로 면박을 줬다. 민석은 가볍게 웃었다. 뒷맛에 서글픔이 남는 미소였다.
"기분이 안 좋아 보여. 무슨 일 있어?"
혜림은 그 표정의 잔상을 놓치지 않았다.
"응."
"무슨 일?"
"말하기 싫은 일."
혜림은 더 이상 묻지 않았다. 밀담은 그렇게 끝났다. 그들은 조용히 차에 올랐다.

5
집으로 돌아온 민석은 기척 없이 제 방으로 들어섰다. 기본적으로 그는 집 안을 드나들 때 조용했다. 미유키와의 교집합을 줄여 보고자 하는 의도였다.

그는 코트와 모자를 벗어 단정히 걸어 두었다. 그리고 피곤한 듯 책상 앞에 앉아 서랍을 열었다. 서랍 속에는 무영의 검과 탄피가 나란히 놓여 있었다. 민석은 신경질적으로 두 물건을 꺼내 놓았다. 그러다 인기척이 나자 다시 거둬들여 제자리에 둔 뒤 서랍을 잠갔다.

「들어갈게요.」
문 밖에서 미유키의 목소리가 들렸다.
「들어오지 마.」
민석은 잘라 말했다.

「잠깐이면 돼요.」

그는 다시 대답하지 않았다. 허락이었다. 열린 문틈으로 조심스러운 발자국이 들어섰다. 갈피를 못 잡고 나부끼는 눈빛도 함께였다. 미유키는 그의 책상에 간단한 다과를 올렸다. 일종의 방패였다. 그녀는 그가 음식을 넘겨주길 기다렸다. 혀끝에 스미는 달콤함에 자신을 향한 분노가 조금은 녹아들지도 모른다는 속절없는 기대를 품은 채. 그러나 민석은 간식을 먹는 것은 고사하고 눈길조차 주지 않았다. 쭈뼛거리던 미유키는 한참 만에야 입을 열었다.

「속인 건 미안해요. 난 그저……」
「변명 같은 거 하지 말라고 했을 텐데?」

민석은 듣기도 짜증 나는지 말을 가로챘다.

「정말 당신을 화나게 하는 게 뭐예요? 당신을 속인 거예요, 아니면 당신보다 내가 먼저 그 사람을 찾아냈기 때문이에요? 그것도 아니면…… 그 사람을 감싸 준 거예요?」

미유키는 진심으로 답을 원했다. 원인을 알아야 그의 불편한 심기를 다잡을 수 있다는 생각에서였다. 그러나 그녀의 의도는 예기치 않은 부작용을 낳았다. 민석의 자존심을 건드린 것이다. 민석은 그때까지 제 스스로의 감정에 화를 내고 있었다. 이제 와서 그녀의 감정 같은 건 아무렇지 않았다. 무영을 옹호하던 일도 넘어갈 수 있었다. 하지만 도저히 참을 수 없는 건 자신이 그런 일에 열을 올리고 있다는 사실이었다.

「내가 진짜 참을 수 없는 건 지금 이 순간 당신하고 이런 설전을 벌여야 한다는 거야! 뭘 더 설명해야 하지? 몇 번이나 같은 말을 해야 해? 넌 네 멋대로 살라고, 요코야마 미유키!」

신경질적인 외침이 미유키의 울음보를 가격했다. 꾹꾹 밀어넣던 눈물이 마르지 않는 샘처럼 흘러내렸다. 그녀는 눈물을 닦지 못했다. 절망으로 달음질치는 심장에 온몸이 저려 왔다.

「당신하고 나, 서로 신경 쓰지 말고 살자. 이게 내가 당신에게 하는 유일한 부탁이야.」

민석은 옷을 챙겨 나갔다. 미유키는 다시 혼자가 됐다.

6

점심을 먹고 난 뒤 대장간 식구들은 지하 통로를 돌아봤다. 영수가 앞장서서 가는 길을 상해 쪽 일원들이 따라 걸었다.

"여기서 좌측으로 돌면 사격장, 오른쪽으로 돌면 무기 창고, 쭉 직진하면 진고개 쪽 통로가 나와."

영수는 마치 제가 만든 공간처럼 거들먹거렸다.

"우리한테는 이렇게 설명한다 치고, 전국에 있는 한일단 사람들에게는 어떻게 길을 설명할 셈이야? 지하도가 경성에만 있는 것도 아닌데."

길주가 퉁명스레 물었다. 일리가 있는 말이었다.

"그게 문제란 말이지. 지도를 나눠 주는 것도 정말 믿을 만한 조직원이 아니면 조심스러운 일인데, 더 큰 문제는 어떻게 가장 빠른 시간에 매번 달라지는 경로를 전달하느냐는 거야. 뭐 좋은 생각 없어?"

길주와 승민은 답이 없어 골똘했다.

"……어쩌면 썩 괜찮은 방법이 있을지도 모르겠어."

저 홀로 생각하던 무영의 입꼬리가 올라갔다. 제 방안이 흡족했다.

"그게 뭔데?"

무영은 대답 대신 의미심장하게 웃었다. 상대가 그의 생각대로 움직여 준다면 실로 기발한 방안이었다. 무영은 모두에게 이 일을 자신에게 맡겨 달라 부탁했다. 그들은 모두 동의했다. 평소 무영의 성격상 허튼소리를 하거나 허풍을 떠는 일이 없었기 때문이었다. 시종일관 무영을 탐탁지 않게 여기던 길주였지만 그조차도 이번 일에는 반대를 표하지 않았다. 투박한 신뢰였다.

시찰을 마친 뒤 상해 일원들은 국밥집으로 향했다. 설계도를 손봐야 하는 영수의 투덜거림을 뒤로 한 회합이었다. 무영은 쉼 없이 국밥을 밀어넣었다. 빈 배 속보다 마음의 허기를 채우는 행위에 가까웠다.

"그나저나 이수찬은 언제 해결할 생각이야?"

밥 생각이 없던 길주는 몇 술 뜨다 말고 무영을 채근했다.

"글쎄."

무영은 여전히 밥에 집중한 채 말했다.

"그래, 뭘 어떻게 할 건데?"

길주가 턱을 받치고 물었다. 그는 한시라도 빨리 수찬을 제거하고 싶은 눈치였다.

"칼로 해야죠."

감정 없는 무영의 눈길이 창밖으로 향해 날씨를 살폈다. 익숙하지 않은 경성의 눈길은 번번이 거슬렸다. 민석의 집에 침입하던 날 얻은 교훈이었다. 며칠 전보다 날이 풀렸는지 눈길은 한결 부드러워졌다. 흙발에 밟힌 땅은 질척한 눈에 덮여 지저분했다. 맥 놓고 뛰어다니다가는 바닥을 구르기 딱 좋은 상태였다. 무영은 국물을 털어 넣으며 수찬을 요리할 방법에 골몰했다. 그 사이 국밥집 골목으로 열 명 남짓한 순사들이 무리지어 돌아다녔다.

"그런데 요즘 무슨 일 있어? 왜 저렇게 돌아다니는 순사가 많아?"

길주가 투덜댔다. 하지만 무영은 제 앞의 그릇을 비울 때까지 입을 열지 않았다. 어쩌면 자신을 찾아 나서고 있는지도 몰랐다.

식사를 마친 무영은 승민에게 임무를 맡겼다. 수찬을 미행하는 일이었다. 그는 착실하게 제 본분을 수행했다.

승민의 임무는 중추원에서 시작됐다. 인근 건물에서 몸을 숨기던 승민은 점심시간부터 수찬의 뒤를 밟았다. 한식당에서 식사를 마친 수찬은 가뿟한 걸음으로 백조 다방으로 향했다. 커피를 마주한 채 문인들과 담소를 나누는 그에게선 영락없는 지식인의 냄새가 배어났다. 하지만 밤이 되자 그는 향락에 젖었다. 클럽에서 여자를 끼고 노는 수찬은 전형적인 한량 그 자체였다. 결국 만취한 수찬은 비틀거리며 혜림의 극장 앞을 서성였다. 물론 극장은 불이 꺼진 지 한참이었다. 수찬은 계단 바닥에 주저앉아 청승맞게 눈물을 보였다.

"진짜 한심하다니까요! 정말 길주 형 말대로 그런 놈은 그냥 죽여도 될 것 같아요."

지하 통로로 복귀한 승민은 수찬에 대해 성토했다. 자정을 훨씬 넘긴 시각이었다. 무영은 칼날을 닦으며 피식 웃었다.

"뭐라더라. 묘하게 생긴 꽃을 여자한테 척 내밀더니 그러더라고요. 라벤더의 꽃말이 뭔지 아십니까? 침묵이라고 하더군요. 언제쯤이면 제 마음에 대한 답을 주시겠습니까?"

승민은 수찬의 말투까지 흉내 내며 열을 올렸다. 어찌나 실감 나게 재연하는지 무뚝뚝한 무영조차 폭소를 터뜨렸다. 길주는 빈정이 상한 듯 인상을 찌푸렸다.

"하여간 며칠 동안 따라붙어 봤는데 동선은 꽤 단순해요. 집에서 나와 중추원 가고, 가끔 다방에 들러 기자들이나 시인들을 만나는 것 같고요. 밤이면 거하게 취해서 여자들이나 끼고 놀고. 근데 좀 이상한 게 있긴 해요."

"뭔데?"

"많이 취한 날은 무슨 극장 같은 데를 가던데, 한 번도 들어가는 법은 없더라고요. 그냥 밖에서만 돌다 집으로 가요."

"거기 해치우기 좋아? 술 마셨을 때가 딱인데."

길주가 끼어들었다. 그의 관심은 오로지 수찬의 명줄을 끊어 놓는 일뿐인 모양이었다. 물론 그렇게까지 깊은 원한이 있는 건 아니었다. 하지만 매끈한 샌님은 어쩐지 그의 비위에 맞지 않았다.

"아니요. 거기는 안 돼요. 대개 밤늦게까지 불이 켜져 있는데다 길도 완전히 대로라고요."

승민은 대책 없이 밀어붙이는 길주의 의견에 반대를 표했다.

"그럼 어디서 해치울 거야?"

길주는 무영의 의견을 물었다.

"객사보다야 집에서 죽이는 게 인정상 낫겠지."

제대로 날이 선 칼날에 무영의 얼굴이 비쳤다. 싸늘한 웃음과 함께였다.

7

「오늘 보고는 몇 시지?」

서류를 살피는 유우스케의 눈빛이 매서웠다. 하지만 수찬의 업무 처리 방식이 마음에 드는지 비교적 호의적인 태도였다.

「오후 2시 예정입니다.」

「안건은?」

「지난번에 부결된 지하 선로 건입니다. 지하 터널 공사에 따른 불필요한 비용을 군수 물자 확보로 돌리고, 같은 구간의 선로를 지상으로 끌어 올리는 것이 주요 골자입니다.」

수찬은 간략히 서류의 내용을 압축했다.

「자네 생각은 어떤가?」

유우스케는 돌연 수찬의 사견을 물었다.

「네?」

「방금 그 생각은 자작 각하의 생각이 아닌가? 난 자네 생각이 궁금하다고 묻는 거야.」

「기본적으로 전쟁에 반대하는 입장이라 제 생각은 무의미합니다.」

예상의 범주를 넘는 대답에 유우스케는 요란스레 웃었다.

「자네와 부의장은 유학 시절부터 알고 지냈다 했던가?」

그의 관심이 수찬의 개인사로 옮아갔다. 정확히 말하면 민석의 사생활이었다.

「네. 전공은 달랐지만 미국에서 친분을 쌓았습니다.」

수찬은 달갑지 않은 기색으로 대답했다. 상대의 의중을 알아챈 까닭이었다.

「그런데 내가 보기엔 친구라기보다는 주종 관계에 가까워 보이더군.」

유우스케는 일부러 수찬의 자존심을 건드렸다. 그러나 수찬은 딱히 동요하지 않았다.

「과거의 일이니까요. 현재는 수직 관계가 맞습니다.」

수찬은 여유 있게 웃었다. 사실 자존심을 파헤치는 쪽이라면 민석이 훨씬 선수였다. 그의 혀끝에 품은 비수는 유약했던 수찬의 심장에 단단한 굳은살을 남기곤 했다. 그러니 새삼스레 유우스케의 말에 자극받을 필요는 없었다.

「수직 관계라……. 자존심 상하는 노릇이군.」

유우스케는 집요하게 신경을 건드렸다. 수찬은 불편한 시간을 정리하기 위해 서둘러 고개를 숙였다. 나가겠다는 신호였다. 하지만 유우스케는 그를 놓아주지 않았다.

「자네, 좀 더 올라서고 싶지 않나? 조선의 실세가 되고 싶지 않느냐 그 말일세.」

세월에 주저앉은 눈꺼풀 사이로 탐욕스러운 미소가 드러났다.

「권력을 마다할 사내야 없겠지만 불가능한 허세를 누르는 것 또한 지성인이 갖춰야 할 덕목이라고 생각합니다.」

수려한 입심이었다. 그럴듯한 미문에 거부감은 말끔하게 가려졌다.

「신중해서 좋군그래. 덥석 먹이를 무는 것보다야 백 번 옳은 자세야.」

유우스케는 흡족한 웃음을 보였다. 은밀한 제안도 잊지 않았다.

「오늘 저녁 해일관으로 오게. 긴히 할 말이 있으니.」

「네, 알겠습니다.」

수찬은 마지못해 긍정의 뜻을 전했다. 그제야 그는 그 방에서 나올 수 있었다.

그날 밤, 유우스케의 뜻대로 회합의 자리가 마련됐다. 이미 여러 잔을 기울였는지 얼굴이 벌게진 유우스케 앞에는 마모루가 앉아 있었다. 물론 그들의 취향에 맞는 기생들도 함께였다. 수찬이 들어서자 두 사람은 곁에 있던 기생들을 모두 물렸다. 확실히 긴한 자리였던 모양이었다.

「일 마무리 때문에 조금 늦었습니다. 죄송합니다.」

수찬은 정중하게 사과의 뜻을 전했다. 사실 야근은 핑계였다. 사무실에서 자리를 뭉개다 왔다는 편이 옳았다. 억지로 수락한 자리이긴 했지만 어쩐지 뒷맛이 찝찝했다.

「아닐세. 요즘 같아선 처리해야 할 건이 한둘이 아닐 테니까.」

유우스케는 그럴싸한 두둔과 함께 마모루를 소개했다.

「인사하게. 이쪽은 총독부 마모루 경무국장일세.」

「처음 뵙겠습니다. 중추원 서기관 이수찬입니다. 이렇게 뵙게 되어 영광입니다.」

수찬은 다시 한 번 허리를 숙였다. 수찬이 제 몸을 펴는 사이 마모루는 매서운 눈길로 샅샅이 상대를 훑었다. 직업적인 습관이었다.

「앉게. 내 자네 말은 많이 들었네. 그렇게 신사적인 친구라면서? 이렇게 직접 보니 서기관장께서 왜 그리 자네 칭찬을 하셨는지 알겠군.」

수찬을 살피던 마모루는 저 홀로 긍정적인 평가를 내렸다. 매끈한 자세와 수려한 차림새는 전형적인 지식인의 풍모에 가까웠다. 어찌 보면 민석과 미묘한 교집합을 이루기도 했다. 하지만 확실히 민석과는 달랐다. 눈길만으로도 상대의 창자를 후벼 파는 독기가 수찬에게는 없었다.

「과찬이십니다.」

수찬은 틀에 박힌 겸손을 보였다.

「아니야. 내가 사람 보는 눈은 제법 있는 편이거든.」

「감사합니다.」

「자, 한 잔 받게.」

마모루는 수찬의 잔에 술을 채워 넣었다. 수찬은 단숨에 잔을 비웠다.

「자네가, 자작 각하와 친구라는 게 사실인가?」

마모루가 본격적인 질문을 던졌다. 수찬은 그제야 이 자리의 취지를 파악했다.

「네, 그렇습니다.」

「어떤 사이인가?」

「미국 유학 시절에 같은 대학교 음악 동호회에서 만났습니다.」

「아, 전공이 다른데도 연이 닿았던 게 그 때문이군.」

마모루의 입에서 어울리지 않는 감탄사가 나왔다.

「네, 같은 조선인이기도 했으니까요.」

「정민석과 음악이라……. 하긴, 아직까지도 서혜림을 끼고 도는 걸 보면 나름대로 낭만주의자인지도 모르지.」

마모루는 무의식적으로 빈정대기 시작했다. 평소의 감정이 살아나는 모양이었다. 순간 수찬의 얼굴이 굳었다. 취중에 듣게 된 혜림의 이름. 마모루가 뜻하지 않게 약점을 건드린 셈이었다.

「단도직입적으로 묻겠네. 자네, 내 편이 되어 줄 수 있나?」

마모루는 승부사의 눈길을 보냈다.

「무슨 말씀이신지……?」

수찬은 뜻을 파악했음에도 한 발 물러섰다. 확실히 선뜻 대답하기에는 곤란한 제안이었다.

「정민석에 대해 나한테 자세한 정보를 줄 수 있느냐는 말일세. 그자의 과거, 현재, 그리고 앞으로 그가 계획하고 있는 미래까지도 말이야.」

마모루는 자신의 패를 던지고는 수찬의 기색을 살폈다. 그는 스스로 공언한 대로 직감이 좋은 사람이었다. 마모루는 수찬에게서 미묘한 흉터를 읽었다. 분명 민석으로 인한 상처였다. 다만 속내에 움트는 자격지심을 메마른 굳은살 아래로 숨기고 있을 뿐이었다.

마모루는 기분 좋게 제 잔에 술을 채웠다. 좋은 첩자를 찾아낸 것에 대한 자축의 의미였다.

그들은 자정을 훌쩍 넘기도록 술잔을 기울였다. 수찬은 구성지게 노랫가락을 뽑았다. 제법 술기운이 오른 모양이었다.

새벽 공기를 가르는 수찬의 구슬픈 음성에 홍연은 몇 번이나 방문 앞을 서성였다. 결국 자리는 고관 나리들이 만취하고서야 끝이 났다. 두 대의 인력거가 짐짝처럼 그들을 싣고 갔다.

"저분들은 왜 만나신 거예요?"

배웅에 나선 홍연은 그제야 제 걱정을 드러냈다.

"거래를 트자더군."

수찬이 착잡한 듯 말을 뱉었다.

"거래라뇨? 무슨……?"

"다 친구 잘 둔 덕분이지."

수찬은 쓰게 웃었다.

"자리 봐 뒀어요. 오늘은 주무시고 가세요. 시간이 꽤 늦었어요."

홍연이 조심스레 머물고 가길 권했다. 연심보다는 걱정이 앞섰다. 하지만 수찬은 만류하는 홍연을 뒤로 하고 비틀거리며 걸었다. 홍연은 한참이나 그런 수찬을 살피다 안으로 들어섰다. 그러자 먼발치서 이들을 살피던 무영이 수찬을 따라붙기 시작했다.

홍연과 헤어진 수찬은 허름한 주점에 들어 홀로 술잔을 기울였다. 그는 문득 제 신세가 처량하게 느껴졌다. 이제껏 남부러울 것 없이 살아왔던 그였다. 부유한 환경, 비상한 머리, 타고난 외모, 어느 것 하나 부족한 게 없었다. 그런 그의 인생이 민석을 만나면서 꼬여 버렸다. 언제나 승리자였던 그의 삶은 패배감으로 점철됐다. 사랑도, 권력도, 능력도, 민석 앞에서는 부질없었다. 수찬은 이런저런 생각에 애꿎은 술만 들이켰다. 그러다 결국 제 몸을 가누지 못할 정도로 취했다. 이미 해일관에서부터 누적된 취기였다.

그는 습관적인 본능에 의지해 집을 향해 걸었다. 하지만 이성이 날아간 육체는 무능하기 짝이 없었다. 덕분에 그는 골목을 벗어나는 동안 다섯 번이나 바닥을 나뒹굴었다. 결국 수찬은 걷기를 포기하고 인력거를 택했다. 다행스럽게도 인력거는 그를 기다렸다는 듯 득달같이 도착했다. 거의 기어오르다시피 인력거에 탄 그는 한참이나 웅얼거리며 제 집을 설명했다. 상대는 그의 말을 듣는지 마는지 대충 인력거를 끌었다. 인력거의 흔들림이 시작되자 수찬은 완전히 곯아떨어졌다. 하나 둘 떨어지는 눈발이 잠든 수찬의 얼굴을 간질였다. 그렇게 수찬을 태운 인력거는 경성 거리를 가로질렀다. 길게 남은 바퀴 자국 위로 가로등 불빛이 반짝였다. 인력거를 모는 무영의 눈빛에는 살기가 스쳤다.

만취한 수찬을 싣고 인력거를 끄는 동안 무영은 이런저런 생각에 골똘했다. 복수라는 불덩이를 가슴에 품고 지낸 지가 수년이었다. 하지만 그 시간 동안 무영은 의미 없는 살육을 반복했을 뿐 정작 겨눠야 할 상대는 제거하지 못했다. 그런 허무한 시간을 뒤로 한 채 오늘도 역시 한 줌의 살덩이로 식어 갈지 모를 낯선 남자를 싣고 어디론가 달려가고 있었다. 무영은 새삼 자신이 무엇을 위해 살아가는지 허무해졌다.

공허한 생각의 끝자락에 수찬의 집이 눈에 들어왔다. 무영은 가볍게 수찬을 둘러메고는 대문을 두드렸다. 수찬의 형 유찬이 잠옷 차림으로 제 동생과 낯선 남자를 맞이했다. 유찬은 무영을 본체만체하며 휠체어를 몰았다. 무영까지 신경 쓸 여력이 없는 모양이었다.

"진짜 이 자식이, 또 떡이 됐네."

유찬은 풍겨 오는 술 냄새에 이맛살을 찌푸렸다.

"아……, 우리 형이다! 혀엉!"

수찬은 벙긋 웃으며 주저앉아 유찬의 무릎에 머리를 기댔다. 유찬은 세차게 그를 흔들어 깨웠다.

"너 이 자식, 정신 똑바로 못 차려?"

수찬은 여전히 헤벌쭉 웃었다. 마음껏 취한 모양이었다. 유찬은 난감함에 어쩔 줄을 몰랐다.

"방이 어느 쪽입니까? 제가 모시고 들어가겠습니다."

무영이 나섰다.

"누구시죠?"

유찬은 그제야 무영의 존재에 대해 의문을 품었다.

"후배입니다."

무영은 태연하게 답했다.

"후배요?"

"수찬이 형님이 오늘 여기서 재워 주신다고 했는데 절 믿고 마음껏 드신 모양입니다."

그답지 않은 넉살이었다.

"후배? 네가 언제부터 내 후배야? 넌 가서 평생 인력거나 몰아, 이 자식아. 너 내가 누군지 알고 네 선배래?"

수찬이 혀 꼬부라진 소리로 말을 보탰다.

"형 진짜 많이 취했구나?"

무영은 유찬의 눈을 피해 수찬의 급소를 쳤다. 완벽한 입막음이었다. 수찬은 맥없이 쓰러졌다.

"방이 어디죠?"

무영은 수찬을 둘러업었다.

"저기 오른쪽 방이에요."

유찬은 특별히 의심을 품지 않은 채 수찬의 방을 안내했다.

"감사합니다."

"미안해서 어쩌죠? 내가 몸이 이래서……."

"괜찮습니다. 많이 드실 때 제가 말렸어야 했는데."

무영의 태도는 꽤나 자연스러웠다. 어쩌면 어느 순간부터 즐기기 시작했는지도 모를 일이다. 따지고 보면 침입과 암살은 그의 일상이었다. 그런 가운데 나름의 즐거움을 찾는 것도 가능할 법했다. 방으로 옮겨진 수찬은 바닥에 누운 채 드르렁거리며 코를 골았다. 무영의 입에서 저도 모르게 실소가 나왔다. 비웃음은 아니었다. 그저 어처구니가 없을 뿐이었다.

"야, 일어나."

무영은 툭툭거리며 수찬을 가볍게 걷어찼다. 하지만 수찬은 여전히 꿈과 현실이 구분되지 않는 상태였다.

"아……, 목말라. 가서 물 좀 가져와."

수찬이 입맛을 다시며 돌아누웠다.

"일어나, 이수찬."

무영은 재차 수찬을 걷어찼다. 그 일을 몇 번이나 반복하고서야 수찬은 몸을 일으켰다.

"아, 어떤 새끼가 자꾸 깨우고 난리야!"

그는 꽤 짜증이 났는지 버럭 소리를 질렀다.

"곤히 주무시는데 죄송하게 됐네."

무영은 조용히 상대의 눈앞으로 단검을 들이밀었다.

"당신 누구야?"

수찬은 잠이 덜 깬 눈을 동그랗게 떴다.

"곧 죽을 놈이 그런 건 알아서 뭐 하게?"

수찬은 고개를 좌우로 흔들었다. 아직도 취기가 반쯤은 남은 모양이었다.

"독립군쯤 되시는 건가?"

겨우 정신을 가다듬은 수찬이 물었다.

"그렇다고 해 두지."

무영은 위압감을 주기 위해 수찬을 벽으로 몰아갔다.

"그래서? 오늘 온 목적이 뭔데?"

수찬은 속내에 남은 취기 탓인지 제법 대범하게 굴었다.

"회유와 설득."

"실패하면?"

"응징이나 제거쯤 되겠지."

무영은 날카로운 칼끝으로 수찬의 얼굴을 훑었다.

"오늘 참 기차게 재미있는 하루네. 거래 트자는 사람이 줄을 서는군. 이수찬, 인생 헛살진 않은 모양이야."

수찬은 황당함에 헛웃음을 터뜨렸다.

"헛소리 집어치우고 내 말에 똑바로 대답해. 넌 왜 중추원에 있는 거야? 돈? 명예? 권력? 그것도 아니면 자기만족인가?"

"그러는 넌 왜 독립운동한답시고 남의 집에 들어와서 협박인데?"

수찬은 때 아닌 호기를 부렸다. 까닭 없이 치미는 억울함 때문이었다.

"대답해 줄 수도 있지만 미안하게도 지금 칼을 쥔 쪽은 나거든? 먼저 대답을 듣고 싶은데?"

무영 역시 때 아닌 말재주를 부렸다. 애초부터 수찬을 죽일 생각은 없었다.

"돈이라면 나도 꽤 있어. 비록 일찍 돌아가셨지만 우리 아버지, 은행장이셨거든. 감사하게도 유산이 제법 남아 있지."

수찬은 마지못해 입을 열었다. 무영은 묵묵히 그의 말을 들었다. 손에 쥔 검은 여전히 수찬을 향한 채였다.

"그 다음이 뭐였더라. 명예라고 했던가? 친일파라는 자리도 명예의 전당에 올라가게 됐는지는 미처 몰랐군."

수찬은 어느 결에 제 신세타령을 섞었다.

"말장난하지 마."

무영은 압박하듯 수찬 쪽으로 검을 바싹 들이밀었다.

"그래 좋아. 간단하게 가지. 일본이 조선을 갖기 위해 얼마나 오랫동안 준비해 왔다고 생각해?"

뜻하지 않은 질문이었다. 무영은 저도 모르게 말문이 막혔다.

"조선말을 배우고, 조선 땅을 익히고, 조선에 길을 뚫고, 집을 지어 가며 수십 년간 준비해 왔어."

"본론만 말해."

"난 알고 싶었을 뿐이야. 이 땅에 미래가 있는지 없는지. 일본놈들이 벌여 놓은 일의 끝을 알아야 조선이 살지 죽을지 알 수 있을 테니까."

수찬은 괜한 한숨을 토했다. 오래 묵혀 둔 진실의 잔여물이었다.

"살지 죽을지 간을 보고 결정하려고 했다 이건가? 변명치곤 거창하군."

생각보다는 진실한 대화였다. 무영은 그의 솔직함이 마음에 들었다.

"그냥 무서웠다고 하면 안 되나? 누구라도…… 그럴 순 있으니까."

무영이 무겁게 입을 열었다. 뜻하지 않은 자기 고백이었다.

"그럴지도 모르지."

"솔직해서 좋군."

무영은 그제야 칼을 거뒀다. 태도의 변이였다. 수찬 역시 그런 그의 변화에 경계를 풀었다. 사실 목숨을 거둘 요량이었다면 진즉 그랬을 거라는 판단도 있었다.

"내가 네 수족이 된다면, 네가 내 눈이 되어 줄 수 있어?"

무영은 예상치 못한 제안을 건넸다.

"난 사람 죽이는 재주는 있어도 누굴 죽여야 하는지 알아보는 눈은 없거든."

두 사람이 생사의 고락을 넘는 사이 새벽빛이 밝아 왔다. 수찬은 이른 시간부터 거실로 나섰다. 그림자처럼 따르는 무영과 함께였다. 그들은 가능하면 조용히 밖으로 나서길 원했다. 하지만 그들의 기척에 유찬이 방을 나왔다. 그 역시 밤새 잠을 설친 모양이었다.

"너 이 자식, 이제 술 좀 깼냐?"

유찬은 대뜸 구박부터 시작했다.

"응, 아주 확실히 깼지. 밤새 좀 화끈한 일이 있었거든."

수찬은 무영을 돌아봤다. 무영은 멋쩍게 웃었다.

"너 어제 술주정 대단했던 거 알지? 결례도 그런 결례가 어디 있어? 기껏 사람을 집에 초대해 놓고 저 혼자 술이 떡이 되도록 마시고는 행패를 부렸으니."

유찬의 잔소리에 수찬의 입에서 실소가 터졌다. 수찬은 무영을 빤히 봤다. 그는 태연한 얼굴이었다. 수찬은 기가 막혔다.

"내가 널 초대했어?"

무영은 빙긋 웃으며 어깨를 으쓱했다.

"보기보다 능청맞네. 아무튼 가자."

수찬은 무영의 어깨를 툭 치며 밖으로 나섰다. 밤새 한결 가까워진 눈치였다. 유찬은 아침 식사를 권했지만 수찬은 사양했다. 속이 울렁거린다는 것이 이유였다. 밤새 들이부은 술도 모자라 목숨을 건 협상까지 벌였으니 무리는 아니었다.

"오늘 저녁에 만나야 할 사람들이 있어. 그 사람들에게 인정받아야 네 앞길도 편할 거야."

대문을 나서던 무영이 담담하게 입을 열었다.

"갈수록 태산이군. 어디로 가면 되는데?"

"그냥 집으로 와. 중추원 부근이나 시내는 보는 눈이 많을 테니까. 저거나 집에 잘 넣어 둬. 이따 밤에 저걸로 모셔 드릴 테니까."

무영은 밤에 끌고 온 인력거를 가리켰다.

"나야 그래 주면 감사하고."

"술 한 방울도 입에 대지 마. 안 그러면……."

"네, 네, 무서워서라도 안 마실 테니 걱정하지 마십쇼."
 무영은 몇 번이나 다짐을 받은 뒤 수찬을 놓아주었다. 수찬은 그대로 출근길에 나섰다. 그들은 그렇게 헤어졌다.

8

 지은은 전차 창문에 코를 들이박고 있었다. 눈 내린 경성의 풍경을 감상하기 위해서였다. 매일 보는 도시였지만 하루 종일 병원에 틀어박혀 사는 지은에겐 도시의 작은 변화 하나하나가 생활의 활력소였다. 전차 안은 시끄러웠다. 차장과 승객 사이에 시비가 붙은 모양이었다. 덕분에 전차는 그 자리에 멈춰 섰다. 승객들은 항의에 나섰지만 차장은 완고했다. 뭔가 심기가 단단히 틀어진 듯했다. 하지만 지은의 눈길은 여전히 창밖으로 쏠렸다. 사실 급하게 움직일 일도 없었다. 게다가 오가는 행인들을 구경하는 것도 재미가 쏠쏠했다. 그녀는 또래의 젊은 남자들을 살폈다. 자연스러운 호기심이었다. 지은은 제 취향대로 사내들을 나누며 홀로 즐거워했다. 그러다 그녀의 시선이 한 남자에게 꽂혔다. 이목구비는 잘 보이지 않았지만 덥수룩한 콧수염과 점퍼 너머로 드러나는 어깨의 골격은 상당히 낯이 익었다. 지은은 상대의 정체를 캐려 고개의 각도를 달리했다. 그러자 모자 아래로 서늘하게 빛나는 남자의 눈빛이 보였다. 그제야 지은은 상대가 진료실에서 만났던 남자임을 알았다. 지은은 전차에서 내리려 벌떡 일어섰다. 그 사이 전차는 소동을 멈추고 다시 출발하고 있었다.
"아저씨! 잠깐만요! 잠깐만 세워 주세요! 저 못 내렸어요!"
 지은은 사람들의 투덜거림을 뒤로 한 채 다급하게 내렸다. 그녀의 시야에 무영이 들어왔다. 하지만 그는 곧 사람들 사이로 사라졌다. 지은은 사력을 다해 달렸다.

"이봐요! 거기 잠시만요!"

지은은 얼마 달리지 않았음에도 헉헉거렸다. 평소 뛰어다닐 일이 거의 없었기 때문이었다. 하지만 그녀에겐 근성과 목표물을 물고 늘어지는 집요함이 있었다. 결국 지은은 몇 번이나 가쁜 숨을 몰아쉬면서도 끝까지 무영을 따라잡았다.

무영이 향한 곳은 대장간이었다. 지은은 달음질을 멈추고 낯선 공간을 살폈다. 그 사이 무영은 마당으로 들어섰다. 그는 일하는 꼬마들과 농을 주고받으며 웃고 있었다. 이전에 봐 온 것과는 사뭇 다른 모습에 지은은 그가 낯설게 느껴졌다.

"당신 뭐야?"

낯선 손길이 그녀의 어깨를 툭 쳤다. 지은은 깜짝 놀라 돌아봤다.

"어? 너는 그 똥?"

영수는 대번에 얼굴을 찌푸렸다. 동시에 지은의 얼굴도 일그러졌다. 악연이었다.

"야, 원수는 어디서 만난다더니 너 잘 만났다. 네가 저번엔 네 바닥이라고 막 큰소리쳤지? 오늘 여기는 내 땅이거든? 어디 덤벼 봐. 그때처럼 해 보라고!"

영수는 실없이 목에 힘을 줬다.

"유치하기는."

지은은 대번에 그를 무시했다.

"뭐? 유치? 그렇게 고상하신 분이 왜 남의 대장간은 엿보고 그러시나."

영수는 빈정거리며 언성을 높였다. 지은도 지지 않고 바득바득 따졌다. 덕분에 모여 있던 인부들과 무영의 시선이 두 사람에게로 옮겨 갔다. 결국 지은과 무영의 시선이 마주쳤다. 그 순간 무영의 얼굴이 굳었다. 지은은 무영에게 성큼성큼 걸어갔다. 여태 설전을 벌이던 영수는 내버려 둔 채였다.

"야! 뭐야. 너 지금 내 말 무시하는 거야?"

영수는 바지런히 지은을 쫓았다. 하지만 지은은 그런 영수가 안중에 없었다.

"당신 뭐예요?"

지은은 대뜸 따지고 들었다. 무영은 말없이 그녀를 봤다.

"비겁하지 않아요? 미유키 상은 당신을 막아 줬는데 어떻게 그 자리에서 그냥 가 버려요?"

순간 사람들의 시선이 쏠렸다. 무영은 나지막이 주의를 줬다.

"목소리 좀 낮추지. 보는 눈이 많은데."

지은은 입을 다물고 주위를 돌아봤다. 사람들의 시선이 전부 자신을 향해 있었다.

"어디 조용한 데 없어요?"

지은은 따지듯 물었다. 그러자 무영이 영수를 봤다. 사무실을 내어 달라는 강요였다.

"아, 진짜. 내가 왜 너희한테 장소 제공까지 해야 하는데?"

무영은 대답 없이 사무실로 걸음을 옮겼다. 지은은 무영의 뒤를 따라 들어갔다.

"아, 진짜 저것들이……."

결국 세 사람은 사무실에서 집결했다. 문단속은 영수의 몫이었다. 한 일단을 이끄는 아버지 밑에서 자라 온 그의 오랜 습관이었다.

"일전에도 알아봤지만 겁이 없네."

무영이 비죽 웃었다.

"당연한 거 아니에요? 빚진 사람은 당신인데 내가 뭐가 무서워요?"

지은은 기가 눌렸지만 일부러 강하게 맞받아쳤다.

"형씨 이 여자한테 빚졌어?"

영수가 끼어들었다.

"당신은 좀 빠지지?"

지은은 야멸치게 영수를 노려봤다.

"여기 내 방이거든?"

두 사람은 다시 으르렁거렸다. 그대로 두면 반나절은 족히 싸울 기세였다.

"그래서. 여기까지 쫓아와서 말하고 싶은 게 뭔데?"

결국 무영이 나서 분위기를 전환했다.

"미유키 상은 당신이 저격범인 걸 알면서도 덮어 줬어요. 그런데 그날 일이 그렇게 꼬이고…… 결국은 정민석이 모든 걸 다 알아 버렸다고요. 당신이 범인이고, 미유키 상이 그걸 감추고 있었다는 걸요."

무영은 얼굴이 굳어졌다. 외면하고 있던 현실을 자각해야만 했다. 예상대로 민석은 자신의 존재를 알고 있었다. 그런 상황이라면 앞으로 암살은 더욱 힘들어질 터였다. 뿐만 아니었다. 민석은 자신이 범인이라는 걸 알면서도 잡아들이지 않았다. 탄피를 바꾸는 순간부터 품었던 의심이 딱딱 들어맞았다. 인정하고 싶지 않지만 민석은 자신을 보호하고 있었다.

"재미있는 주장이네. 정민석이 내가 저격범인 걸 알고도 그냥 보내 줬다는 거야? 헛소리 집어치워."

부정하고 싶었다. 사실 그 속내가 무엇인지도 몰랐다. 상대의 정체를 알았으니 교묘하게 압박하며 괴롭히고 싶을 수도 있었다.

"정말, 여기 있는 인간들은 하나같이 왜 이 모양이야? 믿건 말건 당신 자유야. 그런데, 어쨌든 당신 때문에 엉뚱한 사람이 피해 보고 있다는 사실 하나는 알아 둬."

지은은 열이 오르는지 속사포처럼 비난을 쏟아 냈다. 그에 무영도 되받아쳤다.

"웃기는 수작 하지 마. 피해? 네가 진짜 피해가 뭔지 알아? 그 인간들이 무슨 짓을 했고, 누굴 밟고 올라서서 그 호사를 누리고 있는지 알기나 하냐고!"

"그래서, 당신이 밟혔다고 다시 밟아 주려는 거야? 그러면 네가 그 사람들하고 다른 게 뭔데? 자기한테 총을 쏜 널 감싸는 미유키 상이나, 네가 쏜 걸 알면서도 덮고 넘어가려는 정민석보다 네가 나은 게 있어?"

지은은 야무지게 눈을 치떴다. 무영은 반박하지 못했다. 분이 치밀었다. 한 마디도 부정하지 못하는 제 자신이 혐오스러웠다. 그까짓 인간들의 도움을 받고 있는 스스로가 부끄러웠다.

"관두자. 허구한 날 쇳물만 퍼붓더니 머리도 쇳덩어리처럼 굳어 버렸나 보네."

지은은 마지막 독설을 내뱉고는 밖으로 나갔다. 영수는 약이 오르는지 길길이 뛰었다.

"아, 저 계집애가 진짜! 아, 진짜 내가 왜 형씨 때문에 번번이 저런 계집애한테 이런 수모를 당해야 하는데?"

무영은 멀거니 의자에 걸터앉았다. 모든 게 뒤죽박죽이었다. 복수 하나만 보고 달려온 인생이 뿌리째 흔들리고 있었다.

9

"실은 부탁이 있어 보자고 했어."

수찬과 마주 앉은 혜림은 본론부터 꺼냈다.

"그럼 그렇지. 여왕님께서 어쩐 일로 나한테 먼저 데이트 신청을 하나 했네."

혜림은 새침하게 눈을 흘겼다.

"이것 좀 봐 줘."

"이게 뭔데?"

수찬은 그녀가 건넨 종이를 살폈다.

"나 이번에 파병 나가는 군인들을 위해 무대에 서기로 했어. 이건 무대에 올릴 이야기의 초안이야. 내가 써 봤는데 수찬 씨가 좀 다듬어 줬으면 해서. 다음달에 경성에서 먼저 관리들을 초청해 무대에 올릴 거야."

"뭐?"

뜻하지 않은 이야기에 수찬은 경악했다.

"얼마 전에 총독부에서 사람이 나와서 권하더라고."

"네가 그런 걸 왜 해? 민석이 그 자식은 뭐 하는 놈인데 그거 하나를 못 막아?"

수찬은 버럭 소리를 질렀다. 결국 이번에도 민석이 문제였다.

"이제껏 민석 씨가 다 막아 왔대."

"……뭐?"

"수년 동안 무대에 서면서도 몰랐었어. 그 사람이 나 대신 구정물 다 뒤집어써 온 거."

그제야 수찬은 혜림의 그림자를 읽었다. 혜림은 가책을 느끼고 있었다. 하지만 그렇다고 그녀를 불구덩이로 몰아넣을 수는 없었다.

"그렇다면 더더욱 안 되는 거 아니야? 네가 이러는 건 이제껏 민석이가 고생해 온 걸 다 허사로 만드는 거잖아."

그는 급한 김에 민석의 이름까지 들먹였다.

"카이라는 이름 기억나?"

혹한의 세찬 바람 같은 탄식이 그녀의 입에서 새어 나왔다.

"……카이?"

"안데르센 동화책에 나오는 카이 말이야."

"'눈의 여왕' 말이구나."

혜림은 고개를 끄덕였다.

"나는 민석 씨가…… 그 이야기에 나오는 카이 같아."

혜림은 가만히 고개를 들었다. 감당할 수 없는 슬픔이 눈가에 고여 든 탓이었다.

"하늘에서 떨어진 악마의 거울 조각이 카이의 눈 속에 들어간 그때부터 카이의 심장은 얼음장처럼 변해 버렸어."

"혜림아……."

"얼음 같은 마음을 품고 눈의 여왕의 성에 갇혀 지내던 카이를 구해 내는 건 어린 시절부터 함께해 온 게르다였지."

결국 그녀의 눈에서 별이 졌다. 반짝이는 유성은 그녀의 보드라운 뺨 위로 슬픔의 자취를 남겼다. 수찬이 결코 보고 싶어하지 않던 무거운 사랑의 증표였다.

"그래서, 네가 민석이의 게르다가 되기라도 하겠다는 거야?"

수찬은 감정을 누르지 못한 채 따지듯 물었다.

"글쎄……. 그럴 수 있다면 좋겠지만…… 내가 바라는 건, 내가 아닌 누구라도…… 그 악마의 거울을 녹여 줬으면 하는 거야."

심중에 미유키를 두고 한 말이었다. 혜림은 제 입술을 꼭 깨물었다. 질투였다. 그러나 설령 그녀라 해도 상관없었다. 민석의 얼어붙은 마음을 녹여 줄 수만 있다면 말이다.

10

집 근처에 들어서던 수찬은 피식 웃음을 터뜨렸다. 그의 시야에 들어온 무영 때문이었다. 그는 완전한 인력거꾼 같은 행색으로 집 앞에 진을 치고 있었다. 수찬은 집 앞에 자전거를 세운 뒤 인력거에 올랐다.

"어이, 똑바로 모셔."

수찬은 가볍게 농을 던졌다. 그러자 무영은 그의 눈을 천으로 가렸다.

"그러지."

"흠, 손님 모시는 태도가 영 마음에 안 드는군."

수찬은 가볍게 구시렁거렸다.

"공짜 손님이니까."

무영다운 농담이었다. 수찬은 어쩐지 그런 무영이 마음에 들었다. 그런 까닭에 제 눈을 가리고 가는 길에도 이렇다 할 불만을 늘어놓지 않았다.

수찬이 다시 시야를 확보한 건 한일단의 지하 통로에 이르러서였다. 그는 눈가리개를 풀자마자 답답함에 눈을 비벼 댔다. 그러다 정신이 들면서부터 부지런히 주변을 둘러보기 시작했다. 길주는 그런 수찬을 탐탁지 않은 눈길로 쏘아봤다. 영수는 재미난 구경이라도 났다는 듯 연신 싱글벙글했다. 곁에서는 승민을 위시한 한일단원들이 수찬을 탐색하고 있었다.

"재미있는 곳이네."

솔직한 감상이었다. 수찬은 끝없이 이어진 터널이 신기하게 느껴졌다. 사방에 걸려 있는 무기들도 낯설었다. 게다가 압도적인 무기 수는 그의 호기심을 자극하기에 충분했다.

"이무영! 너답지 않게 왜 이래? 저렇게 썩어 빠진 정신머리를 달고 다니는 인간을 데려다가 뭘 어쩌겠다는 건데? 단칼에 없애 버리라니까."

길주가 불만을 토로했다.

"단물부터 빼먹고 보자는 거야. 전국 각지로 동시에 동선을 전해야 한다며."

무영이 덤덤하게 말을 받았다.

"형씨가 말한 묘안이 이 사람이야?"

영수는 턱짓으로 수찬을 가리켰다.

"응."

"이치 가지고 뭘 어쩌겠다고?"

영수는 제 꾀로는 생각이 안 나는지 연신 고개를 갸우뚱거렸다.

"네가 말해 봐."

무영이 수찬의 어깨를 툭 쳤다.

"시를 쓸 거야."

수찬이 침착하게 입을 열었다.

"뭐? 시? 너 지금 장난해? 이게 어디서 또 한량놀음을 하려고."

길주는 흥분부터 하고 봤다.

"끝까지 들어 봐, 형."

무영이 중재에 나섰다. 길주는 마뜩잖은 티를 내며 거칠게 의자에 앉았다.

"아는지 모르겠지만 난 이제 경성일보에 매일 시를 연재하게 돼. 매일 아침 전국에 도는 신문에 내 시가 실린다고."

길주가 잠잠해지자 수찬은 계속 말을 이었다.

"그 자랑 하러 목숨 걸고 여기까지 온 건 아니겠지?"

"아직도 내 말뜻을 모르겠어? 매일 아침, 전국에 내 글이 들어간다고."

길주의 빈정거림에 수찬은 답답하다는 듯 토를 달았다. 그러자 영수가 끼어들었다. 뭔지 알겠다는 눈치였다.

"그럼, 형씨가 매일 신문에 지령을 내리겠다는 거야?"

수찬은 고개를 끄덕였다.

"이야! 대단한데?"

영수는 요란하게 박수를 쳤다.

"그런데 일본놈들이 두 눈 시퍼렇게 뜨고 검열하는 신문에 무슨 수로 지령을 내린다는 거예요?"

승민은 여전히 납득이 가지 않는 눈치였다.

"암호를 정해야지."

"암호?"

"함축된 언어에 많은 뜻을 내포하는 게 시의 기본이니까."

수찬은 의미심장한 미소를 보였다. 수찬의 말이 떨어지자 영수는 잽싸게 지도를 펼쳐 놓으며 뭔가를 끼적였다. 그는 그러는 동안에도 내내 수찬과 뭔가를 속삭거렸다. 한일단 일행들은 그런 두 사람을 묵묵히 지켜봤다.

"캬, 역시 머리에 먹물 든 놈들은 뭐가 달라도 다르네."

영수의 입에서 탄성이 터져 나왔다.

"뭔데?"

길주는 무심한 척 흘깃 보며 물었다.

"이게 전국에 있는 한일단 지하 통로의 지도야."

영수는 지도를 꼼꼼히 짚어 가며 설명했다. 일동은 머리를 모아 설명을 들었다. 무영은 귀만 열어 둔 채 총기 조립에 여념이 없었다.

"이 친구가 각 통로에 번호를 매겨 달라고 하더라고."

"번호는 왜?"

"암호."

무영은 여전히 총에 눈길을 둔 상태로 말을 보탰다.

"암호요?"

승민이 물었다.

"조금만 수상쩍은 말을 써도 당장 쌍심지 켜고 서에 처넣을 게 순사놈들이란 말이지. 그러니까 우리는 이렇게 각 지역에 번호를 달고, 이수찬이 매일 연재하게 될 시에 메시지를 남긴다 이거야."

"어떻게요?"

"획수."

"획수?"

"제목의 획수로 지역 번호를 찾아낸다는 거지. 가령, 제목이 '칼잡이'라 치면……."

"칼이…… 10획, 잡이 9획, 이가 2획이네요?"

승민은 그제야 감을 잡은 모양이었다.

"그렇지! 똑똑하네. 그러니까 말하자면, 칼잡이라는 제목은 이 지도에 표시된 10번과 9번을 거쳐 2번에 도달하라는 지시문이 되는 거지. 출발점은 10번 부산이고, 거사를 치를 장소는 2번 대전이 되는 셈이야."

"와, 대단하다. 이걸 이 한량이 생각했다고요? 만날 놀고먹는 줄만 알았더니 이런 것도 하네."

승민은 새삼 다시 봤는지 수찬을 위아래로 훑었다. 수찬은 머쓱하게 웃었다. 길주는 내심 감탄하면서도 애써 입을 꾹 다물었다.

"뭐, 자세하게 제시한 건 이 친구지만 애초에 이수찬을 통해서 신문 뚫어 볼 생각을 한 건 저 형씨야."

영수는 고갯짓으로 무영을 칭찬했다. 모두의 시선이 무영에게로 쏠렸다. 무영은 끝까지 그들을 쳐다보지 않고 총기 조립에 골몰했다. 그러나 그의 입가에도 희미한 웃음이 스쳤다.

무영과 길주, 승민은 대장간에서 배식을 받았다. 길주와 승민이 먼저 자리를 잡는 동안 무영은 자신이 받아 온 음식을 옆자리 꼬마에게 넘겼다. 그러자 사내아이는 엄지를 치켜들며 최고라는 신호를 보냈다. 무영도 같은 손가락을 들어 아이에게 화답했다.

"형, 밥 안 먹어?"

승민이 물었다. 밥을 씹느라 반쯤은 웅얼대는 소리였다.

"별로 생각이 없어서."

"뭔 청승이야. 저기 저렇게 밥이 넘쳐나는데."

길주가 퉁명스레 말했다.

"저 녀석들, 덩치는 작아도 속에 뭐가 들었는지 항상 빈 그릇을 긁고 있길래."

길주는 무영의 속내가 이해가 안 가는지 연신 도리질을 쳤다. 그런 그를 물끄러미 보던 무영이 입을 열었다.

"형."

"왜?"

"형은 일본이 싫어?"

"미친 놈. 넌 좋냐?"

길주는 시큰둥하게 밥을 떠 넣었다.

"……그럼 일본 사람도 싫어?"

"아, 밥 먹는데 뜬금없이 웬 말장난이야. 일본하고 일본놈들하고 뭐가 다른데?"

"그런 거겠지……."

무영의 눈길이 착잡해졌다.

"형, 무슨 일 있어요?"

승민이 물었다.

"그냥 궁금해져서. 내가 증오하는 게 일본인지, 아니면 그 속에 속한 사람인지, 그것도 아니면…… 어쩌면…… 나 자신인지……."

11

혜림은 다방에서 애종을 만났다. 애종은 다방의 분위기가 낯설었는지 다소 긴장되어 보였다.

"무슨 일로 여기까지 부르셨어요?"

간간이 두리번거리던 애종이 물었다. 장갑의 효과인지 확실히 지난번보다는 훨씬 부드러운 말씨였다.

"많이 바쁠 텐데 미안해요. 중요한 얘기가 있어서. 사실 애종 씨한테 부탁이 있어요."

혜림이 상냥하게 대답했다.

"뭔데요?"

"이걸 해일관에 붙여 주세요."

혜림은 준비해 둔 포스터를 내밀었다.

"네? 무용단원 모집요?"

내용을 살피던 애종의 얼굴에 당혹감이 스쳤다.

"황당한 거 알아요. 그런데 꼭 해야 하는 일이라서 그래요."

"이런 게 될 리가 없잖아요. 우린 무용수가 아니라 기생이라고요. 더군다나 홍연 언니가 허락할 리도 없고."

애종은 난처했다. 혜림의 편에 서자니 홍연이 눈에 밟혔다. 하지만 천하의 서혜림이 자기에게 이토록 간절히 부탁하는 상황 또한 싫지는 않았다. 더군다나 혜림에게 줄이 닿으면 자신의 앞날에 크게 득이 될지도 몰랐다. 그런 까닭에 혜림을 거절하는 일도 쉽지는 않았다.

"홍연 씨는 제가 설득할게요. 그러니까 애종 씨는 동무들한테 이 소식을 전해 주고 같이 무대에 설 친구들을 찾아 주세요."

애종은 여전히 망설였다. 그러자 혜림은 귀가 솔깃한 제안을 했다.

"날 도와주면 애종 씨가 화장품 광고 찍을 수 있게 도와줄게요."

"정말요?"

"그럼요. 저 다른 건 몰라도 던진 말은 책임지는 사람이에요."

승부는 끝났다. 애종은 감격에 겨워 혜림의 목을 끌어안았다. 한참이나 흥에 들떠 있던 애종은 냉큼 포스터를 집어 들었다.

"좋아요. 제가 특별히 도와드릴게요."

애종은 제법 목에 힘까지 주고 있었다. 혜림은 그런 그녀의 손을 덥석 잡았다. 애종은 그 상태로 한 시간이나 뻐기며 수다에 골몰했다.

애종은 뒷짐을 진 채 포스터를 말아 쥐고 제 걸음을 죽여 가며 살금살금 해일관에 들어섰다. 그렇게 제 발만 보고 걷던 애종은 누군가와 부딪혀 뒤로 나동그라졌다. 애종이 얼굴을 찡그리며 올려다보자 엄한 표정의 홍연이 내려다보고 있었다.

"언니……."

"어디 다녀오는 길이니?"

"그게…… 저, 잠시……."

그녀는 당황하는 통에 말부터 더듬었다.

"뒤에 숨긴 건 뭐니?"

"아무것도 아니에요. 이건 그냥……."

애종은 손사래를 치며 포스터를 숨겼다. 하지만 홍연을 당해 내기에는 역부족이었다. 홍연의 매서운 눈초리에 못 이긴 애종은 제 손으로 포스터를 내밀었다.

"서혜림 만난 거야?"

"언니, 그게요……."

홍연은 변명할 기회도 주지 않고 밖으로 나갔다. 애종은 낙심해 완전히 망했다는 표정을 지으며 털썩 주저앉았다.

"아, 어떡해. 난 죽었다. 으휴, 화장품 광고 물 건너갔네……."

홍연은 그길로 혜림을 찾아갔다. 연습실에서는 하차투리안의 춤곡이 흘러나오고 있었다. 혜림은 홀로 춤에 몰두했다. 음악과 함께 어우러진 안무는 꽤나 역동적이었다. 홍연은 그 춤에 완전히 압도됐다. 몰아치던 곡이 연주될 때까지 쭉 그랬다. 혜림도 마찬가지였다. 그녀는 음악이 멈춰도 한동안 감정에서 빠져나오지 못했다. 그녀가 겨우 몸을 추스르며 일어서자 홍연은 그제야 인기척을 냈다.

"언제 오셨어요?"

혜림이 반가운 기색으로 홍연 앞에 섰다. 그러나 곧 그녀가 손에 쥔 포스터를 보고 민망함에 코를 찡긋거렸다.

"좋은 말 듣긴 틀린 것 같네요."

혜림은 겸연쩍게 웃었다.

"멋지네요. 예전에 무대에서 본 것보다 훨씬 격정적이고 강렬해요."

홍연은 제 감상을 전했다.

"감사합니다."

"혜림 씨, 참 강해 보이네요."

"그렇게 되려고 해요."

혜림은 쓰게 웃었다. 홍연은 그 말과 웃음의 의미를 읽었다.

"어쩔 생각인 거죠?"

홍연이 포스터를 내밀며 물었다.

"정면 승부가 아니었다고 구박하진 마세요. 홍연 씨한테도 허락받으려고 했어요."

혜림은 차분했다.

"설명이 필요할 것 같네요."

홍연은 차분히 해명을 요구했다.

"고백 하나 할까요?"

홍연은 혜림의 얼굴을 물끄러미 보며 답을 기다렸다.

"우리 엄마, 기생이었어요."

담담한 말투였다. 뜻하지 않은 혜림의 고백에 홍연은 선뜻 입을 열지 못했다.

"그러다 우리 아버지를 만나 사랑에 빠지고 말았죠."

"처음 듣는 얘기네요."

홍연은 간신히 운을 맞췄다. 어색함 때문이었다.

"아마 그럴 거예요. 단단히 입막음 된 사연이니까."

혜림은 쓸쓸히 웃으며 말을 이었다.

"사람들은 저희 아빠의 성공이 민석 씨 때문이라고 수군거리지만 그건 사실이 아니에요. 원래부터 저희 집은 대를 이은 상단의 거목이었거든요."

"……."

"그런데 집안에서 정해 준 대로 얌전히 결혼해서 아들 낳고 잘 살던 양반이 절색의 기생하고 사랑에 빠져 버린 거죠."

"아버지 쪽에서 반대가 심했겠군요."

홍연은 겨우 운을 맞췄다.

"네. 그 대단한 집안에서 가만둘 리가 없죠. 자금줄을 다 끊어 놓은 건 물론이고 상단에까지 손을 뻗어서 사업도 못하게 했다니까요."

"그래서…… 어머니께선 스스로 떠나신 건가요?"

홍연은 가슴이 싸해졌다. 제 처지와 겹쳐 있던 까닭이었다. 기녀에게 있어 사랑이란 품어서는 안 되는 독과 같았다.

"네. 그 뒤로 다시 기녀가 되신 모양이에요."

"그게, 가능한가요?"

"단 하루였으니까요."

"무슨 뜻이죠?"

"세상을 바꾸기라도 하고 싶으셨던 모양이에요. 총독이 자리한 연회에 기생으로 들어 총을 겨눴대요."

"……."

"그러고 보면 제 인생도 참 복잡하지 않나요? 기생이자 독립군의 딸이었던 제가 친일 귀족의 여자가 돼서 살고 있다는 게……."

"……그래서, 바꾸고 싶으신 건가요?"

홍연이 물었다.

"글쎄요. 저한테 그럴 힘이 있는지는 잘 모르겠어요. 다만……."

"다만……?"

"전 잊고 싶은 기억이 늘어날 때마다 춤을 췄어요. 예술이라는 건 현실이 비참할수록 빠져드는 신기루 같은 거니까."

내밀한 고백에 혜림의 눈가가 아득해졌다. 홍연은 그 서글픈 눈매에서 알 수 없는 동질감을 느꼈다.

"그런데 요즘 내 현실이 완전히 만신창이예요. 진창을 구르고 있죠."

혜림은 진than하게 홍연에게 다가왔다. 홍연은 가까워진 거리에서 전에 없는 친밀감을 느꼈다.

"그래서 나는 또 무대로 도망치려고 해요. 다 잊어버리고 싶어서. 손가락질받는 사랑도, 권력에 팔려 가는 명예도, 모두 잊고 싶어서. 적어도 춤을 추는 동안에는 완벽하게 내가 원하는 삶을 만들어 갈 수 있으니까요."

혜림은 담백하게 제 심정을 드러냈다. 그 솔직한 고백에 홍연의 마음속에 강렬한 동요가 일었다.

"홍연 씨는 어때요? 새로운 삶을 만들어 볼 생각…… 없나요?"

12

「멍청한 자식!」

마모루는 스즈키를 향해 서류를 던졌다. 스즈키는 맥없이 상관의 화풀이를 받았다. 따지고 보면 그의 실책이었으니 억울할 일도 아니었다.

「면목 없습니다.」

「정민석 잘못 건드리면 오히려 벌집 쑤시는 격인 거 몰라? 어떻게 하면 그렇게 일을 멍청하게 처리할 수 있나?」

「죄송합니다.」

마모루는 저 혼자 분을 눌렀다. 흥분한다고 능사가 아니었다. 어떻게 해서든 일을 해결하는 게 우선이었다.

「그날 있던 환자가 오른쪽 다리를 다친 게 확실한가?」

「네, 그렇습니다.」

「담당 의사가 누구였다고?」

「윤지은이라는 여자입니다. 경성 병원 윤혜상 원장의 딸이죠.」

「윤지은……. 윤지은의 아버지가 윤혜상이고, 윤혜상은 정민석의 오랜 주치의……. 정민석은 누군가를 쐈고…… 총에 맞았을지도 모르는 자를 미유키가 감싼다……. 역시 뭔가 있어. 이상해.」

마모루는 무언가 그림이 그려질 것 같은 마음에 자꾸 조바심을 냈다. 하지만 막상 이렇다 할 생각은 떠오르지 않았다. 그는 초조함에 손가락으로 책상을 두드렸다.

「하지만 자작께서도 그 다리 다친 사람을 아는 눈치였습니다. 미유키 상이 감싸는 건 역시 그 집 사람이기 때문 아닐까요?」

스즈키는 대수롭지 않은 표정으로 말했다. 스즈키의 눈에는 마모루가 과대망상으로 보였다. 별것도 아닌 일에 사사건건 날을 세우는 상관이 그의 입장에서는 피곤하기 짝이 없었다.

「확실한가?」

「네. 자작께 불호령을 들었습니다. 다시는 자기 사람들을 범인 취급 하지 말라고……」

마모루는 잠시 별일이 아닐지도 모른다고 생각했다. 하지만 역시나 아니었다. 이렇게 뒷맛이 찝찝한 일치고 배후가 없는 일이 없었다.

「아니야……, 그럴 리 없어……」

마모루는 고개를 저으며 저 혼자 골똘해졌다. 아무리 생각해도 멍청한 부하만 믿고 있다가는 도저히 해결이 안 날 일이었다. 어쨌거나 이 시점에서는 유우스케와의 협력이 중요하다는 게 그의 결론이었다.

13

「어떻게 오늘은 서기관장님께서 직접 오신 겁니까?」

민석이 무심하게 물었다.

「이수찬 그 친구가 오늘 휴가를 냈습니다. 신문에 게재할 시와 관련해서 협의할 일이 있다더군요. 앞으로 연재를 맡게 되었다니 우리 중추원으로서도 자랑스러운 일이지요.」

민석은 특별한 대꾸 없이 다시 서류에 집중했다. 덕분에 흥에 겨워 떠들던 유우스케만 머쓱해졌다.

「각 지역에서 올라온 징병 모집 관련 보고서입니다.」

유우스케는 다시 업무에 집중했다.

「실적이 형편없군요. 어떤 방식으로 징집하고 있는 겁니까?」

「방법이랄 게 있겠습니까? 순사들을 풀어 쓸 만한 장정놈들을 끌어내는 거죠.」

「그러니 이렇게밖에 충원이 안 되는 거 아닙니까?」

민석은 이맛살을 찌푸렸다.

「그럼 각하께선 무슨 묘안이라도 있으신 겁니까?」

유우스케가 따지듯 물었다. 일종의 빈정거림이었다.

「미끼를 던져야죠.」

민석의 얼굴에 냉소가 돌았다.

「미끼요?」

「전쟁에 자발적으로 참여하도록 유도하는 미끼 말입니다.」

「하지만 아시다시피 현재 예산으로는 무기 보급만 해도 턱없이 부족한 실정입니다. 한데 뭘 쥐어 주란 말씀이신지……?」

유우스케는 민석의 심중을 캐려 말끝을 흐렸다.

「뭔가를 쥐어 줘야 한다면 먹이라고 하지 미끼라고 하겠습니까?」

유우스케는 민석의 얼굴을 빤히 봤다. 수년을 봐 왔지만 참으로 속을 알 수 없는 자였다.

「현재 인원으로는 파병은 고사하고 부대 건설을 위한 인력조차 부족합니다.」

「그러면, 어떻게……?」

「각 지역 참의들을 불러올리세요. 총회를 개최하겠습니다.」

민석은 유우스케를 내보낸 뒤 의장실을 찾았다. 규홍과 담판을 짓기 위해서였다. 규홍은 예정에 없던 아들의 등장이 불편했는지 담배부터 꺼내 물었다.

"땅을 좀 내어 주셔야겠습니다."

민석은 대뜸 서류를 내밀었다.

"뜬금없이 그게 무슨 소리냐?"

"국방헌금을 내 달라는 뜻입니다."

"얼마를 달라는 거냐?"

규홍은 내키지 않는 물음을 던졌다.

"대전 지역에 확보하신 땅을 전부 주십시오."

규홍은 기가 막혔다. 하지만 민석의 성격상 허튼짓을 벌일 리는 없다고 생각했다.

"이유나 들어 보자."

그는 착잡함에 두 번째 담배를 물었다.

"아버지께서는…… 일본이란 나라에 모든 걸 걸지 않으셨습니까?"

규홍은 민석의 얼굴을 빤히 봤다. 지금 민석은 교묘하게 자신을 책망하고 있었다.

"아버지께서 재산을 내놓지 않으시면, 아버지께서 모든 패를 던진 일본은 이대로 패망할지도 모릅니다. 일본의 패망은 곧 아버지의 몰락 아닌가요?"

민석은 규홍에게 조소를 보냈다. 규홍은 불편한 심기를 드러내며 입술을 깨물었다. 그러나 민석의 말은 사실이었다. 조선 귀족의 권력은 결국 일본의 흥망에 뿌리를 내리고 있었다. 그런 이유로, 장기간 이어지는 일본의 전쟁은 그들에게도 불안을 가중했다. 그러니 안정적으로 권력을 이어 가려면 빠른 종전이 최선이었던 셈이었다. 물론 그 결과는 일본의 승리여야 했다. 어쨌거나 민석은 결국 아버지의 승낙을 받아 냈다.

14

중추원 강당은 각지에서 모인 참의들로 북적거렸다. 촌티를 겨우 면한 지방 참의부터 기세등등한 유력 지역 참의까지 각양각색이었다. 삼삼오오 모여 쑥덕거리던 이들은 마이크 소리가 들리자 삽시간에 조용해졌다.

「지금부터 제42회 중추원 총회를 개최하겠습니다. 이미 공지해 드린 바와 같이 본 총회의 목적은 대일본 제국의 대륙 진출을 위한 헌금 조달과 징집을 위한 것임을 다시 한 번 상기시켜 드리는 바입니다.」

진행을 맡은 민석의 목소리가 강당 안에 울려 퍼졌다. 일동은 진지한 표정으로 경청했다.

「이에 의장님께선 본 전쟁의 승리를 위해 본인이 보유하고 있던 대전 땅 전부를 매각해 국방헌금으로 헌납할 것을 약속하셨습니다.」

규홍은 씁쓸한 마음을 누르고 애써 미소를 보였다. 좌중은 술렁였다. 요란한 박수와 함께였다. 민석은 분위기가 가라앉기를 기다려 말을 이었다.

「또한 저 역시 이번 전쟁을 위해 현재 제가 확보하고 있는 토지의 3할을 국방헌금으로 헌납할 것을 공표하는 바입니다.」

좌중은 놀라는 표정이었다. 엄청난 규모의 헌금액 때문이었다. 공간에는 일순 정적이 일었다. 그러다 한쪽에서 박수가 터졌다. 어리둥절해하던 이들도 함께 환호했다. 민석은 손을 들어 그들을 진정시켰다. 원활한 진행을 위해서였다.

「이에 여기 계신 각 참의들께서도 각자 소유하고 있는 재산의 5할을 국방헌금으로 헌납할 것을 권유하고자 합니다.」

환호하던 이들은 이내 불만으로 술렁였다.

「이의 있습니다! 부의장께서는 3할을 헌납하겠다고 공표하셨는데 일반 참의들에게 5할을 부담하게 하는 것은 불합리한 처사라고 생각합니다.」

한 참의가 벌떡 일어나 목소리를 높였다.

「맞습니다. 더군다나 국방헌금을 이렇게 강제적으로 갹출한다는 건 납득할 수 없는 일입니다.」

다른 이도 맞장구를 치며 의견을 더했다. 민석은 부드럽게 웃으며 말했다.

「이 자리에 계신 모든 분의 재산을 5할씩 모은다고 해도 제가 내는 헌금의 절반도 채 되지 않을 거라는 사실을 모르시지는 않겠죠?」

민석의 일갈에 의견을 개진했던 참의는 할 말을 잃고 자리에 앉았다. 분위기에 휩쓸려 성토하던 이들도 떨떠름하게 제자리를 찾았다. 민석은 그들이 진정되자 다시 말을 이었다.

「더군다나 이 자리에 계신 분들 중 천황께 은혜를 입지 않은 분이 있습니까? 그런 분이 계시다면 지금 당장 일어서서 돌아가셔도 좋습니다.」

민석은 위압적인 기세로 좌중을 둘러봤다. 다들 불만이 치밀었지만 누구 하나 이의를 제기하지 못했다. 민석은 분위기를 고조시키며 목소리를 높였다.

「본 총회의 서두에 국방헌금 건을 꺼낸 이유는 여기 계신 분들께서 각각 지역의 모범이 되어야 하기 때문입니다. 위에서 나라에 충성을 보이지 않는데 누가 나서서 나라를 위해 희생하겠습니까?」

참의들은 자기들끼리 술렁였다. 이들과 함께 있던 유우스케는 비죽 웃었다. 민석에 대한 이들의 반발심이 고조되고 있었기 때문이었다. 민석은 마지막 여세를 몰아갔다.

「이번에 중추원에서 헌납하는 헌금은 국고로 환수되어 무기 공장 설립을 위한 부지 매입, 자원 확보, 인력 보강 등의 용도로 쓰일 것이며, 각 지역의 징집 독려를 목적으로 한 기념주화 제작을 위해서도 사용될 예정이니 여러분의 적극적인 협조 부탁드립니다.」

회의를 마치고 돌아가는 참의들의 안색은 좋지 않았다. 한편에서는 언성을 높이며 언쟁을 벌이기도 했다. 일부는 민석의 의견을 지지했지만 대다수의 참의들은 강도 높게 불만을 토로했다. 한쪽에서 이들을 지켜보던 마모루와 유우스케는 회심의 미소를 지었다.

「생각보다 일이 쉬워질 수도 있겠군요.」

유우스케가 이죽거리며 웃었다.

「그러게 말입니다.」

마모루가 맞장구쳤다.

「사람들 반응은 어떻습니까?」

유우스케는 그들의 은밀한 작전에 대해 물었다.

「아주 호의적입니다. 마치 기다렸다는 듯이 반색을 하더군요.」

두 사람이 참의들의 분노에 반색하는 사이 민석은 창밖으로 그들을 지켜보고 있었다.

"너무 무리수를 두시는 것 아닙니까? 적을 만들기보다 내 편을 만들어야 할 시기인 것 같습니다만."

곁에 있던 수찬이 걱정스레 말문을 열었다. 우정에서 나온 걱정이었다.

"백 명 있던 적이 천 명으로 늘어난다고 달라질 거 있나?"

역시나 냉소적인 대답이었다. 수찬은 그런 민석이 불안했다. 요즘의 그는 확실히 이상했다. 마치 모든 것을 내걸고 승부를 기다리는 것처럼 느껴졌다.

"저자들이 다 이빨을 드러낸다고 해도 상관없어. 어차피 내가 필요한 건…… 총독 하나뿐이니까."

민석은 저 스스로에게 말하듯 중얼거렸다.

"도대체 궁극적으로 바라시는 게 뭡니까?"

"글쎄……. 벌써 답을 알아 버리면 너무 심심하지 않나?"

민석의 얼굴에 쓸쓸한 미소가 돌았다. 수찬의 직감이 옳았다. 지금 민석은 제 모든 것을 건 도박을 준비하고 있었다.

15

거실 창문으로 햇빛이 쏟아져 들어왔다. 미유키는 피아노 앞에 앉아 조심스럽게 건반을 눌러 봤다. 하나, 둘 던져지던 울림은 어느새 연주로 이어졌다. 느리고 아름다운 바흐의 곡이었다. 군더더기 없는 연주였지만 얼굴은 무표정했고 동작은 기계적이었다.

「어쩜 연습을 그리 오래 쉬셨는데도 이렇게 잘 치세요? 진짜 신기해요.」

화병의 꽃과 씨름하던 나오코는 감탄해 마지않았다.

「그래서…… 즐거워 보여?」

연주를 마친 미유키가 독백하듯 물었다.

「네?」

나오코는 당황했다.

「사람들은 음악이 아름다워서 연주한다며? 그런데 난 왜 피아노를 쳐야 하는지도 모르고 훈련받아 왔잖아. 언제 만날지도 모를 미래의 남편을 위해서.」

미유키의 얼굴에는 어느새 그림자가 졌다. 나오코는 그런 제 주인이 안타까웠다.

「마님…….」

「재미있지 않아? 난 아직까지 한 번도 민석 씨를 위해 이 피아노를 만져 본 적이 없으니 말이야.」

미유키는 단정히 일어나 피아노 뚜껑을 닫았다. 뜻이 없는 행동이었음에도 어쩐지 결연함이 느껴졌다. 요즘의 그녀에게는 매순간이 자아의 발견이었기 때문인지도 몰랐다.

「어쩌면 잘된 건지도 몰라. 적어도 지금은 내 마음이 움직여서 치는 거니까.」

미유키는 혼자만 아는 말을 중얼거리며 방에 들어가 화장을 했다. 답답해진 모양이었다. 그녀는 다른 날보다 좀 더 화사하게 얼굴을 치장했다. 덕분에 창백한 얼굴이 조금은 상기되어 보였다.

그녀는 평소와 다른 차림으로 문 밖을 나섰다. 최근에 유행하는 정장에 높은 구두를 신었던 것이다. 누구라도 한눈에 신분을 알아볼 만큼 화려한 차림새였다. 우아한 진주 목걸이도 그녀의 분위기를 바꿔 줬다.

「유난 떨 거 없어요. 잠시 바람 좀 쐬고 오려는 것뿐이니까.」

미유키는 자신에게 따라붙는 경호원들에게 말했다.

「하지만 각하께서 마님의 외출에 각별히 신경 쓰라고 지시하셨습니다.」

「민석 씨가요?」

뜻밖이었다.

「네. 경호실장님을 통해 전달된 사항입니다.」

「그 사람에겐 내가 말할게요. 별일 없을 테니 걱정하지 말아요.」

그녀는 굳은 얼굴로 말했다. 그러자 경호원들은 금세 난색을 표했다.

「하지만 이러시면 저희가 곤란합니다.」

「감시라도 하라고 하던가요?」

그녀는 야멸치게 쏘아붙였다.

「그런 건 아닙니다.」

「그렇다면 그냥 두세요. 어두워지기 전에 돌아올 거예요.」

그녀는 잰걸음으로 골목을 벗어났다. 미유키는 묘한 기분이 들었다. 불쾌감과 설렘이 섞인 이상한 감정이었다. 남편은 자신을 감시하려 했다. 비뚤어졌을지언정 그것 또한 일종의 관심이었다. 그 자체로는 충분히 기쁜 일이었다. 적어도 그림자 취급을 받는 것보다는 훨씬 나았다. 하지만 이상하게도 그 속박이 마냥 기쁘지만은 않았다. 예전 같으면 그저 감사할 일이었을 텐데 지금은 그 간섭에 불쾌감이 일었다. 양립할 수 없는 두 감정은 그렇게 부딪치고 있었다. 그녀는 자신의 변화가 제 안에 움트고 있는 자아 때문이라는 걸 미처 깨닫지 못했다.

미유키는 그대로 지은을 찾아갔다. 치료라는 구실이 좋기도 했지만 딱히 걸음 할 곳이 없었다. 지은은 언제나처럼 편안한 손길로 그녀의 상처를 마무리해 줬다.

「아직 불편하실 텐데 매번 이렇게 나오시네요.」

지은은 진심으로 미안해했다.

「그냥 바람이 쐬고 싶어서요.」

「이젠 거의 다 나았어요. 신경 쓰이셔도 조금만 참으세요.」

「고마워요.」

「고맙긴요. 저야 이게 일인데요, 뭐. 그런데…….」

지은은 망설이다 말을 얼버무렸다.

「뭔데요? 말해 주세요. 이상하게 들릴지 모르겠지만, 나…… 뭔가를 누군가에게 털어놓고 그러는 거 지은 씨가 처음이에요. 그러니까 지은 씨도 날 편하게 생각해 줬으면 좋겠어요.」

미유키는 지은의 손을 맞잡았다. 지은은 그런 그녀가 부담스러웠지만 안쓰럽기도 했다.

「실은 그 사람……, 어디서 지내는지 알게 됐어요.」

지은은 망설이다 입을 열었다.

「그 사람요?」

「지난번에 여기서 만났던 그 남자요.」

미유키는 안색이 변했지만 애써 담담하게 대답했다.

「그래요…….」

「어딘지…… 알려 드릴까요?」

「그럴 필요 없어요. 이제 더 이상 만날 필요가 없는 사람이니까요.」

미유키는 궁금증을 삼켰다. 한 번의 일탈로 족했다. 더 이상은 민석의 눈 밖에 나고 싶지 않았다.

「지은 씨 많이 바쁘지 않으면 나랑 백화점에라도 가지 않을래요?」

「네?」

「나 오랜만에 옷도 좀 사 입고 맛있는 것도 먹고 싶어서 그래요. 그리고 지은 씨가 도와주면 전차도 타 보고 싶고요. 그래 줄 수 있어요?」

미유키는 애써 화제를 돌렸다. 기분 전환이 필요했다. 어쨌거나 예전처럼 답답한 일상은 싫었다. 미유키는 바쁘다는 지은을 설득해 나들이에 나섰다.

16

"좋았어! 수고했어."

영수는 전화를 끊으며 환호성을 질렀다. 그는 진심으로 즐거운 모양이었다. 무영은 그런 그를 덤덤하게 바라봤다.

"이수찬 이 친구 진짜 똘똘하네. 계획대로 나흘 뒤부터 연재된대. 우리도 그때부터 움직이면 되겠어."

무영은 대답하지 않고 혼자 생각에 골몰했다.

"무슨 생각 하는 거야?"

무영의 심상치 않은 낌새에 영수가 다그쳤다.

"별로."

"형씨 또 엉뚱한 일 꾸미는 거 아니지? 이제 진짜 중요한 시기니까 말썽 좀 작작 피워."

"걱정하지 마. 산통 깨는 일 없게 할 테니까."

무영은 무뚝뚝하게 답했다.

"근데 확실히 이상하긴 해. 정민석은 왜 널 잡아넣지 않는 걸까?"

영수는 무영의 마음속에 있는 걸림돌을 끄집어냈다. 사실 무영 역시 그 부분이 계속 꺼림칙했다. 아무리 생각해 봐도 이해할 수 없었다. 천하의 매국노가 자신을 돕고 있다고는 믿고 싶지 않았다. 그러나 이유 없는 도움이 연쇄적으로 이어져 온 것은 부정할 수 없는 사실이었다. 무영은 그 속내가 무엇인지 궁금해서 미칠 것 같았다.

무영은 밖으로 나와 경성 거리를 배회했다. 특별한 목적은 없었다. 그저 머리를 식히고 싶을 뿐이었다. 하지만 뜻하지 않은 우연이 그의 산책에 의미를 부여했다. 미유키가 있었다. 무영은 화사한 차림새로 거리에 서 있는 미유키의 모습을 발견했다. 요란한 차림새의 그녀는 낯설기 짝이 없는 과장된 웃음으로 곁에 선 지은과 이야기를 나누고 있었다.

무영은 충동적인 끌림을 다잡기 위해 걸음을 돌리려 했다. 하지만 결국 그는 두 사람을 따라붙었다. 눈에 띄지 않게 미유키를 미행하는 경호원들을 발견했기 때문이었다. 처음에는 그들의 정체를 몰라 긴장을 늦추지 않았지만, 오래지 않아 그들이 민석이 보낸 사람임을 알아차렸다. 두 사람이 소지하고 있는 루거 권총 때문이었다. 장교들이나 소유할 수 있는 루거를 지니고 있다는 건 그들 자신이 고위층이거나 그들의 수하라는 반증이었다. 하지만 벌건 대낮에, 그것도 반나절 이상 무방비 상태의 여자 뒤나 쫓는 모양새를 보면 그들 스스로가 장교라고 보기는 어려웠다.

미유키와 지은, 그녀들의 뒤를 밟는 경호원들, 그리고 그런 그들의 뒤를 쫓는 무영. 이 은밀하고 이상한 행진은 경성 시내를 돌며 하루 종일 이어졌다. 전차와 인력거를 넘나드는 방대한 일정이었다. 미유키는 즐거워 보였다. 그녀는 지은의 손을 부여잡고 연신 깔깔거리며 웃었다. 그러나 무영은 그 웃음에 담긴 공허함과 슬픔을 느꼈다. 어쩐지 심장 한쪽이 저려 왔다. 이해할 수 없는 감정이었다.

미유키의 외출은 오후가 한참 지나서야 끝이 났다. 하지만 그녀는 집에 들어갈 수가 없었다. 민석의 경호원들이 그녀를 막아선 탓이었다. 미유키는 그들에게 노골적인 불쾌감을 표현했다. 자신의 명령에도 불구하고 하루 종일 그녀를 따라다녔다는 것에 대한 질책이었다. 그러나 그들은 그럴듯한 변명으로 위기를 모면하며 책임을 민석에게로 돌렸다. 결국 미유키는 그들의 요구대로 민석의 차에 올랐다.

건너편에서 이들을 지켜보던 무영은 멀어져 가는 차의 꽁무니를 한참이나 바라봤다. 무영은 저도 모르게 주먹을 부르르 떨었다. 살의는 아니었다. 까닭 모를 분노였다. 무영은 제 마음을 달래기 위해 수진의 끈 뭉치를 꺼내 들었다. 손끝에 닿는 친숙한 질감에서 저절로 수진의 자취가 느껴졌다. 가슴이 뻐근해졌다. 하지만 그것은 수진 때문이 아니었다. 오로지 미유키로 인한 아픔이었다.

'비겁하게 굴지 마. 차가운 땅에 묻고 온 그 애도 이렇게 살아 숨쉬는데, 넌 왜 살아서도 숨을 쉬지 않는 거야?'

어느새 미유키가 탄 차는 완전히 사라졌다. 무영은 그로부터 한참이 지나서야 자리를 떠났다.

17

미유키는 민석과 나란히 뒷자리에 앉았다. 두 사람 사이에는 냉랭한 공기가 돌았다. 미유키는 자신에게 감시를 붙인 일에 대해 따져 묻고 싶었다. 하지만 마음과는 달리 입은 조금도 옴짝거리지 않았다.

「오늘따라 차림새가 엉망이군.」

침묵을 먼저 깬 쪽은 민석이었다. 미유키는 대답하지 않았다. 받아쳐야 할지 다독여야 할지 마음을 정하지 못한 탓이었다.

「뜻밖이네. 항상 빈틈없이 단장하고 있어 따로 신경 쓰지 않았는데.」

「갑자기 무슨 일이죠?」

결국 미유키는 본능에 따랐다.

「요즘 들어 호기심이 많아졌네? 예전엔 무슨 짓을 시켜도 이유 같은 건 궁금해하지 않았던 것 같은데.」

민석의 빈정거림에 미유키는 다시 입을 다물었다. 더 이상 끌어 봐야 얻을 것이 없는 싸움이었다. 더군다나 이러한 논쟁은 총독의 앞에 서면 눈 녹듯이 사라질 터였다.

예상은 빗나가지 않았다. 총독의 관저에 들어서면서부터 민석은 세상에 둘도 없는 남편이 되었다. 그는 시종일관 온화했다. 미유키 역시 익숙한 미소로 대응했다. 누가 봐도 손색없는 완벽한 부부의 모습으로 두 사람은 건물 안에 들었다.

「급하게 불러 올 수 있을까 했는데 와 줘서 고맙네.」

와인잔을 든 총독이 온화한 미소로 말했다.

「당연한 일입니다. 전 각하께서 필요하실 때를 위해 준비된 사람이니 언제라도 불러 주십시오.」

민석은 공손한 태도로 답했다. 총독의 입에서 호탕한 웃음이 터져 나왔다.

「자네는 참 재미있는 사람이야. 뻣뻣한 것 같으면서도 살갑고, 여린 것 같으면서도 독하지. 안 그러냐, 미유키?」

「네, 아저씨.」

미유키는 화사한 미소를 보였다. 총독의 말이 옳았다. 민석은 참으로 알 수 없는 사람이었다. 미유키는 민석을 바라봤다. 새삼 처음 보는 사람처럼 그가 낯설었다.

「그나저나 국방헌금 건은 뜻밖이었네. 어떻게 그런 생각을 다 했나? 천황께서도 보고를 받은 뒤 크게 기뻐하시더군.」

총독은 크게 치하했다.

「저는 빨리 이 전쟁을 끝내고 싶었을 뿐입니다. 그 일이 서둘러 진행되어야 동아시아 전체가 천황 폐하의 보호 아래 진정한 화합을 이룰 수 있을 테니까요.」

민석은 특유의 담담한 미소로 화답했다.

「속전속결이라는 거군. 어쨌거나 천황께선 이 일과 관련해 자네의 작위를 올려 주라 명하셨네.」

「괜찮으시다면 작위보다는 다른 청이 있습니다.」

「다른 청? 그게 뭔가?」

민석은 의미심장한 미소를 지으며 뭐라 속삭였다. 총독은 선선히 웃으며 고개를 끄덕였다. 승낙의 뜻이었다. 그때였다. 왈칵 문이 열리며 동호가 달려들어왔다.

「큰일 났습니다!」

동호의 얼굴은 전에 없이 파랗게 질려 있었다. 그답지 않은 호들갑이었다.

「각하 앞에서 이게 무슨 결례야. 나중에 얘기해.」

민석은 이맛살을 찌푸렸다.

「괜찮네. 꽤 급한 일인 것 같은데. 무슨 일인가?」

총독이 동호를 두둔하며 너그럽게 물었다. 실은 무슨 사건인지 궁금했던 까닭이었다.

「후작 각하 댁에…… 폭탄이…….」

「……뭐?」

인형의 집

1

소년은 숨이 턱에 닿도록 달렸다. 제 이 끝에 물린 다부진 입술에는 피가 맺혔다. 아직 여물지 않은 조그만 얼굴은 독기로 똘똘 뭉쳤다. 이제 갓 일곱 살을 넘긴 민석이었다. 열너덧 살쯤 되어 보이는 소년들이 그의 뒤를 쫓았다. 민석은 엉킨 골목을 이리저리 돌았다. 하지만 미로의 끝은 막혀 있었다. 덩치 큰 소년들은 민석을 구석으로 몰아세운 뒤 주먹을 날렸다.

"빌어! 빌란 말이야, 이 자식아!"

무참한 발길질이 쏟아졌다. 어린 몸 구석구석에 무분별한 폭력이 파고들었다. 너덜너덜하게 찢어진 어린 살갗이 어느새 선홍빛으로 물들었다. 그러나 민석은 아득해지는 정신에 의지하며 굳게 입을 다물었다. 고통스러운 환각이었다.

"이게 쪼그맣다고 오냐오냐 해 주니 버텨? 너 오늘 한번 죽어 봐라."

소년들은 민석의 멱살을 쥔 채 연거푸 주먹을 날렸다. 하지만 주먹이 더해지면 더해질수록 어린 맹수는 발톱을 세웠다. 그 당돌한 눈빛에 소년들의 주먹다짐은 더욱 거세졌다. 민석은 혀끝에 감도는 비릿한 피비린내로 제 의식을 확인했다.

······살아 있구나. 아직은.

민석은 감각이 사라질 때까지 흠씬 맞았다. 최후까지 의지를 놓지 않은 건 육신이 아닌 정신이었다. 결국 민석은 기절한 채 골목길에 버려졌다.

"마님! 큰일 났습니다! 도련님이······."

수소문 끝에 그를 발견한 것은 이제 갓 스무 살을 넘긴 동호였다. 동호는 사색이 되어 집으로 달려왔다. 등에는 축 늘어진 민석을 업은 채였다. 난초를 손질하던 문선은 하얗게 질려 달려 나왔다.

"아가, 너 어쩌다가······."

문선은 다급히 제 소매를 들어 아들의 핏자국을 닦았다. 동호는 곁에 선 채 연신 눈물을 훔쳤다. 문선은 민석을 끌어안고 오열했다. 턱 끝에서 떨어지는 그녀의 눈물에 아이의 옷깃이 젖어들었다.

"어머니······."

어린 눈꺼풀이 힘없이 고개를 들었다.

"괜찮니? 이제 정신이 들어?"

문선은 민석을 세차게 보듬어 안고 울음을 쏟았다. 그 바람에 소년의 여린 어깨도 함께 떨렸다. 그러나 아이의 눈빛은 굳건했다.

"어머니······, 매국노가 뭐예요?"

의식의 경계를 넘은 눈동자는 차오르는 독기로 또렷해졌다.

"뭐······?"

뜻하지 않은 물음에 문선의 입술이 굳어 버렸다.

"매국노가 뭐냐고요!"

신경질적인 외침에 문선의 눈물이 멎었다. 어린 아들은 제 어미에게 비수를 꽂았다.

"민석아……."

문선은 말을 잇지 못하고 눈물만 쏟았다.

"매국이면 나라를 판다는 거잖아요. 그게 말이 돼요? 나라가 물건도 아닌데…… 어떻게 마음대로 사고팔아요? 그거 거짓말이죠? 말도 안 되는 거죠? 아버지가 매국노라는 거, 내가 매국노의 아들이라는 거…… 다 거짓말이죠?"

민석은 애써 울음을 눌렀다. 울고 싶지 않았다. 눈물을 쏟으면 어쩐지 인정하는 것 같았기 때문이었다.

그는 재차 어머니에게 다짐을 받으려 했다. 거짓말이라도 좋으니 자신은 매국노의 아들이 아니라는 말을 듣고 싶었다. 그러나 민석은 끝내 원하는 대답을 듣지 못했다.

2

흠뻑 젖은 채 민석은 잠에서 깼다. 꿈이었다. 그는 오한을 느끼며 몸을 움츠렸다. 뺨을 적시는 머리카락의 습기가 그를 현실로 불러냈다. 침상에 앉은 그는 입술을 깨물었다. 스무 해가 넘어서도 똑같았다. 그는 울지 않았다. 달라진 건 없었다. 눈물을 쏟는다는 건 여전히 패배였다. 그리고 그는 절대로 지고 싶지 않았다.

밖에서 인기척이 났다. 미유키였다. 그러나 민석은 고요했다. 그녀의 기척을 듣지 못한 탓이었다. 그는 완벽하게 스스로를 고립시켰다.

미유키는 방에 들어서자마자 커튼을 열어젖혔다. 너무 캄캄했기 때문이었다. 불을 켤 수도 있었지만 하지 않았다. 그녀가 아는 그라면 절대 자신의 얼굴을 보이고 싶지 않을 거라는 생각에서였다.

열린 창문으로 달빛이 새어 들었다. 무심한 달빛에 수척해진 그의 윤곽이 드러났다. 며칠 사이 두드러진 광대뼈 때문에 그의 눈은 움푹 들어가 있었다. 눈가에 배어 있던 냉기도 자취를 감췄다. 그의 얼굴은 백지였다. 미유키는 연민으로 제 남편을 봤다. 민석은 어린아이처럼 침대 위에 웅크리고 앉아 있었다. 얇게 서걱거리는 하얀 면 셔츠가 유난히 커 보였다.

「지금 여기 있는 게 내가 아니라면 더 좋겠지만…… 나한테라도 좀 기대면 안 돼요?」

미유키는 진심으로 그를 위로하고 싶었다. 이 순간만큼은 사랑을 갈구하는 게 아니었다. 온전히 그에게 힘이 되어 주고 싶었다.

「한 번쯤 나한테 기댄다고 당신이 날 미워한다는 사실이 변하는 건 아니잖아요. 그러니까 잠깐이라도…….」

민석은 여전히 말이 없었다. 그녀는 조용히 그에게로 걸음을 옮겼다. 쇠약해진 그의 어깨를 보듬어 주고 싶었다. 물론 그의 결벽을 모르는 바는 아니었다. 그러나 어떻게 해서든 그의 감정을 끌어내고 싶었다. 그것이 자신에 대한 증오심이라도 상관없었다. 슬픔의 속성을 아는 까닭이었다. 애석하게도 슬픔은 침묵에 모습을 감추는 녀석이 아니었다. 오래 품을수록 독기를 품어 내는 녀석이었다. 그러니 실컷 울지 못할 바에야 차라리 평소처럼 이악스럽게 자신을 밀어내는 편이 나았다.

그녀는 그의 앞에 섰다. 가냘픈 손가락이 가늘게 떨렸다. 그와 그녀의 좁혀진 간격에서 오는 우주의 힘 때문이었다. 미유키는 조용히 그의 어깨에 손을 올렸다. 그러자 그의 눈동자에 잔잔한 울림이 일었다. 극단의 언어로는 규정할 수 없는 미세한 떨림이었다.

「당신을 미워하는 게 아니야. 그냥…… 싫은 거야.」

물기 없는 목소리가 그와 그녀의 공기를 갈랐다. 어떤 감정도 섞여 들지 않은 온전한 언어였다. 미유키는 그 건조한 고백에 저도 모르게 굳어섰다.

「그리고 지금은…… 당신을 싫어할 기운이 없어. 그러니까…… 날 그냥 놔둬.」

그는 고개를 들어 그녀와 시선을 맞췄다. 미유키는 그 눈빛에서 가늠할 수 없는 고통의 흔적을 읽었다. 미유키는 그의 뜻대로 방을 비웠다. 그가 원하는 것이 자신의 부재라면 들어주고 싶었다. 물론 그녀가 원하는 방식의 위로는 아니었지만 말이다.

절망의 밤이 지나고 영영 오지 않을 것 같던 아침이 왔다. 날이 밝자 민석은 차분하게 일어섰다. 그는 담담하게 거울과 마주했다. 껍질만 겨우 짊어진 낯선 얼굴이 그를 맞았다. 민석은 진심으로 거울 속 제 자신을 연민했다. 그러나 슬픔은 거기까지였다. 민석은 깊은 숨으로 표정을 가다듬었다. 옷장을 살피던 그는 정갈한 하얀색 셔츠를 꺼내 입었다. 무심한 검정색 양복도 함께였다. 반질거리며 윤기가 도는 검정색 넥타이는 긴장감을 더했다. 그 어느 때보다도 말쑥하고 단정한 차림이었다. 그는 세심한 손길로 제 매무새를 챙겼다. 의식이라도 취하듯 꼼꼼하게 단장하는 모습에서는 경건함마저 느껴졌다. 민석은 그렇게 세상과 마주 섰다. 절망으로 뜨겁게 끓어오르던 피는 다시 차갑게 식어 갔다. 그는 다시 냉혈한으로 돌아갔다. 그는 여전히 조선의 적이자 이 땅을 팔아넘긴 매국노였다.

그는 평소와 다름없는 기색으로 출근길에 나섰다. 현관문을 열자 날카로운 바람이 그의 살갗에 스쳤다. 그는 그 날 선 공기에서 까닭 모를 기운을 얻었다. 정원으로 걸음을 옮기자 그네에 앉아 있는 슈헤이가 보였다. 슈헤이는 가만히 민석을 바라봤다. 민석은 무표정하게 아이의 시선을 지나쳤다.

「슬프세요?」

여물지 않은 목소리가 그의 발목을 잡아챘다. 그제야 민석은 슈헤이에게 눈길을 줬다. 아들은 아버지를 빤히 올려다봤다. 감정을 읽을 수 없는 담담한 눈길이었다. 민석은 문득 그 얼굴에서 제 모습을 봤다.

「그래. 슬퍼.」

민석은 선선히 제 감상을 전했다. 그 단정한 대답에 슈헤이는 말없이 그네에 몸을 실었다. 묵직한 그네가 가뿟하게 날아올랐다.

「너는 어때?」

민석이 되물었다.

「저도 슬퍼요.」

아이는 명확하게 자신의 감정을 드러냈다.

「……이제 아버지가 엄마를 보며 웃어 주는 일은 없을 테니까요.」

3

민석이 회의를 소집한 건 장례식을 치르고 난 다음날의 일이었다. 규홍과 문선의 장례식은 성대하게 치러졌다. 고종의 승하 이후 최대의 인파가 동원된 장례식이었다. 친일 성향 매체들은 연일 규홍의 업적에 대해 열거했다. 심지어는 그의 장례식 전체를 영화로 만들겠다는 어처구니없는 이도 등장했다. 물론 민석은 일언지하에 그의 제안을 거절했다.

「이런 일이 생기다니 드릴 말씀이 없습니다. 다른 일을 모두 제치고서라도 범인을 색출하는 데 총력을 기울이도록 하겠습니다.」

마모루는 제법 숙연했다.

「범인이라 하셨습니까?」

민석은 짧은 순간 실소했다. 슬픔이 묻어나는 헛웃음이었다. 그 메마른 분노에 좌중은 일제히 고개를 숙였다.

「제 몸뚱이에 폭탄을 짊어지고 들어와 함께 날아간 자를 두고…… 범인요? 도대체 누구를 잡아 제 앞에 데려다 놓을 작정이십니까?」

민석은 앙칼진 외침을 쏟아 내며 핏발을 세웠다.

「이 사건은 그냥 묻어 두겠습니다.」

민석의 묵직한 결심이 공기를 잡아 눌렀다. 모두는 뜻하지 않은 선언에 입을 다물지 못했다.

「더 이상 이 일을 언급하지 마십시오. 이 일을 빌미로 또다른 이해관계가 생긴다면…… 그 사람이 누구라도 반드시 대가를 치러야 할 겁니다.」

민석은 이를 악물며 제 결심을 전했다. 범인의 창자라도 씹어 뱉는 것 같은 말투였다.

「명심하십시오. 이 시간 이후로 내 부모님의 죽음을 이용하는 자가 있다면 그 배후가 누가 되었든…… 살을 발라내고 뼈를 녹여, 다시는 고개를 쳐들지 못하도록 씨를 말려 버릴 겁니다.」

민석은 추상같은 명령을 전하고는 중추원으로 이동해 기자 회견을 열었다.

중추원 앞의 순사들은 송곳처럼 신경이 곤두서 있었다. 수시로 드나드는 고등 경찰들은 괜한 호들갑으로 분주했다. 경비는 평소보다 몇 배나 삼엄했다. 수찬은 착잡한 얼굴로 건물에 들어섰다. 그는 예정된 일정을 위해 강당으로 올라갔다. 웅성거리는 소음에 복도는 어수선했다. 문을 열자 빼곡하게 강당을 메운 기자들이 보였다. 열띤 취재 경쟁이었다.

민석이 모습을 드러낸 건 10여 분쯤 뒤의 일이었다. 그가 들어서자 사방에서 요란한 셔터음이 터졌다. 그러자 앞을 지키고 있던 순사들이 촬영을 저지했다. 일부 기자는 카메라를 뺏기고 거세게 항변하기도 했다.

"미리 공지한 바와 같이 허가되지 않은 촬영은 금지되어 있습니다. 기사 작성을 위한 사진은 따로 제공해 드릴 테니 양해 부탁드립니다."

수찬은 그들 사이에 섞여 장내를 정리했다. 민석은 싸늘하게 장내를 둘러보다 단상에 섰다. 어느 때보다 절도 있는 걸음이었다. 민석은 침착한 말투로 성명을 발표했다.

"유감스럽게도 지난 3일 오후 9시경, 정규홍 후작 각하를 노린 폭탄 테러 사건이 발생했습니다."

기자들은 벌써부터 술렁였다. 그러나 민석은 평정심을 잃지 않은 채 사무적으로 말을 이어 갔다.

"이로 인해 건물은 전소되었고 현재까지 54명으로 추정되는 사상자가 발생했습니다."

기자들은 메모에 분주했다.

"사상자는 범행 당사자를 비롯해서 총 54명으로 38명이 부상을 입고, 16명이 사망했습니다. 그리고 사망자 가운데는…… 정규홍 후작 각하와 제 어머님도 포함되어 있습니다."

그는 목이 메는지 잠시 숨을 가다듬었다. 그러나 가까운 이들이 아니면 눈치 챌 수 없을 만큼 찰나의 순간이었다. 기자들은 서로 이야기를 주고받으며 웅성거렸다.

"이에 총독부에서는 이번 사건을 철저한 과학 수사에 입각하여 면밀히 조사했습니다. 그 결과 이번 사건은 배후가 없는 단독 범행으로 밝혀졌으며, 가해자는 폭발과 함께 사망했습니다."

기자들은 납득할 수 없다는 반응이었다. 한갓 여배우의 돌연사에도 온갖 수사력이 총동원되며 가십을 해결하는 세상이었다. 그런데 한 나라를 쥐락펴락하던 조선 최고 귀족의 죽음을 이런 식으로 허술하게 처리한다는 건 있을 수 없는 일이었다.

"이에 본 사건에 대한 수사는 오늘로써 종결하며, 이 시간 이후 이 사건에 대한 재수사는 진행되지 않을 것임을 알려 드립니다. 그러니 이 자리에 계신 기자분들께서는 오늘 발표된 사실을 제외한 어떠한 내용도 공표하는 일이 없도록 협조 부탁드립니다. 또한 이와 관련한 과장된 억측이나 오보가 발생할 경우, 그에 대해 심각한 책임이 따를 것임을 미리 밝히는 바입니다."

민석은 강조하듯 요점을 반복했다. 장내에는 경악이 스쳤다. 당혹감을 느낀 건 기자들뿐만이 아니었다. 수찬도 마찬가지였다. 그는 도저히 민석을 이해할 수 없었다.

"질문 있습니다."

한 매체에서 질문을 던졌다. 민석은 소리 나는 쪽으로 고개를 돌렸다.

"이번 사건의 배후가 없다고 하셨는데 납득이 가지 않습니다. 후작 각하 댁에 배치된 경호 인원만 수십 명이 넘는다고 알고 있습니다. 그렇게 완벽하게 무장된 공간을 누군가의 도움 없이 홀로 뚫고 들어갔다는 건 상식적으로 말이 안 됩니다. 여기에 대한 해명을 해 주십시오."

기자는 가감 없이 제 궁금증을 전했다. 상식적인 견해였다. 민석은 그 정직한 질문에 정면으로 맞섰다.

"기자가 존재하는 이유가 뭐라고 생각하십니까?"

기자는 민석의 뜻을 몰라 고개를 갸웃거렸다.

"사실의 전달입니다."

민석은 차갑게 기자를 노려보았다.

"저는 정확한 사실을 공표하기 위해 이 자리에 왔고, 여기 계신 취재진들은 이를 전달하시면 됩니다. 기자님께서는 취재를 오신 것이지 취조를 하러 오신 게 아니라는 말씀입니다."

기자가 반론을 제기하려 했다. 그러자 민석은 언성을 높여 이를 저지했다. 일종의 기선 제압이었다.

"뿐만 아니라! 분명히 말씀드린 바와 같이 이 사건의 희생자 가운데는 제 양친께서도 포함되어 있습니다. 적어도 가십거리로 지면이나 채울 당신보다는 내가! 이 사건의 배후를 밝히는 데 더 절박하다는 말입니다."

민석은 감정을 누르지 않았다. 그답지 않은 모습이었다. 희소성이 있는 탓에 더 효과를 볼 수 있는 연출이기도 했다.

"이 이상 의혹을 제기하시겠습니까?"

승부를 가르는 싸늘한 물음이었다. 기자는 더 이상의 반론 없이 완벽하게 굴복했다.

4

수찬은 심란한 마음을 안고 한일단을 찾았다. 어디에서든 이 감정을 쏟아 내지 않으면 안 될 것 같았다. 별스러운 인연이었지만 한일단은 그에게 좋은 의지처였다. 조국의 배신자에서 숨겨진 독립군으로 자리매김해 준 고마운 존재였던 것이다. 그에게 거창한 애국심이나 대의가 있는 것은 아니었다. 하지만 체질적으로 한량인 그라 할지라도 죄책감이라는 감정에서는 자유로울 수 없었다. 어찌 보면 한일단은 그런 그에게 제대로 들어맞는 조직이었다. 자신이 가진 재능으로 큰 희생 없이 조국에 기여할 수 있다는 사실은 속내에 품은 자책감을 중화시키기 충분했다. 게다가 그들 앞에서는 그럴싸한 허세나 포장된 이념을 들이밀 필요가 없었다. 이미 그의 치부를 모두 보여 준 까닭이었다.

지하 통로에는 총기 작업을 하던 재료들이 여기저기 흩어져 있었다. 영수는 집중한 탓인지 얼굴을 잔뜩 찌푸리며 총기 조립에 골몰해 있었다. 수찬은 착잡한 얼굴로 그런 영수 옆에 앉았다. 무영을 비롯한 모두의 시선이 수찬에게로 옮겨졌다.

"정민석은 좀 어때?"

영수는 무심하게 입을 열었다. 여전히 신경은 총을 조립하는 데 집중하고 있는 상태였다.

"평소랑 똑같아. 조금도…… 달라진 게 없어."

수찬은 무겁게 입을 열었다.

"다행이네. 그럼 우리한텐 별 영향 없는 거지?"

영수는 심드렁했다.

"응. 이쪽 입장에서는 다행인 일이지."

수찬은 씁쓸했다. 따지고 보면 이곳에서 민석의 편을 찾는 일은 무의미했다. 그럼에도 수찬은 영수의 반응에서 서운함을 느꼈다. 영수는 그제야 수찬을 봤다.

"둘이 되게 친한가 보네."

"……뭐?"

"걱정하고 있잖아, 지금."

영수는 새삼스레 정색을 했다.

"……친구니까."

수찬은 한숨을 내쉬었다.

"헉! 둘이 그런 사이였어? 내 정보통이 약발이 떨어졌나? 내가 알기론 둘이 끈적한 사이라는 말은 전혀 없었는데."

영수는 일부러 밝게 응수했다. 수찬의 기분을 달래기 위해서였다. 그러나 수찬은 여전히 마음이 짠했다.

"그 자식…… 다른 사람한테는 몰라도 자기 어머니한테는 정말 각별했는데…… 전혀 내색을 하지 않아. 심지어는……."

"심지어는?"

흐려진 말끝에 영수가 궁금증을 보였다.
"범인도 잡지 말래."
"뭐?"
모두는 경악했다. 기자 회견 당시와 다를 바 없는 반응이었다.
"총독부에서는 군대를 동원해서라도 이 사건의 배후를 철저하게 캐겠다고 했는데 민석이가 막았다나 봐."
무영은 작업하던 손길을 멈췄다. 무심하려 애쓰는 얼굴에는 당혹감이 역력했다.
"이유가 뭔데요?"
승민이 물었다. 도저히 이해할 수 없다는 표정이었다. 따지고 보면 이해가 안 가기는 모두가 마찬가지였다.
"나도 모르겠어. 장례식 직후 무슨 이야기가 오고 갔는지 모르지만 다들 그 건에 대해서는 함구하고 있어."
수찬은 체념한 기색이었다.
"그 양반도 참 성격 특이하네. 자기 집에 사람이 드나들어도 천하태평, 자기 마누라한테 총 쏜 놈이 눈앞에서 알짱거려도 본척만척……. 안 그래, 형씨?"
영수는 무영을 향해 의미심장한 말을 건넸다. 그의 속내를 떠보기 위해서였다. 무영은 입술을 질끈 깨문 채 대답하지 않았다. 수찬은 그 미묘한 공기를 읽어 내지 못해 갸우뚱했다.
모두와 헤어진 뒤 영수는 기본적인 문제의 답을 구하려 종호의 방에 들었다. 규홍을 죽인 범인이 누구인가 하는 의문이었다.
"도대체 누굴까요?"
영수는 자못 심각했다.
"누구라 해도 이상할 게 없는 노릇이지. 정규홍은 조선인 전부를 적으로 두고 있는 인물이라고 해도 과언이 아니니까."

종호의 대답에 영수는 고개를 끄덕였다. 백 번 천 번 맞는 말이었다.

"확실한 건 한일단은 아니라는 거야. 그리고 내가 아는 선에서는 임정도 이번 일하고는 무관하다."

종호는 단정적으로 말했다.

"그럼 아나키스트들이란 말인가요?"

"글쎄……. 그건 아닌 것 같다. 사실 쉬운 문제가 아니야. 후작의 집은 거의 요새에 가까운 곳이지. 그런 곳에 폭탄을 짊어지고 들어가 함께 죽었다는 건 누군가가 내부에서 협조하지 않고는 불가능한 일이야."

종호는 한숨을 내쉬었다.

"그것 참, 일이 묘하게 돌아가네요. 이번 일로 중추원과 하는 일이 틀어지면 곤란할 텐데……."

"……아마 그렇지는 않을 거다."

종호는 습관처럼 담배를 꺼내 물었다. 그의 마음처럼 착잡한 연기가 부옇게 피어올랐다.

5

민석은 거의 탈진 상태였다. 그의 몸은 차가 움직이는 방향에 따라 맥없이 흔들렸다. 힘없이 감긴 눈은 잠들지 못해 연신 움찔거렸다. 동호는 그런 그가 측은했다. 자신이 기억하는 한 민석은 한순간도 제 감정대로 살지 못한 사람이었다. 동호는 슬픔조차 박제시켜야 하는 그의 처지가 가련했다.

동호는 혜림의 집 앞에 차를 세웠다. 덜컹거림이 멈추자 민석은 반사적으로 눈을 떴다. 힘겹게 들어올린 눈꺼풀 사이로 혜림의 집이 보였다.

민석은 애써 약해진 마음을 다잡았다.

"차 돌려."

단호한 말투였다. 하지만 기운이 쇠한 눈빛은 여전히 멍했다.

"고집 피우지 말고 들어가세요. 도련님, 그러다 쓰러지세요."

동호는 설득에 나섰다. 그의 말은 사실이었다. 민석은 근 열흘간이나 제대로 잠을 이루지 못했다.

"잠깐 눈이라도 붙이세요. 여기 아니면 못 주무실 거잖아요."

"내가 그랬나……."

민석은 힘없이 웃었다. 사실 누구보다도 혜림을 찾고 싶었던 건 그 자신이었다. 그가 긍정의 뜻을 보이자 동호는 차 문을 열어 그를 보필했다. 민석은 허깨비처럼 차에서 내렸다. 땅을 딛는 그의 몸이 휘청거렸다. 동호는 재빨리 그를 부축하려 했다. 하지만 민석은 한사코 손을 내저었다. 제 자신이 쇠약해졌다는 사실을 인정하고 싶지 않았다.

"부탁할 게 있는데……, 아버지 댁에서 일하던 사람들의 신상 내역, 정리해서 나한테 보고해 줘."

그는 애써 정신을 가다듬었다.

"네?"

"정원사 하나라도 놓치지 말고 전부 보고해."

민석은 실낱같은 이성의 끈을 놓치지 않았다. 그는 스스로 배후를 캐려 했다. 찾아낸 이후의 일 같은 건 염두에 두지 않았다. 그것은 상대가 누구냐에 따라 달라질 일이었기 때문이었다.

민석은 비척거리며 혜림의 집에 들어섰다. 문을 열자 보드라운 향기가 그를 어루만졌다. 그 익숙한 공기에 묻어 뒀던 그의 슬픔이 고개를 내밀었다. 포근한 공간은 그를 완전히 무장 해제시켰다.

"나…… 좀 자고 싶어서."

그는 어린아이처럼 입을 열었다. 서글픈 응석이었다. 어미를 잃은 슬픔이 그렇게 배어 나왔다.

"그래서 온 거야?"

혜림은 다정히 그를 끌어안았다. 그 순간만큼은 그녀가 그의 어미인 듯했다.

"너랑 있으면 잠이 올 것 같아서."

그는 부드럽게 웃었다. 울고 싶지 않아서였다. 그녀 앞에서라면 더욱 그랬다.

"그래. 내가 재워 줄게. 누워 봐."

그녀의 목소리가 촉촉해졌다.

"아니. 그냥 이대로. 딱 한 시간만."

그는 가만히 그녀의 무릎에 제 머리를 맡겼다. 혜림은 눈물 대신 위로를 택했다. 통곡이라면 당연히 민석의 몫이었다. 그도 참아 내는데 자신이 눈물을 흘릴 수는 없었다.

"꼭 한 시간이야."

그는 눈을 감으면서도 몇 번이나 다짐했다.

"그래. 안 일어나면 깨울게."

그녀는 기민히 그의 머리카락을 보듬었다.

"혹시…… 그런 적 있어?"

쓸쓸한 음성이 그녀의 심장을 두드렸다.

"무슨……?"

"이제 와서 틀렸다고 말하기 싫어서 계속 벼랑으로 달려 본 적."

혜림은 대꾸하지 않았다. 입을 열면 울음이 쏟아져 나올 것 같았다. 그녀는 대답 대신 가만히 그의 어깨를 다독였다.

"이럴 줄 알았으면 처음부터…… 그냥 도망칠 걸 그랬나 봐."

민석은 마지막 넋두리를 쏟아 내며 눈을 감았다. 깊은 잠의 시작이었다.

6

지하에서는 회의가 한창이었다. 한일단원의 핵심 인물들이 모인 자리였다. 무영이 경성 땅을 밟은 이후 첫 공식 회의이기도 했다. 머리를 맞댄 10여 명의 장정들은 사뭇 진지했다.

"드디어 상부로부터 지령이 내려왔다."

종호의 한마디에 모두에게 긴장감이 스쳤다. 무영은 저도 모르게 기력이 충천해짐을 느꼈다. 실로 오랜만의 작전이었다.

"우선 지령을 전하기에 앞서 한일단의 거취에 대해 미리 말해 두자면, 우리 한일단은 철저한 후방 조직을 지향한다."

일동은 침묵했다. 하지만 고요함 속에 이는 결의만큼은 그 어느 때보다 강렬했다.

"알다시피 조선 땅을 되찾기 위해 여러 조직과 개인들이 애쓰고 있는 실정이다. 하지만 그들이 가고자 하는 방향은 천차만별이지. 긍정적으로 생각하면 제 목숨 던져 나라를 구하고자 하는 뜻 있는 이들이 많다는 거지만, 부정적으로 보면 이 모든 세력을 규합하는 절대적인 조직이 아직까지 존재하지 않는 셈이야."

영수는 세차게 고개를 끄덕였다. 깊은 공감에서 온 끄덕임이었다. 총칼에 파묻혀 살아온 그였지만 타국 생활에서 기른 안목은 무시할 수 없었다. 그는 항상 제대로 된 조직의 부재에 안타까움을 느껴 왔다. 영민한 개인과 뛰어난 소규모 조직을 총괄하여 통솔할 수 있는 강력한 조직이 없었던 것이다. 한마디로 독립운동의 방식이 체계적이지 못하다고 생각했다.

그는 조선의 독립이 지체되는 근본적인 이유도 그 때문이라고 여겼다.

"그래서 우리 한일단은 전면에 나서 활동하는 임시 정부를 위시한 각계각층의 독립군 세력들을 후방에서 지지하는 것을 활동의 기본으로 삼는다. 쉽게 말해 눈에 보이는 그럴듯한 작전들은 그들에게 맡긴다는 뜻이야."

"그래서 이번 지령은 뭡니까?"

마음이 급해진 길주가 물었다. 한시라도 빨리 일을 진행하고 싶어 몸이 근질거리는 모양이었다.

"닷새 뒤 나진 포구로 일본에서 보낸 망간[2]이 대량으로 들어온다는구나. 그걸 확보하는 게 이번 지령의 주요 내용이다."

"망간이 뭐예요?"

승민은 궁금함에 영수의 옆구리를 쿡쿡 찔렀다.

"무기 만들 때 필요한 거야. 그게 있어야 쇠붙이가 단단해지거든."

깔끔한 설명에 승민은 고개를 끄덕였다.

"알다시피 현재 일본군을 위한 무기 재료들도 바닥이 난 상태다. 특히 망간의 보유량은 턱없이 부족해 경성 대장간을 통해 공식적으로 반입되는 양은 철저하게 관리가 되고 있지."

"정식으로 빼돌리긴 어렵다는 말이군요."

길주가 설명을 덧붙이자 종호는 고개를 끄덕이며 그에게 지시를 내렸다.

"자네들이 나진으로 가. 아무래도 그쪽에서 싸움이 좀 붙을 것 같으니까. 그쪽 통로 지도는 영수한테 받고. 준익이랑 동진이는 이 친구들이 오기 전에 망간 적재해 둘 곳을 미리 확보해 두고."

종호는 무영을 위시한 상해 한일단원들에게 나진에서의 임무를 맡겼

---

2. 망간(Mangan): 은백색의 광택이 나는 중금속 원소로 합금의 재료, 건전지, 화학 약품 따위에 사용됨.

다. 전면전에 있어서는 확실히 상해 일원들의 힘이 절대적이었으니 합리적인 결정이었다. 특히 살인 병기로 키워진 무영을 써먹기에는 더없이 좋은 작전이었다.

7

발이 고운 빗이 미유키의 머리칼을 쓸어내렸다. 흑단 같은 머리카락은 단정하게 말아 올려졌다. 기모노를 갖춰 입은 그녀는 하얗게 분을 발랐다. 창백한 얼굴에 꽃처럼 얹어진 붉은 입술이 서글펐다.
「마님, 도련님도 준비 다 마치셨어요.」
「알았어. 나갈게.」
미유키는 거울로 제 매무새를 확인하며 일어섰다. 그녀는 조용히 현관을 나섰다. 말끔하게 정돈된 정원 가운데에는 나무 의자가 놓여 있었다. 팔걸이에 장식이 요란한 고풍스러운 의자였다. 그녀는 그 육중한 물건에서 까닭 모를 갑갑함을 느꼈다. 그 사이 슈헤이가 제 어미에게 달려왔다. 미유키는 아들의 머리를 쓰다듬어 줬다. 슈헤이는 검은 정장 차림에 나비넥타이로 멋을 냈다. 미유키는 그런 슈헤이를 꼬옥 끌어안았다. 사랑스러운 아이였다.

그 사이 두 사람의 곁으로 민석의 구둣발이 지나갔다. 제복에 장도까지 갖춘 전형적인 일본 장교의 모습이었다. 미유키는 제 품에 아이를 안은 채 민석을 바라봤다. 그는 완전히 타인 같았다. 미유키는 갑자기 심장이 뻐근해졌다. 민석을 볼 때면 이따금씩 느껴지는 통증이었다. 아픔의 정체는 항상 명확하지 않았다. 그저 그리움과 서러움이 톱니바퀴처럼 맞물려 돌아가고 있다고 짐작할 뿐이었다.

정원에는 다섯 명 정도의 관리인이 있었다. 그 중 하나가 사진사를 준비시키는 동안 세 가족은 정원 가운데서 자리를 잡았다.

"무슨 일이래요?"

신참내기 식모 하나가 제 동료를 향해 입을 열었다.

"몰랐어? 오늘이 마님 생일이잖아."

"아······."

민석은 가운데에 준비된 의자에 앉아 자세를 잡았다. 그러자 그 옆으로 미유키와 슈헤이가 섰다.

「자, 찍습니다. 하나, 둘, 셋!」

찰칵 소리와 동시에 그들의 얼굴에 미소가 돌았다. 학습에 의해 체득된 미소였다. 10초 남짓한 시간 동안 그들은 완벽한 가족이었다. 촬영을 마친 민석은 지체 없이 일어섰다. 한시라도 빨리 집을 빠져나가고 싶었다. 그가 밖으로 나서자 동호 역시 민첩하게 따라붙었다.

"사진 나오면 보내는 거 잊지 말고."

"네."

민석은 매년 반복되는 이 행사에 신물이 났다. 그러나 단 한 번도 소홀히 넘기는 법은 없었다. 어차피 모든 것은 미유키와의 결혼을 선택한 순간 따라붙은 업보였다. 그렇다면 이유야 어찌 되었든 모든 일은 완벽해야 했다.

"그리고, 지난번에 말했던 토지 매각 건은 어떻게 됐어?"

"한 번에 매입하겠다는 임자가 나서서 진행 중입니다."

민석은 납득한 얼굴로 차에 올랐다. 적막한 골목 너머로 민석의 차가 사라졌다.

무영은 차가운 담벼락 너머로 민석의 출근길을 쏘아봤다. 그의 눈빛에는 살기 대신 착잡함이 들어찼다. 칼을 겨눌 상대에 대한 혼란 때문이었다. 민석을 증오한다는 사실은 변함이 없었다. 그러나 그가 정말 죽어 마땅한 자인지에 대해서는 확신이 서지 않았다. 이 물음에 대한 결론은 언제나 미궁 속이었다. 무영은 세차게 도리질 쳤다. 마음이 약해져서는 안 됐다. 변한 건 없었다. 달라진 게 있다면 그 역시 불행한 사람이며, 본의 아니게 신세를 졌다는 사실뿐이었다. 그러니 딱히 그를 죽이지 못할 이유도 없었다.

그가 생각에 잠긴 사이 민석의 집 앞에 하나 둘 사람들이 모여들기 시작했다. 무영은 무슨 일인지 살피려 미간을 찌푸렸다.

"글쎄, 이러시면 안 된다니까요?"

문 앞에서는 난데없는 실랑이가 벌어졌다. 경호원들은 필사적으로 사람들을 막고 있었다. 그 사이 한 남자가 무리의 틈을 비집고 빠져나왔다.

"그러지 마시고 받아 주세요. 작은 선물이라고 하지 않습니까?"

사내는 억지로 상자를 안쪽으로 들이밀었다. 경호원은 다시 상자를 남자에게 쥐어 줬다.

"절대 안 됩니다. 아실 만한 분이 왜 이러세요? 각하께서 아시면 큰일 납니다."

"하지만 마님 생신인데 저희가 어떻게 그냥 지나치겠습니까? 사람의 도리가 그게 아니지요. 그러니 각하께는 비밀로 하고……."

그때였다. 묵직한 대문 소리와 함께 조용한 발걸음이 내려왔다. 미유키였다. 예기치 않은 그녀의 등장에 사람들은 일제히 고개를 숙였다.

「무슨 일이에요?」

생기 없는 목소리였다. 그 단아한 울림에 무영의 심박동이 빨라졌다. 그는 까닭 없이 호흡을 고르며 그녀를 살폈다. 화려하게 단장한 그녀는 여느 때보다 훨씬 더 아름다웠다. 그러나 그녀의 안색은 그 자태가 무색할 만큼 창백했다.

「무슨 일인데 이렇게 소란스럽죠?」

「마님께서 직접 나오시다니 마침 잘됐네요. 오늘이 마님 생신이라는 말을 듣고 저희가 작은 성의 표시라도 하려고 이렇게 찾아왔습니다. 부디 받아 주십시오.」

선물을 들고 온 남자가 반색하며 나섰다. 눈도장이라도 찍을 모양이었다. 그는 시종일관 비굴하게 몸을 조아렸다. 이를 지켜보는 무영의 눈에 경멸이 일었다.

「마음만 감사히 받겠습니다. 돌아가 주세요.」

미유키는 깍듯하게 인사했다.

「아주 작은 겁니다. 그냥 받으셔도…….」

사내는 고집을 꺾지 않았다.

「싫습니다.」

미유키는 매섭게 거절했다. 담장 너머 무영에게까지 냉기가 전해질 만큼 싸늘한 목소리였다.

「이 안에 폭탄이라도 들어 있을지 누가 알겠어요?」

그녀는 전에 없는 냉소를 지었다. 얼음장처럼 차가운 표정이었다.

「아니, 어떻게 그런 말씀을……?」

사내는 당혹감을 누르지 못했다. 무영 역시 남자와 같은 마음이었다. 무영은 새삼스레 그녀의 얼굴이 낯설게 느껴졌다.

「아시다시피 얼마 전 저희 집에 불행한 사고가 있었습니다. 현재로서는 아무나 쉽게 믿을 수 없는 노릇이지요. 그러니 마음이라도 고맙게 받을 때 돌아가 주세요. 더 이상 의심받고 싶지 않다면.」

그녀는 마지막 경고를 뒤로 하고 안으로 들어가 버렸다. 사내는 분을 삭이지 못하며 자리를 떠났다. 그의 망신 덕에 줄지어 선 사람들도 썰물처럼 빠져나갔다. 무영은 어쩐지 그녀가 측은했다.

그는 까닭 없이 무거워진 마음을 안고 대장간으로 돌아왔다. 마당에 들어서자 식사를 마친 승민이 물을 마시고 있었다.

승민은 점심을 거른 무영이 마음에 쓰였는지 주먹밥을 건넸다. 점심을 거른 게 염려가 되었다. 그러나 딱히 그 시간에 무엇을 했는지는 묻지 않았다. 궁금하지 않아서가 아니라 어차피 답해 주지 않을 것임을 알고 있었기 때문이었다. 그 사이 길주가 들어왔다. 담배라도 한 대 피운 모양인지 두툼한 점퍼에는 매캐한 냄새가 배어 있었다.

길주는 잔소리라도 건넬 요량으로 무영에게 다가왔다. 그러나 대화의 주도권은 뜻하지 않은 이에게 넘어갔다. 갑작스레 영수가 나타난 까닭이었다. 사무실을 나선 영수는 말끔한 정장 차림으로 이들의 시선을 한 몸에 받았다.

"오늘 옷차림, 신경 좀 쓰셨네요?"

승민이 부러운 눈길로 영수의 양복을 쳐다봤다.

"아, 그게. 총독부에 제출할 사진 좀 찍으러 가려고. 다들 같이 갈래?"

영수가 어깨를 으쓱하며 뻐겼다.

"아, 내가 거길 왜 가? 아주 사내자식들이라면 징글징글하다. 차라리 총알 닦는 계집애들이라도 보게 일이나 할래."

길주는 괜히 구시렁거리며 대장간으로 들어갔다. 승민도 부지런히 따라붙었다. 무영도 예외가 아니라는 듯 걸음을 옮겼다.

"아, 어디 가? 같이 가자. 모처럼 때 빼고 광냈는데 봐 줄 사람도 없고 심심하다고."

영수가 무영의 팔을 잡아끌었다. 무영은 마지못해 그를 따라나섰다.

사진관은 화신 백화점 부근에 있었다. 영수를 따라다니는 동안 무영은 내내 거리를 구경했다. 사람들은 평온해 보였다. 그들은 독립이나 이념 같은 건 안중에 없이, 웃고 떠들고 있었다. 무리 사이에 섞여든 무영은 문득 제 삶이 한심해졌다. 새삼스레 모든 일이 부질없게 느껴졌다.

영수는 익숙한 걸음으로 교차로를 돌았다. 그는 경성 토박이답게 이 일대 거리를 훤하게 꿰고 있었다. 그렇게 10여 분 정도를 걷자 큼지막하게 올라붙은 사진관 간판이 보였다. 유리 너머로 보이는 사진관 안쪽에는 이런저런 사진들이 빼곡하게 붙어 있었다. 남녀노소 가릴 것 없는 사진이었지만 느낌은 다소 획일적이었다. 모두가 매끈한 차림새를 자랑했던 탓이었다. 아마도 부유층만 상대하는 사진관인 모양이었다. 영수는 흥에 겨워 문을 열었다. 영롱한 풍경 소리가 그들을 맞았다. 영수의 기분을 알아채기라도 한 듯했다.

"어떻게 오셨습니까?"

액자 작업에 열중하던 사진사가 이들을 맞이했다.

"총독부에 신분 증명용으로 제출할 사진을 찍으려고 하는데요."

영수는 총독부라는 말에 힘을 줬다. 일종의 과시였다.

"이쪽에 앉으세요."

사진사는 친절하게 그를 안내했다.

"이야, 소문이 맞긴 맞네요? 여기가 그렇게 높으신 분들께 유명하다면서요?"

영수는 자리에 앉는 대신 벽을 둘러봤다. 본연의 목적을 넘어서는 호기심이 일었다.

"아무래도 대대로 초상화를 그리던 집안이다 보니 좀 낫겠죠."

사진사가 흐뭇하게 대답했다. 영수는 이런저런 액자를 살피며 저 혼자 고개를 끄덕였다. 그러다 사진사가 작업하던 액자를 들여다보며 알은체를 했다.

"어? 정민석이다."

영수는 저도 모르게 액자를 집어 들며 호들갑을 떨었다. 조용히 앉아 있던 무영은 얼굴이 굳어 그를 봤다.

"이 사람이! 어디서 자작 각하 이름을 함부로 불러? 각하가 당신 친구야?"

사진사는 언성을 높이며 거칠게 액자를 빼앗았다.

"나라님도 없는 데서는 흉본다는데, 이 아저씨가 중추원에서 오셨나, 왜 이렇게 빡빡하셔?"

영수는 심기가 상해 입을 삐쭉 내밀었다.

"아닌 게 아니라 중추원이 우리 고정 거래처요. 됐소?"

사진사는 괜히 목에 힘을 줬다.

"아, 그러시구나. 그런데 이건 언제 찍은 거예요?"

영수는 의자를 끌어당겨 사진사 곁에 앉았다. 본격적인 수다라도 벌여 볼 판이었다. 이곳에 온 진짜 이유 같은 건 까맣게 잊어버린 모양이었다.

"그러지 않아도 오늘 아침에 찍고 오는 길이오. 오늘이 그 댁 마님 생신이라……."

"생일이라고 사진을 찍어요?"

"그 댁 연례행사죠. 해마다 일본으로 보낼 사진을 찍으니까요."

"인생이 전시용이구먼."

영수는 저 혼자 투덜댔다. 그러자 사진사는 괜히 심기가 뒤틀렸는지 영수를 채근했다.

"안 그래도 그거 챙기느라고 바쁘니까 빨리빨리 찍읍시다. 거 쓸데없는 소리 그만 하고 어서 앉아요."

"네, 갑니다."

그제야 영수는 촬영에 임했다. 영수가 사진을 찍는 사이 무영은 조심스레 문제의 사진을 들여다봤다. 사진 속 미유키는 밝게 웃고 있었다.

촬영은 오래지 않아 끝났다. 건조한 셔터음과 몇 번의 반짝임이 전부였다. 시끌벅적했던 설전에 비하면 실로 소박한 행사였다.

"진짜 징글징글하더라. 봤지? 얼굴에 경련 날 것 같지 않아?"

사진관을 나서던 영수는 손짓 발짓을 해 가며 요란하게 떠들어 댔다. 무영은 그저 듣기만 했다. 원래도 과묵한 그였지만 입을 열 기분이 아니었다.

"정말 그 인간들은 사는 게 전시야. 솔직히 이 마당에 뭐 좋은 일이 있다고 그렇게 웃으며 찍어, 찍기를. 아무튼 뭐든지 적당한 게 좋아. 암, 그렇고말고. 우리 그런 의미로 적당한 집에 가서 국밥이나 먹을까?"

영수는 살갑게 무영의 어깨에 팔을 둘렀다.

"가 볼 데가 있어."

무영은 단호하게 거절했다.

"그럼 그렇지. 어째 오늘은 나긋나긋 따라나선다 했어. 형씨, 진로를 바꿔 봐. 여자 꼬여 내는 쪽으로 자리 틀면 이름깨나 날릴걸? 가만 보면 아주 고수야. 밀고 당기고. 야! 치사하게 진짜로 그냥 가냐?"

무영은 영수의 외침을 등 뒤로 남겨 둔 채 내처 달렸다. 알 수 없는 끌림 때문이었다.

8

열린 창밖으로 바람이 살랑였다. 곧 입춘이라더니 머지않아 봄이 찾아들 모양이었다. 홍연은 창가에 앉아 책을 읽고 있었다. 애종은 빠끔히 문을 열고 눈치를 살폈다. 그녀는 선뜻 안에 들지 못한 채 버선발을 꼼지락거렸다.

"뭐 해? 들어와."

책에서 시선을 떼지 않은 홍연이 그녀를 불러들였다.

"언니……."

애종은 그제야 슬금슬금 들어왔다.
"뭐 할 말 있어서 온 거 아니야?"
"저……, 그……."
홍연은 그제야 애종과 눈을 맞췄다. 풀이 죽은 그녀의 모습은 흡사 야단맞고 마당으로 쫓겨난 강아지 같았다.
"죄송해요. 제가…… 서혜림 씨랑…… 그, 그게 그러니까요."
애종은 긴장감에 횡설수설했다.
"……너 소리보다는 춤이 좋다고 했지?"
어수선한 그녀의 고백에 깔끔한 물음이 던져졌다.
"네? 아, 뭐…… 그렇죠. 도대체 노래는 부를라치면 왜 그리 쇳소리가 나는지……. 대장간에서 쇳물을 퍼먹은 것도 아닌데……."
애종은 영수와 어울린 탓인지 대장간까지 들먹였다. 그 허술한 언변에 홍연은 피식 웃고 말았다.
"언니, 미안해요. 서혜림 씨가 자꾸……."
홍연의 웃음에 용기를 얻은 애종은 애교로 매달렸다.
"너도 해 봐."
"네?"
"혜림 씨가 무용단원 모으는 거, 하고 싶던 거 아니었어?"
애종은 하얗게 질려 홍연의 치맛자락에 매달렸다. 이대로 해일관을 나가야 할지도 모른다는 위기감 때문이었다.
"언니, 지금 저 내치시려는 거예요? 언니……, 제가 잘못했어요. 한 번만 용서해 주시면 다시는 그런 일 없을 거예요."
애종은 애걸복걸했다. 어린 나이에 홀로 찾아든 경성에서 천신만고 끝에 기적에 이름을 올린 그녀였다. 더군다나 재능 없는 자신을 거둬 주고 이만큼까지 키워 준 홍연에게 제대로 된 보답 한 번 못해 봤다. 그런 상황에서 이대로 황당하게 쫓겨날 수는 없었다.

"내치긴 누가 내쳐? 내가 여태 먹여 기른 게 얼마인데. 본전 뽑을 때까지는 어림없지."

홍연이 부드럽게 그녀를 일으켰다.

"에? 그럼……?"

"도움이 필요한가 봐. 나도 도와주기로 했어."

홍연은 선선히 웃었다.

"그럼 언니도 무대에 서는 거예요? 서혜림이랑요?"

"응."

"아니, 갑자기…… 어떻게……?"

"평생 기생 노릇만 하다 죽을 순 없잖아."

홍연의 얼굴에 의미심장한 미소가 돌았다. 그렇게 두 사람은 혜림과 무대에 함께 서기로 결의했고, 이후 미향과 신월, 금옥도 뜻을 함께했다.

"언니! 저 왔어요."

연습실에 들어선 애종은 대뜸 혜림에게 안겨 왔다. 일종의 친분 과시였다. 혜림은 환한 미소로 그런 그녀의 어깨에 힘을 실어 줬다.

"어서 와요, 애종 씨. 언제 오나 기다리고 있었어요. 다른 분들도 이쪽으로 앉으세요."

해일관 식구들은 모두 소파에 앉았다. 뒤늦게 들어온 홍연이 혜림에게 눈인사를 했다. 혜림의 얼굴에도 모처럼 편안한 미소가 돌았다. 혜림은 그들의 중심에 앉아 자신의 안무에 대해 논의했다. 일동은 사뭇 진지한 표정이었다.

"여러분이 무대에 서기로 했다면 그 전에 알아 둬야 할 게 있어요. 이 이야기를 듣고 결심이 바뀐다면 이대로 돌아가셔도 좋아요. 물론 당연한 이야기지만."

"그게 뭔데요?"

"이 무대는 상당히 정치적인 계산이 깔려 있는 무대가 될 거예요. 왜냐하면 일반 대중이 아닌 황군의 사기를 높이기 위한 공연이니까요."

황군이라는 단어를 입에 올리는 순간 혜림의 눈가가 살짝 굳었다. 애종은 불안하게 주변을 돌아봤다. 금옥의 얼굴은 삽시간에 어두워져 있었다.

"알다시피 저는 사적으로 중추원과 깊이 관련된 사람이고, 정부의 이해관계에서 자유롭기 힘든 입장이에요. 쉽게 말해 여러분이 이 무대에 선다면 그건……, 일종의 이념을 담은 선언이 되는 셈이에요. 그래도 괜찮겠어요?"

모두는 서로의 얼굴을 마주 봤다. 결심이 필요한 순간이었다.

"난 할래. 이번 기회 아니면 언제 기생 팔자 바꿔 보겠어? 어차피 도 아니면 모 아냐?"

신월이 앞서 침묵을 갈랐다.

"나도 할래요."

금옥도 결심이 선 듯 말을 보탰다.

"신중히 생각한 거예요? 금옥 씨 판단을 못 믿는 건 아니지만 군중 심리에 밀려 쉽게 결정할 일은 아니에요."

혜림은 확인 차원에서 다시 물었다. 한 번 결정하면 돌이킬 수 없는 일이기 때문이었다. 그러자 금옥은 차분히 제 의견을 전했다.

"홍연 언니도 한다면서요. 홍연 언니가 서는 무대라면 무조건 따를 거예요. 언니가 선택한 거니까."

혜림은 홍연에게로 고개를 돌렸다. 홍연은 그녀에게 힘을 주듯 조용히 고개를 끄덕였다. 그제야 혜림은 모두의 손을 맞잡았다. 역시 홍연이구나 싶었다.

9

하늘이 유난히 맑았다. 지은은 노인의 휠체어를 밀며 산책을 도왔다. 오랜 입원 기간에도 얼굴 내미는 가족 하나 없는 외로운 환자였다. 할머니는 그런 지은이 대견한 듯 그녀의 손을 꼭 부여잡았다.

"할머니, 오늘 날씨가 참 좋죠?"

지은이 밝게 물었다.

"우리 선생님이 심란한가 보네."

"네?"

"마음이 어지러우니까 객쩍게 하늘 보면서 날씨 타령이나 하지."

노인의 주름 진 손이 가볍게 그녀를 토닥였다.

"우와, 할머니 족집게시네요?"

"나이를 괜히 먹는 줄 아나? 이 나이쯤 되면 훤히 다 보여. 늙으면 귀신을 본다잖아. 그러다 죽으면 내가 귀신이 되겠지만."

"에이, 할머니 또, 또 말씀 밉게 하신다. 오래오래 사셔서 제 속 좀 시원하게 긁어 주셔야죠."

지은은 갑자기 속이 개운해졌다. 할머니의 한마디에 어쩐지 이해받는 기분이 들었다.

그때였다. 맞은편에서 간호사 하나가 헉헉거리며 달려왔다.

"선생님! 손님이 와 계세요."

"손님? 누구?"

"그게……"

간호사는 귀엣말을 전했다. 방문객의 정체를 전해 들은 지은은 내쳐 달렸다. 할머니를 간호사에게 부탁한 뒤였다.
 지은은 진료실 문을 왈칵 열어젖혔다. 그러나 그녀를 맞이하는 건 텅 빈 공간뿐이었다. 그녀는 사방을 둘러봤다. 책상 위에 놓인 작은 상자가 보였다. 지은은 조심스럽게 뚜껑을 열었다. 상자 안에는 오르골이 들어 있었다. 투박한 모양새의 오르골은 누군가가 직접 만든 것이었다.
 지은은 그길로 인력거에 올라 미유키에게로 향했다. 짐작대로라면 물건의 주인이 미유키일 거라는 생각에서였다. 뜻하지 않은 지은의 방문에 미유키는 반색했다.
「마침 잘 왔어요. 안 그래도 적적했는데.」
 미유키는 사람이 그리웠는지 연신 지은의 손을 꼭 잡았다.
「큰일 치르느라 힘드셨죠?」
「아니에요. 저보단 민석 씨가 힘들겠죠.」
 미유키의 얼굴에 다시 어둠이 스몄다. 그 기색에 지은은 애써 화제를 돌렸다.
「그런데 오늘 무슨 일 있나요? 다들 바빠 보이던데.」
「오늘이 제 생일이거든요.」
 미유키는 쓰게 웃었다. 새삼스레 지난 반나절의 일이 버겁게 여겨졌다.
「아, 진짜요? 전 그것도 모르고 빈손으로 왔네요. 죄송해서 어쩌죠?」
 지은은 진심으로 난감해했다.
「괜찮아요. 사실 오늘 같은 날이 우리 집은 더 빡빡해요. 보여 줘야 할 것도 많고 거절해야 할 일도 많으니까요.」
「네······.」
 지은은 착잡했다. 사람들이 동경해 마지않던 귀족들의 삶은 박제와 다름없어 보였다.
「그런데 어쩐 일이에요?」

차를 권하던 미유키가 물었다. 쭈뼛거리는 지은의 기색으로 보아 목적 없는 방문이 아니라는 걸 어렵지 않게 눈치 챌 수 있었다.

「실은…… 이거…….」

지은은 몇 번이나 망설이다 상자를 내밀었다.

「이게 뭐예요?」

「그 사람이 이걸 두고 갔어요.」

순간 미유키의 눈동자가 흔들렸다. 그녀는 그 사람이 누구인지 묻지 않았다. 요동치는 심장이 상대가 누구인지 일러 줬기 때문이었다.

「아무래도 저한테 온 물건 같지는 않아서 드리려고 왔어요.」

「별 말은 없던가요?」

「그게…… 상자만 두고 가서…….」

미유키는 쉽게 상자를 열지 못한 채 만지작거렸다.

「뭔지 확인하려고 잠시 열어 봤어요. 위험한 물건은 아니라 가져왔고요.」

「고마워요. 차 들어요.」

미유키는 결국 상자를 열지 않고 한쪽으로 미뤄 뒀다. 이후 그녀는 지은과 함께 담소를 나눴다. 하지만 마음은 내내 그가 보낸 물건에 쏠려 있었다.

미유키는 완벽하게 혼자가 되어서야 상자를 열었다. 그리고 내용물을 확인한 순간 그녀의 얼굴에 이채가 돌았다. 그녀는 조심스레 오르골을 꺼냈다. 그때 그녀의 발 아래로 뭔가 툭 떨어졌다. 탄피로 만든 목걸이였다. 미유키는 가만히 목걸이를 집어 들어 살폈다. 분명 그가 맞았던 총알임에 틀림없었다. 미유키는 설레는 마음을 주체하지 못한 채 한참이나 서성였다. 그러다 문득 조용히 태엽을 감았다. 그녀의 방에 아름다운 오르골 소리가 울려 퍼졌다. 맑은 울림이 그녀 안에 가득 들어찼다. 기억이 존재하는 한 가장 행복한 순간이었다.

10

대장간 마당은 아이들로 북적거렸다. 무영은 꼬마들 틈에 섞여 작은 그릇에 총알을 던지며 놀았다. 사내아이들이 재깔거리며 그를 따라했다. 아이들이 총알 넣기에 성공하자 무영은 환호성을 지르며 웃었다. 천진한 모습이었다. 그러나 그 얼굴은 오래가지 않았다. 자신을 향해 걸어오던 미유키와 시선이 마주쳤기 때문이었다. 그녀는 지은에게 받은 연락처를 손에 꼭 쥔 채 그를 지켜보고 있었다.

「미쳤어? 여기가 어디라고 와! 아침에 신문 펼치면 한 달이 멀다 하고 오르내리는 게 당신 사진이야. 그런 얼굴로 이렇게 막 돌아다니고 뒷감당은 어떻게 하려고?」

무영은 낮은 목소리로 그녀를 압박했다. 그러나 대장간에 있던 모든 이들의 시선은 이미 두 사람에게 쏠려 있었다. 무영은 하는 수 없이 그녀의 손목을 잡아채 밖으로 끌고 갔다. 거센 아귀힘에 이끌려 미유키는 맥없이 무영을 따라갔다. 그는 인적이 드문 골목에 이르러서야 그녀의 손을 놓았다.

「왜……? 왜죠?」

그녀는 그를 빤히 올려다봤다.

「나한테 그걸 준 이유가 뭐예요?」

미유키의 채근에도 무영은 선뜻 입을 열지 못했다. 사실 그는 어떤 말을 해야 할지 알 수가 없었다. 하지만 한 가지는 분명히 알고 있었다. 미유키와 자신은 어떤 식으로라도 감정적으로 엮이면 안 된다는 사실을.

「이유가 뭐냐고요!」

그가 답을 구하는 사이 앙칼진 물음이 메아리쳤다.

「……불쌍해서.」

무영은 자신이 품어 둔 가장 독한 말을 끄집어냈다. 심장이 가리키는 방향을 알 수 없다면 머리가 시키는 대로 해야 한다는 생각에서였다.

「남한테 보여 주기 위해 살아가는 당신이 불쌍해서. 한 번도 누군가의 마음을 받아 본 적이 없는 당신이 너무 가여워서.」

「그래서요……? 이제 나는…… 나는 어떻게 해야 하죠?」

미유키의 도톰한 입술이 바들바들 떨렸다. 맥없는 눈에는 쏟아 내지 못한 눈물이 가득 고여 있었다. 그녀는 그 절박한 눈망울로 그에게 답을 구했다.

「당신 말대로 난 남의 마음 같은 거 받아 본 적 없어요. 그래서……, 그래서……, 받고 나서는 뭘 어떻게 해야 할지 모르겠어요. 자꾸 심장이 뛰고, 손이 떨리고, 숨 쉬기가 힘들고, 눈물이 날 것 같은데……, 누군가의 마음을 받고 나면……, 그 다음엔 뭘 해야 하죠?」

드디어 고였던 눈물이 뺨 위로 떨어졌다. 턱 선을 타고 흐르는 눈물이 무영의 심장에 내려앉았다. 그 촉촉한 울림에 무영은 까닭 모를 통증을 느꼈다. 하지만 그는 제 울림을 독하게 외면했다.

「착각하지 마. 무슨 상상을 하는지 모르겠지만 말 그대로 난 당신이 불쌍했을 뿐이야. 당신이 정에 굶주려서 이러는 건 알겠는데, 설마 당신한테 칼을 겨누던 사람에게 마음을 빼앗길 만큼 어리석지는 않겠지?」

그는 희롱하듯 제 손으로 그녀의 턱 선을 훑었다. 순간 그녀의 어깨가 가늘게 떨렸다. 무영은 그 전율을 느끼며 그녀의 귓가로 제 입술을 가져갔다.

「내가 당신에게 다가가는 일이 있다면 그건 단지 정민석을 상처 내기 위해서일 뿐이야.」

그는 다시 좁혀진 거리를 넓혔다.

「하지만 그런 일은 없을 거야. 내가 당신을 아무리 상처 내도 그 자식은 끄떡도 하지 않을 테니까.」

무영은 그녀를 혼자 두고 자리를 떠났다. 미유키는 그런 그의 뒷모습을 먹먹히 봤다. 슬픔과 모욕감이 그녀를 파고들었다. 인정하고 싶지 않았다. 민석에게도, 무영에게도, 자신이 여자가 아니라는 사실을.

11

"어디 보자……. 로맨틱 댄스라……. 제목이 뭐 이래?"

영수는 수찬이 들고 온 신문을 보며 낄낄거렸다. 수찬이 처음으로 연재한 시이자 한일단의 첫 지령이 실린 신문이었다.

"빈정댈 거면 이리 주고."

수찬이 민망함에 신문을 뺏으려 했다.

"아, 알았어. 또 삐치기는. 좋네, 좋아. 달착지근하니……. 딱 형씨랑 내 취향이지."

영수는 너살 좋게 수찬의 어깨에 팔을 걸었다.

"그런데 나 궁금한 게 있어. 한일단의 신분 확인 암호가 1535라며? 근데 왜 1535야?"

수찬이 느닷없는 질문을 던졌다.

"도대체 신참 교육을 누가 한 거야? 이런 기본 중의 기본을 안 알려 주다니."

수찬의 질문에 영수는 신문을 접고 자세를 고쳐 앉았다.

"알고 보면 이게 무지 심오한 암호란 말이지. 우리가 작업하는 기본 공간이 어디야? 대장간이잖아? 허구한 날 쇳물 들이붓고 두들겨 가며 거사를 펼치는 곳이 여기란 말이지."

영수는 괜히 어깨에 힘을 주며 거들먹거렸다.

"그래서?"

"그 쇳덩이가 불에 녹는 온도가 1,535도야. 그 숫자의 발음을 따서 한자로 조합한 게 우리가 쓰는 마경에 새겨진 일오삼오溢鳴森悟고."

무영은 흘깃 듣다 놀랐다. 무심코 사용했던 암호에 그런 뜻이 담겨 있는지는 미처 몰랐다. 무영뿐만이 아니었다. 그 자리에 있던 한일단원들 모두가 그랬다.

"뭐야, 다들 몰랐던 거야? 이거 상해 쪽 조직원 관리가 형편없구먼. 기본부터 다시 가르쳐야겠는데?"

영수는 주위의 반응에 더욱 목에 힘을 주었다.

"대단한 작명이네……. 오만할 일溢, 탄식 오鳴, 숲 삼森, 깨어날 오悟……."

수찬은 조용히 감탄사를 날렸다.

"캬! 시인 나리는 피비린내 나는 암호명도 작품으로 치는구나."

영수는 어깨를 으쓱했다.

"오만한 탄식에 숲이 깨어난다. 대충 뜻 풀어 보면 그런 거 아니야?"

수찬은 암호의 한자어에 나름의 해석을 덧대었다.

"거칭하기는. 그냥 숫자 발음대로 짜 맞춘 거라니까. 하여간 믹물들은 생각이 많은 게 문제야."

영수는 지나치게 진지한 수찬의 해석에 고개를 내저었다. 하지만 수찬은 암호명이 주는 잔상에 홀로 심취해 있었다. 그 사이 영수는 뚱하게 선 길주의 어깨에 손을 걸치며 너스레를 떨었다.

"그나저나 말이야, 이 중에서 내 격에 맞는 사람은 그쪽밖에 없는 것 같아. 우리 아버지는 경성 지부장, 그쪽 아버지는 상해 지부장."

"난 당신같이 정신없는 타입은 딱 질색이거든?"

모두가 왁자하게 웃었다. 하지만 무영은 여전히 침묵할 뿐이었다. 미유키의 검은 눈동자가 자꾸만 떠올랐다.

12

미유키는 장롱 깊은 곳에서 궤짝을 꺼냈다. 그녀의 어깨 너비 크기의 상자였다. 묵직한 뚜껑을 열자 화려한 보석과 장신구들이 보였다. 어머니 유카에게서 받은 것들이었다. 미유키는 그 안에서 작은 향초 묶음과 낡은 책 한 권을 꺼냈다. 찬찬히 책장을 넘기는 미유키의 낯빛이 붉어졌다. 그 책은 결혼하는 딸을 위해 어머니가 건네준 마쿠라에枕繪였다.

마쿠라에는 일본의 춘화집이었다. 일본의 어머니들은 자신의 딸이 남편을 기쁘게 해 줄 수 있도록 반드시 그 책을 물려주곤 했다. 일종의 지침서였다.

한참 동안 책을 살피던 미유키는 욕실로 걸음을 옮겼다. 문을 열자 뽀얗게 김이 일었다. 나오코가 목욕물을 받아 둔 덕분이었다. 미유키가 들어서자 나오코는 욕조 가득 장미 꽃잎을 띄웠다. 미유키는 제 몸을 그 안에 밀어넣었다. 달콤한 장미 향기가 그녀를 감싸안았.

욕조에서 몸을 꺼낸 미유키는 단장에 몰두했다. 유카에게 배운 화장술이 그 시작이었다. 뽀얗게 분을 바른 그녀는 바지런한 붓질로 제 뺨을 붉게 물들였다. 반짝이는 입술에는 수줍은 살구빛이 돌았다. 그녀는 정성스레 제 머리를 손질하고 옷을 골라 입었다. 속살이 얇게 비치는 우윳빛 가운이었다.

치장이 끝나자 미유키는 민석의 방에 들었다. 주인이 없는 방에는 서늘한 공기가 돌았다. 미유키는 하나 둘 향초를 켜며 그 방에 온기를 채웠다. 진지하면서도 결연한 표정이었다. 미유키는 한참이나 방을 들쑤셨다. 구석에 있던 테이블은 어느새 소파 앞으로 당겨졌다. 향이 좋은 와인과 함께였다. 그녀 안에 무언가 결심이 스치고 있었다.

「사람 놀라게 하는 데 재미라도 붙은 거야?」

갑작스러운 민석의 목소리에 미유키는 화들짝 놀라 일어섰다. 그는 찌푸린 시선으로 방 안을 훑었다. 가득한 초에서 와인과 꽃을 지나던 그의 시선이 단장한 미유키의 모습에서 멈췄다. 그는 생경한 눈길로 그녀의 몸을 훑었다. 그 칼날 같은 시선에 미유키의 세포가 곤두섰다. 미유키는 그 눈빛에 굴복하지 않으려 담담하게 와인을 따랐다.

「오늘은 제 생일이잖아요. 이 정도 축하는 해 줄 수 있죠?」

미유키는 새침하게 잔을 건넸다.

「이것도 학습의 결과인가? 남자를 유혹하는 비법, 뭐 그런 거?」

그는 잔을 받는 대신 냉소를 던졌다. 정곡을 찌르는 질문과 함께였다.

「왜요? 겁나요? 당신 마음이 흔들릴까 봐?」

미유키는 제 입에서 나온 말이 생경했다. 사실 그를 도발하고 싶은 마음은 없었다. 그러나 알 수 없는 반발심이 그녀의 오기를 끌어내고 있었다. 민석은 대답할 가치도 없다는 듯 등을 돌렸다. 미유키는 그 매정한 등에서 까닭 모를 모욕감을 느꼈다. 그녀는 치욕감을 밀어내려 그의 등을 끌어안았다. 순간 그녀의 품 안으로 경직된 그의 체온이 느껴졌다.

「도망치는 거예요?」

미유키는 그에게 도전장을 내밀었다. 그러자 민석이 서서히 돌아섰다. 그는 그제야 제 맞수를 똑바로 바라봤다.

「술 한 잔 마시는 게 그렇게 두려워요? 그때처럼…… 실수라도 할까 봐?」

그녀는 그를 도발했다. 승부욕을 자극하기 위함이었다. 예상은 적중했다. 마주 선 그의 어깨가 미세하게 흔들렸다.

「그래서 슈헤이 가진 뒤로 이제까지 술 한 방울 안 마시고 버텨 온 거 아니었어요?」

미유키는 제 앞에서만은 술을 입에도 대지 않던 민석의 금기를 건드렸다.

「그렇게 소원이라면 마셔 주지.」

민석은 저벅저벅 걸어 탁자로 향했다. 그는 그 위에 놓인 와인잔을 단숨에 비웠다.

「이 다음은 뭘 배웠는지 갑자기 궁금해지는군. 그 야릇한 옷이라도 벗어던질 참인가?」

민석은 경멸에 찬 눈길로 미유키를 쏘아봤다.

「필요하다면요.」

미유키는 지지 않고 맞서며 술잔을 들었다. 탐스러운 붉은 와인이 그녀의 입술을 적셨다.

「뭘 위해서?」

「당신 마음을…… 갖기 위해서요.」

술에 취한 그녀의 손가락이 그의 뺨을 쓰다듬었다. 와인 향에 취한 듯 나른한 손길이었다. 그 유연한 손놀림에 그의 세포 하나하나가 부드럽게 깨어났다.

「지금 멈추지 않으면 반드시 후회하게 될 거야. 그러니까 적당히 해 둬.」

그는 그녀의 손목을 잡아챘다. 미유키는 그 완강한 힘에서 그의 흔들림을 느꼈다. 그 뿌리가 무엇인지는 알 수 없었다. 평소와 같은 분노나 거부감일 수도 있었다. 하지만 순수한 동물적 자각일지도 모를 일이었다. 미유키는 그 답을 구하려 민석의 눈을 들여다봤다. 그의 눈동자 속에는 온통 자신뿐이었다. 미유키는 그 칠흑 같은 거울을 마주하며 온전히 그를 소유하고 싶다는 충동에 휩싸였다. 언제라도 지금처럼 그의 눈 속에 담긴 유일한 여자가 되고 싶었다.

「후회라는 건 더 이상 나빠질 게 있을 때 하는 거예요.」

그녀는 민석의 입술에 제 입을 맞췄다. 그 부드러운 교감에 시큰한 술기운이 옮아왔다. 미유키는 그 황홀한 잔향을 느끼며 입술을 뗐다. 그러자 민석의 입술이 거칠게 그 향을 훔쳐 냈다. 까칠까칠한 그의 턱이 그녀의 뺨을 할퀴었다. 그 육감적인 공격에 미유키는 숨이 멎을 것 같은 공포를 느꼈다. 마치 앙갚음이라도 하듯 농염한 키스였다. 그 사이 그의 손가락이 얄팍한 그녀의 옷자락을 파고들었다. 노련한 손가락이 지날 때마다 잠들어 있던 세포가 하나씩 깨어났다. 그녀는 얕은 탄성으로 항복을 선언했다. 완벽한 역전이었다.

승리를 확신한 민석은 돌연 미유키를 밀쳐 냈다. 겁에 질려 크게 열린 그녀의 동공이 그를 응시했다. 순간 그는 그녀의 옷을 지탱하던 끈을 풀었다. 미유키의 발 아래로 가운이 스르륵 떨어졌다. 그는 무표정한 시선으로 그녀의 나신을 봤다. 일말의 감정도 담기지 않은 눈빛이었다. 그러나 그것은 철저한 이성의 힘이었다. 민석의 몸 구석구석은 그녀의 흔적을 기억하고 있었다. 그녀의 살갗을 스쳤던 입술은 그 황홀한 순간을 되새김질하며 그의 이성을 짓밟았다. 야속한 손가락 마디마디는 부드러운 그녀의 체취를 끄집어냈다. 민석은 제 몸의 변화를 부정하며 미유키의 나신을 훑었다. 달빛을 받은 그녀의 굴곡은 애처로울 만큼 아름다웠다. 민석은 차라리 그녀가 창기였으면 좋겠다고 생각했다. 한순간 품고 나도 어떤 연으로 얽매이지 않는 천한 여자이길 바랐다. 아마 그랬다면 주저함 없이 그녀를 취하며 이 밤을 보냈을지도 모를 일이었다. 아니, 이미 그의 상상은 그녀의 향기와 질펀하게 섞여 들고 있었다. 하지만 그의 자제력은 몸뚱이의 바람을 무참하게 묵살했다. 그는 드러나지 않는 얕은 호흡으로 제 감정을 다스렸다.

미유키는 여자가 아니다.

그냥, 일본 사람이다.

그 짧은 주문에 육신과 정신은 물과 기름처럼 분리됐다. 결국 그의 머릿속에 남은 건 경멸과 증오였다. 민석은 완벽하게 무장한 뒤 미유키에게 다가섰다. 그는 손가락을 들어 미유키의 입술을 닦아 냈다. 입술을 스친 손길이 그녀의 턱 선을 지나 부드러운 어깨로 흘러내렸다.

미유키는 이해할 수 없었다. 그토록 바라 왔던 일이었다. 그런데 자꾸만 모멸감이 치밀었다. 그러는 사이 무심한 손길이 그녀의 가슴을 훑었다. 그녀는 바들바들 떨며 맥없이 그 손길을 받아 냈다.

「남녀 간의 교감이라는 거, 참 묘하지 않아? 같은 손길이라도 마음의 뿌리에 따라 사랑이 될 수도, 폭력이 될 수도 있으니 말이야.」

그는 싸늘하게 웃으며 손길을 거뒀다. 그녀는 그제야 제 안에 움튼 수치심의 뿌리를 찾았다. 그러는 사이 민석의 시선은 실오라기 하나 걸치지 않은 그녀의 알몸으로 향했다. 마치 단백질 덩어리라도 보는 듯 무심한 눈길이었다. 그 모욕적인 시선에 그녀의 빈 어깨가 가늘게 떨렸다.

「당신은 이제…… 나에게 보여 줄 게 아무것도 없어.」

마지막 말을 뱉은 민석은 차갑게 돌아서며 나갔다.

미유키는 미동도 하지 않았다. 그러나 그녀의 안에서는 뜨거운 분노가 차오르고 있었다.

민석은 신경질적인 걸음으로 욕실로 향했다. 거칠게 문을 열어젖힌 그는 물로 입부터 헹궜다. 그리고 제 입술에 남겨진 촉감까지 밀어내려는 듯 거칠게 양치질을 했다. 그러나 그럴수록 잔상은 더욱 또렷해졌다. 그는 견딜 수 없어 벅벅 손을 닦아 냈다. 하지만 세차게 닦아 낼수록 그녀의 자취는 더욱 끈끈하게 달라붙었다. 민석은 치미는 화를 누르지 못하고 거울을 향해 주먹을 날렸다. 요란한 파열음과 함께 거울이 깨졌다. 그는 조각난 거울로 제 얼굴을 봤다. 균열이 생긴 얼굴에는 피가 맺혀 있었다.

13

"힘든 일을 겪으셨는데 찾아뵙지도 못하고 죄송합니다."

종호는 예를 갖춰 공손히 말했다. 민석은 그런 종호의 마음을 편안하게 받았다.

"아닙니다. 이렇게 마음 써 주셔서 감사합니다. 식사부터 하시죠."

종호는 민석의 권유에 수저를 들었다. 그러나 정작 민석 자신은 밥 생각이 전혀 없는 눈치였다. 민석은 종호가 식사를 하는 동안 성의 없이 몇 수저를 들며 해야 할 말들을 정리하고 있었다.

"오늘 뵙자고 한 건 어르신과 상의하고 싶은 일이 있어서입니다."

"어떤 일을 말씀하시는 겁니까?"

종호는 긴장하며 그를 봤다. 민석은 마음고생을 한 탓인지 볼살이 움푹 파여 있었다.

"제가 땅과 돈을 내어 드리면 평양에 군수 공장을 세우실 수 있겠습니까?"

"평양이라면……?"

"네. 제가 소유하고 있는 땅입니다. 이번 전쟁을 위한 국방헌금으로 내놓은 땅이기도 하지요. 자본금은 후작께서 소유하고 계시던 대전 땅 일대를 정리해 확보했습니다. 공식적으로는 나랏돈이지만요."

종호는 생각에 잠겼다. 나쁘지 않은 제안이었다.

"꼭 평양이어야 할 이유가 있습니까?"

종호는 대답 대신 구체적인 계획을 물었다.

"평양은 경성과 나진의 중간 거점입니다. 이미 알고 계실지도 모르지만 일본 탄광에서 들어오는 물자들은 대부분 항로를 이용해 나진 포구로 들어옵니다. 경부선을 통해 들어오는 것들은 경성을 중심으로 보급될 군장비들이니까요."

종호는 고개를 끄덕였다.

"그게 제가 평양을 지목한 이유입니다. 아시다시피 현재 경성 대장간의 규모만으로는 이번 전쟁을 위한 무기들을 감당하기 벅찹니다. 전쟁이 생각 이상으로 길어지고 있기 때문이죠."

"말하자면 경성과 나진의 중간 거점인 평양에 본격적인 무기 생산소가 필요하다는 말씀이시군요."

"그렇습니다. 가능하시겠습니까?"

"물론입니다."

종호의 동의를 얻은 민석은 중추원에 들자마자 회의를 소집시켰다. 민석은 수찬에게 서류를 가져가라고 눈짓했다.

「총독께 평양에 대단지 군수 공장을 세우는 안건을 제출할 예정입니다. 이를 위해 준비한 자료입니다.」

수찬은 민석이 건네주는 문서를 공손히 받았다. 문득 수찬의 눈길이 민석의 손에 닿았다. 그의 손은 붕대로 감싸여 있었다. 수찬은 친구에 대한 안쓰러움을 품고 서류를 돌렸다.

「알다시피 이제껏 일본에서 오는 대부분의 자원들은 항로를 통해 부산에 도착, 경부선을 이용해 전국 각지로 전달되어 왔습니다. 하지만 최근 폭주하는 물량을 감당하지 못해 새롭게 항로를 개척한 곳이 나눠 드린 지도에 표시된 곳, 바로 나진입니다.」

좌중은 이야기를 나누느라 동시에 술렁였다.

「나진이 청진을 제치고 최종 종단항으로 선정된 것은 한 번에 많은 선박이 드나들 수 있는 넓은 항만을 보유하고 있기 때문입니다. 하지만 나진은 애초에 종단항 후보에 거론되는 것조차 의아했을 만큼 발전이 느린 지역이었습니다. 이에 문제가 되는 것은 이곳 나진에서 타 지역으로 자원을 전달하는 경로입니다. 나진에 인접한 철로를 이용하면 경성으로의 이동이 매우 비효율적이기 때문입니다.」

대부분의 관리들이 고개를 끄덕였다. 전반적으로 민석의 의견에 수긍하는 분위기였다.

「하지만 평양에 공장이 세워진다면 이야기는 달라집니다. 자원의 이동은 물론 대륙 쪽의 무기 보급 동선도 짧아지니까요.」

「하지만 각하께서 누차 강조하신 바와 같이, 현재 예산으로는 무기 생산에 들어가는 비용만으로도 벅찹니다. 그 예산을 어디서 뽑아 온다는 말씀이십니까? 부지를 매입하고, 공장을 세우고, 인부를 모으고……..」

유우스케는 계산이 서지 않는 표정이었다.

「평양에 있는 제 땅을 모두 헌납할 생각입니다.」

순간 그 자리에 모인 모든 사람의 얼굴에 경악이 스쳤다. 이미 지난번에 납부한 국방헌금만 해도 보통의 액수가 아니었다. 그런데 이번에는 그도 모자라 평양에 있는 자신의 땅을 모두 내어놓겠다 선언하고 있으니 놀라는 것도 무리는 아니었다.

「후작 각하께서 남기신 대전 땅 일체도 매각이 진행되고 있습니다. 예산은 거기서부터 뽑아 볼 예정입니다. 어차피 저나 여러분의 운명은 황국의 기운에 맞물려 있으니까요. 가진 걸 모두 걸어서 더 큰 걸 얻을 수 있다면 해 볼 만하지 않겠습니까?」

회의가 끝난 뒤 유우스케는 다급하게 총독부부터 찾았다. 그는 불안했다. 민석의 행보가 도저히 예측이 되지 않고 있었기 때문이었다.

「경무국장께서 판단을 잘못하신 것 아닙니까? 폭탄 사건 이후로 부의장은 더 공격적으로 움직이고 있습니다. 아무래도 우리 생각에 문제가 있었던 게 아닌지……」

유우스케는 조바심을 쳤다. 괜히 일을 크게 벌였다가 뒷감당이 제대로 될지 걱정이었다.

「서기관장께서는 지금 정민석의 행동이 정상으로 보이십니까?」

마모루는 예상외로 느긋해 보였다.

「네?」

「정민석은 지금 판단력을 잃고 있습니다. 폭주하고 있다는 말입니다.」

「……그럴까요?」

유우스케는 반신반의하는 눈치였다.

「아무리 얼음장 같은 놈이라고 해도 정민석 역시 사람입니다. 겉으로 내색하지 않으려고 애쓸수록 속으로 곪아 가는 게 사람이지요.」

마모루는 확신에 찬 얼굴이었다. 나름대로 일리 있는 의견이었다.

「그럴 수도 있겠군요.」

「말씀드리지 않았습니까? 정민석의 약점은 백문선과 서혜림이라고요. 어미라는 한쪽 날개가 꺾였으니 이제 남은 건 서혜림뿐입니다.」

그때였다. 마모루의 전화가 요란하게 울렸다. 전화를 받은 마모루는 간단한 대답과 함께 전화를 끊었다. 통화를 마친 그는 이맛살을 찌푸렸다.

「무슨 일입니까?」

유우스케가 조심스레 물었다.

「정민석이 경성 대장간의 실사를 나선다는군요. 차비하라는 전갈이랍니다.」

「경무국장님도 동행하신다는 겁니까?」
「네, 아마 서기관장님도 준비하셔야 할 겁니다.」

14

"네, 알겠습니다."
수화기를 내려놓은 종호는 부산하게 일어섰다.
"무슨 일이에요?"
영수는 그답지 않은 분주함이 의아했다.
"중추원과 총독부에서 경성 대장간에 실사를 나온다는구나."
"네? 언제요?"
"지금 당장 말이다."
"네……? 예고도 없이 이런 법이 어디 있어요?"
영수는 당혹감에 어쩔 줄 몰라 했다.
"항상 완벽한 상태이길 바라는 거겠지."
종호의 눈빛이 깊어졌다. 확실히 민석다운 방식이었다.
"아버지, 저 먼저 내려가 있을게요!"
영수는 낭패감에 황급히 달려 나갔다. 다른 건 둘째치고 무영이 가장 큰 문제였다. 무슨 일이 있어도 반드시 민석과 무영이 마주치는 일은 막아야 했다. 영수는 헐레벌떡 대장간으로 들이닥쳤다. 그 바람에 맞은편에서 나오던 길주와 승민이 흠칫 놀랐다. 그들은 때마침 짐을 꾸려 나진으로 향하던 참이었다. 그들의 등 뒤로 뒤늦게 따라나선 무영의 모습이 보였다.
"빨리 움직여! 총독부에서 오고 있대!"
영수는 아직도 숨이 고르지 않아 헐떡거렸다.

"뭐? 갑자기 무슨 소리야?"

길주가 인상을 찌푸렸다.

"아, 전부터 대장간에 실사를 나온다고 했는데 그게 오늘이라나 봐."

"무슨 일을 그렇게 처리해? 한 마디 말도 없이!"

길주가 짜증스레 소리를 질렀다.

"나라고 알았나? 그리고 솔직히 저 형씨 아니면 이렇게 난리치지 않고 자연스럽게 나갈 수 있었다고!"

사실이었다. 따지고 보면 그들도 경성 대장간의 인부라 할 수 있었다. 무영이 민석의 집에서 사고만 치지 않았다면 누구도 이들을 의심하지 않았을 터였다.

"무슨 소리야?"

길주는 매섭게 무영을 쏘아봤다.

"정민석이 내 얼굴을 알아."

무영이 담담하게 실토했다.

"뭐? 너 이 자식……!"

길주는 무영의 멱살부터 움켜잡았다.

"아, 시간 없다니까 왜 이래? 빨리 밖으로 나가. 진고개 쪽 통로 이용해서 일단 경성부터 빠져나가라고."

영수가 나서서 길주를 떼어 냈다. 쇠심줄 같은 고집만큼이나 떼어 내기 힘든 완력이었다.

"형 작업실로 내려가면 되지 않아요?"

승민이 끼어들어 물었다.

"제정신이야? 제일 먼저 들이닥쳐 볼 곳이 내 작업실인데? 아, 다 됐고, 잔소리 말고 빨리 나가."

영수는 그들을 채근해 밖으로 내몰았다. 대장간 뒷문을 통해 빠져나가게 할 요량이었다. 그러는 사이 문 밖에서는 열 대 남짓한 차량이 차례로 들어왔다. 좀처럼 보기 드문 정경이었다. 무영은 앞서 나오다 그 행렬을 발견했다. 그는 뒤따라오는 이들에게 신호를 보냈다. 그러자 길주와 승민이 민첩하게 부자재가 드나드는 쪽문으로 방향을 틀었다. 무영 역시 그들을 따라 움직였다. 세 사람은 개미굴 같은 골목으로 들어섰다. 차가 드나들지 못하는 까닭에 운신하는 데 있어서는 더할 수 없이 좋은 선택이었다.

그때였다. 한 그림자가 이들을 막아섰다. 세 사람은 흠칫 놀라 상대를 확인했다. 미유키였다.

「할 얘기가 있어요.」

감정 없는 목소리에서는 그들의 긴박함과 어울리지 않는 나른함이 묻어났다.

「시간 없어.」

무영은 야멸치게 그녀를 지나쳤다. 미유키는 싸늘한 미소로 그런 무영의 발목을 잡았다.

「듣고 가는 게 좋을 거예요. 저 사람하고 마주치고 싶지 않다면요.」

미유키는 턱짓으로 골목 밖을 가리켰다. 그녀를 지켜보던 길주의 시선은 자연스럽게 그쪽으로 향했다. 무영의 눈길 또한 마찬가지였다. 세 사람의 시선 끝에 차 문을 열어 주는 동호의 모습이 걸렸다. 열린 문틈으로 민석의 얼굴도 함께 보였다. 무영은 굳은 얼굴로 미유키의 팔을 잡아끌었다.

"곧 따라갈게. 먼저 진고개 쪽으로 가 있어."

무영이 낮은 목소리로 말했다.

"이 여자, 누구예요?"

승민이 귀엣말을 건넸다. 그러나 무영은 대꾸 없이 미유키와 함께 다른 골목으로 빠졌다.

승민과 길주는 미심쩍은 표정이었다. 분명 무영이 뭔가를 숨기고 있는 게 분명했다. 그러나 지금은 그것을 따질 상황이 아니었다.

"일단 가자."

길주는 차에서 내리는 민석의 모습을 확인하며 바삐 움직였다.

민석의 시선이 뒤늦게 골목 쪽으로 닿았다. 그곳에는 아무도 없었다. 그럼에도 그는 미심쩍은 시선과 함께 골목으로 걸음을 옮겼다. 알 수 없는 끌림 때문이었다.

15

「무슨 짓이야?」

무영은 화가 나 미유키를 거칠게 벽으로 밀어붙였다.

「당신이 틀렸다고 말하러 왔어요.」

미유키는 당돌한 눈빛으로 무영을 올려다봤다.

「미치겠군. 지금 나랑 장난하자는 거야?」

무영은 열이 치밀어 눈을 부릅떴다.

「민석 씨를 상처 낼 수 있는 사람은, 서혜림이 아니라 나예요.」

긴박함에 어울리지 않는 서정적인 호소였다. 그러나 그는 그 말랑말랑한 감정을 조롱하지 않았다. 사실 무영은 그녀의 절박함을 완벽하게 이해하고 있었다.

「민석 씨를 그 자리에서 끌어내릴 사람도, 산산조각 내서 파멸시킬 사람도 나밖에 없다고요. 그러니까 내가 도와줄게요. 당신 복수.」

무영은 그제야 그녀 안에 일렁이는 변화의 씨앗을 찾았다. 그랬다. 그녀 안에서는 복수가 꿈틀대고 있었다. 그는 자신과 쌍둥이처럼 닮아 있는 그 처절한 감정에 서글픈 전율을 느꼈다.

「그 사람이 피눈물을 흘리며 당신 앞에 무릎 꿇게 해 줄게요. 필요하다면 조선을 독립시켜서라도.」

독립. 독립이라 했다. 한때는 일본의 국모가 되겠다 했던 그녀의 입에서 나온 말이었다. 조선 땅의 모든 이가 피눈물 흘리며 염원하는 일이었다. 그 엄청난 일을 그녀는 마치 싫증 난 옷을 바꾸는 일처럼 쉽게 이야기하고 있었다. 그것도 거창한 대의를 위한 것이 아닌 개인의 복수를 위해서. 무영은 황당함을 금치 못했다. 그러나 독기 서린 그녀의 눈빛은 감히 의문을 품을 수 없을 만큼 결연했다.

「언제는 총알받이 노릇까지 하면서 감싸더니, 복수라고? 나더러 지금 그 말을 믿으라는 건가?」

무영은 애써 코웃음을 쳤다.

「당신이 그랬잖아요. 나 자신도 모르게 내가, 민석 씨를 증오하고 있었다고. 이제야 그걸 깨달은 것뿐이에요. 당신 덕분에.」

그녀는 처음으로 제 안의 감정을 입 밖에 냈다. 그 순간 가장 놀란 것은 미유키 자신이었다. 그녀는 흠칫 놀랐다. 세상 밖으로 첫 울음을 터뜨린 감정은 낯설기 짝이 없었다. 그녀는 어쩐지 눈물이 났다. 오랫동안 심장에 뿌리내린 가시가 한순간에 빠져 버린 느낌이었다.

「당신은 서혜림을 상처 내면 그걸로 복수가 될 거라고 생각해요? 천만에요. 자기 어머니를 보내고도 저렇게 멀쩡히 버티는 사람이에요.」

미유키는 단언했다. 무영 역시 그녀의 말을 부정하지 못했다.

「민석 씨한테 어머니가 어떤 존재였는지 알아요? 가면을 쓰고 살아야 하는 이유의 전부였어요. 그런 어머니를 보내고도 독하게 서 있는 사람이라고요. 서혜림이라고 다를까요?」

거침없는 주장이었다. 내일의 동지에게 믿음을 주기 위한 눈물겨운 노력이기도 했다.
「그래서?」
「나는 달라요.」
「어째서?」
「그 사람의 약점을 누구보다 더 잘 알고 있으니까요.」

미유키는 뭔가 말을 더 꺼내려 했다. 그러나 둔탁한 무영의 손이 그녀의 입을 틀어막았다. 골목 밖에서 다가오는 발걸음 소리 탓이었다. 무영은 담벼락에 몸을 숨긴 채 골목 밖을 살폈다. 먼발치에서 민석의 모습이 보였다. 그는 뭔가 찜찜했는지 의구심 가득한 눈초리로 골목에 들어섰다. 당황한 무영은 저도 모르게 미유키의 손을 잡아채 맞은편 골목으로 달렸다.

딱딱한 굳은살이 그녀의 손등을 감쌌다. 따뜻한 손이었다. 무영은 인적이 드문 강가에 이르러서야 겨우 달음질을 멈췄다. 미유키는 주저앉아 숨을 가다듬었다. 그녀는 제 심장에 손을 얹었다. 그대로 두면 요란한 심장 소리가 세상을 가득 채울 것 같았다. 무영은 그런 그녀의 곁에 무심히 섰다.

「내가 당신을 믿어야 하는 이유가 뭐지?」

사실 그는 이미 그녀의 말을 믿고 있었다. 그럼에도 그는 질문을 던졌다. 그녀를 믿지 말아야 할 이유를 그 답에서 찾고 싶은 마음이었다.

「당신과 난 같은 사람이니까요.」

「같아? 당신은 지배자의 자리에 선 일본인이고, 난 이유 없이 짓밟혀 온 조선인이야. 그런 내가…… 당신하고 같아?」

「당신은 단지 조선 사람이라는 이유로 고통받아 왔다고 했죠? 난 그저 내가 일본 사람이라는 이유 하나로 사람 취급도 못 받고 살아왔어요. 당신이 그토록 죽이고 싶어 안달 난 그 정민석한테 말이에요.」

서릿발 같은 목소리가 강바람에 실려 왔다.
「이 정도면 충분하지 않아요?」
그는 그녀를 빤히 봤다. 그리고 그녀에게서 복수심에 불타오른 그 자신을 봤다.

1535

1

 "나리! 어떻게 이렇게 불시에 방문하십니까? 제가 간이 다 오그라들었다니까요."

 영수는 골목에 들어서는 민석을 막으며 호들갑을 떨었다. 그의 주의를 흐리려는 마음에서였다. 민석은 미심쩍은 얼굴로 골목을 돌아봤다.

 "일단 안으로 드시죠. 진즉 연락 주셨으면 점심이라도 대접해 드리는 건데……."

 영수는 연신 생글거리며 민석을 잡아끌었다. 하지만 속으로는 피가 바싹바싹 마르고 있었다.

 "총독부 쪽에서도 곧 도착할 겁니다. 실수 없이 준비해 주세요."

 민석은 마지못해 영수를 따라 움직였다.

 "그럼요. 저희는 늘 준비된 인재들이니까요. 하하하!"

영수는 민석을 앞세워 대장간으로 향했다. 마당으로 들어서던 민석은 다시 한 번 뒤를 돌아봤다. 어쩐지 신경이 쓰였다.

대장간 안에는 이미 사람들이 가득했다. 총독부와 중추원을 중심으로 모인 관리들이었다. 삼삼오오 흩어져 있던 이들은 민석의 등장을 기점으로 시찰을 돌기 시작했다. 무리의 맨 마지막에는 수찬이 따라붙었다. 그는 영수와 눈이 마주치자 미묘한 시선을 주고받았다. 사방을 둘러보던 민석은 수찬과 영수의 눈빛을 놓치지 않았다. 그는 차가운 눈으로 그들을 쏘아봤다. 그러자 수찬이 먼저 낌새를 채고 움찔했다. 민석은 이내 아무 일 없다는 듯 표정을 정리했다.

「보시다시피 기계 도입 이후로 작업량이 열 배 이상 늘었습니다. 굳이 과도한 인원을 들이지 않아도 효율적인 생산이 가능한 셈이죠. 그런 관점에서 봤을 때 평양에 신설될 공장의 경우는 경성 대비 기계 도입수를 두 배로 늘리고 인건비를 절반으로 줄이는 편이 생산량 증대에 훨씬 긍정적일 것으로 예상됩니다.」

민석은 선선히 고개를 끄덕였다. 그때 돌연 마모루가 나섰다.

「한 푼이라도 아껴 무기를 제작해야 할 때에 필요하면 얼마든지 끌어낼 수 있는 게 노동력 아닌가? 경성 바닥에서 놀고먹는 조선인들이 부지기수일 텐데 뭐가 걱정이야? 있는 놈 없는 놈 죄 끌어다 작업해도 모자랄 판에…….」

영수는 조선인을 비하하는 말에 울컥하며 한 발 나섰다. 그러자 종호가 눈빛으로 만류하며 고개를 저었다. 영수는 억울함에 주먹을 불끈 쥐었다.

「경무국장님께선 의외로 근시안적인 안목을 갖고 계시군요? 무기 제작에 동원되어 착취되는 인력을 아끼면 그들이 훌륭한 군인으로 전장에 나갈 수 있다는 생각은 안 해 보셨습니까?」

민석은 대놓고 마모루를 비웃었다. 경멸을 담은 눈초리도 함께였다.

「물론 그렇습니다만…….」

「게다가 무리한 노동으로 피폐해진 전장의 조선인들이 일본군에게 총부리를 겨누지 않는다는 보장, 있습니까?」

야무지게 날을 세운 발톱이 마모루의 속을 긁어 댔다. 영수는 남몰래 통쾌함을 느꼈다.

「말씀이 지나치신 것 아닙니까?」

마모루는 모멸감에 얼굴을 붉혔다.

「다음 장소로 이동하시죠.」

「네. 이쪽으로 오시죠.」

민석은 종호를 앞세워 걸음을 옮겼다. 철저한 무시였다. 긴장한 무리가 모두 그를 따랐다. 행렬의 뒤에 남겨진 마모루는 주먹을 부르르 떨었다.

「이대로 두고 보실 겁니까? 어떻게 감히 경무국장님께 이런 식으로, 그것도 조센징들 앞에서…….」

유우스케는 자신의 일이라도 되는 양 울분을 토했다.

「걱정 마십시오. 제게 생각이 있습니다.」

마모루는 분한 마음에 이를 악물며 말했다.

「은밀히 움직이셔야 합니다. 전 아무래도 정민석이 폭탄 사건을 그냥 덮고 가려는 게 영 찜찜합니다.」

유우스케가 걱정을 내비쳤다.

「두고 보십시오. 제가 당한 모욕은 반드시 갚아 줄 테니까요.」

2

승민은 전전긍긍하며 길주의 눈치를 살폈다. 그는 연신 고개를 쭉 빼 무영을 기다렸다. 길주는 잔뜩 벼른 얼굴로 주먹을 그러쥐었다.

그 사이 골목 밖에서 인기척이 들렸다. 두 사람은 긴장하며 소리 나는 쪽을 살폈다. 무영이었다.

"이제 오면 어떻게 해요? 진짜 내가 형 때문에 조마조마해서."

승민은 안도감에 한숨을 내쉬었다.

"너, 그 여자 뭐야?"

길주는 다짜고짜 따져 물었다.

"경성 오면서부터 뭔가 이상하다 싶어도 박영수 그 친구가 쉬쉬하고 덮기에 그런가 보다 했어. 도대체 무슨 일을 꾸미고 다니는 거야?"

길주는 거세게 그를 몰아세웠다. 그러나 무영은 입을 꾹 다물고 있을 뿐이었다.

"형, 시간 없어요. 빨리 출발하지 않으면 날짜 맞춰서 나진까지는 어림도 없다고요."

승민은 길주를 말리고 나섰다.

"뭘 믿고 이 자식하고 나진엘 가? 승민이 넌 이 자식 믿을 수 있어?"

길주는 버럭 소리를 질렀다.

"그런 말이 어디 있어요? 무영이 형이 여태 한일단에서 해 온 일이 얼미인데……."

승민은 언제나처럼 무영을 변호하고 나섰다. 그대로 두었다간 두 사람의 싸움으로 번질 판이었다.

"그 여자…… 정민석의 아내야."

결국 무영은 폭탄선언을 던졌다.

"뭐?"

길주의 얼굴에 황당함이 스쳤다.

"내 복수를 돕겠대. 정민석을 끌어내리겠다고."

무영은 담담하게 상황을 전했다. 승민은 난감함에 고개를 저었다.

"네가 아주 제대로 미쳤구나? 너 지금 우리가 하는 일이 뭔지 알아? 이 일에 걸린 사람 목숨이 몇인지 아냐고! 근데 뭐 어째? 복수? 복수라고?"

길주는 언성을 높였다.

"안 할 거야, 복수 같은 거……. 그러니까 이쯤 하고 그냥 넘어가 줘."

무영은 제 말만 전하고는 앞서 걸었다. 길주는 의혹을 거두지 못한 채 무영의 뒷모습을 쏘아봤다.

3

물빛 하늘 위로 자줏빛 구름이 스몄다. 시찰 왔던 관리들이 하나 둘 차에 올랐다. 종호와 영수는 그들의 차가 모두 사라질 때까지 허리가 굽어라 인사를 했다.

"고생하셨습니다. 조만간 2차 실사가 있을 겁니다. 오늘처럼 통보 없이 진행될 예정이니 차질 없이 준비해 주세요."

마지막까지 남은 민석은 꼼꼼하게 일정을 전달했다.

"걱정하지 마십시오."

종호는 믿음직스럽게 그의 당부를 받았다.

"자네도 같이 갈 건가?"

차에 오르려던 민석이 수찬에게 흘깃 시선을 돌렸다.

"전 자전거를 가지고 왔습니다."

"좋아. 그럼 나중에 보지."

민석은 미련 없이 차에 올랐다. 그는 피곤한 낯빛으로 등받이에 몸을 기댔다. 시동 거는 소리와 함께 그의 몸이 조용히 흔들렸다. 민석은 가만히 눈을 감으며 차체의 떨림을 느꼈다. 둔탁한 흔들림으로 대장간과의 거리를 가늠하던 그는 조용히 눈을 떴다. 민석은 곁눈으로 사이드미러를 살폈다. 멀어져 가는 대장간과 함께 귀엣말을 나누는 수찬과 영수의 모습이 보였다. 민석은 매서운 눈길로 두 사람을 쏘아봤다. 거울 속 두 사람은 격의 없이 웃고 있었다.

"당분간 이수찬 뒤를 좀 밟아 줘야겠어."

"네, 알겠습니다."

동호에게 당부를 전한 민석은 다시 눈을 감았다. 온종일 날을 세우던 그의 눈동자에 부드러운 커튼이 드리워졌다.

4

"정민석, 은근히 내 취향인데?"

영수는 헌 신문지처럼 구겨진 마모루의 얼굴을 떠올리며 낄낄거렸다. 아무리 생각해도 고소한 모양이었다.

"취향 되게 독특하네. 여자만 좋아하는 줄 알았더니 안 가리는 거야? 그것도 저런 독종을?"

수찬은 고개를 내저었다.

"원래 서릿발 같은 남자들이 또 매력이 있어요. 아까 경무국장 밟아 주는 거 보니까 은근히 짜릿하던데?"

영수는 혼자 신이 나 호들갑이었다.

"자기가 밟혀 봐야 그 기분을 알지……."

수찬의 말끝에 한숨이 묻어났다. 그 바람에 애꿎은 안경에 뽀얗게 김이 서렸다. 수찬은 손수건을 꺼내 안경을 닦았다. 종호는 그런 두 사람의 모습이 재미있는지 홀로 헛웃음을 쳤다.

"그나저나 아버지, 이거 일이 너무 커지는 거 아니에요? 평양까지 진출하게 되다니……."

영수는 앞으로의 일에 대한 염려를 비쳤다. 공식적인 대장간의 일과 은밀히 진행되는 한일단 작전을 조율해 맞춰 가야 하는 탓이었다.

"어차피 던져진 패니 무를 수도 없지. 게다가 평양 쪽에 근거지를 두는 건 우리한테도 유리한 일이다. 무기 반입이나 자원 이동이 용이해야 하는 건 우리도 마찬가지니까."

조바심치는 영수에 비해 종호는 한층 여유 있어 보였다. 영수도 부분적으로는 그의 말을 수긍했다. 따지고 보면 작은 집 한 채를 되찾으려 해도 품이 들기 마련이었다. 하물며 나라를 되찾는 일이니 무조건 순조롭기만 바랄 수는 없었다. 긍정적으로 생각해 보면 부담스럽기는 할지언정 구석구석에 그들의 손길을 뻗게 되는 것도 나쁘지 않은 선택이었다.

"그런데 정민석 말이에요, 지금은 어쩔 수 없이 한편이지만 언젠가는 제거해야 하는 거 아니에요? 자기 돈까지 끌어 모아 일본 발밑에 깔아 두고 총독부 놈들까지 쥐락펴락하는 걸 보면 절대 만만하게 볼 상대는 아닌 것 같아요."

뜻하지 않은 영수의 발언에 수찬은 흠칫 놀랐다. 자신이 몸을 담은 조직에서 제 친구의 목숨을 거두겠다고 하는 상황이니 무리는 아니었다. 수찬은 새삼스레 자신이 처한 처지가 버겁게 느껴졌다. 민석과 마모루 사이에서 첩자 노릇을 하는 일도, 중추원과 한일단에 끼어 박쥐처럼 구는 일도 하나같이 힘겨웠던 참이었다. 그런데 이제는 한쪽 편에 서서 다른 쪽의 목을 향해 칼날을 겨눠야 할 시점에 도달했다. 그는 혼란스러웠다. 우정과 대의 중 하나를 골라야 하는 힘겨운 싸움의 시작이었다.

5

혜림의 연습실에 모처럼 온기가 돌았다. 반복하던 기존 단원들 대신 해

일관 기생들이 자리를 차지한 까닭이었다.

"이번에 무대에 세울 이야기는 한 여자에 관한 거예요."

혜림은 밝은 얼굴로 말문을 열었다.

"여자요? 어떤 여자요?"

신월이 먼저 호기심을 보였다.

"가엾은 여자죠. 남편의 폭력에 시달리며 힘들게 살아온 여자거든요."

"안 그래도 사는 게 청승맞은데 무대에선 좀 우아하게 가면 안 돼요?"

신월은 금세 한숨을 토했다.

"클라이맥스가 있으니까 걱정 말아요."

"클라이맥스? 그게 뭐예요?"

이번에는 애종이 물었다.

"아, 뭐라고 해야 할까……. 구질구질한 삶이 아름답게 변신하는 결정적인 장면이라고 하면 될까요?"

혜림은 알아듣기 쉬운 말로 설명하려 애썼다. 그녀의 어설픈 노력에 홍연은 저도 모르게 피식 웃고 말았다.

"절망이 가득한 여자의 세상에 구원자가 나타나거든요. 그 구원자는 여자를 남편의 폭력에서 구해 내고 결국 두 사람은 사랑을 이뤄요."

혜림은 제 이야기에 군살을 덧붙였다.

"낭만적이다!"

애종은 뺨을 감싸쥐며 홀로 감상에 젖었다.

"그런데 괜찮은 거예요?"

묵묵히 듣고 있던 홍연이 염려를 드러냈다.

"뭐가요?"

"극의 내용을 마음대로 정하는 거요."

"이제까지도 그래 왔는걸요. 아무도 나한테 함부로 하지 못해요. 쉽게 건드릴 수 없는 든든한 후원자가 있으니까요."

혜림의 속눈썹이 아래로 곧게 내려앉았다. 담담하게 받아들여 왔던 제 처지가 새삼스레 버겁게 느껴졌다. 수찬이 그러하듯 그녀 역시 매순간이 선택이었다. 민석과 연을 맺은 이후로 줄곧 그랬다. 사랑과 이념, 예술과 정치 사이에서 외줄을 타야 했던 것이다.

"남편 역할은 제가 할게요."

홍연은 애써 분위기를 띄웠다. 혜림의 그림자를 읽은 까닭이었다.

"오!"

기생들의 환호성이 홍연의 의도에 힘을 실었다.

"이유가 뭐예요?"

혜림이 궁금증을 보였다.

"혜림 씨 한번 괴롭혀 보고 싶어서요."

홍연의 농담에 모두는 왁자하게 웃었다. 혜림은 그녀의 배려에 새삼스레 고마움을 느꼈다. 자신의 섬세한 감정 변화 하나하나를 맞춰 줄 수 있는 친구가 있다는 건 실로 기쁜 일이었다.

"칼춤으로 간다고 했죠?"

홍연이 물었다.

"네. 홍연 씨랑은 무대에서 진검 승부 하겠네요."

"절대 안 질 테니까 각오하세요."

홍연은 야무지게 웃었다. 혜림은 그 미소를 기쁘게 바라봤다. 서로를 견제하지 않고도 작품 이야기를 나눌 친구를 얻은 뿌듯함 때문이었다.

6

완공되지 않은 나진항으로 커다란 화물선이 도착했다. 어수선한 분위기 속에 수많은 인부들이 쉼 없이 오고 갔다. 이들은 항구에 엄청난 양의 상자를 내려놓고는 다시 수레로 옮겼다. 인부들 틈에 선 순사들은 상자에서 내용물을 꺼내 살폈다. 얼핏 보면 돌덩이처럼 보였지만 틀림없는 망간이었다. 화물이 도착하자 순사들은 총독부에 망간이 도착했음을 알렸다. 마모루는 군수 공장으로 옮겨 가는 일정에 차질이 없도록 철저히 관리할 것을 당부했다.

그 사이 무영은 나진항 어귀에 앉아 한가로이 낚싯줄을 던졌다. 인부들을 관찰하기 위한 나름의 위장이었다. 바닷바람을 맞으며 낚싯대를 거머쥔 무영은 제법 낚시꾼 같아 보였다. 어린 시절 강둑에서 민물고기라도 잡아 본 기세였다. 그러나 길주와 승민은 낚시가 서툰 탓에 멋쩍게 앉아 있었다.

"창고는 조사해 봤어?"

길주가 승민에게 물었다.

"창고랄 것도 없어요. 겨우 거적때기 붙여 둔 수준이에요."

"일본군이 지키는 거야?"

"아니요. 그냥 여기 주민인 것 같아요. 아직까지 자리 잡지 못한 곳이잖아요."

"그럼 함부로 죽이거나 할 순 없잖아? 어쩔 생각이야?"

무영이 끼어들었다.

"어쩌긴 뭘 어째? 어차피 우린 물건만 가지고 튀면 되는 거야."

길주가 심드렁하게 답했다.

"우리가 물건을 가지고 가면 창고를 지키던 조선인들은…… 어떻게 되는 건데? 분명 망간을 탈취당했다는 걸 알면 일본놈들이 그냥 두지 않을 거야."

무영이 불만을 드러냈다. 순간 길주의 얼굴이 굳었다. 확실히 그가 놓치고 있던 부분이었다.

"그래서 뭘 어쩌자고?"

길주는 무안함에 짜증을 냈다. 감당할 수 있는 한계를 넘어선 문제에 소모적으로 시간을 보내는 무영이 못마땅하기도 했다.

"글쎄……. 생각을 해 봐야지."

무영은 저 홀로 골똘해졌다. 그들 사이에는 한동안 침묵이 흘렀다. 서로 대안이 없는 탓이었다. 그 사이 화물선은 다시 바다로 돌아갔다. 싣고 온 물건을 전부 내려놓은 모양이었다. 바람이 불자 미끌미끌한 소금 냄새가 훅 끼쳐 왔다. 일렁이는 파도가 그 향취에 보조를 맞췄다. 그 흔들림에 무영의 낚싯줄이 팽팽해졌다. 무영은 낚싯대를 잡아당겼다. 그러자 팔뚝만 한 물고기가 공중으로 솟구쳤다.

"길회선[3]이야!"

무영은 낚싯대를 놓으며 벌떡 일어섰다. 그 바람에 물고기는 다시 바다의 품으로 돌아갔다. 무영의 낚싯대와 함께였다.

"길회선?"

"적재 창고를 털면 그 책임은 고스란히 조선인들이 지게 될 거야. 그러니까 우린 기차를 털자. 어차피 망간은 길회선으로 움직일 테니까."

무영은 확신에 찬 눈빛이었다.

"미쳤어? 그 많은 망간을 기차에서 어떻게 옮겨?"

길주는 반론을 제기했다. 너무나 허무맹랑한 작전이었다.

"당연히 못하지."

"지금 시간도 없는데 장난쳐?"

"그러니까 망간이 아니라 기차를 털자고. 망간이 들어 있는 통째로."

무영은 회심의 미소를 보였다. 길주와 승민은 선뜻 그의 의견에 동조

---

3. 길회선(吉會線): 함경북도 회령과 중국 동북부의 지린(吉林) 사이를 잇는 철도.

하지 않았다. 여러모로 위험 부담이 컸다. 그 사이 바다 너머로 해가 저물어 갔다. 하지만 피로에 절은 인부들은 그 시간까지도 묵직한 상자를 차에 싣고 있었다.

"지금이 딱 기회인데……."

길주는 못마땅한 기색으로 중얼거렸다.

"그래도 이번엔 무영이 형 말을 듣는 게 나을 것 같아요. 저 사람들, 피죽도 못 먹은 거 같아요. 영 비실비실한 게."

인부들을 보던 승민은 한숨을 내쉬었다. 그 사이 나이 든 노인 하나가 풀썩 쓰러졌다. 짊어진 상자가 힘에 겨웠던 모양이었다. 그러자 노인의 가냘픈 등 위로 가차없이 순사의 발길질이 쏟아졌다. 참담한 광경이었다. 승민은 더 이상 볼 수 없는지 고개를 돌렸다.

"빌어먹을 일본놈들. 그래. 까짓거 기차에서 쓸어버리자."

계속 반대하던 길주도 분노하며 주먹을 불끈 쥐었다. 그렇게 이들은 새로운 작전에 대한 합의를 마쳤다.

7

"후작 각하 댁의 고용인 명부입니다. 지시하신 대로 집 안에 늘일 낭시 조사된 기초적인 신상 내역 외에 개인적으로 조사한 사항들을 덧붙였습니다."

동호는 민석의 퇴근길에 짤막한 보고를 덧붙였다.

"수고했어. 오늘 이 이상 특별한 일정이 없으면 쉬고 싶은데, 괜찮을까?"

민석은 퀭한 눈으로 동호의 동의를 구했다. 무리하게 밀어붙인 일정이 화근이었다. 최근 들어 심해진 불면증도 몫을 더했다.

"진즉 쉬셨어야죠. 지금 너무 무리하시는 거 아시죠? 제발 좀 들어가세요."

동호는 기다렸다는 듯 간곡히 쉬기를 청했다.

"그럼 허락받은 걸로 알고 들어갈게."

"……연습실로 모셔다 드릴까요?"

동호가 물었다. 민석에게 필요한 진정한 휴식이 집에서는 불가능하다는 사실을 누구보다도 잘 아는 까닭이었다. 민석은 선선히 고개를 끄덕였다.

뜻하지 않은 민석의 방문에도 혜림은 유난스럽지 않았다. 그녀는 그가 자신에게 기대하는 몫이 어떤 것인지 제대로 알고 있었다. 만일 그녀가 그의 슬픔에 함께 울고 웃는 성품이었다면 두 사람의 관계는 진즉 깨졌을지도 몰랐다. 두 사람은 몹시 닮아 있었다. 마치 철저한 독립체로 존재하다 필요한 순간이면 뜨겁게 융합하는 고양이와 같았다.

혜림은 민석을 앉히고는 대뜸 그의 손목을 잡았다. 손등에 밀착된 헌 붕대를 풀기 위해서였다. 그녀의 부드러운 손길에 너덜너덜한 딱지들이 흉물을 드러냈다. 혜림은 조심스레 상처를 소독한 뒤 새 붕대를 동여매 줬다.

"내가 차라리 아들을 하나 키우고 말겠네. 저번엔 얼굴 깨져 오더니 이젠 주먹이 깨져서 오고……. 그래도 이게 낫다. 속으로 곪는 거 밖으로 터져 나오는 거 보면 걱정 안 해도 되겠어."

혜림은 속상함을 감추고 애써 밝게 웃었다.

"난 걱정해 주는 게 더 좋던데."

민석은 전에 없던 투정을 부렸다.

"수찬 씨가 걱정 많이 해."

혜림은 넌지시 수찬의 진심을 전했다. 세상 천지에 자신 말고도 그의 편이 존재함을 알려 주고 싶었다.

"……너는?"

골똘하던 민석이 물음을 던졌다.

"나?"

"넌 내 걱정 안 해 줘?"

그는 그녀의 속내를 읽으면서도 애써 딴청을 부렸다. 모든 것을 심각하게 받아들이기엔 너무 지쳐 있었다. 수찬의 염려가 고마울지언정 그에 대한 우정까지 재고하기에는 모든 것이 너무 버거웠다.

"애들처럼 왜 그래. 갑자기 응석이라도 부리고 싶은 거야?"

"응. 이젠 응석 부릴 엄마가 없잖아."

민석은 쓰게 웃었다. 모성의 부재는 엉뚱한 방식으로 고개를 들이밀었다. 혜림은 그런 그가 안쓰러워 가만히 제 품에 보듬었다.

8

지은은 어김없이 당직실 신세였다. 그래도 제법 익숙해진 탓에 지내는 데는 불편함이 없었다. 오히려 요즘같이 매서운 날씨에는 추위에 떨지 않고 병원 침대에서 뭉갤 수 있다는 사실이 편하게 느껴지기도 했다.

그녀는 이불을 뒤집어쓰고 잡지를 읽었다. 신여성을 지향하는 젊은 여자들의 구미에 맞춘 잡지였다. 지은은 기생과 여학생의 공통점을 다룬 기사를 읽으며 저 혼자 깔깔거렸다.

"원장님은 딸 걱정에 땅이 꺼지던데 윤 선생은 의외로 한가하네?"

지은은 느닷없는 목소리에 이맛살을 찌푸렸다. 한수영, 아버지 혜상의 애인. 지은이 경멸하는 여성이었다.

"그래서 불만이세요?"

지은은 수영을 향해 쏘아붙였다.

"그래. 불만이야."

야멸친 대답이 돌아왔다. 지은은 어처구니없는 얼굴로 수영을 노려봤다.

"원장님, 평생 윤 선생 하나 보고 외롭게 사신 분이야. 그러니까 투정도 어지간히 부려."

짐짓 나무라는 말투였다. 마치 부모라도 되는 것 같은 훈계에 지은은 속이 뒤틀렸다.

"참 사람 면전에 놓고 거짓말도 잘하시네요. 우리 아빠가 저 하나만 보고 사셨다고요? 그럼 한 선생님은 뭐예요? 그냥 데리고 논 거예요?"

지은은 일부러 수영의 심기를 건드렸다.

"말조심해."

낮지만 위엄 있는 말투였다.

"먼저 절 건드린 건 한 선생님 아니에요?"

지은은 바득바득 따지고 들었다.

"그럼 윤 선생은 아버지가 죽을 때까지 딸 하나만 바라보길 바라는 거야?"

지은은 대꾸하기 싫어 입을 꾹 다물었다.

"다른 사람하고 마음을 나누는 게 그렇게 용서가 안 돼?"

수영은 비교적 침착했다. 지은은 그 담담함이 불쾌했다. 자신을 어린아이처럼 다루고 있다는 느낌 때문이었다.

"누가 뭐라 그랬어요? 두 분, 그렇게 사랑하시면 백년가약 맺으시라고요! 왜 자꾸 거기다 절 끼워 넣어요? 욕심이 너무 많은 것 아니에요? 사랑도 하고 싶고, 인정도 받고 싶고……."

"원장님, cancer야."

뜻하지 않은 소식에 지은의 짜증이 질주를 멈췄다.

"네……?"

"췌장암이라고."

지은은 멀건 눈으로 몸을 일으켰다. 갑자기 현기증이 올라왔다. 산소가 사라지는 것 같은 충격에 숨이 가빠 왔다. 지은은 갑갑함을 느끼며 마른기침을 쏟아 냈다. 알 수 없는 구역감이 속내에서 끓어올랐다.

"눈에 띄게 수척해지셨는데 몰랐어? 구토도 점점 잦아졌는데."

수영은 조용히 말을 이었다. 언제까지 숨기고만 있을 수는 없다는 생각에서였다. 혜상의 성격상 그대로 두면 의식이 사라지기 직전까지 입을 다물고 있을 것이 뻔했다. 사랑하는 딸의 상처를 하루라도 미루고 싶은 마음 때문일 터였다. 그러나 헤어짐을 위한 최소한의 시간이 필요하다는 건 분명한 사실이었다. 수영은 그 시간을 위해 악역을 자처했다. 얼마 남지 않은 혜상의 시간을 독점할 수는 없었다. 수영은 착잡한 눈길로 지은을 바라봤다. 맥없이 앉아 있던 지은은 후들거리는 다리를 끌고 밖으로 걸어 나갔다.

지은은 그리 멀지 않은 복도를 돌아 혜상에게로 향했다. 그러나 5미터도 안 되는 그 짧은 거리에도 몹쓸 다리는 제 몫을 다하지 못했다. 덕분에 그녀는 몇 번이고 벽에 기대 숨을 가다듬어야 했다. 지은은 한참 만에야 혜상의 진료실 문을 열었다. 혜상은 평소와 다름없이 단정한 자세로 앉아 서류를 검토하고 있었다. 지은은 제 눈에 들어찬 눈물을 거두고 혜상을 바라봤다. 하얗게 바랜 그의 머리카락에 지은은 새삼스레 설움이 북받쳤다. 그가 홀로 저물어 가는 동안에도 그녀는 언제나 응석받이였다. 지은은 철없던 자신의 이기심을 원망했다.

"아빠 죽어요?"

입술 사이를 비집고 나온 웅얼거림에 부녀 사이의 공기가 얼어붙었다.

혜상은 갑작스레 던져진 물음에 선뜻 답을 내어 놓지 못했다.

"아빠 죽는 거냐고요!"

"……왜, 싫으냐?"

제 딸의 앙칼진 외침에 혜상은 부드럽게 웃었다.

"아빠가 어떻게 딸한테 이래요? 결혼 안 시켜 준다고 죽어요? 천년만년 행복하게 살라고요! 누가 말렸어요? 왜 청승맞게 내 눈치나 보다가 죽는 거냐고요! 의사라는 사람이…… 바보같이 자기 병도 모르고……."

지은은 결국 주저앉아 엉엉 울었다. 북받치는 설움에 그녀는 어린아이처럼 어깨를 들썩였다.

"한 선생이 쓸데없는 소리를 했구나……."

혜상은 지은에게 다가가 가만히 보듬어 안았다. 그에게 지은은 언제나 무릎 위에 사뿐히 올릴 수 있는 작은 아가였다.

9

초저녁 겨울 하늘에 말갛게 달이 떴다. 실눈 같던 초승달은 어느새 배가 불러 둥글어졌다. 수찬은 그 먹빛 하늘을 올려다보며 자전거를 세웠다. 그러다 문득 이상한 기운에 뒤를 돌아봤다. 그러나 빈 골목에는 속절없는 바람만이 가득했다. 어제보다 한결 부드러워진 바람이었다. 수찬은 제 기분 탓이라 여기며 안으로 들어갔다. 늘씬한 수찬의 뒷모습으로 누군가의 시선이 꽂혔지만 그는 더 이상 돌아보지 않았다.

대장간은 부쩍 한산했다. 이미 평양 쪽으로 많은 인력이 옮겨 가고 있는 탓이었다. 무영을 위시한 상해 단원들의 부재도 눈에 두드러졌다. 덕분에 수찬과 영수는 모처럼 여유로운 잡담을 즐길 수 있었다.

"넌 여자에 대해서 어떻게 생각해?"

책상에 대충 걸터앉아 연신 두 다리를 흔들던 수찬이 물었다.

"아, 좋은 질문! 사실 한일단 패거리 중에 이런 대화가 통할 사람이 없어 무지 심심했거든. 다들 수행만 하고 사는지 도대체 여자한테 관심이 없어. 진짜 군내가 진동한다니까?"

영수는 의자를 당겨 앉으며 수찬의 논제에 반색을 표했다. 그는 진심으로 들떠 있었다.

"근데 질문이 상당히 포괄적이네? 여자를 어떻게 생각하는가……."

영수는 모처럼 진지해졌다. 회의 때조차 흔히 볼 수 없는 모습이었다.

"형씨는 누구 좋아해 본 적 없지?"

수찬이 정곡을 찔렀다.

"촌스럽기는. 뭐 꼭 한 사람한테 목매야 하나? 만나서 짜릿짜릿하게 전기가 통하면 그 순간에 충실하면 되는 거지. 그러는 그쪽은 경험이 있다는 거네?"

영수는 허세를 부리며 수찬에게 화살을 돌렸다.

"진행형이지."

"아, 저런 비극이! 모처럼 자유로운 영혼을 만나 동지애를 느끼고 있었는데. 결국 그쪽도 한 여자한테 묶여 있었던 거야?"

영수는 손발을 내저으며 호들갑을 떨었다.

"묶이고 싶은데 헛물켜고 있는 중이지."

수찬은 쓰게 웃었다. 그는 이 와중에도 속이 쓰려 오는 제 스스로가 한심하게 느껴졌다.

"그렇다면 이쯤에서 질문! 상대가 누군데? 천하의 이수찬이 이렇게 꼬랑지를 말고 있다니!"

영수는 호기심에 몸이 달았다.

"대답 듣고 싶으면 술 한 잔 사야 할걸? 생각 있어?"

"좋았어! 어차피 오늘 상해패들도 없고 심심했는데 잘됐다! 가자!"

영수는 요란스레 자리를 털고 일어섰다. 두 사람은 그렇게 술집으로 향했다.

10

지은은 홀로 앉아 술을 홀짝였다. 이미 많이 취했는지 술을 따르는 손은 어설프기 짝이 없었다. 배부른 유리잔 위로 술이 줄줄 흘러내렸다. 그러자 지은은 뭐가 우스운지 깔깔대며 웃었다. 슬픔과 술기운이 엉켜 이성이 날아간 모양이었다.

"어이쿠, 이거 젊은 아가씨가 많이 취하셨네? 오빠가 데려다 줄까?"

한눈에 봐도 흥건히 취한 그녀 앞으로 낯선 사내 둘이 다가왔다. 지은은 술기운이 오른 눈으로 두 사람을 올려다봤다. 한 사람은 안경잡이였고 다른 사람은 모자를 쓰고 있었다.

"지랄하네."

그녀는 혀 꼬부라진 소리로 야무진 욕설을 내뱉었다.

"뭐? 이 계집애가……!"

모자 쓴 남자가 위압적으로 그녀에게 다가가 버럭 소리를 질렀다. 그러자 곁에 있던 친구가 말리고 나섰다.

"야, 야, 놔둬. 딱 봐라. 술을 저렇게나 퍼마셨는데 지금 제정신이겠냐?"

안경 쓴 이는 짐짓 말리는 척하며 지은을 부축했다.

"자, 예쁜 아가씨. 알았으니까 일어나 봐. 다 큰 여자가 이런 시간에 혼자서 술 마시고 하면 큰일 나요."

"야, 야, 야! 거울이나 보고 얘기를 해. 똥 묻은 개가 겨 묻은 개 나무란다고……, 누가 누굴 조심하라고 훈계야? 훈계가!"

지은은 거칠게 남자를 밀어젖혔다. 그 바람에 사내가 쓰고 있던 안경이 바닥으로 나뒹굴었다. 안경은 보기 좋게 금이 갔다.

"이게 보자보자 하니까……!"

남자는 제 안경을 거머쥔 채 손을 치켜들었다. 그대로 두면 진짜로 한 대 칠 기세였다. 하지만 올라간 남자의 손은 곧 단단하게 조여 오는 힘에 멈춰 섰다.

"아이고, 죄송합니다. 제 동생이 원래 이렇게 똥 얘기를 좋아해요."

가벼운 목소리가 싸움에 끼어들었다. 영수였다.

"넌 뭐야?"

"아, 제가 애 오라비 되는 사람이거든요. 요즘 얘가 좀 힘든 일이 있어서요."

영수는 넉살 좋게 웃으며 사내들과 맞섰다. 그런 그의 등 뒤로 지은의 비웃음이 전해졌다.

"오라비? 흥, 오라비 같은 소리 하네. 가서 기생오라비나 해라!"

지은은 버럭 소리를 지른 뒤 다시 술을 마셨다.

"웃기는 놈이네, 이거? 오라비 아니라잖아!"

사내가 영수를 향해 주먹을 날렸다. 영수의 마른 몸이 맥없이 바닥으로 나가떨어졌다. 그 바람에 주변에 있던 의자가 요란한 소리와 함께 쓰러졌다. 지은은 그 북새통에 새삼스레 술이 깨는 듯 말똥말똥한 얼굴이었다.

"이쯤 하고 조용히 가지?"

혼란을 틈타 수찬이 나섰다.

"이건 또 뭐야?"

모자 쓴 남자가 눈을 부라렸다.

"나? 중추원 서기관이야. 철창신세 지고 싶지 않으면 조용히 가지?"

"이게 또 어디서 사기를 쳐?"

그들은 또 한 대 칠 기세로 수찬에게 다가왔다. 그러자 술집 주인이 나서 싸움을 중재했다.

"아이고, 서기관 나리 오셨습니까? 죄송합니다. 제가 잠깐 자리를 비운 사이 이 난리가……."

주인은 난감함에 어찌할 바를 몰랐다. 수찬은 주인이 나타나자 어깨에 힘을 줬다. 제 위치를 증명해 줄 증인의 등장에 힘을 얻은 탓이었다.

"내가 총독부 경무국장님하고 친분이 좀 되는데, 한번 뵙게 해 줄까? 하긴, 너 같은 팔자에 그런 높으신 분 알현할 기회가 또 있겠어?"

수찬은 거들먹거리며 상대를 노려봤다. 그럴듯한 협박이었다.

"죄송합니다. 저희가 몰라뵙고 그만……."

상대는 금세 비굴한 면모를 보였다.

"됐고, 술맛 떨어지니까 조용히 사라져. 사방에 숙녀분들 천지인데 창피하지도 않아?"

수찬은 상대의 굴복에 힘입어 더욱 거만을 떨었다. 모자 쓴 남자는 연신 굽실거리며 제 친구를 끌고 나갔다. 그들은 삽시간에 자취를 감췄다.

"아야, 아파……. 하여간 내가 이 똥만 만나면 되는 일이 없어."

싸움이 끝나자 영수는 터진 입술을 감싸쥐었다. 그는 요란스레 엄살을 떨며 지은을 바라봤다. 그녀는 완전히 제정신으로 돌아온 모양이었다.

"고마워요."

지은은 수찬에게만 감사를 표했다.

"천만에요. 다친 데는 없으시죠?"

수찬은 자상하게 그녀의 매무새를 챙겼다.

"야, 야, 야! 나한테 먼저 고맙다고 해야지! 내가 먼저 도와줬거든?"

영수가 끼어들며 억울함을 호소했다.

"나서기만 하면 뭐 해? 실속 없이 얻어터지는데."

지은은 새침하게 눈을 흘겼다.

"와, 진짜! 이래서 머리 검은 짐승은 도와주는 게 아니라는 거구나. 억울해서 못 살겠네."

영수는 약이 올라 방방 뛰었다. 그 사이 수찬은 살뜰하게 지은을 챙겼다. 지은 역시 그런 수찬의 배려에 미소를 보였다. 그럴싸한 그림이었다.

"인력거 잡아 줄 테니까 타고 가세요. 많이 취하신 것 같은데."

수찬은 탁자 위에 있던 그녀의 가방을 건넸다.

"야, 야. 됐어, 됐어. 도와줘 봤자 고마운 것도 모르는 인간을 뭐 하러?"

영수는 끝까지 구시렁거리며 시비를 걸었다.

"그렇게 생색내고 싶으면 내일 병원으로 와. 치료해 주고 퉁 칠 테니까."

지은은 성의 없이 영수의 입을 막았다.

"이제 술 깼으니까 혼자 갈게요. 고마웠어요."

그녀는 새침한 기색으로 술집을 나섰다. 영수는 그녀의 등에 대고 고래고래 소리를 질렀다.

"그래, 퉁 치자, 쳐! 내가 꼭 옹골지게 치료받을 거다! 내 이 백옥 같은 피부에 생채기가 하나도 안 남을 때까지 갈 거니까 각오해, 너!"

영수는 얼굴을 찡그리며 제 볼을 감싸쥐었다. 바락바락 악을 쓰는 바람에 찢어진 입술이 당겨 왔다.

11

수찬과 영수는 사방으로 비틀거렸다. 이미 여러 잔 걸친 각자의 걸음은 제멋대로 흩어졌다. 그러나 상반신만은 태초에 한 몸이었던 것처럼 굳게 붙어 떨어질 줄을 몰랐다. 어깨동무를 한 탓이었다.

"이수찬! 이 능력자 같으니라고. 바$_{bar}$에 가니까 아주 여자들이 우르르 꼬이데? 거참 샌님치고는 탁월하다니까?"

영수는 손가락을 들어 수찬의 볼을 콕콕 찍었다. 발그레한 수찬의 뺨 위로 보조개 같은 손자국이 남았다.

"이제 알았어? 그럼 형님으로 모실 거지?"

수찬은 상체를 젖히며 으스댔다. 그 바람에 두 사람은 다시 한 번 한 방향으로 기우뚱했다.

"어허! 승부는 아직 끝나지 않았어! 내가 해일관에서 내 능력의 진가를 보여 주지."

두 사람은 주정을 주고받으며 흥겹게 걸었다. 객쩍은 농담은 해일관 앞까지 이어졌다. 그러다 두 사람은 마모루와 정면으로 마주쳤다. 마모루는 유우스케와 함께 해일관을 나서고 있던 참이었다. 수찬은 술이 확 깬 듯 경직된 자세로 고개를 숙였다.

「오랜만이네. 뜻밖의 장소에서 만나는군.」

마모루의 둔한 턱 선이 미소로 씰룩였다.

「네.」

수찬은 마땅한 답을 찾지 못해 난감했다.

「이 친구가 잘나가는 엘리트면서도 소문난 한량입니다. 여자들 깨나 울리고 다닌다고 소문이 자자하죠.」

유우스케는 수찬을 추켜세웠다.

「지난번에 한 번 와 보곤 마음에 들었나 보군. 그렇다고 해도 서기관 월급으로 쉽게 드나들 수 있는 곳이 아닐 텐데?」

마모루는 수찬을 위아래로 살폈다. 탐색에 나선 독수리 같은 눈빛이었다.

「안녕하십니까? 저 기억하시죠? 경성 대장간 박영수입니다.」

난감한 수찬을 대신해 영수가 끼어들었다. 마모루는 묘한 웃음을 흘렸다.

「뜻밖의 장소에 뜻밖의 인물이라……. 자네는 여기 어쩐 일인가?」

「사실 접대를 좀 해 보려고 서기관 나리를 모시고 오는 길입니다. 제가 원래 너무 높은 분들을 뵈면 울렁증이 있어서 서기관 나리부터 포섭 중이거든요. 도대체 자작 각하는 너무 빡빡하셔서 여기 서기관 나리부터 좀 어떻게 해 볼까 하고요.」

영수는 마모루의 심리를 충분히 이용했다. 그가 평소에 민석에게 가진 적개심을 끄집어낸 것이었다. 그의 작전이 유효했는지 마모루는 조용히 의혹의 눈빛을 거뒀다.

「아무튼 적당히 마시고 내일 내 방에서 보도록 하지. 그러지 않아도 할 말이 있으니.」

유우스케는 수찬의 어깨를 토닥이며 자리를 떠났다. 수찬은 단정히 허리를 굽혀 두 사람을 배웅했다. 얼마 지나지 않아 두 사람의 그림자가 멀어졌다. 그들의 발걸음 소리가 아득해졌을 즈음에야 영수의 입에서 한숨이 새이 나왔다.

"아, 이거 터를 옮기든가 해야지. 심장 쫄아서 못 살겠네."

영수는 투덜대며 안으로 들어섰다. 착잡한 얼굴의 수찬이 그 뒤를 따랐다. 그들의 등 뒤로 낯선 남자가 눈을 빛냈다. 동호가 붙여 둔 감시자였다.

12

길주는 짚더미에 누운 채 곯아떨어졌다. 요란한 코골이 소리와 함께였다. 승민은 그런 길주의 등에 붙어 조용했다. 무영은 잠이 오지 않아 벽에 칼을 던지며 놀았다.

"누군가의 마음을 받고 나면……, 그 다음엔 뭘 해야 하죠?"

그는 머리를 흔들었다. 자꾸만 귓가에 맴도는 미유키의 음성 때문이었다. 경성을 떠난 이후로 쭉 그랬다. 그녀의 서글픈 눈동자와 떨리는 목소리는 그림자처럼 따라붙어 그의 마음속에 파고들었다. 무영은 생각을 지우려 다시 검을 집었다. 굵게 마디진 그의 손끝에서 칼이 날아갔다. 공기를 가르는 칼날 소리가 섬뜩했다. 그는 제 마음에 꽂아 넣듯 연달아 검을 던졌다.

"형, 안 자?"

마지막 칼날이 벽을 파고들자 승민이 부스럭거렸다. 요란스러운 소리에 잠이 깬 모양이었다.

"자야지."

무영은 미안함에 몸을 뉘었다. 그러나 도저히 잠이 올 것 같지 않았다.

"일찍 자. 내일 바쁘잖아."

승민은 잠결에도 살가웠다. 무영은 새삼스레 그의 작은 몸이 애틋하게 느껴졌다.

"승민이 넌 왜 한일단에 들어온 거야?"

무영은 싱거운 질문을 던졌다.

"형이 내 일에 관심을 다 갖고 별일이네. 그래 봐야 다른 사람들 다 아는 이야기를 지금에야 묻는 거지만."

잠결에 묻어난 승민의 웃음소리는 따뜻했다.

"그랬나……."

무영은 머쓱함에 머리를 긁적였다.

"……찾을 사람이 있어."

승민은 등을 돌리지 않은 채 말문을 열었다. 이젠 완전히 잠이 깼는지 유난히 또렷한 말투였다.

"누구를?"

"우리 형."

무영은 마땅한 답을 찾지 못해 침묵을 지켰다. 그 사이 승민은 제 사연을 이어 갔다.

"사실 우리 형 찾으면 제일 먼저 길주 형부터 피해야 할 거야."

"왜?"

"일본놈들 앞잡이거든."

무영은 할 말을 잃었다. 그의 사연이 눈에 그려졌다. 독립운동을 하는 이들치고 평범한 삶을 산 이는 거의 없었다. 하지만 그들 각자의 사연은 언제 들어도 가슴이 저려 왔다. 고통이란 놈은 아무리 겪어 내도 내성이 생기지 않는 모양이었다.

"어릴 때 부모님 돌아가시고 날 거둬 먹일 사람은 형 하나뿐이었거든. 그래 봤자 형도 어린아이였지만……. 그래도 형보다 나은 아우 없다고, 나한테 부모 노릇 하려고 무지 애썼어."

무영은 묵묵히 들었다.

"그래서 어린 머리로 궁리한 게 순사한테 붙어서 정보를 살아먹고 사는 일이었던 것 같아. 그것도 모르고 난 형이 사 오는 쌀밥 먹고 좋다고 웃고……."

승민은 목이 메는지 울음을 삼켰다.

"좋은 형이네."

무영은 그런 그를 대신해 말을 이어받았다.

"……그렇게 생각해?"

승민이 자신 없게 물어 왔다.

"넌…… 아니라고 생각해?"

무영은 그의 의견을 구했다. 자신에게라도 시원스레 속내를 털어놓길 바라는 마음에서였다.

"나한테는 좋은 형이지만 고향 사람들한텐 그저 쳐 죽일 놈이지. 마을 사람들 전부를 일본에 팔아먹었으니까. 남자는 탄광으로, 여자는 공장으로……."

승민은 가만히 제 과거를 더듬었다.

"우리 형이 머리가 좀 좋아서 일본말을 빨리 익혔거든. 통역하면서 말 몇 마디 바꿔서는 돈 챙기고……."

승민은 결국 말을 멈췄다. 돌아누운 어깨가 가늘게 들썩였다.

"세상 사람들이 다 욕해도, 너한테는 진짜 좋은 형이었다는 사실…… 그건 변함없는 거야."

무영은 가만히 그를 토닥였다. 무영의 투박한 손놀림에 승민의 흐느낌이 잦아들었다.

무영은 다시 혼란에 빠졌다. 세상이 손가락질하는 냉혈한일지라도 분명 누군가에게는 소중한 사람이라는 자각 때문이었다. 민석 또한 그럴 터였다. 어쩌면 그 역시 승민의 형처럼 누군가를 위해 악역을 자처하는지도 몰랐다.

13

"오셨습니까, 아버님?"

민석은 달진이 들어서자 벌떡 일어섰다. 달진은 너그럽게 웃으며 그의 어깨를 토닥였다.

"자네가 오라는데 내가 안 오고 배기겠나?"

"앉으시죠."

두 사람은 식사를 기다리며 사이좋게 마주 앉았다. 사실 민석과 달진은 혜림이 상상하는 이상으로 긴밀하게 교류해 왔다. 그들은 상대가 필요한 부분을 긁어 주며 상생하는 관계였기 때문이었다.

"경성에서 지내시긴 어떠세요?"

민석은 살갑게 그의 안부를 챙겼다.

"특별할 거야 있나? 혜림이가 따로 나가 살아 좀 적적하긴 하지만 어차피 반은 출가한 자식이고……."

중얼거리던 달진은 아차 싶어 급히 말을 맺었다. 민석은 미안함에 얼굴이 굳었다.

"나야 1년의 반 이상은 타지에서 사는 사람이니까. 어찌 보면 경성도 내가 돌아다니는 곳들 중 하나에 불과할지도 모르지."

달진은 애써 말을 돌리며 헛웃음을 쳤다.

"한 잔 받으십시오."

민석은 단정한 태도로 달진의 잔을 채웠다.

"자네가 따른 술이라서 그런가? 향이 좋군."

달진은 흔쾌히 잔을 비웠다. 이번에는 달진이 민석의 잔을 채웠다. 민석 역시 단숨에 깔끔하게 술을 넘겼다.

"지난번에 말씀드린 일은 잘 진행되고 있는지 궁금해서 뵙자고 했습니다."

"누구 말이라고 내가 거절하겠나. 제약 회사에 미역을 팔아넘길 때도 자네 덕에 제대로 치고 빠졌는데. 가죽도 제때 처분 안 했으면 그냥 창고에서 썩어 나갔을 걸세."

"예정대로 진행되고 있다면 이제 정어리 공장도 매각하십시오."

민석은 이번에도 은밀하게 정보를 흘렸다. 달진은 선선히 고개를 끄덕였다.

「귀신이 곡할 노릇이군. 그 많은 정어리가 사라지다니.」

마모루는 골치가 아파 이맛살을 찌푸렸다. 보고에 나선 스즈키도 착잡한 얼굴이었다.

「어민들도 죽을상입니다. 섬 하나 크기만큼 떼로 몰려다니던 정어리가 도대체 어디로 사라진 건지……. 어유를 짜내던 공장들도 속속 문을 닫고 있습니다. 이래서 일망ㅂㄷ치라고들 하나 봅니다. 일본을 망치는 고기라니…….」

투덜대던 스즈키가 도를 넘었다. 그는 저도 모르게 뱉은 실언에 입을 틀어막았다.

「일망치라니! 그게 나라의 녹을 먹는 자네 입에서 나올 소리인가?」

아니나 다를까 마모루의 질책이 여지없이 쏟아졌다.

「송구합니다.」

스즈키는 무안함에 머리를 조아렸다.

「하여간 큰일이군. 당장 충당해야 할 군수용 기름이 턱없이 부족하니…….」

두통을 느낀 마모루는 머리를 싸맸다.

「어떻게 해서든 생산량을 늘리라고 해! 없으면 조센징들의 기름이라도 쥐어짜란 말이야!」

「알겠습니다.」

「망간 적재는 차질 없이 진행되고 있나?」

마모루는 화제를 돌렸다.

「물론입니다. 내일 오전에 길회선을 타고 절반가량은 남만주 철도 회사로, 남은 분량은 전량 경성 대장간으로 보낼 예정입니다.」

「알았어. 진행 사항 계속 보고하고.」
「네!」

14

"뭐? 내일 아침에 움직인다고? 갑자기 경로를 바꾸면 어쩌자는 거야?"
　전화를 받던 영수는 펄쩍 뛰었다. 수찬은 의아한 얼굴로 영수의 기색을 살폈다. 영수는 어느새 빈 수화기에 대고 버럭버럭 소리를 지르고 있었다.
"야! 끊어? 끊어? 아우, 진짜 어떻게 자기 하고 싶은 말만 쏙 하고 끊냐? 내가 이 인간 때문에 명이 준다, 명이 줄어."
　영수는 수화기를 내려놓으며 한숨을 쉬었다. 그리고 열이 치미는지 연신 손으로 부채질을 했다.
"무슨 일인데?"
　수찬이 물었다.
"내일 조간신문에 올라갈 암호, 내용을 바꾸래."
　영수는 골치가 아픈지 이맛살을 찌푸렸다.
"시의 내용을? 갑자기 왜?"
"몰라. 안 바꾸면 누가 다친 대나 어쩐 대나. 설명도 안 하고 밑도끝도 없이 바꾸라고 하면 다야?"
　영수는 분한 마음에 씩씩거렸다.
"괜찮아. 어차피 지금 김 기자 만날 거니까 얘기해서 바꿀게. 위치가 어딘데?"
"나진역이래."
"알았어. 제목만 바꾸면 되니까 걱정할 것 없어."

수찬은 영수를 안심시키고는 신문사로 향했다. 전화로 해결해도 될 일이었지만 확인을 위해서였다. 갑작스러운 작전 변경이니 차질이 있으면 큰일이 날 터였다. 그가 쥔 것은 펜이었지만 적어 내린 글은 생명을 쥐고 있었다. 결국 수찬은 신문이 인쇄되는 순간까지 인쇄소에 붙어 있었다. 그는 바뀐 시의 제목을 몇 번이나 확인하고서야 집으로 돌아갔다.

15

"나진역?"

민석의 얼굴에 이채가 돌았다.

"네, 분명히 그렇게 말했답니다. 기자를 만나서 제목을 바꾸겠다고. 그리고 나서 말한 장소가 나진역이랍니다."

동호는 찬찬히 조사한 내용을 전했다.

"믿을 만한 정보야?"

"감시자가 직접 대장간에 인부로 들어간 상태입니다. 박영수의 사무실에서 엿들은 말이라니 틀림없을 겁니다."

동호는 확신에 찬 얼굴이었다.

"이수찬 올라오라고 해. 경성일보에 전화해서 내일 조간신문 미리 보내 달라고 하고. 지금 당장."

"네!"

동호는 잰걸음으로 집무실을 나갔다. 홀로 남은 민석은 저 혼자 골똘했다.

"이수찬은 경성 대장간과 선이 닿아 있고, 마모루와 유우스케는 이수찬과 모종의 밀약이 있다…… 그렇다는 말이지?"

민석은 매섭게 웃었다.

얼마 지나지 않아 수찬이 들어섰다. 수찬은 갑작스러운 부름에 불안한지 긴장한 얼굴이었다. 민석은 그런 수찬의 속내를 읽으면서도 내색하지 않았다.

"나랑 평양에 좀 가야겠어."

"평양요?"

"이번에 군수 공장 들어설 자리를 같이 보러 갔으면 해서. 출발은 내일 할 거야."

"알겠습니다."

민석의 사무적인 말투에 수찬은 자연스레 부하 직원으로 돌아갔다.

"총독부에선 마모루와 스즈키가 움직일 거고, 중추원에선 유우스케와 자네, 그리고 내가 움직일 거야."

"네, 알겠습니다."

민석은 마모루의 이름을 입에 올리며 수찬을 올려다봤다. 속내를 떠보기 위함이었다. 그의 눈빛을 받은 수찬은 저도 모르게 움찔했다. 없는 죄라도 만들어 고해바치지 않고는 배기지 못할 눈길이었다.

"참, 오늘 나진역에서 망간이 이동한다는데 알고 있나?"

민석은 고의적으로 '나진'이라는 단어를 흘렸다. 민석의 입에서 나온 익숙한 단어에 수찬은 흠칫 놀랐다.

"……죄송하지만 처음 듣는 이야깁니다."

수찬은 애써 침착하게 답했다.

"그래? 모른다……. 그럴 수도 있겠지."

민석은 그런 그의 기색을 살피며 비죽 웃었다.

"앞으로는 중추원 일 외에 전체적인 판세를 읽는 데 공을 좀 들였으면 해. 아예 판에 끼지 않았으면 모를까, 고상한 시인으로만 살기에는 자네가 발 들인 곳이 그리 녹록지는 않을 테니까."

"명심하겠습니다."

"그리고 경성 대장간 쪽이나 총독부 사람들하고도 좀 친해지는 게 좋을 거야. 그래야 일을 처리하기가 수월하지 않겠어?"

"노력해 보겠습니다."

수찬은 깍듯하게 경례한 뒤 집무실을 나왔다. 문을 닫고 나선 수찬은 복도 벽에 기댄 채 한숨을 내쉬었다. 그는 민석의 방에서 나올 때면 언제나 진이 빠졌다. 중추원에 들어온 이후로 쭉 그랬다. 까다로운 옛 친구를 상사로 두고 있다는 건 참으로 버거운 일이었다.

그때였다. 묵직한 발소리와 함께 유우스케가 나타났다. 그는 수찬을 보자 의미심장한 미소를 지었다.

「부의장이 뭐라 하던가?」

유우스케는 은밀하게 목소리를 낮췄다.

「평양 시찰에 함께 가자고 하십니다.」

「자네만 말인가?」

「아니요. 서기관장님과 마모루 국장님도 함께 생각하시는 듯했습니다.」

「그래? 마모루와 나를 염두에 뒀다? 이상한 일이군. 함께 움직이기 편한 사이는 아닐 텐데……. 다른 말은 또 없고?」

유우스케는 뜻하지 않은 상황에 의아함을 표했다.

「네. 특별한 건 없었습니다.」

수찬은 간략하게 대답을 이었다. 지극히 사무적인 태도였다.

「자네, 정확한 노선이 어딘가?」

유우스케가 뚱한 눈길을 보냈다.

「네?」

「이쪽인지 정민석 쪽인지 확실히 선을 정해 답해 달라는 말이야.」

유우스케는 능글맞은 시선으로 대답을 강요했다. 수찬은 취조를 하는 것 같은 압박에 새삼스러운 불쾌감을 느꼈다.

「적어도 자작 각하께는 두 분의 정보를 전하는 일이 없다는 정도면……답이 되겠습니까?」

수찬은 그답지 않게 도전적으로 받아쳤다. 유우스케는 그 답이 흡족했는지 만족스러운 얼굴로 비죽 웃었다.

16

모자를 눌러쓴 무영은 바삐 앞서 걸었다. 그런 그의 뒤를 승민과 길주가 따랐다. 세 사람은 각자 거리를 둔 채 움직였다. 모르는 사이처럼 위장하기 위해서였다.

"길림역 세 장요."

"네."

묵직한 무영의 음성에 건조한 역무원의 목소리가 섞여 들었다. 무영이 뒤돌아 눈빛을 보내자 길주와 승민은 고개를 끄덕인 뒤 조용히 흩어졌다. 승강장에 선 세 사람의 거리는 여전히 멀었다. 역사는 분주했다. 부지런히 상자를 나르는 인부들 때문이었다. 그들은 바지런한 놀림으로 화물칸에 짐을 실었다. 망간 상자였다. 무영은 무심한 얼굴로 기차에 먼저 올랐다. 길주와 승민 역시 각자의 위치에서 탑승했다. 객차에 오른 무영은 앞쪽을 향해 걸음을 옮겼다. 목적지는 맨 앞 칸이었다. 그는 좌석들을 살피며 여유 있게 움직였다. 어느새 기관실이 눈앞에 들어왔다. 무영은 한가로이 의자에 웃옷을 던지며 털썩 자리에 앉았다. 창밖에선 다섯 명의 순사가 머리를 맞대고 담배를 피우고 있었다. 무영은 슬며시 창문을 열었다. 창틈으로 매캐한 연기와 그들의 대화가 새어 들어왔다.

「어쩌다가 자리도 못 잡은 이런 촌구석에 와서 고생인지.」

깡마른 순사의 입에서 불만이 터져 나왔다. 유달리 튀어나온 광대뼈 때문에 험해 보이는 인상이었다. 탁한 얼굴빛도 그의 첫인상을 깎아 먹고 있었다.

「배가 아파 그러는 게지. 진즉 야마다처럼 땅마지기라도 사 뒀으면 그런 소리 쏙 들어갔을걸? 종단항 결정 나고서 천 배 가까이 땅값이 뛰었으니…….」

곁에 있던 순사가 코웃음을 쳤다.

「흥, 그래 봤자 욕심껏 쥐고 있다 다 처분도 못했는데, 뭐. 천 배가 뛰었으면 뭐 하나? 나라에서 그 값을 안 쳐주는데.」

「그래도 여기서 착실하게 기반 닦아 두면 나중에 좋다고 하잖아. 이제 항구는 점점 커질 거고 이곳이 동아시아 최고의 무역항이 될 거라니 우리도 그만큼 자리 잡기 쉬워지겠지.」

그들은 자기들끼리 설왕설래했다.

「그건 그때 이야기고, 저 많은 물량을 달랑 우리 다섯이서 이송하라니 노동도 이런 노동이 없어.」

작달막한 순사가 담배를 비벼 껐다.

「그래 봤자 지고 나르는 건 조센징들인데 뭘 그래? 우린 저놈들이 다 싣고 나면 기차 유람이나 가면 되는 거야.」

깡마른 순사가 고갯짓으로 인부들을 가리켰다. 모두는 동의한다는 듯 고개를 끄덕였다. 지저분한 유리 너머로 무영이 차가운 시선을 던졌다.

역사에는 요란한 증기음이 가득했다. 기차가 서서히 육중한 몸을 움직였다. 중간의 객차 어디쯤에 타고 있던 길주와 승민은 조금 떨어져 앉은 채 가끔씩 눈짓을 주고받았다. 그 사이 덜그럭대는 문소리와 함께 순사들이 몰려왔다. 계획에도 없이 동석을 한 셈이었다.

탑승객이 적은 탓에 객차는 황량했다. 보따리 진 남자와 아이를 끼고 앉은 여자가 드문드문 앉아 있었지만 사실상 거의 빈 차나 다름없었다. 무영이 있는 칸은 졸고 있는 노인 하나뿐이었다. 무영은 노인의 눈치를 살피다 슬그머니 기관실로 들어갔다. 문을 열자 부리부리한 인상의 기관사가 돌아봤다. 그는 이제 막 아내가 챙겨 준 도시락의 뚜껑을 열고 있던 참이었다.

「당신 뭐야? 여기가 어디라고 들어와!」

남자는 커다란 눈을 희번덕거리며 일어섰다. 그러나 관자놀이에 닿는 차가운 감촉에 이내 얼굴이 굳어 버렸다.

「누가 그러더군. 총을 쥔 놈이 권력도 쥐는 거라고.」

무영은 비죽 웃으며 상대의 머리에 총을 겨눴다.

「왜 이러십니까?」

기관사는 감히 무영을 마주 보지도 못한 채 울상이 됐다. 마취라도 한 듯 굳은 입술 사이로 딱딱거리며 이 부딪치는 소리가 새어 나왔다. 극한의 공포에 기관사의 얼굴은 파랗게 질렸다.

「옷 벗어.」

낮고 음습한 목소리가 기관실에 들어찼다. 저승사자의 그것처럼 소름 끼치는 음성이었다.

「……네?」

「못 알아들어? 옷 벗으라고!」

무영은 재촉하며 총을 쥔 손에 힘을 줬다. 세포를 파고드는 냉기에 기관사는 덜덜 떨며 제복을 벗었다. 그 바람에 그가 쥐고 있던 도시락이 바닥으로 쏟아졌다. 단정한 주먹밥이 처참하게 짓이겨졌.

「잘 들어. 내가 널 죽이지 않는 단 한 가지 이유는 네가 이 기차를 몰 수 있는 유일한 사람이기 때문이야.」

무영은 위압감을 주려 그와의 거리를 좁혔다. 기관사는 연신 고개를 끄덕였다. 순종의 의미였다.

「바꿔 말하면, 네가 이 기차를 내 뜻대로 몰지 않겠다고 마음먹은 그 순간, 너는 물론 저 주먹밥을 만든 사람은…… 숨통이 끊어지게 될 거야.」

무영은 거칠게 그의 얼굴을 끌어당겼다. 두 사람의 눈이 겨우 주먹만큼의 간격을 두었다.

「어디로…… 가면 되는 겁니까?」

사색이 된 기관사가 물었다.

「예정된 경로와 크게 다를 건 없어. 그냥 신의주까지 가서 멈추면 되는 거야.」

무영은 그제야 벗어 둔 기관사의 제복을 집어 들었다. 기관사가 자신을 배신하지 않을 거라는 확신에서였다.

17

정갈한 식탁보 위의 은빛 촛대가 반짝였다. 매끈한 하얀 접시 위에는 우아하게 차려진 양식들이 자리를 차지하고 있었다. 투명한 유리잔 속에서 빛나는 매혹적인 빛깔의 와인도 근사한 식탁에 몫을 더했다. 민석과 혜림은 모처럼 기분 좋은 식사를 즐겼다. 늘씬한 정장 차림의 민석과 사랑스러운 원피스 차림의 혜림은 한 폭의 그림처럼 조화로웠다.

"얼마간 평양에 가 있을 거야."

와인으로 입을 축인 민석이 운을 뗐다.

"평양은 왜?"

혜림은 얇게 저민 고기를 입 안으로 밀어넣었다.

"일 때문이지, 뭐."

"얼마나 있다 올 건데?"

"일주일쯤?"

"그래?"

혜림은 샐러드를 오물거리며 민석을 향해 웃었다. 민석의 근심을 덜고자 함이었다.

"걱정하지 마. 마모루는 내가 데려갈 거니까. 나 없어도 너 괴롭힐 사람 없을 거야."

그는 어린아이를 달래듯 그녀를 얼렀다.

"별 걱정을 다 한다. 내가 애야? 만날 속은 자기가 썩이면서……."

민석은 피식 웃었다. 확실히 틀린 말은 아니었다.

"공연 준비는 잘돼 가?"

민석은 혜림의 근황을 챙겼다. 최근 몰아닥친 일을 처리하느라 그녀를 제대로 챙겨 주지 못했었다.

"응. 새 단원들도 모였고, 내일 광고 촬영도 할 거야."

문득 그녀의 뺨에 혈색이 돌았다. 그는 그녀가 진심으로 기뻐하는 것 같아 안도했다.

"잘됐네. 기존 단원들하고는 불편했잖아."

"그러게. 지금은 좋아."

"최대한 시간 끌면서 버텨 봐. 난 네가 정치에 얽히는 거 싫어. 기회 봐서 이번 공연은 취소할 수 있도록 해 볼게."

민석은 못내 혜림이 신경 쓰이는 모양이었다. 사실 자신의 연인이라는 이유 하나로도 충분히 사람들의 손가락질을 받는 그녀였다. 그런 그녀를 일본군의 무대에 세우는 일만은 무슨 수를 써서라도 막고 싶었다.

"또, 또 그런다. 아무리 정민석이라도 내 공연 가지고 훈수 두면 가만 안 있을 거야. 알지?"

혜림은 애교 있게 협박을 늘어놓았다. 민석은 못 이기는 척 음식을 밀어넣었지만 편치 않은 기색이 역력했다. 혜림은 그런 그를 안심시키려 어리광을 부렸다. 오빠처럼 굴기를 좋아하는 민석의 기분을 맞춰 주기 위해서였다. 그녀는 그에게 이런저런 장난을 걸며 흥겹게 웃었다.

그러나 오래지 않아 풍선처럼 부풀어 있던 웃음이 맥없이 새어 나갔다. 민석은 그녀의 굳은 얼굴에 뒤를 돌아봤다. 멀리서 미유키와 함께 들어오는 총독의 모습이 보였다. 민석은 반사적으로 벌떡 일어섰다. 두 사람을 향해 다가오던 미유키의 입가에 싸늘한 미소가 돌았다.

「이것 참 절묘하군. 이것도 설마 네 계획인 게냐?」

민석에게 다가온 총독은 가볍게 그의 인사를 받았다. 총독은 뜻하지 않은 상황이 즐거운 모양이었다.

「그럴 리가요. 오늘은 그냥 아저씨께 식사 대접이라도 하고 싶어서 뵙자고 한 거예요.」

미유키는 서글서글한 눈웃음으로 총독의 말을 받았다.

「여긴 어쩐 일이에요?」

초승달 같은 그녀의 눈길이 민석을 향했다. 우아하게 곡선을 그린 눈가에는 서릿발 같은 냉소가 담겨 있었다.

「서혜림 씨랑 약속이 있어서.」

민석은 당혹감을 감추며 사무적으로 답했다.

「처음 뵙겠습니다. 서혜림입니다.」

혜림은 굳은 어깨로 총독에게 허리를 숙였다. 총독은 살가운 미소로 인사를 받았다.

「반갑습니다. 혜림 양은 날 처음 보겠지만 난 취임 전 유럽 공연 때 혜림 양을 몇 번 봤지요. 아주 인상적인 무대였습니다.」

「영광입니다.」

혜림은 익숙한 태도로 그의 칭찬에 화답했다. 사실 민석과 미유키를 사이에 둔 어색함만 아니라면 이렇게까지 긴장될 일은 없었을 터였다.

「오늘은 아주 운이 좋은 날이군. 이런 절세미인 둘과 함께 식사를 하게 되다니. 합석해도 괜찮겠나?」

「물론입니다.」

민석은 미소로 총독을 보좌했다. 총독이 자리에 앉자 미유키는 보란 듯이 혜림을 스쳐 지나 총독의 곁에 앉았다. 매섭고도 도도한 기세였다. 총독의 곁에 앉은 미유키는 마치 이 자리를 마련한 여주인 같았다. 민석은 그런 그녀와 마주 앉은 채 연신 미소를 잃지 않았다. 불안한 속내를 들키고 싶지 않았다. 두 사람은 그렇게 서로의 가면을 마주했다.

「살다 보면 별일이 다 있다더니, 미유키 이 녀석, 제 어릴 적부터 봐 왔어도 데면데면하더니 갑자기 식사 대접을 하겠다고 전화를 하지 뭔가? 난 자네가 시킨 일인가 싶었는데, 이제 보니 자네도 몰랐던 일 같군.」

총독은 그들의 공기와 상관없이 이 자리를 즐겼다. 물론 총독 역시 민석과 혜림의 관계를 알고 있었다. 시골의 장돌뱅이까지 아는 떠들썩한 연인이었으니 모를 리가 없었다. 그러나 딱히 그들 사이의 신경전에는 관심을 두지 않는 눈치였다.

「이 사람이 요즘 사람 놀라게 하는 데 취미가 생겼나 봅니다. 요즘은 저한테도 새로운 모습을 자주 보여 주거든요.」

민석은 말끝에 독을 품으며 싸늘히 웃었다.

「그래서 마음에 안 들어요?」

미유키 역시 지지 않고 미소로 응수했다.

「그럴 리가.」

두 사람은 팽팽한 눈길로 맞섰다. 그 사이 그들의 식탁에 새로운 와인이 준비됐다. 총독의 요구에 의해서였다. 술이 차오르자 총독은 가볍게 잔을 들었다.
「자, 그럼 미유키의 변신을 축하하며 건배 한 번 하도록 하지.」
네 사람의 잔이 허공에서 만났다. 그 찰나의 순간 수많은 감정이 맞부딪쳤다. 증오심과 승부욕, 질투심과 불안함이 엉킨 기묘한 자리였다.

18

"돌발 상황이 생겼어."
수찬은 본론을 꺼내기도 전에 한숨부터 내쉬었다.
"뭔데?"
영수가 걱정스레 물었다.
"평양에 가게 됐어."
"평양? 갑자기 왜?"
"이번에 추진하는 군수 공장 건 관련해서 시찰을 나간다고 하더라고."
"잘된 거 아니야? 어차피 우리도 움직이는데 서로 내막을 알아야 일을 해 먹지."
영수는 대수롭지 않게 넘겼다.
"이상하지 않아?"
"뭐가?"
"민석이 말이야. 마치…… 의도한 것처럼 이 일과 관련된 사람들을 한 자리에 모으고 있어."
수찬은 아무래도 민석이 마음에 걸렸다.
"그건 또 무슨 소리야?"
"너는 나하고 엮여 있고, 마모루와 유우스케는 나를 통해 민석이 정보를 캐려고 해."

"그 두 사람도 같이 가는 거야?"

"응. 민석이가 지명했어. 게다가 우연이긴 하지만 이무영도 같이 엮여 있잖아. 시기가 묘하게 얽혀 있다고."

영수는 그제야 심각해졌다. 생각해 보면 확실히 묘한 일이었다.

"괜찮을까?"

"괜찮지 않을 건 또 뭐 있어? 어차피 그쪽이나 우리나 일하는 사람은 정해져 있고……. 사람이 겹치는 것도 무리는 아니지. 하여간 예술이니 뭐니 하는 사람들은 지나치게 섬세해서 문제라니까."

영수는 찜찜함을 누르며 애써 너스레를 떨었다. 수찬의 불안을 잠재우기 위해서였다. 그러나 그 역시 꺼림칙하기는 마찬가지였다. 상대는 정민석이었다. 그러니 정신을 바짝 차리지 않으면 무슨 일을 당할지 알 수 없는 노릇이었다.

19

무영은 여유 있는 얼굴로 객차를 살폈다. 이미 기관사복으로 갈아입은 후였다. 열차는 여전히 한산했다. 의자에 기댄 노인은 아직까지 졸고 있었다. 무영은 잰걸음으로 여러 칸을 옮겨 갔다. 어딘가에 타고 있을 순사들을 제거하기 위해서였다. 매섭게 사방을 살피던 그의 눈가에 어느새 살기가 오르고 있었다.

「후쿠하라…… 키요시.」

더듬거리는 아이의 목소리에 그의 걸음이 멈췄다. 무영은 굳은 얼굴로 소리 나는 쪽을 바라봤다. 아이는 사심 없는 눈길로 그를 올려다봤다. 무영의 무거운 발소리가 소년에게로 향했다.

「지금…… 뭐라고 했지?」

무영은 아이 앞에 우뚝 섰다. 그러자 젊은 여자가 겁에 질린 얼굴로 소년을 감싸안았다. 아이의 엄마인 모양이었다.

「죄송합니다, 나리. 아이가 요즘 글을 배우고 있어서요. 그냥 놀이삼아 그러는 것이니 용서해 주세요.」

무영은 무심결에 자신이 입은 제복을 내려다봤다. '후쿠하라 키요시'라고 쓰인 명찰이 보였다. 무영은 저도 모르게 실소를 뿜었다. 아이는 그의 웃는 표정이 무서웠는지 여자의 품 속으로 파고들었다.

「조선인인 것 같은데 일본어 잘하네?」

무영은 아이의 눈높이로 허리를 숙였다.

「학교 가면 배우니까요. 조선말 쓰면 혼나요.」

꼬마는 여전히 그를 경계하면서도 또박또박 답했다.

"그래……. 그래도 조선인이면 조선말 공부를 더 열심히 해야 해. 혼난다고 자기 나라 말을 잊어버리면 비겁한 거야."

무영은 무심결에 속말을 꺼냈다. 그러다 여자의 의아한 시선에 벌떡 몸을 일으켰다. 자신이 후쿠하라 키요시로 분했음을 자각한 탓이었다. 그는 다시 경계심을 찾으며 다음 객차로 걸음을 옮겼다.

문을 열자 시끌벅적한 소리가 터져 나왔다. 순사들이었다. 그들은 소풍이라도 나온 듯 즐거워 보였다. 흥에 겨운 탓인지 이들은 무영의 등장에도 별다른 경계심이 없었다. 그들의 뒤로 떨어져 앉은 길주와 승민의 얼굴에만 비장함이 감돌았을 뿐이었다. 무영은 무표정한 얼굴로 순사들을 향해 다가갔다. 그는 거리를 좁히며 그들의 무기부터 살폈다. 다섯 명 중 세 명은 총이고, 둘은 긴 칼이었다.

「표 좀 보여 주시겠습니까?」

무영은 사무적인 말을 건네며 그들 사이로 파고들었다. 혹여 자신이 가늠하지 못한 무기가 있는지 살피기 위해서였다.

「뭐?」

「표를 보여 달라고 말씀드렸습니다.」

무영은 정중한 말과 함께 상대를 훑었다. 그 사이 자리에 앉아 있던 순사 하나가 벌떡 일어섰다. 불쾌한 기색이 역력했다.

「공문 못 받았나? 오늘 공무 수행으로 화물 적재해 가는 거 몰라?」

그의 언성이 높아졌다. 그의 고성과 동시에 무영의 정찰이 끝났다. 더 이상 숨겨진 무기는 없다는 판단이었다.

「간혹 신분을 속이고 기차에 탑승하는 이들이 있습니다. 확인 차원에서 하는 일이니 협조 부탁드립니다.」

무영의 한쪽 입꼬리가 살짝 올라갔다. 도발이었다.

「뭐가 어째? 이런 건방진……」

순사는 인내심을 잃고 장검을 꺼내 들었다. 무영은 눈 깜짝할 사이에 그 검을 빼앗아 상대의 복부에 꽂아 넣었다. 순식간에 벌어진 일이었다. 칼을 맞은 순사는 더운 피를 쏟으며 바닥으로 고꾸라졌다. 그가 쓰러짐과 동시에 나머지 순사들이 벌떡 일어섰다. 이들은 민첩한 동작으로 각자의 무기에 손을 가져갔다.

「멈춰.」

순간 자신들을 덮치는 낮은 목소리에 순사들은 동시에 뒤를 돌아봤다. 그러자 총으로 위협 중인 길주가 보였다. 진을 짜고 파고드는 승민과 함께였다. 두 사람은 각자의 총을 거머쥐며 이들을 조준하고 있었다. 순사들은 동작을 멈추고 두 손을 번쩍 들었다.

「내가 특별히 너희의 운명에 대해 설명해 주지.」

무영은 이들의 무기를 회수하며 빈정거렸다.

「우선, 너희는 이 자리에서 죽어. 무조건.」

무영은 마지막 단어에 힘을 줬다. 순사들에게 일순 동요가 일었다.

「다만, 죽은 뒤의 일에 대해서는 선택의 여지가 있지.」

무영은 담담히 자신의 계획을 설명했다. 그러는 동안 길주는 순사들의 무릎을 꿇렸다.

「우선 이 기차의 기관사 후쿠하라 키요시는 재물에 눈이 어두워 망간을 밀거래한 범죄자가 될 거야. 물론 그 또한 그자가 얼마나 노력하느냐에 따라 결과가 달라지겠지만.」

무영은 비죽이 웃으며 뚱뚱한 순사의 목에 칼날을 들이댔다.

「그럼 너희는 뭘까? 기관사에게 놀아난 무능한 순사? 아니면…… 공범?」

무영은 독백하듯 중얼대다 코웃음을 쳤다.

「죽일 거면 깔끔하게 죽여, 새끼야. 빈정대지 말고.」

상대의 둔탁한 얼굴이 분노로 일그러졌다.

「좋은 자세야.」

그의 말이 끝나기가 무섭게 무영의 검이 허공을 갈랐다. 그 매서운 동작에 상대의 피가 솟구쳤다. 창자가 끊어지는 소리와 함께 더운 피가 무영의 얼굴에 흩뿌려졌다. 무영은 그 비릿한 향을 느끼며 눈을 깜박였다. 술이라도 마신 양 한껏 취하는 기분이었다.

「이 친구는 사후의 일에 대해서는 별로 신경을 안 쓰는 것 같군. 너희는 어때? 죽은 뒤의 일을 선택하고 싶어?」

순사들의 경악에 찬 얼굴을 바라보며 무영은 제 얼굴의 피를 닦았다. 그 중 나이 어린 순사 하나가 벌떡 일어났다. 승민은 반사적으로 총구의 방향을 바꿨다.

「미친 새끼. 선택 좋아하시네. 대일본 제국의 순사 중에 조센징 따위한테 운명을 맡길 머저리가 있을 것 같아?」

감기에 걸렸는지 순사의 목소리는 제멋대로 갈라졌다. 그러나 동작만은 날렵했다. 그는 민첩한 발짓으로 자신을 겨누는 승민의 총을 걷어찼다. 승민의 총이 가속이 붙은 객차의 바닥으로 쏜살같이 미끄러져 갔다. 순사는 총을 잡으려 몸을 날렸다. 그 순간 무영은 단도를 꺼내 그의 가슴팍에 꽂아 넣었다. 조금의 오차도 없는 조준이었다. 서릿발 같은 칼날에 상대의 심장이 멎었다. 그는 즉사했다. 마치 애초부터 생명이 없던 사람처럼 고요했다. 흥건한 핏자국만이 유품처럼 남아 있을 뿐이었다.

「더는 곤란해. 난 너희를 더럽히기 싫거든. 그러니까 이 이상 덤비지 마. 조용히 죽어 준다면 적어도 너희의 명예 정도는 지켜 줄 의향이 있으니까.」

이제 남아 있는 순사는 둘뿐이었다. 무영은 거침없는 손길로 죽은 순사의 가슴에서 칼을 뽑았다. 일종의 경고였다. 칼이 있던 자리에서 분수처럼 핏물이 솟구쳤다.

"뭔 개소리야? 그냥 다 죽여 버려!"

길주는 순사들에게 총을 겨눈 채 고래고래 소리를 질렀다.

"누가 그러더라고. 그냥 죽이지 말고 단물 쓴물 다 빨아먹고 그 다음에 버리라고."

무영은 싸늘한 웃음으로 남아 있는 순사들을 쏘아봤다. 광기에 사로잡힌 한쪽 눈은 슬쩍 쌍꺼풀이 풀려 있었다.

20

미유키는 총독의 곁에 찰싹 붙은 채 배웅에 나섰다. 그녀는 마치 딸이라도 되는 양 총독의 매무새까지 고쳐 주며 아양을 떨었다. 민석과 혜림은 다소 어색한 거리를 두며 조용히 미유키를 지켜봤다.

「아저씨, 오늘 시간 내주셔서 감사해요.」

미유키는 일부러 총독을 '아저씨'라고 불렀다. 친분의 과시였다.

「감사는 내가 해야지. 가끔 이렇게 밥도 같이 먹고 그러자꾸나. 저 친구도 같이하면 더 좋고.」

「조만간 다시 한 번 자리를 마련해 볼게요.」

미유키는 사교적인 미소로 접대를 마무리했다. 그러다 혜림과 눈이 마주치자 삽시간에 제 미소를 거뒀다.

「미안해서 어쩌죠? 모처럼 시간 내셨을 텐데 배웅도 못해 드리게 됐으니.」

미유키는 말 속에 뼈를 묻고는 민석의 팔짱을 꼈다. 혜림에 대한 경고이자 민석을 향한 조롱이었다.

「각하도 계신데 왜 이래……?」

민석은 어색하게 팔을 뺐다.

「괜찮네. 아직 젊어서 그런걸. 그럼 다음에 보자, 미유키.」

총독은 차에 오르며 미유키에게 힘을 실어 줬다. 세 사람의 감정을 흔드는 장난질이었다. 민석은 총독의 차가 보이지 않을 때까지 허리를 굽혔다. 그 사이 미유키는 민석의 차로 향했다. 차 앞을 지키고 있던 동호는 난감한 얼굴로 민석을 봤다.

「열지 않고 뭐 해요?」

미유키는 앙칼지게 동호를 나무랐다.

「죄송합니다.」

동호는 마지못해 차 문을 열었다. 미유키는 꼿꼿하게 목을 세운 채 차에 올랐다. 민석은 감정을 삭이며 미유키의 곁으로 다가갔다.

「내려.」

미유키의 까만 눈동자가 민석에게로 향했다. 감정이 완전히 제거된 눈이었다.

「보는 눈도 많은데 어지간하면 그냥 타고 가지 그래요? 이대로 서 있는 건 혜림 씨도 불편할 텐데요.」

민석은 혜림을 돌아봤다. 핏기가 가신 그녀의 입술이 파랗게 질려 있었다. 민석은 혜림에게로 걸음을 옮겼다. 혜림의 코트 자락 사이로 칼날 같은 바람이 파고들었다. 경황이 없어 제대로 여미지 못한 탓이었다.

"먼저 들어가 있어. 저녁때 들를게."

민석은 자상하게 혜림의 코트를 여몄다. 자신의 목도리를 풀어 둘러 주는 것도 잊지 않았다.

"걱정하지 말고 가. 불편하면 평양 다녀와서 봐도 좋고."

"미안해."

혜림은 그를 안심시키려 고개를 가로저었다. 그러자 민석은 혜림에게 뭐라 귀엣말을 건넸다. 그 다정스러운 모습에 두 사람을 지켜보던 미유키의 눈빛이 매섭게 빛났다. 민석은 무거운 마음을 누르고 차에 올랐다. 동호는 시동을 걸어 차를 몰았다. 미유키는 창밖을 살폈다. 그러다 쓸쓸한 표정의 혜림과 시선이 마주쳤다. 순간 미유키는 민석의 귓가로 손을 뻗었다. 민석은 흠칫 놀라 얼굴을 돌렸다. 그 바람에 그와 그녀의 턱 선이 묘하게 교차됐다.

「무슨 짓이야?」

「뭐가 붙어 있기에 떼어 주려던 것뿐이에요.」

민석은 반사적으로 뒤를 돌아봤다. 차창 밖으로 멀어지는 혜림의 얼굴이 보였다. 제법 먼 거리임에도 충격이 느껴지는 창백한 얼굴이었다.

"차 세워."

민석의 명령에 동호는 급히 브레이크를 밟았다. 요란스러운 정지에 민석과 미유키는 심하게 흔들렸다. 덕분에 그와 그녀의 간격이 좁아졌다. 입술이 닿을 듯 아슬아슬한 공간 사이로 두 사람의 숨결이 섞여 들었다.

「그냥 보기 민망할 지경이네요. 여자 하나 때문에 전전긍긍하는 모습이라니.」

미유키는 제 심장 소리를 들킬세라 여유 있게 웃었다.

「두 번 다시 이런 식으로 유치한 장난 하면 가만두지 않을 거야.」

민석은 짤막한 경고와 함께 차에서 내렸다. 그는 왔던 길을 되돌아 달렸다. 그러나 혜림은 이미 자리를 떠나고 난 뒤였다.

21

총성 하나 없는 기차는 아무 일 없는 듯 평화로웠다. 그 고요함 속에 기관사는 바들바들 손을 떨며 기차를 몰았다. 여전히 기관사 복장인 무영의 뒤에서 길주와 승민이 깨끗한 순사복으로 옷을 갈아입었다. 한쪽에는 순사들의 시신이 즐비했다. 셋은 순사복 차림이었고 나머지는 길주와 승민의 옷을 입은 채 죽어 있었다.

"잘 들어. 난 기관사 자격으로 여길 빠져나가서 다른 장소에서 대기하고 있을 거야. 둘은 신의주역에 있는 역무원들을 각출해서 그쪽 한일단원들이 몰고 온 트럭에 짐을 옮겨 이동하면 돼. 무슨 말인지 알지?"

그들이 옷을 갈아입는 동안 무영은 작전 내용을 다시 한 번 확인했다.

"근데 왜 평양역이 아니라 신의주역이에요?"

승민이 새삼스레 물어 왔다.

"바보야. 평양에서 내리면 그 일대부터 수색할 거 아니야. 우린 신의주 통로로 들어가서 평양으로 이동할 거야."

길주가 무영을 대신해 설명했다. 승민은 그제야 고개를 끄덕였다.

"기관사는 그냥 둬도 되는 거야? 이대로 신의주가 아닌 다른 길로 빠져 버리면 어쩌려고?"

길주는 찜찜한지 확인에 들어갔다.

"괜찮아. 일본놈들도 다 사람이거든."

무영의 눈빛이 깊어졌다. 새삼스레 기관사가 측은해졌다.

"제 가족을 헤집어 놓겠다고 하는데 나라를 위해 희생할 수 있는 놈들이 몇이나 되겠어? 아무리 날 때부터 세뇌되어 살아왔다고 해도…… 결국 그놈들도 평범한 사람에 불과해."

무영은 착잡한 시선을 창밖으로 돌렸다. 그는 가슴속에 치미는 감정의 정체에 의문을 품었다. 돌이켜보면 사람 하나 죽이는 일은 아무것도 아니었다. 오히려 응어리를 풀기 위해 누구라도 잡아다 머리에 총구멍을 내고 싶어했던 그였다. 비가 오는 날이면 분노를 삭이지 못해 애꿎은 베개라도 뉘어 놓고 칼을 쑤셔 대기도 했다. 그랬던 그가 지금은 아직 숨을 끊어 놓지도 않은 기관사에게 죄책감을 품고 있었다. 그는 기관사를 협박했던 상황을 떠올리며 새삼스레 부끄러움을 느꼈다. 목적을 이루기 위해 가족까지 들먹여 가며 협박했던 일은 아무리 생각해도 비열하기 짝이 없었다. 무영은 혼란스러웠다. 순사들에게 짓밟힐 조선인들을 구하고자 시작한 일이었다. 그러나 그들을 위해 자신은 이미 다섯 명의 목숨을 거뒀다. 그리고 아마 얼마 지나지 않아 나머지 한 사람의 명줄마저 끊게 될 터였다.

"이놈들 셋은 밖으로 던져 버려."

무영은 자신에게 반항하다 죽은 순사들을 발로 툭툭 걷어찼다. 나약해진 마음을 지우기 위해서였다.

"그냥 나머지 놈들까지 다 던져 버려. 시체 굴러다녀 봐야 좋을 게 뭐야?"

길주가 끼어들었다.

"약속은 약속이잖아. 깨끗하게 죽게 하겠다고 했으니 지킬 건 지켜야지. 그게 시신이건, 명예건."

무영은 자괴감을 지우려 창밖으로 시선을 돌렸다. 객차 안의 상황과는 대조적인 아름다운 풍경이 삽시간에 스쳐 지났다. 그 고요한 정경 사이로 둔탁하게 떨어지는 몸뚱이 셋이 섞여 들었다. 그들이 떨어진 자리마다 뽀얗게 먼지가 일었다.

열차는 빠르게 달리며 무심히 길림역을 지나쳤다. 정차하면 기차에 오르려던 승객들은 당혹감에 고개를 갸우뚱거렸다. 대기하고 있던 역무원은 뜻하지 않은 돌발 상황에 사무실로 뛰어들어갔다.

"128호 차량이 정차하지 않고 역을 통과해 버렸습니다!"

역무원은 다급하게 들어서며 헉헉거렸다.

"뭐? 128호라면 망간 수송 차량 아닌가? 정상 운행 하는 차량으로 알고 있는데……. 달리 보고 들어온 게 있나?"

역장은 서류를 뒤지다 말고 다른 역무원에게 물었다.

"두 시간 전 128호 기관사에게 직접 교신이 왔습니다. 예정이 변경되어서 도착지까지 직행한다고요."

"그래?"

역장은 그 이상 묻지 않은 채 대수롭지 않게 넘겼다. 다급했던 역무원도 승강장으로 돌아갔다. 길림역은 다시 고요해졌다.

22

창밖으로 신의주역의 이정표가 보였다. 기관사가 기차의 속도를 조절하는 동안 무영은 그의 머리에 총을 겨눴다. 어느새 기관사의 눈가에서는 공포가 사라졌다. 그는 이미 제 운명을 받아들이기로 결정한 모양이었다. 열차는 요란한 증기 소리를 내며 서서히 멈췄다. 기관사는 고개를 돌려 무영에게 뭔가 말을 건넸다. 무영은 대답 대신 고개를 끄덕였다. 그러자

기관사는 편안한 미소와 함께 가만히 눈을 감았다. 그의 주름 진 뺨 위로 눈물이 흘러내렸다.

"탕!

날카로운 총성이 울렸다. 하지만 어마어마한 증기 소리에 총성은 흔적 없이 묻혀 버렸다. 무영은 서둘러 기관실을 빠져나왔다. 황급한 걸음에 그의 품에서 쪽지가 떨어졌다. 한일단의 표식이었다. 무영은 바삐 승강장에 내려섰다. 역사는 한산했다. 그는 오른쪽으로 고개를 돌렸다. 멀리서 순사 복장을 한 길주와 승민이 보였다. 무영은 그들을 뒤로 한 채 반대편으로 걸었다.

"괜찮을까요?"

심상치 않은 무영의 움직임에 승민이 걱정을 표했다. 그는 순사복이 어색해 자꾸만 소매를 끌어내렸다.

"괜찮을 거야. 무영이 저 자식, 뭘 잘못 먹은 건지 몰라도 완전히 제정신인 거 같으니까."

길주는 바삐 움직였다. 마음이 급했다.

그때였다. 분주한 두 사람의 걸음을 순사들이 막아섰다. 승민은 저도 모르게 흠칫 놀랐다. 자신이 지금 순사로 위장하고 있다는 사실을 잊은 까닭이었다. 하지만 길주는 담대했다. 그는 일사불란하게 순사들을 움직여 자신들의 목적에 이용했다.

「난 나진역에서부터 망간 수송 책임을 맡고 있는 나카무라 경위다. 지금 밖에 있는 트럭으로 화물을 옮겨야 하니 역무원들을 모두 소집하도록.」

「알겠습니다!」

순사들이 분주히 역무실로 달려가자 길주와 승민은 역 앞에 주차된 트럭으로 향했다. 트럭에는 이미 망간 상자가 수북했다. 수찬의 고지가 제대로 전달된 덕분이었다. 길주는 운전사를 바라보며 눈을 두 번 깜박거렸다. 그러자 상대는 엄지를 오른쪽으로 두 번 흔들었다. 그들은 그렇게 서로의 신분을 확인했다. 잠시 후 역무실에서 역무원들이 달려왔다. 순사들도 함께였다. 역무원과 순사들은 영문도 모른 채 한일단의 일을 도왔다. 그 사이 승민은 짐칸에 올랐다. 역의 분위기를 파악하기 위해서였다. 그는 고개를 쭉 빼고 기차 쪽을 살폈다. 멀리 무영이 빠져나가는 모습이 보였다. 승민은 조용히 안도의 한숨을 쉬었다. 무영이 사고를 치지 않고 넘어갔으니 이번 작전은 무사히 마무리될 터였다.

"꺄악!"

그 순간 날카로운 비명이 신의주역에 들어찼다. 짐을 싣던 이들은 일순 경직됐다. 한일단원과 역무원, 순사를 가릴 것 없이 모두 마찬가지였다. 길주는 발각되었음을 느끼고 한일단원들에게 신호를 보냈다. 그러자 이들은 트럭에서 총을 꺼내 들어 민첩하게 순사들을 공격하고 나섰다. 당황한 순사들은 무방비 상태에서 총을 맞고 쓰러졌다.

"빨리 출발해! 어서!"

길주는 서둘러 모두를 인솔하고는 차에 올랐다. 운전사는 부리나케 차를 몰았다. 뒤이어 도착한 순사들이 트럭을 향해 총을 쐈지만 이미 사정거리에서 멀어진 뒤였다. 트럭은 뽀얀 먼지를 남겨 둔 채 자취를 감췄다.

23

「뭐? 망간을 탈취당해? 이런 멍청한!」

마모루는 격노한 나머지 쥐고 있던 컵을 던져 버렸다. 보고하던 스즈키는 사색이 되어 불벼락을 피했다. 마모루는 분노를 감추지 못해 얼굴이 시뻘게졌다.

「당장 튀어 나가 알아봐! 어떤 놈들이 감히 대일본 제국의 물품에 손을 댔는지! 어떤 머저리들이 눈을 시퍼렇게 뜨고 도난당했는지! 지금 당장!」

「네!」

스즈키는 행여 불똥이라도 튈세라 서둘러 모습을 감췄다.

「망간을…… 도난당해요?」

맞은편에 앉은 민석이 이맛살을 찌푸렸다. 그는 평양에 들어설 군수 공장 문제로 유우스케까지 대동해 회의를 하던 중이었다.

「네, 그렇습니다.」

마모루는 고개를 떨궜다.

「보안이 어떤 지경이기에 군수 물자를 도난당합니까? 한심하기는……」

민석이 기가 차다는 듯 혀를 끌끌 찼다.

「지금 책임 소재가 중요한 게 아닙니다. 이번에 도착 예정이던 망간은 일본에서 반년간 주야로 일해 거둬들인 겁니다. 그런데 그걸 한 번에 털렸으니……」

유우스케가 슬며시 끼어 마모루를 싸고돌았다.

「큰일이군요. 가뜩이나 정어리도 씨가 말라 무기 생산에 차질을 빚고 있는데……」

민석은 고개를 가로저었다.

「그래서 말씀인데, 평양 시찰 일정에서 저는 빠졌으면 합니다만……」

마모루는 그답지 않게 말끝을 흐렸다.

「총독부의 실책인데 중추원 일정을 변경해야 할 이유가 있습니까?」

민석은 가차없이 그의 말을 잘랐다.

「하지만 사안이……」

마모루는 난색을 표했다.

「평양 시찰 건은 매우 중요한 일입니다. 그런 어처구니없는 실수를 하지 않았다면 망간 수송 같은 것과는 견줄 수 없는 일이지요. 그런데 총독부 실세인 경무국장께서 빠져서야 일이 진행되겠습니까? 총독께서 매우 서운해하실 텐데요.」

민석은 교묘히 마모루의 속을 긁었다.

「좋습니다. 일정을 당겨 서둘러 움직이도록 하죠. 어차피 평양과 신의주는 멀지 않으니까요.」

마모루는 마지못해 민석의 말에 동의했다.

24

동호는 황급히 계단을 올라 민석의 서재로 향했다. 그러다 미유키와 마주치자 정중히 고개를 숙였다. 제 방을 나서던 미유키는 심상치 않은 눈길로 그의 인사를 받았다. 뻐질뻐질 땀을 흘리는 동호의 얼굴이 예사롭지 않아서였다. 바깥에 몰아치는 한파가 무색해지는 모습이었다.

「무슨 일이에요?」

미유키는 지그시 동호를 올려다봤다.

「각하께서 급히 짐을 챙겨 오라고 하셨습니다.」

동호는 달려왔는지 숨을 몰아쉬었다.

「짐요?」

「네. 다음 주 예정이던 평양 시찰이 오늘로 당겨졌거든요.」

「그래요? 갑자기 왜요?」

「……자세한 건 저도 듣지 못했습니다.」

꼬리를 무는 미유키의 물음에 동호는 대답을 얼버무렸다.

「동호 씨.」

미유키는 싸늘한 눈길로 동호를 쏘아봤다.

「앞으로는 크든 작든 나한테 비밀을 만들지 않는 게 좋을 거예요. 그게 동호 씨가 모시는 주인을 진정으로 위하는 길일 테니까.」

「명심하겠습니다.」

동호는 곤란한 기색으로 대꾸하고 서재로 들어갔다. 미유키는 문가에 서서 동호의 움직임을 살폈다. 열쇠로 서랍을 열어 서류를 챙기던 동호는 뭔가 생각났는지 캐비닛 쪽으로 걸음을 옮겼다. 그는 그 안에서 다른 짐을 꺼낸 뒤 가방에 밀어넣었다. 동호는 전에 없이 허둥지둥했다. 미유키의 시선이 신경 쓰였다. 그는 서둘러 캐비닛을 잠그고 부지런히 밖으로 향했다.

미유키는 창밖으로 시선을 돌렸다. 오래지 않아 대문을 나서는 동호의 등이 보였다. 미유키는 저 홀로 코웃음을 쳤다. 민석을 향한 적개심의 표현이었다.

그녀는 별다른 기색 없이 복도로 걸음을 옮겼다. 그러다 조금 열린 책상 서랍에 시선이 꽂혔다. 동호가 허겁지겁 나가는 통에 잠그지 못한 모양이었다. 미유키는 호기심 어린 눈길로 서랍을 열었다. 익숙한 물건이 그녀의 시선을 사로잡았다. 미유키는 떨리는 손길로 그 물건을 집어 들었다. 검과 탄피였다. 미유기는 힌눈에 그깃이 무영의 자취임을 알아챘다. 총알에 대해서는 아는 바가 없었으나 검이라면 또렷하게 기억하고 있었다. 그녀의 세포 하나하나가 목덜미에 닿았던 서늘한 감촉을 품고 있는 까닭이었다.

「재미있지 않아요? 증오라는 건 한 번 불이 붙으면 재가 드러날 때까지 불길을 거둘 줄 모르니 말이에요.」

미유키는 민석에게 말하듯 홀로 중얼거렸다. 미유키의 가느다란 손가락 사이로 무영의 검이 노닐었다. 그녀는 그 살기 어린 감촉을 느끼며 싸늘히 웃었다. 민석이 고의적으로 무영의 죄를 덮어 줬다는 사실은 그녀의 호기심을 자극하기에 충분했다.

「남들은 사랑을 하면 그렇다는데……. 결국 증오와 사랑은 빛과 그림자 같은 걸까요?」

미유키는 서글픈 미소와 함께 무영의 검을 다시 서랍 속으로 밀어넣었다. 민석의 서랍을 원래대로 닫아 두는 일도 잊지 않았다.

부러진 날개

1

무영은 신의주역 부근에 있었다. 여전히 제복 차림인 그는 바쁜 걸음으로 옷가게에 들어섰다. 제복을 본 주인은 저도 모르게 긴장했다. 무영은 그 기세에 그가 조선인이라는 사실을 알아챘다. 측은한 노릇이었다.

「어서 오십시오, 나리.」

「계산해 줘.」

그는 대충 옷을 몇 개 집어 든 뒤 돈을 건넸다.

「갈아입을 곳은 있나?」

「네. 저쪽입니다.」

무영은 서둘러 옷을 갈아입고 나왔다. 그는 곱게 접은 제복을 주인에게 내밀었다.

「이건 따로 담아 줄 수 있겠나?」

「네, 알겠습니다.」

무영은 옆에 진열된 모자를 집어 눌러쓰며 얼굴을 가렸다. 이제 준비는 끝이었다. 그는 그길로 신의주 우체국으로 향했다. 우체국에 들어서자마자 그는 작은 상자를 건넸다. 직원은 사무적으로 응대했다.

「수신처가 남만주 철도 회사. 수신인이 후쿠하라 키요시. 맞습니까?」

「네.」

후쿠하라 키요시. 무영은 저 혼자 그 이름을 중얼거렸다. 죽기 직전까지 제 가족을 살피던 따뜻한 가장의 이름이었다. 무영은 소포를 보내기 전 그 위에 적힌 그의 이름을 가만히 쓸어 봤다. 그는 제 자식의 앞길을 걱정하며 기쁘게 목숨을 내어놓은 훌륭한 아버지였다. 무영은 떠나는 그의 이름에 조용히 묵념했다. 그렇게 기관사와의 마지막 약속을 지킨 무영은 평양으로 걸음을 재촉했다. 죽은 기관사가 그러하듯 그에게도 목숨을 내어 주어도 아깝지 않을 이가 기다리고 있었다. 애석하게도 차가운 한 줌 흙이 되어 있었지만 말이다.

평양역에 도착한 무영은 깊어진 눈빛으로 주위를 둘러봤다. 북적거리는 군중이 무심히 그를 지나쳤다.

"무영 오빠!"

요란한 증기 소리에 수진의 목소리가 묻어났다. 학평의 심부름으로 평양역을 오고 갈 때마다 반가이 들리던 목소리였다. 무영은 그 소리를 기억하려 소음 한가운데에 섰다. 귀가 먹먹한 소음 속에서 그는 서글프게 웃었다. 열차가 서너 대 오고 갈 때까지 쭉 그랬다.

어김없이 새로운 기차가 도착할 때쯤이 되어서야 무영은 정신이 들었다. 스스로의 자각 때문은 아니었다. 이제 막 플랫폼에 내려선 수찬과 눈이 마주쳤던 탓이었다. 두 사람은 서로 놀랐다. 하지만 애써 내색하지 않은 채 각자의 길을 걸었다.

"잠깐 보자. 역사 뒤편 세 번째 창고에서 기다릴게."

수찬이 제 옆을 스쳐 가는 순간 무영이 낮게 입을 열었다. 수찬은 대답 없이 가던 길로 향하며, 고개를 움직이지 않은 채 눈으로 주위를 살폈다. 무영이 말한 장소를 찾기 위해서였다. 그는 어렵지 않게 건물을 찾아낼 수 있었다. 이런저런 화물이 가득한 창고였다.

창고로 들어서자 어두침침한 공간에는 자신의 발걸음 소리만이 울려 퍼졌다. 수찬은 조심스럽게 무영을 찾아 화물 사이를 비집고 다녔다. 그러자 구석에서 기다리던 무영이 그를 잡아챘다.

"미쳤어? 갑자기 이런 데서 보자고 하면 어떡해?"

수찬은 정색했다.

"너야말로 평양에 웬일이야?"

"민석이가 평양 시찰을 추진했어."

"그게 무슨 소리야?"

민석의 이야기가 나오자 무영은 대번에 날이 섰다.

"자기 소유의 평양 대지를 몽땅 내놨어. 군수 공장을 세우겠다고."

"뭐? 공장?"

무영은 대뜸 언성을 높였다. 수찬은 놀라 그런 그를 진정시켰다.

"왜 이래? 목소리 낮춰."

"이 땅이 어떤 땅인데……. 여길 다 갈아엎고 공장을 세우겠다고?"

무영은 희번덕거리며 흰자위를 굴렸다.

"목소리 낮추라니까!"

무영은 분노로 멍해졌다. 수찬은 그런 그의 기색을 무시하고 제 말을 이었다.

"그쪽은 어떻게 됐어?"

무영은 대답이 없었다.

"망간은 어떻게 됐냐고!"

수찬이 낮은 목소리로 다시 그를 채근했다.

"이동했어. 신의주 통로로⋯⋯. 평양을 거점으로 해서 경성으로 움직이고 있을 거야."

무영은 마지못해 대꾸했다.

"이무영, 넌 이제 빠져. 무슨 일인지 모르겠지만 너도 알지? 너 지금 이성을 잃었어."

상황 파악을 마친 수찬이 냉정하게 말했다.

"남을 거야."

"너⋯⋯."

"진정할게. 참을 테니까 보내지 마."

무영은 애써 제 감정을 누르며 사정했다. 절박한 부탁이었다. 수찬은 저도 모르게 한숨을 쉬었다.

"일단 나가자. 오늘 중추원과 총독부 전부 이쪽으로 몰려올 거야. 서둘러야 해."

수찬이 먼저 앞서 걸었다. 무영은 조용히 그를 뒤따랐다. 수찬은 밖을 살폈다. 아무도 없었다. 주위를 꼼꼼히 살핀 수찬은 안심이 안 돼 무영에게 마지막 다짐을 받았다.

"흥분하지 마. 알았지?"

수찬의 다짐에 무영은 말없이 고개를 끄덕였다.

"오늘 어느 쪽에 있을 거야?"

"평양 시장통에 금산옥이라고, 냉면집 뒤쪽에 어물전이 있어. 거기 창고 뒤져 보면 통로가 나올 거야."

수찬은 지도부터 펼쳤다. 한일단의 통로와 연결 고리를 찾기 위해서였다.

"35번 통로네. 알았어. 우선 너는 가 있어."

수찬은 뒤돌아 걸었다. 순간 요란한 바퀴 소리가 수찬 앞으로 섰다. 민석이었다. 갑작스러운 상황에 수찬은 당혹감을 금치 못했다. 무영 역시 경직되기는 마찬가지였다. 그러나 무영은 애써 주먹을 꼭 쥔 채 버티고 섰다.

"준비하라고 일찍 보내 줬더니 이런 데서 노닥거리고 있을 줄은 몰랐군."

민석은 창문 사이로 빈정거렸다.

"죄송합니다."

"타지. 이럴 줄 알았으면 같이 이동할 걸 그랬어."

"네."

수찬은 주저 없이 차에 올랐다. 무영과 민석의 사이를 빨리 벌려 놓아야겠다고 생각했기 때문이었다.

"출발해."

"네."

무영의 분노를 뒤로 한 채 차는 떠났다. 민석은 싸늘하게 웃었다. 그의 곁에 앉은 수찬은 좌불안석이었다.

"두 사람, 아는 사이였나?"

민석은 매섭게 몰아붙였다.

"……네?"

"두 번씩 묻게 하지 마. 저자와 아는 사이냐고 물었어."

"네."

수찬은 할 수 없이 긍정했다. 발뺌을 하기에는 이미 너무 늦은 일이었다.

"생각보다 발이 넓군. 어떻게 아는 사이인가?"

민석은 집요하게 수찬을 궁지로 몰아넣었다.

"경성 대장간 사람이라 박영수에게 소개받았습니다."

"그래? 처음 듣는 이야기군."

민석은 저도 모르게 실소했다. 수찬의 거짓말이 너무 어설펐던 탓이었다.

"아무래도 각하보다는 저랑 접촉하는 편이 쉬웠을 테니까요. 박영수, 그 친구…… 각하를 많이 어려워하는 것 같더군요."

"그렇겠지."

그럴듯한 핑계였다. 민석은 보조를 맞춰 줬다. 수찬은 그런 민석의 반응에 일단 안도했다. 그러나 경계를 늦출 수는 없었다.

"저 사람 이름이 뭔가?"

"이무영이라고 합니다."

"이무영……?"

민석은 실소했다.

"각하께서도 저자를 아시는 겁니까?"

"안면은 있었지만 그렇게 유명한 자인지는 몰랐군."

"무슨 말씀이십니까?"

"몰랐나? 저자의 이름에 걸린 현상금이 2천 원이야. 악질적인 독립군이지. 내가 아는 그 이무영이 맞다면 말이야."

수찬은 저도 모르게 얼굴이 굳었다.

"어쨌거나 좀 더 알아볼 필요가 있는 자로군. 안 그래도 나에게 관심이 많은 것 같으니."

민석은 일부러 수찬을 동요시켰다. 속내를 알고 싶어서는 아니었다. 그저 당혹감에 젖은 수찬의 얼굴이 재미있을 뿐이었다. 짓궂은 노릇이었다.

2

민석과 조우하고 난 무영은 밤새 술을 마셨다. 오후부터 쏟아지기 시작한 비에 시장 바닥은 온통 눅눅했다. 탁자 위엔 이미 빈 술병이 가득 들어차 있었다. 하지만 무영의 눈빛만은 여전히 형형했다. 그는 거칠게 한 잔 들이켰다. 취하고 싶었다. 하지만 의식만은 너무 멀쩡해서 괴로웠다.

"어쩌 잠깐 멀쩡하다 싶더니 여기서 또 술 마시고 있는 거야?"

뒤늦게 합석한 길주가 어깨를 툭 쳤다. 무영은 대답 없이 술만 들이부었다.

"그래도 형, 이번에 되게 멋있었어요. 형은 사람 불안하게 하다가도 꼭 필요한 때 사람을 놀라게 한다니까요?"

승민은 무영을 추켜세웠다.

"비가 오려나 봐……."

무영은 저 혼자 웅얼거렸다. 제 잔을 채우던 길주는 그제야 무영을 봤다. 그의 눈은 이미 취기에 젖어 있었다.

"비가…… 우욱……."

무영은 구토감을 느끼며 밖으로 뛰어나갔다.

"저 미친 놈 또 저런다, 또…….."

길주는 고개를 질레질레 흔들며 술을 털어 넣었다.

"형 저런 지 오래됐죠?"

승민이 걱정스레 물었다.

"저 자식, 한일단 사람들 처음 만났을 때…… 어쩌고 있었는지 알아?"

길주는 다시 술잔을 비웠다. 그는 쉽게 입을 열지 못했다. 생각만 해도 참담했다.

"결혼을 앞둔 제 여자의 피를 뒤집어쓰고 있었어……."

길주는 겨우 말을 잇고 제 잔을 채웠다. 승민은 상상할 수 없는 참담함에 차마 입을 떼지 못했다.

"어떻게 보면 그러고서 미치지 않은 게 이상할 수도 있지."

길주는 빈 병을 살피다 새로 술을 주문했다. 승민은 밖을 봤다. 골목에는 여전히 비가 내렸다. 무영은 벽을 부여잡고 구토했다. 빗소리와 견주듯 거센 토악질 소리가 시장통에 가득 들어찼다.

3

혜림의 얼굴에는 모처럼 생기가 돌았다. 뜻이 맞는 이들과 무대를 계획하는 것은 실로 오랜만의 일이었다. 다른 이들 또한 마찬가지였다. 홍연을 위시한 기생들은 자신들이 예인으로 대접받고 있다는 사실에 묘한 흥분을 느꼈다.

"그나저나 아직 정하지 못한 게 있어요."

혜림이 운을 뗐다.

"뭔데요?"

"검무에 쓸 검요. 어떤 게 우리 안무에 적당한지 모르겠어요."

"전통 검무에서는 어떤 걸 쓰죠?"

홍연이 물었다.

"원래는 무사들이 쓰는 장도를 써요. 전해지기로는 최초의 검무를 춘 사람이 어린 소년이었대요."

"소년이요?"

금옥이 호기심을 보였다.

"네. 황창이라는 신라의 화랑이었는데 나라를 위해 백제의 왕 앞에서 칼춤을 췄다고 하더라고요. 그 춤이 어찌나 매혹적이던지 춤을 보며 탄복하던 백제의 왕은 자신이 매료당한 검에 찔려 죽고 말았대요. 물론 황창은 그 자리에서 잡혀 죽음을 면치 못했고요."

모두는 괜히 숙연해졌다. 삼국으로 갈라져 서로를 죽여야 했던 그 시절이나 적군과 아군이 뒤섞인 현재의 처지가 그리 다를 바 없어서인지도 몰랐다.

"어쨌거나 우리 중엔 검을 처음 쥐는 사람들이 더 많은 것 같고……. 그래서 내 생각엔 칼이 좀 짧았으면 좋겠어요. 다루기 쉽게."

모두는 고개를 끄덕였다.

"아! 칼!"

애종은 좋은 생각이 떠올랐는지 저 혼자 흥분했다.

"왜요? 뭐 좋은 생각 있어요?"

"헤헤, 저는 칼 같은 건 부엌칼밖에 모르지만 전문가는 하나 알고 있거든요."

"으이그, 그저 자나 깨나 그 자랑이지."

미향이 무안을 줬다.

"누군데요?"

"아, 해일관에 자주 오시는 나리 중에 대장간 하시는 분 있거든요. 경성 대장간 아시죠? 거기 요즘 되게 잘나가잖아요. 나랏돈 팍팍 끌어 오고."

애종은 괜히 목에 힘을 줬다.

"아, 그래요? 그럼 애종 씨가 한번 끈 좀 놔줄래요?"

"물론이죠. 영수 오라버니는 제 말이라면 꼼짝도 못하거든요."

혜림이 반색하자 애종은 어깨에 힘을 주고 더욱 허세를 부렸다. 혜림은 기쁘게 웃었다.

"좋아요. 그럼 내가 미리 점심 낼게요. 좋죠?"

모두는 환호했다. 따뜻한 정경이었다.

4

"이거, 이거 보이지? 나 이제 사진 찍고 맞선도 보고 해야 하는데 어쩔 거야?"

영수는 터진 입술을 쿡쿡 찌르며 생색을 냈다. 지은은 어처구니가 없었다.

"진짜로 왔어요?"

"퉁 치자면서. 그럼 그거 거짓말이었어?"

"아, 됐어요, 됐어. 앉아 봐요."

영수는 말이 떨어지기가 무섭게 의자에 앉았다. 지은은 눈을 흘겼다. 그러나 영수는 아랑곳 않고 헤벌쭉 웃었다. 참으로 두꺼운 얼굴이었다.

"가서 타박상에 바를 연고 좀 가져와요. 이왕이면 제일 따가운 걸로."

지은은 이왕에 닥친 일, 복수라도 할 참이었다. 영수는 그 말이 허풍이라고 생각했다. 하지만 결과는 참담했다. 상처에 연고가 닿자마자 쓰라림은 배가 되었다.

"아야야, 좀 살살할 수 없어?"

지은은 모른 척하며 핀셋의 약솜으로 상처를 꾹꾹 눌렀다. 엄살 부리는 그의 비명이 복도까지 새어 나갔다.

"악, 진짜 이 여자가 사람 잡네. 아야, 살살 좀 해 봐."

"억울하면 다른 병원 가 보든가."

지은은 더욱 손에 힘을 줬다.

"아, 독하다 독해. 내가 전생에 무슨 죄를 졌다고……. 이럴 줄 알았으면 달달한 우리 애종이한테 가는 건데."

"이거 봐. 입만 열면 줄줄 새는 한량 짓."

"내가 한량 짓 하는 데 당신이 뭐 보태 준 거 있나? 혹시 질투하나?"

영수는 그 와중에도 넉살을 부렸다. 지은은 일부러 상처를 쓱 쓸어내렸다. 덕분에 영수는 또 한 번 자지러져야 했다. 치료를 마친 지은은 야멸치게 돌아앉았다.

"이제 상처 다 나은 것 같으니까 그만 오세요."

"사람 참 야박하네. 뭐 어쨌거나 우리도 보통 인연은 아닌 것 같은데 밥이나 먹으러 갑시다. 내가 크게 낼 테니까."

"말은 고마운데 난 통 치기로 하고 갚은 것뿐이니까 그럴 필요 없어요."

"거, 되게 튕기네. 내가 그냥 가려다가 그쪽 얼굴이 완전 죽상이라 산다는 거니까 잠자코 따라와."

영수는 억지로 손을 잡아끌었다. 지은은 투덜대면서도 따라갔다. 그리 싫지는 않은 모양이었다.

그들은 정갈한 한식당으로 향했다. 깔끔하고 소박한 식사가 인상적이었다.

"칼 만져 본 적 있어요?"

밥을 먹던 그녀가 담담히 물었다.

"당연하지. 내가 걸음마 떼기 전부터 칼자루 쥐고 놀던 사람이거든. 근데 왜 닭살 돋게 존댓말이야? 적응 안 되게."

영수는 제 성격대로 자랑을 늘어놓았다.

"그럼…… 칼 써 본 적 있어요?"

"아, 존대하지 말라니까. 안 하던 짓 하니까 되게 이상하거든?"

"그래 뭐, 소원이라면……. 그래서, 칼 써 본 적 있어? 사람 배를 갈라 봤다든가, 찔러 봤다든가……."

"아, 진짜. 너라는 여자가 어떤 애였는지 생생하게 되새겨 주는구나. 입맛 떨어지게 왜 밥 먹는 데서 그런 걸 묻는데?"

영수는 진짜로 비위가 상해 수저를 내려놓았다. 지은은 피식 웃었다.

"그럴 줄 알았다. 바에서 한 주먹에 나가떨어졌을 때 알아봤어야 하는데."

"참 나. 사람 찌르는 게 정상이냐? 남을 죽인다는 거 아냐? 자기도 못 해 본 주제에 큰소리는."

영수는 자존심이 상해 구시렁거렸다.

"잊었어? 나 의사잖아. 남의 상처 째고, 가르고, 꿰매고……."

영수는 얼굴을 찌푸리며 물을 마셨다. 듣기만 해도 속이 메슥거렸다.

"그러고 보니 되게 웃긴다. 칼이라는 거 말이야. 사람을 죽이기도 하지만, 살리기도 하잖아?"

듣고 보니 옳은 말이었다. 영수는 그제야 진지하게 지은을 봤다. 그러고 보니 아까부터 그녀의 눈가에 수심이 가득했다.

"네가 만드는 건 어떤 칼이야? 사람을 죽이는 칼이야, 아니면 살리는 칼이야?"

영수는 선뜻 대답하지 못했다. 한 번도 생각해 보지 않았던 문제였다. 물론 그는 항상 자신이 가는 길이 옳다고 믿어 왔다. 지금껏 모든 일이 그랬다. 조선의 독립을 위해 해 왔던 일이었다. 하지만 자신이 하는 일은 사람의 생사를 차별했다. 그의 칼은 오직 조선 사람들을 지키기 위해 존재할 뿐이었으니 말이다.

"난 아무래도 조만간 사람 한번 제대로 갈라 봐야 할 것 같아."

"무슨 소리야?"

영수는 짐짓 심각해졌다.

"우리 아버지가…… 죽을병에 걸렸다더라고."

영수는 놀라 그녀를 봤다. 밥을 밀어넣는 지은의 눈가가 촉촉이 젖어 있었다. 그러나 말투만은 여전히 담담했다.

"그런데 그 말을 믿을 수가 있어야지. 그래서 내가 한번 들여다보려고."

영수는 뭔가 힘이 되는 위로를 전해야 한다고 생각했다. 하지만 그의 머리는 그런 쪽에서는 무력하기 짝이 없었다. 그런 까닭에 영수는 이렇다 할 위로 한 마디 못한 채 밥만 꾸역꾸역 밀어넣었다. 결국 그의 무심함에 지은은 토라지고 말았다.

5

평양 철도 호텔 앞은 때 아닌 차량의 행렬로 분주했다. 맨 앞에 민석의 차가 도착하고 그 뒤로 연달아 차가 들어섰다.
"시간 좀 내줄 수 있나?"
차에서 내리던 민석이 물었다.
"어차피 일정은 내일부터니까. 한잔 정도 하면 어떨까 해서."
"알겠습니다."
수찬은 가볍게 긍정했다. 사실 거절할 수 있는 처지도 아니었다. 게다가 지금의 민석은 다소 편안한 눈빛이었다. 수찬은 모처럼 그에게서 친구의 기운을 느낄 수 있었다. 그러나 민석의 표정은 다시 싸늘하게 굳었다. 수찬은 달라진 민석의 기색에 고개를 돌렸다. 그러자 그의 시선 끝으로 마모루와 유우스케가 다가오고 있었다.
"이따 보지. 정리되는 대로 내 방으로 와."
"네."
수찬은 짐을 풀고 바로 민석의 방으로 향했다. 민석은 편한 복장으로 수찬을 맞이했다. 민석은 소파에 눌러앉아 맥주를 마셨다. 어딘지 모르게 해방감이 스치는 모습이었다.
"이런 자리 오랜만이네."

격의 없는 말투였다.

"그런 것 같네요."

"우선 한 잔 받지."

민석은 수찬에게도 맥주를 권했다.

"이미 좀 드신 것 같군요."

"응. 오랜만이니까."

수찬은 민석의 공기가 한층 부드러워졌음을 느꼈다. 덕분에 그 역시 편하게 술을 들이켰다.

"술김에 말하는 건데…… 이 자리에선 돌아갈 수 있을까? 우리가 친구이던 시절로."

수찬은 민석의 기색을 살폈다. 진심으로 원하는 눈치였다.

"원하신다면 언제든지요."

"항상 맞먹길 기다렸던 것 같네."

민석은 싱겁게 웃었다. 그 자신이 생각해도 머쓱한 모양이었다. 민석은 취기가 올라올수록 여유로워 보였다. 수찬 역시 학창 시절로 돌아간 듯 긴장이 풀렸다.

"평양에 와 본 적 있어?"

민석은 흘깃 창밖을 보며 잔을 비웠다. 그답지 않은 과음이었다. 사실 영수가 예전에 제멋대로 던진 말처럼 민석은 애주가였다. 그러나 지금은 병적으로 술을 멀리했다. 행여 실수하여 다시 한 번 미유키의 방에 드는 일이 있을까 두려웠던 탓이었다. 그런 이유로 평양에서 그는 한껏 자유를 누렸다. 이곳에는 미유키가 없었다.

"아니, 나도 처음이야."

수찬은 의아했다.

"여기 네 땅이라고 하지 않았어?"

"조선에 있는 그 많은 땅을 언제 다 가 보겠어. 어디든 밟고 서면 다 내 땅인데."

농담 섞인 허세였다. 술이 그의 본래 얼굴을 끌어내고 있는 모양이었다.

"빈정 상해서 못 들어주겠네."

수찬이 시원스레 농을 받아쳤다. 모처럼 허물없는 자리였다.

"그럼 평양도 차고 넘쳐 잊힌 땅 중에 하나였다는 건가?"

"잊고 싶은 땅이었지. 내가 쥐고 있는 땅 중에 더럽지 않은 곳이 없지만, 평양은…… 결코 밟고 싶지 않은 곳이었으니까."

민석은 다시 제 잔에 술을 따랐다.

"왜냐고 물어봐도 되는 건가?"

"그 대단한 결혼에 대한 하사품이었거든."

그의 얼굴에 쓸쓸한 미소가 돌았다.

"자작이라는 작위와 중추원 부의장이라는 관직……, 거기에 일본 화족과의 대단한 결혼까지……. 완벽한 삼위일체의 상징물인 셈이지."

수찬은 문득 제 친구가 측은했다. 민석은 소파에 묻었던 몸을 일으켜 창가로 향했다. 창밖에는 후드득 비가 쏟아지고 있었다. 그는 독백하듯 중얼거렸다.

"이곳엔 어떤 사람들이 살고 있었을까? 누군가는 나에게 땅을 바치기 위해…… 이곳에 자신의 피를 뿌렸겠지?"

같은 시간, 무영은 흙바닥에 우두커니 서 있었다. 모처럼의 재회에도 무심한 땅은 침묵으로 일관했다. 그는 주저앉아 젖은 땅을 손으로 어루만졌다. 축축한 땅이 부드럽게 손가락에 감겨 왔다. 그는 그 질척한 질감에서 온기를 느꼈다. 수진의 자취였다. 그들은 항상 이 자리에서 짚더미를 태워 밤을 구워 먹곤 했다. 군밤을 좋아했던 수진은 한 번 먹기 시작하면 얼굴에 검댕이 묻어도 모를 정도로 열심히 먹었다. 무영은 검은 흙을 주워 올리며 서글피 웃었다. 그녀의 얼굴에 묻어 있던 재 가루와 닮아 있었다. 그는 물끄러미 손끝의 흙가루를 응시했다. 결국 그녀 역시 한 줌 재로 사라졌을 터였다. 무영은 손으로 흙을 팠다. 금세 손톱이 까매졌다. 그가 판 작은 구덩이에 빗물이 고였다. 무영은 품 속의 끈 뭉치를 꺼내 가만히 묻었다.

"사실 나는…… 무서웠어……. 그래서…… 그래서, 널 그렇게 보내고……. 비겁하게……."

무영은 수진의 죽음이 방금 전의 일인 양 오열했다. 자신의 비겁함에 대한 절규이기도 했다. 그는 오랜 세월 스스로에 대한 분노를 복수의 대상들에게 쏟아 왔다. 수진의 죽음이 자신의 탓이 아닌 그들의 책임이길 바라 왔다. 그러나 끝없는 살육도 비겁했던 그의 과거를 지워 주지는 못했다. 완성하지 못한 복수 또한 자책으로 남았다. 그는 이런저런 가책을 쏟아 내며 오열했다.

한참 동안 울음을 토해 낸 그는 정성스레 구덩이를 메웠다. 그는 수진의 시신이라도 묻어 두는 듯 예를 다해 흙더미를 보듬었다. 얼마 지나지 않아 끈 뭉치가 묻힌 구덩이는 봉분처럼 봉긋 솟아올랐다. 무영은 그 작은 언덕을 향해 뭐라 중얼댔다. 그러나 낮게 웅얼대는 소리는 빗속에 묻혀 버렸다. 그는 봉분에 단도를 얹어 두고 정중히 절을 올렸다. 복수에 대한 그의 염원은 그렇게 땅에 묻혔다.

6

민석은 말쑥하게 제복을 갖춰 입었다. 전날의 부드러운 기운과는 다른 날 선 모습이었다. 민석은 거울 속 자신을 쏘아봤다. 한 치의 실수도 용납하지 않을 기세였다. 그는 누구보다도 그 스스로에게 엄격했다. 아니, 정확히 말하자면 가혹했다.

민석은 복도로 나섰다. 그러다 비척거리며 제 방에서 나서는 수찬의 모습을 보았다. 그는 전날의 술이 덜 깼는지 지끈거리는 머리를 부여잡고 있었다. 그도 모자라 여유 있게 기지개까지 켰다. 찌뿌둥했던 모양이었다.

"뒤처리가 깔끔하지 못한 건 여전하군."

수찬은 그제야 민석의 기척을 느꼈다. 그리고 민석에게 예를 취했다. 아무리 술기운이 남아 있었지만 민석의 공기가 어제와 다르다는 것쯤은 충분히 느낄 수 있었다.

"오늘 일정은 제대로 숙지하고 있겠지?"

"물론입니다."

"그럼 이따 보지."

민석은 제 말만 뱉고는 복도 모퉁이로 사라졌다. 수찬은 한숨이 절로 나왔다.

"저 자식은 항상 저런 식이야."

그는 머리를 긁적이다 제 방으로 들어갔다. 아무래도 매무새를 다시 챙기지 않으면 안 될 것 같았다. 그것은 꽤 적절한 선택이었다.

그날의 일정은 빡빡했다. 평양 철도 호텔 입구에는 어제와 같이 차량이 즐비했다. 민석을 필두로 관리들이 나오자 각 차에 있던 기사들은 신속하게 제 상관을 모셨다. 수찬은 부지런히 이들을 오가며 정리에 나섰다. 민석의 차가 먼저 출발하자 마모루의 차가 수찬 앞으로 멈춰 섰다.

「자네는 내 차에 타지.」

내키지 않았지만 거절할 명분이 없는 수찬은 조용히 차에 올랐다.

「피곤해 보이십니다.」

수찬이 어색하게 물었다.

「그럴 테지. 내가 지금 속이 말이 아니니까.」

마모루는 마른침을 삼켰다.

「무슨 안 좋은 일이라도……?」

「자넨 아직 듣지 못했나? 신의주역에서 망간을 도난당했단 사실을 말일세.」

그는 책망하듯 언성을 높였다. 괜한 화풀이였다.

「아닙니다. 알고 있습니다.」

「내가 지금 한가하게 평양 땅이나 돌아보고 있을 때가 아닌데. 하여간 정민석 때문에…….」

마모루는 분한 마음에 얼굴이 붉어졌다. 그는 이제 민석의 이름만 들어도 부아가 치밀었다. 그간 민석에게 당한 일들을 곱씹으며 마모루는 이를 갈았다.

「자네 혹시 정민석과 경성 대장간이 무슨 관계인지 아나?」

그는 돌연 화제를 돌렸다.

「네? 관계라니요?」

수찬은 뜻하지 않은 그의 질문에 의아함을 드러냈다.

「이상하다는 생각이 자꾸 들어.」

「어떤 점이 말입니까?」

「정민석이 지나치게 경성 대장간을 편애한다는 느낌이 들어서 말이야. 자네는 어떻게 생각하나?」

「글쎄요. 정황상으로는 특별한 점이 없어 보입니다. 현재 상황으로는 부의장님의 선택이 최선이니까요. 경성 대장간은 이미 선대 때부터 제국에 충성을 다해 온 집안이고 기술력으로도 최고라고 인정받는 곳입니다. 사실 다른 곳을 택한다는 게 오히려 이상할 정도지요.」

사실이었다. 그러나 그 말을 뱉고 난 수찬도 어쩐지 기분이 이상했다. 자신을 비롯한 모든 이가 경성 대장간을 중심으로 응집되고 있다는 사실 때문이었다. 우연이라고 하기에는 너무나 아귀가 잘 들어맞았다.

「그래. 나도 그건 알고 있어. 그런데도 느낌이……, 느낌이 좋지 않단 말이야.」

마모루의 수하 스즈키는 마모루가 민석을 의심할 때마다 그가 과민하다고 여겨 왔다. 그러나 예리한 수찬은 달랐다. 그는 직감적으로 마모루가 자신과 같은 찜찜함을 느끼고 있다는 걸 알아챘다. 수찬은 그 이유가 무엇인지에 대해 곰곰이 생각했다.

「그나저나 신의주 쪽 수사는 어떻게 진행되고 있나?」

마모루는 운전 중인 스즈키에게 망간 사건에 대해 확인했다.

「현재 고등 경찰이 현장에 급파돼 조사에 착수하고 있습니다.」

「머리카락 한 올도 놓치지 말고 남김없이 찾으라고 해. 쥐새끼 같은 놈들. 반드시 찾아내서 본때를 보여 줄 테니.」

찌푸린 그의 눈가에 경련이 일었다. 수찬은 불안했다. 혹여 무영이 증거라도 남겨 두었을까 하는 염려에서였다.

7

민석은 차의 거울을 통해 수찬을 주시했다. 그는 수찬이 마모루의 차에 오르는 모습을 확인하며 싸늘하게 웃었다. 동호는 제 주인의 심기와 상관없이 목적지로 차를 몰았다.

"아버지 댁에 있던 김길준이라는 자가 총독부 출신이라고 했던가?"

그는 동호의 보고 내용을 확인했다.

"네. 마모루 경무국장이 추천해서 채용된 걸로 알고 있습니다."

동호는 깔끔한 대답과 함께 부드럽게 차를 몰았다.

"그래……. 그자에 대해 좀 더 자세히 알아와."

"알겠습니다."

민석은 폭파 사건 직후부터 끊임없이 이 사건의 배후를 조사해 왔다. 면밀한 조사 끝에 얻은 결론은 모든 접점이 마모루와 연결되어 있다는 것이었다. 증인이라면 얼마든지 확보해 놓은 상태였다. 증거 또한 명백했다. 그러나 어찌 된 일인지 민석은 움직이지 않았다. 동호는 그런 제 주인을 이해할 수 없었다.

그들이 탄 차가 어느새 목적지에 도착했다. 공장이 들어설 평양 부지였다. 민석의 차를 시작으로 줄줄이 차가 들어섰다. 그들은 모두 한곳에 집결했다. 넓고 평화로워 보이는 농촌 마을이었다. 민석은 처음 조우한 제 땅을 둘러봤다. 맑은 하늘 아래 기분 좋은 바람이 스쳤다.

"생각보다 좋은 곳이군."

그의 얼굴에 잠시 편안함이 스쳤다.

"그러니 나라에서 도련님께 하사한 거겠죠."

동호의 무심한 대답에 민석의 얼굴이 굳었다. 동호는 금세 제 실수를 눈치 챘다.

"죄송합니다."

민석은 싸늘한 시선으로 주위를 살폈다. 그때였다. 햇빛 아래 반짝이는 무언가가 보였다. 민석은 걸음을 옮겨 물건을 살폈다. 단도였다. 그는 가만히 손을 뻗어 검을 집어 들었다.

"이건……."

민석은 저도 모르게 실소했다.

그는 그 단도의 모양을 정확히 기억하고 있었다. 사실 쉽게 잊을 수 없는 형태의 검이었다. 항일대도의 모습과 쌍둥이처럼 닮아 있었기 때문이었다. 그는 무영이 이곳에 왔다 갔다는 사실에 묘한 흥분을 느꼈다.

그러는 사이 줄지어 선 차에서 관리들이 쏟아져 나왔다. 민석은 자기도 모르게 단도를 품 속으로 밀어넣었다. 그러나 애석하게도 마모루는 그 순간을 놓치지 않았다. 마모루는 비죽 웃으며 민석에게 인사를 건넸다. 그를 뒤따르던 수찬도 조용히 목례했다.

「과연 듣던 대로 절경입니다. 멋진 땅이군요. 이런 토지를 국가에 헌납하신다니 각하의 애국심은 실로 대단하십니다.」

그럴싸한 빈정거림이었다.

「헌납이랄 게 뭐 있습니까. 어차피 모두 천황 폐하의 땅인 것을요.」

민석은 냉소로 답했다. 알량한 조롱에 걸맞은 대응이었다. 수찬은 매 순간 독이 올라 있는 제 친구가 안쓰러웠다.

「그런데 방금 품 속에 넣으신 건 뭡니까?」

마모루는 능청맞게 웃었다. 민석은 담담히 그를 쏘아봤다.

「아, 뭔가 반짝반짝 빛나기에 보물이라도 주우신 건가 해서 여쭤 보는 겁니다.」

「이런 게 떨어져 있더군요.」

민석은 침착한 미소로 검을 꺼냈다. 수찬은 저도 모르게 침을 꿀꺽 삼켰다. 그 역시 한눈에 무영의 검을 알아봤다. 밤새도록 제 목을 서누던 갈이었으니 몰라볼 리가 없었다.

「아시다시피 제가 수집벽이 있어서요. 주인이 없는 물건이지만 제 땅에 떨어져 있는 물건이니 제 것이라 해도 무방하지 않겠습니까?」

반론의 여지가 없는 이야기였다. 마모루는 이맛살을 찌푸렸다.

「이건……」

마모루는 민석이 손에 쥔 칼을 살폈다. 기괴하기 짝이 없는 검이었다.

「재미있는 물건 아닙니까? 팔로군이 쓰는 항일대도를 이렇게 줄여 놨으니 말입니다.」

「불길한 물건이군요.」

단정적인 결론이었다. 팔로군에 대한 거부감이 내린 판단이었다.

「해석하기 나름이겠죠. 저는 길한 물건으로 봤습니다만.」

「어째서 말입니까?」

「아시다시피 항일대도의 장점은 압도적인 무게에 있습니다. 기민하게 움직일 순 없지만 그 엄청난 중량으로 인해 근접전에서는 놀라운 절단력과 저지력을 보여 주죠. 그런데 그런 장점을 제거하고 이렇게 축소해 놨다는 건 어떤 면에선 그들의 힘을 약화시키고자 하는 상징적 의미로 볼 수 있지 않겠습니까?」

얄미울 정도로 틈이 없는 궤변이었다. 마모루는 쓴웃음을 지었다.

「낙천적인 해석이군요.」

「일본군의 승기는 정신력에서 비롯되는 것이니까요.」

「지당하신 말씀입니다.」

마모루는 할 수 없이 맞장구를 쳤다. 그러나 속이 부글부글 끓어오르는 것은 어쩔 수 없었다.

8

저녁을 먹는 자리에서 영수는 종호에게 그간의 일을 보고했다.

"잘 마무리된 모양이에요. 망간은 신의주 통로로 안전하게 이동했고 뒤처리도 확실히 한 모양이에요."

"한시름 놨구나. 수고했다."

"어찌나 조마조마하던지. 요즘 같아선 한 치 앞을 모르겠어요. 이수찬도 어제 평양으로 넘어갔다던데 별일은 없을지."

영수는 제 앞에 놓인 대접을 비우며 구시렁거렸다. 종호는 여유로운 웃음을 보였다.

"사내자식이 간이 그리 작아서야. 앞으로 해야 할 일은 더 위험하고 더 급박하게 돌아갈 게다. 워낙 큰 그림을 그리며 움직이는 일이고, 그만큼 일본군과 밀접하게 맞물려 돌아갈 테니까."

영수는 끄덕이며 나물을 밀어넣었다. 입에 맞는 모양이었다.

"그나저나 총기 설계도는 어찌 된 게냐?"

"이미 무사 통과돼서 실물로 제작 중이에요."

"생각보다 수월하게 넘어갔구나. 깐깐하게 따질 줄 알았는데."

"남부 대령도 늙었는지 정신이 왔다갔다하는 것 같고, 병기부는 시간이 없어서인지 일단 찍고 보자는 식이더라고요. 워낙 현장이 급박하고 무기도 모자라나 봐요."

"다행이구나."

"그런데 아버지도 참 대단하세요. 어떻게 그런 생각을 다 하셨어요? 일본군에는 자살 권총을 뿌리고 연합군 쪽으로 신형 무기를 지원할 생각을 하시다니. 전 그 자살 권총 볼 때마다 자꾸 웃음이 나서 죽겠다니까요."

상을 물린 영수는 흥에 겨워 떠들었다. 종호는 대답 대신 의미심장한 미소를 보였다.

"그래, 연합군에 지원할 무기는 어떻게 만들 생각이냐?"

"기본은 마우저에서 따오는데 아무래도 시간문제가 제일 걸려요. 그래서 제 생각엔 공정을 간소화해야 할 것 같아요."

"묘안이라도 있는 거냐?"

"아직까지는……."

종호는 조용히 서랍을 열어 곱게 접힌 종이를 꺼냈다.

"이건 어떠냐?"

영수는 물을 마시다 말고 종호가 건넨 종이를 펼쳐 들었다. 그의 눈이 순식간에 휘둥그레졌다.

"이건 마우저 신형 설계도잖아요? 아니 아버지, 어떻게 이걸 다 구하셨어요?"

"아직 생산되지는 않은 것 같다. 어렵게 빼 온 녀석이지."

"이거예요, 이거! 햐, 독일놈들, 역시 대단해. 이건 판금 제조에 용이하도록 설계된 거예요. 이거면 생산 시간이 절반은 더 줄어들걸요? 이야……, 신기하네."

영수는 흥분을 주체하지 못했다.

"할 수 있겠나?"

"그럼요! 물론 우리 식으로 좀 바꿔야겠지만……. 이야, 이건 뭐."

설계도를 살피던 그는 연신 감탄을 금치 못했다.

식사를 마친 영수는 설계도를 쥔 채 작업실로 향했다. 하지만 작업을 위해 가는 건 아니었다. 애종과의 약속 때문이었다.

애종은 어깨에 힘을 줬다. 동료들 앞에서 제대로 기가 살았다. 혜림은 그런 애종의 기운을 북돋워 주듯 눈짓을 보냈다.

"되게 유명한 분이 오셨네요? 박영수입니다."

혜림 앞에 선 영수는 손을 쓱쓱 닦으며 악수를 청했다.

"악수 한 번 한다고 자작 각하께서 치도곤을 치거나 하는 건 아니겠죠?"

"그 사람은 여기서도 악명이 높네요."

영수의 농에 혜림은 흔쾌히 악수를 받았다.

"일하는 곳이라 의자가 별로 없어요. 대충 앉으셔야 할 것 같은데. 이거 어제 무슨 꿈을 꿨더라. 오늘 여자 복이 아주 터졌네."

일동은 왁자하게 웃었다. 그의 말은 사실이었다. 실제로 지은이 무영과 한 판 벌이러 이곳에 들어왔던 일을 제외하면 그의 작업실은 금녀의 공간이나 다름없었다.

"오라버니, 오라버니가 칼에 대해서는 경성 최고인 거죠?"

애종이 영수에게 찰싹 달라붙으며 물었다. 영수는 헛기침까지 하며 그녀를 나무랐다.

"얘가! 경성 최고라니! 조선 최고지!"

모두는 또 한 번 웃음보가 터졌다. 농을 주고받던 이들은 한참이 지나서야 진지해졌다.

"사실 부탁이 있어 왔어요."

혜림이 본론을 꺼냈다.

"뭔데요?"

"검무에 사용할 칼이 필요해요. 도와줄 수 있어요?"

혜림은 수찬이 준 대본을 펼쳐 들고 자신이 구상해 둔 칼의 구조를 설명했다. 영수는 진지하게 경청했다.

"그러니까, 손잡이가 회전이 되어야 한다, 이거군요?"

"네. 양손에 들고 출 수 있는 단검 형태로요. 단독 무대에 쓸 직검도 따로 부탁드릴게요. 그건 장검으로요."

"캬, 그 예쁜 입에서 칼 얘기가 줄줄 나오니 기분이 되게 묘하네요."

능청을 떨던 영수는 애종의 새침한 시선에 움찔했다.

"그럼 기본은 평양 검무로 결정하신 거예요?"

묵묵히 듣기만 하던 홍연이 끼어들었다.

"네. 제가 홍연 씨 승무를 애타게 원했던 것도 그 때문이에요. 하지만 전통춤은 아니니까 안무는 새롭게 다시 짤 거예요."

모두는 끄덕였다.

"이거 잘해 드리면 저한테도 좋은 일 있는 거죠?"

영수는 긍정의 뜻을 전했다.

"물론이죠. 원하는 걸 말씀해 주세요. 정중히 사례해 드릴게요."

시원스러운 대답이었다.

"이거 고민되네요. 보통 물주가 아니니. 뭘 달라 할지 생각 좀 해 봐도 되는 거죠?"

혜림은 미소로 끄덕였다.

9

답사를 마친 민석과 일행은 다시 철도 호텔로 돌아왔다. 그들은 예정된 일정대로 다 함께 모여 식사를 했다. 따지고 보면 업무의 연장인 셈이었다. 마모루는 식사하는 동안에도 끊임없이 민석을 경계했다. 낮에 있었던 일로 아직 분이 풀리지 않은 상태였다.

그때였다. 고등 경찰 하나가 마모루를 향해 헐레벌떡 달려왔다.

「신의주 경찰청 소속 다이스케라고 합니다.」

「무슨 일인가?」

마모루는 사무적으로 물었다.

「현장에서 발견한 증거품에 대해 보고드리러 급히 왔습니다.」

「뭔가?」

모두의 시선이 그들에게 쏠렸다.

「이겁니다.」

마모루는 그가 건네주는 종이를 열어 봤다. 종이에는 '1535'라는 글자가 적혀 있었다. 오묘한 사자성어로 조합된 문양도 함께였다.

「이건 한일단 끄나풀한테서 나왔던 쪽지와 같은 표식 아닌가?」

'한일단'이라는 말에 민석의 눈매가 날카로워졌다.

「완전히 같은 문양입니다.」

스즈키가 쪽지를 살펴보며 확인에 나섰다. 마모루는 쪽지를 움켜쥐었다.

「역시…… 이건 암호문이었어. 다른 건 없나?」

「더 찾아보고 있는 중입니다만, 현장에서 발견된 증거품은 이것뿐이고, 사체로 발견된 순사들과 기관사는 모두 사복을 입은 채 죽어 있었습니다.」

「바꿔치기한 거겠지. 탈출할 때 용이했을 테니까.」

마모루는 인상을 찌푸렸다.

「그런데 이상한 일이 있었습니다. 죽은 기관사의 가족 앞으로 이게 배달되었답니다.」

고등 경찰은 기관사 제복을 건넸다. 수찬은 긴장감에 얼굴이 굳었다.

「후쿠하라 키요시.」

제복의 명찰을 보던 민석이 저 혼자 중얼거렸다.

「이걸 누가 보냈다는 건가?」

「범인이 아닐까요?」

「멍청한 소리. 그 쥐새끼 같은 것들이 이걸 보낼 이유가 없지 않나? 굳이 족적을 남길 이유가 뭐가 있겠나?」

마모루는 대번에 스즈키에게 면박을 줬다.

「망자에 대한 예의겠지요.」

민석이 냉소로 끼어들었다.

「이번 사태를 어떻게 보십니까? 지난번 대륙 극장에서 각하 손에 피살된 끄나풀의 몸수색에서도 이 암호문이 나왔습니다. 제 판단으로는 같은 자들의 소행이라고 생각됩니다만.」

마모루는 진심으로 민석에게 자문을 구했다. 그의 판단력에 대한 신뢰였다. 적개심과는 무관한 일이었다.

「모함의 징후는 없습니까? 누군가가 그들의 이름을 팔았다던가?」

민석은 마모루에게 반문했다.

「없습니다. 제가 쫓고 있는 한일단이라는 조직은 그림자 같은 존재입니다. 일반인은 물론 몇몇 총독부원 말고는 이름조차 모르는 자들이죠. 그런 자들의 이름과 암호를 팔아 이 같은 범죄를 저지를 확률은 희박합니다.」

민석은 선선히 고개를 끄덕였다. 완전히 납득하는 눈치였다.

「어쨌거나 신의주 일대를 샅샅이 뒤져 족적을 찾아낼 겁니다.」

마모루는 분한 기색으로 이를 악물었다.

「저라면 그렇게 하지 않겠습니다.」

민석이 고개를 저었다.

「하필이면 신의주라니, 이상하지 않습니까? 그들은 도대체 어디로 망간을 옮기려고 한 걸까요?」

기본적인 의문이었다.

「그거야 상해나 만주 쪽 아니겠습니까? 임시 정부나 독립군 쪽도 무기 수급량이 떨어지는 건 마찬가지 아니겠습니까?」

마모루는 고민 없이 답했다.

「그렇다면 더더욱 이상한 일이군요. 왜 그들은 국경에 인접한 다른 역을 두고 굳이 신의주에서 멈췄을까요?」

순간 마모루의 얼굴이 굳었다. 다급함에 간과한 부분이었다.

「듣고 보니 이상한 점이 또 있습니다. 목격자들의 말을 모아 보면 그 진로가 신의주에서 끊겨 있습니다. 어디에도 빠져나간 흔적이 없다는 뜻입니다.」

스즈키는 그제야 생각났다는 듯 보고를 더했다.

「그 말을 왜 이제야 하나?」

마모루가 벌컥 고함을 질렀다.

「예상보다 빨리 돌아가야 할 것 같군요. 제가 보기엔 하실 일이 많을 것 같네요. 모두가 괜찮으시다면 내일 오전에 출발하도록 하죠.」

험악해진 분위기에 민석은 이별을 고했다. 그는 조용히 밖으로 나섰다. 수찬이 뒤를 따랐다. 민석은 제 방으로 향했다. 수찬은 바지런히 그를 쫓았다. 불안한 기색이 역력했다. 복도를 걷던 민석은 문 앞에 거의 다 와서야 수찬을 뒤돌아봤다.

"할 말이라도 있는 건가?"

민석이 멈춰 섰다.

"어쩌실 생각이십니까?"

"뭘?"

"망간 사건 말입니다."

수찬은 조심스레 민석의 기색을 살폈다.

"어쩌다니? 내가 뭘 어째야 하나?"

민석은 헛웃음을 쳤다.

"……네?"

"내가 책임지고 있는 건 중추원이지 총독부가 아니야."

"네……."

수찬은 어쩐지 안도했다.

"그런데 이상하군. 자네가 이렇게 사색이 되어서 움직이니."

민석의 입가에 미묘한 미소가 돌았다.

"그런 건 아닙니다. 그냥 단순한 호기심에……."

수찬은 당혹감에 변명을 늘어놓았다.

"그런가? 난 자네가 열을 올리기에 좀 더 관심을 둬야 하나 싶었는데?"

민석의 시선이 수찬을 날카롭게 파고들었다. 수찬은 금세 안절부절못해졌다.
  "사실 요즘 자네 덕분에 흥미가 가는 일들이 많아졌어. 총독부 마모루나 서기관장 유우스케, 그리고 경성 대장간 박영수와…… 그, 누구더라……, 아! 이무영이라고 했던가?"
  민석은 수찬의 눈을 똑바로 응시했다. 수찬은 그가 자신을 떠보려 한다는 사실을 간파했다.
  "오해하신 것 같습니다. 이무영과는 업무 외의 사적인 교류는 아무것도 없습니다."
  수찬은 애써 침착하게 말했다.
  "나도 오해였으면 좋겠군."
  민석은 방문을 열고 안으로 들어섰다.
  "절 못 믿으시는 겁니까? 지금 하신 말씀, 저는 그렇게 해석했습니다만."
  수찬은 그런 민석의 등에 대고 항변했다.
  "자네를 믿어야 하나?"
  민석은 뒤돌아 수찬을 봤다. 수찬은 민석의 눈빛에 고인 쓸쓸함을 읽었다. 순간 그의 마음속에 죄책감이 일었다.
  "내 모든 걸 털어놓고, 보여 주고, 공유하고 그래도 되는 사람인가? 이수찬이라는 자는?"
  수찬은 대답하지 못했다. 민석은 문을 닫고 안으로 사라졌다.

10

  ─ 예상보다 일찍 경성으로 돌아가게 될 것 같아. 그리고, 민석이가 뭔가

눈치를 챈 듯해. 조심해서 움직이는 게 좋겠어. 가능하면 서둘러 대비책도 세워야 할 것 같고.

수화기 너머 수찬의 목소리는 착잡했다.

"그게 또 무슨 소리야?"

영수는 불안한 마음에 정색을 했다.

– 아까 나와 경성 대장간의 관계를 캐물었어. 그리고 실은……

수찬은 한참이나 망설였다. 영수는 조바심에 그를 채근했다.

"실은 뭐?"

– 평양역 근처에서 이무영하고 만나는 걸 들켰어.

"뭐? 아, 진짜 환장하겠네."

영수는 제 머리를 감싸쥐며 벌렁 누웠다.

– 당분간은 괜찮을 거야. 그냥 경성 대장간 사람이라고 둘러댔으니까.

"괜찮긴 뭐가 괜찮아. 너 그거 모르지?"

– 뭘?

"지난번 정민석 암살 미수 사건……, 그거 이무영 작품이야."

– 뭐?

전화선을 타고 수찬의 당혹감이 전해졌다.

"정민석 쏴 죽이겠다고 설치다가 그 일본 여자 쏜 장본인이 이무영이라고."

– 확실한 거야?

"내가 지금 농담하게 됐냐? 그리고 내가 알기로는 정민석하고 이무영, 만난 적이 있어. 그것도 총 맞은 당사자까지 끼어 삼자대면 제대로 했던 것 같던데."

– 얼굴을 본 적 있다는 말이 그건가 보네……. 그럼 자기를 쏜 범인이 이무영이라는 것도 안다는 건가?

"그런 것 같아. 이해할 수 없는 상황이긴 하지만……."

- 일단 알았어. 경성에서 보자.

통화는 그렇게 끝났다. 영수는 골이 아파 제 머리를 긁었다.

"무슨 일이냐?"

곁에 있던 종호가 물었다.

"문제가 좀 생겼어요."

"문제라니?"

"정민석이 낌새를 챈 것 같아요. 이수찬을 불러서 우리 쪽하고의 관계를 캐물었대요. 그리고……."

"그리고 뭐냐?"

"아니에요."

영수는 무영의 이야기를 꺼내려다 덮었다. 종호가 사실을 알 경우 무영의 거취가 어찌 될지 알 수 없었기 때문이었다. 종호는 그런 그가 수상했지만 애써 캐묻지는 않았다.

"그래서 이수찬은 뭐라고 하더냐?"

"일단은 뭐, 중추원 쪽이 우리랑 연결되어 있으니까 그걸로 밀어붙였나 봐요. 하지만 제가 보기엔 정민석이 그냥 넘어갈 것 같지는 않아요. 어떻게 하는 게 좋을까요?"

종호는 생각에 잠겼다. 영수는 아버지의 대답을 기다렸다. 종호는 한참이 지나서야 결심이 선 듯 입을 열었다.

"아무래도 자리를 한번 마련하는 게 좋겠구나."

"자리요?"

"무슨 일이든지 숨기려고 할수록 더 이상해 보이는 법이니까. 정민석을 집으로 초대하는 게 좋겠다."

"네?"

11

경성으로 돌아가는 행렬로 호텔 앞은 분주했다. 수찬은 상사들의 차가 떠날 때마다 허리 숙여 인사했다. 줄지어 선 차량들이 꼬리를 물고 사라졌다. 수찬은 그제야 숨을 돌렸다. 그때 민석의 차가 그의 앞에 섰다. 수찬은 무심결에 예를 갖춰 인사했다. 그러나 차는 출발하지 않았다. 수찬은 고개를 들었다. 열린 창문으로 민석의 옆얼굴이 보였다.

"잠깐 같이 가지."

"네, 알겠습니다."

수찬의 표정이 어두워졌다. 어쩐지 민석을 바로 볼 낯이 서지 않았다. 그들은 압록강 변에서 차를 세웠다. 맑은 날씨 덕분에 강물은 유난히 반짝였다.

"자네는 친구를 뭐라고 생각하나?"

"네?"

갑작스러운 질문이었다. 딱히 대꾸하기 난해한 물음이었다. 수찬은 그저 빤히 민석의 얼굴을 봤다. 문득 그의 눈빛이 아득해졌다.

"너를 보면 아련하다. 너를 보내면 그립다. 너를 생각하면 아프다."

수찬이 놀라 그를 봤다. 민석은 얼마 전 수찬이 쓴 시를 외고 있었다. 망간 탈취를 위해 최종 거점을 신의주로 옮긴다는 문제의 암호문이었다.

"이게 자네가 생각하는 친구인가?"

"그건……."

"여기 오기 전에 자네가 신문에 올린 시를 읽었지."

여러 가지 감정이 수찬에게 얽혀 들었다. 불안함과 부끄러움이 섞인 기묘한 기분이었다.

"나에게 벗이 될 수 없는 이름, 나에게 허락된 이름, 친구여…… 라고 했던가? 적어도 내 생각을 하면서 쓴 시는 아닌 것 같군."

말끝을 맺은 민석이 싸늘히 웃었다. 혜림을 염두에 둔 글귀라는 걸 꼬집는 미소였다. 수찬은 얼굴이 붉어졌다.

"시는 그냥 시일 뿐입니다."

어설픈 변명이었다.

"앞으로도 혜림이를 잘 부탁해."

민석은 진심 어린 당부를 전했다. 그 정중함에 수찬은 저도 모르게 화가 났다.

"전 정말 각하의 속을 모르겠습니다. 왜 계속 모른 척하시는 거죠? 제가 혜림이를 마음에 품어 왔던 걸 알면서도, 이무영이 누군지 알면서도, 그자가 무슨 짓을 했는지 알면서도, 왜 아무것도 묻지 않고 덮어만 두는 거죠?"

모두가 궁금해하던 질문이었다. 그러나 누구도 확인할 수 없던 물음이었다. 수찬은 그 난해한 화두를 도마 위에 올렸다.

"난 죄인이니까."

그는 담담히 고백했다. 그 무심함이 수찬의 심장을 죄어 왔다.

"혜림이에게도, 이무영에게도. 물론 너한테는 지은 죄가 없지만."

민석은 일부러 수찬을 걸고 넘어졌다. 참담하게 질린 제 친구의 얼굴을 확인한 탓이었다.

"누군가는…… 내가 없어도 혜림이를 지켜 줘야 하잖아? 난 그걸 네가 해 줬으면 좋겠어."

"이기적이시군요."

"새삼스러울 것도 없잖아?"

민석은 쓸쓸히 웃었다.

"그럼 이무영은 뭡니까?"

"내가 그랬었지. 누군가는 내게 이 땅을 바치기 위해 피를 뿌렸을 거라고."

민석은 품 속에서 무영의 단도를 꺼냈다.

"이무영은 그 누군가를 애도하러 평양에 온 거야. 아마…… 그 누군가 때문에 내 핏값을 치르러 왔었겠지."

그의 말끝이 흐려졌다. 수찬은 가슴이 뜨거워졌다.

"이해는 해. 하지만…… 멍청한 짓이지."

수찬은 참담해졌다. 민석은 무영에 대해 완벽하게 이해하고 있었다. 무영이 복수하려는 이유도, 누구의 피를 원하는지도 명확히 알고 있었다. 그럼에도 그는 모든 것을 묵과했다. 무영이 지닌 슬픔의 무게를 자신의 죗값으로 돌리고 있었던 것이다. 수찬은 가슴이 먹먹해졌다.

"미안하지만 돌아올 땐 기차라도 타고 와. 난 피곤해서 잠을 좀 자야겠으니까. 경성에서 보지."

"네."

수찬은 제 상사에게 공손히 절했다. 일종의 방어였다. 이 순간 그를 친구로 여긴다면 쏟아지는 눈물을 막아 내지 못할 것 같았다.

12

수찬은 평양역으로 향했다. 그가 플랫폼에 들어서자 맞은편에서 무영과 그 일행이 나타났다. 수찬을 발견한 승민은 어떻게 해야 하나 싶어 주위를 살폈다. 그러나 수찬은 당당하게 그들에게 다가갔다.

"벌건 대낮에 이렇게 막 알은체해도 되는 거야?"

길주도 신경이 쓰이는지 좌우를 둘러봤다. 수찬은 한숨을 내쉬었다.

"될 대로 되라지."

"그러다 중추원 사람들이라도 보면 어쩌려고 그래요?"

승민은 초조함에 다그쳤다.

"정작 안 들켜야 할 사람이 모든 걸 다 아는 마당에 뭘 어쩌라고."

무영은 심상치 않은 눈으로 수찬을 봤다. 그는 제 감정에 사로잡혀 자포자기한 모습이었다.

"무슨 소리야?"

무영이 심각하게 묻자 수찬은 애꿎은 원망을 무영에게 보냈다.

"정민석이 너보고 멍청하단다."

모두는 무슨 말인가 싶어 어리둥절해했다. 무영은 수찬에게 무언가 물었지만 요란스럽게 들어서는 기차 소리에 말소리가 파묻혀 버렸다. 그들은 우선 기차에 올랐다.

열차가 출발하자 길주는 담배를 챙겨 일어났다. 입을 꾹 다물고 있는 수찬 때문에 속이 답답했다. 그리고 망간을 옮기는 일이 고되었던 승민은 어느새 곯아떨어졌다.

"민석이 녀석…… 다 알고 있어."

주변이 조용해져서야 수찬은 착잡하게 운을 뗐다.

"네가 자길 죽이려 했던 거. 그리고……."

"그리고?"

"네가 평양 땅에 사연을 두고 있다는 거."

무영의 눈빛이 흔들렸다.

"그래서…… 입을 다물고 있는 것 같아."

무영은 수찬을 날카롭게 쏘아봤다. 제 친구를 연민하는 수찬의 표정에 심기가 뒤틀렸다.

"그래서, 감사라도 하라는 거야?"

"그런 게 아니라……."

"내가 그 자식이 예뻐서 살려 두는 것 같아? 여기저기서 그 자식이 이용 가치가 있다고 떠드니까 그냥 두는 거야! 최대한 참고 있는 거라고!"

무영은 감정을 누르지 못하고 고래고래 소리를 질렀다. 주위의 시선이 모두 두 사람에게 몰렸다. 요란한 고함 소리에 승민은 잠에서 깼다.

"무슨 일이에요? 두 사람 다 앉아요. 이러다 검표원이라도 오면 어쩌려고……."

승민은 무영을 만류했다. 그러나 이번에는 수찬이 핏대를 올렸다.

"그래서 죽인다고 뭐가 달라져? 지금 네 머릿속은 그 자식 죽이겠다는 생각으로 꽉 차 있겠지? 그럼 죽이고 나서 넌 뭘 할 건데? 빈 무덤을 잡고 울기라도 할 거야?"

수찬은 교묘한 언사로 무영의 상처를 들쑤셨다. 결국 무영은 수찬의 턱을 향해 가차없이 주먹을 날렸다. 사방에서 비명이 터졌다. 무영은 바닥으로 나가떨어진 수찬을 밑에 깔아 두고 연달아 난타했다. 그는 완전히 이성을 잃은 채 기계적으로 움직였다. 승민이 말려 보려 했지만 허사였다. 담배를 피우고 들어오던 길주는 뜻하지 않은 사태에 놀라 달려왔다. 그러나 맞은편 칸에서 들리는 순사의 호루라기 소리에 발길을 멈춰 섰다. 함께 잡혀가면 제대로 낭패였다.

길주가 옳았다. 무영과 수찬은 그대로 체포됐다. 길주는 주변 사람들의 증언으로 위기를 모면한 승민과 함께 경성으로 돌아왔다. 두 사람은 그길로 영수에게 달려갔다. 어떻게 해서든 한일단 윗선으로 이야기가 들어가면 안 된다는 생각에서였다. 이번 일이 전해지면 무영은 그대로 방출될 것이 분명했다.

13

얻어맞은 수찬은 잔뜩 부어 있었다. 그는 한숨을 쉬며 무영을 돌아봤다. 무영은 아직 흥분이 가시지 않은 듯 멍한 눈빛이었다. 수찬은 앞으로의 일에 대해 걱정했다. 중추원의 문책은 문제가 아니었다. 운이 나빠 취조라도 받게 되면 한일단의 비밀이 밝혀지게 될지도 몰랐다. 그는 이런저런 생각에 착잡해졌다. 그때 유치장 밖에서 홍연의 목소리가 들렸다. 수찬은 그제야 안도했다.

「어떻게 오셨습니까?」

「연락받고 왔어요. 이수찬 씨 신분을 증명해 줄 증인이 필요하다고 해서요.」

「따라오십시오.」

순사는 홍연을 수찬에게로 데려갔다. 홍연은 엉망으로 망가진 그의 모습에 아연실색했다.

"이게 어떻게 된 거예요?"

"미안하다. 연락할 데가 너밖에 없더라고. 알다시피 우리 형은 몸이 불편하고, 혜림이는……."

수찬은 제 실언에 입을 다물었다. 그러나 홍연은 그런 일로 마음 상할 경황이 없었다.

「이 사람이 중추원 서기관 이수찬이 맞습니까?」

「네. 제가 보장하겠습니다.」

험악한 상황에도 홍연은 침착했다. 순사는 부지런히 필기를 시작했다.

「이름과 신분을 대십시오.」

「차홍연입니다. 해일관 기생입니다.」

홍연은 당당히 제 신분을 밝혔다.

「흥. 기생 따위가 누구의 신분을 보장하겠다는 건가?」

순사는 대번에 비웃으며 하대하기 시작했다.

「해일관 차홍연의 이름을 댄다면 한걸음에 달려오실 나리들이 적지 않다는 건 모르시나 보군요. 당장 종로서장님부터 이 자리에 모셔 볼까요?」

당차게 맞서는 홍연의 기세에 순사는 머쓱해졌다.

「거기 서기관 나리는 나오십시오!」

수찬은 비틀거리며 유치장을 나섰다. 홍연은 급히 달려가 수찬을 부축했다. 수찬은 그 와중에도 걱정스레 무영을 돌아봤다. 그러나 무영은 끝까지 수찬을 외면했다.

「저 사람은 어떻게 되는 겁니까?」

수찬이 물었다.

「신분을 보장해 줄 사람이 나타날 때까지 석방해 줄 수가 없습니다.」

「피해자인 제가 합의를 보겠다는데 왜 안 되는 겁니까?」

수찬은 인정에 호소하려 했다. 그러나 순사는 완고했다.

「어수선한 시국에 저런 불한당 같은 놈을 조사도 없이 그냥 내보낼 수는 없습니다. 더군다나 저자는 스스로에 대해 전혀 입을 떼지 않고 있습니다. 그러니 잡아 둘 수밖에요.」

수찬은 항변하려 했다. 그때 스즈키가 서 안으로 들어섰다. 놀란 수찬은 자기도 모르게 얼굴이 굳었다. 곁에 선 홍연 역시 덩달아 긴장했다.

「아니, 서기관께서 이게 어떻게 된 일이십니까?」

스즈키는 뜻밖의 상황에 눈을 동그랗게 떴다.

「작은 사고가 있었습니다.」

수찬은 애써 사건을 축소하려 했다. 그러나 엉망진창이 된 제 몸뚱이만큼 명백한 증거도 없었다.

「누가 감히 중추원 서기관의 얼굴에 손을 댄다는 말인가?」

스즈키는 거세게 순사를 몰아붙였다.

「저자입니다.」

순사는 손가락으로 무영을 가리켰다. 스즈키는 고개를 갸우뚱했다.

「어디서 많이 본 자인데⋯⋯.」

「신분을 증명해 줄 사람을 대지 않고 있어 잡아 두고 있는 상태입니다.」

「어디선가 봤어. 어디서⋯⋯.」

그러다 스즈키는 무릎을 쳤다. 경성 병원에서 그와 마주쳤던 일이 떠올랐다. 더불어 미유키와 민석에게 당한 모욕이 같이 치밀어 올랐다. 스즈키는 복수의 기회를 잡았다는 생각에 비식 웃었다.

「증인이라면 내가 알 것도 같군. 나가서 인력거를 잡아 서기관을 모시도록. 저자는 내가 따로 심문하고 있겠네.」

「네! 알겠습니다!」

순사는 수찬과 홍연을 밖으로 배웅했다. 수찬은 뒤돌아 무영을 살폈다. 그는 여전히 생각을 읽을 수 없는 눈빛이었다. 수찬을 내보낸 스즈키는 유치장 안으로 들어섰다. 그는 먹잇감을 보며 비식 웃었다.

「인연이 많은 자로군. 이런 자리에서 다시 보게 되다니.」

스즈키가 혼잣말하듯 빈정거렸다. 무영은 미동도 않은 채 웅크려 앉아 있었다.

「그런데 참 이상한 일이 아닌가? 대일본 제국 자작 각하의 식솔께서 신분 증명을 못해 이렇게 유치장에 갇혀 계시다니 말이야. 어째서⋯⋯ 그쪽에 연락하지 않는 거지?」

스즈키는 서서히 무영을 압박했다. 그러나 무영은 고집스레 입을 다물었다. 그러자 무참한 발길질이 쏟아졌다.

「대답하란 말이야!」

무영은 그대로 나동그라져 뭇매를 받아 냈다. 그는 껍데기만 있는 사람처럼 스즈키의 발길에 이리저리 채였다. 제 몸에 피멍이 맺히고 스즈키가 지쳐 떨어질 때까지 쭉 그랬다.

14

"뭐? 이무영하고 이수찬이 나란히 종로서에 잡혀 갔다고?"

영수는 당혹감에 얼굴이 하얗게 질렸다.

"우리 무영이 형 이제 어떻게 해요? 이수찬은 그래도 중추원 줄이 있잖아요. 무영이 형은 신분도 애매하고, 더군다나 망간 사건도 있어서 그 자식들이 뭐라도 잡아내려고 안달일 텐데……."

승민이 울먹거렸다.

"대장간 이름으로 나서면 안 돼?"

길주가 조심스레 의견을 내비쳤다. 그 역시 무영이 걱정되었다.

"그러다 여기까지 말아먹으면 당신이 책임질 거야?"

영수는 냉정하게 거절했다. 모두는 난감했다.

"그런데 어쩌다 종로서로 가게 된 거야? 기차 안에서 잡혔으면 무조건 인근 관할서로 가야 하는 거 아니야?"

"이수찬이…… 자기가 중추원 소속이라고……. 신분 증명할 테니까 종로서로 가자고 했어요."

승민은 조목조목 상황을 전하며 소매로 눈물을 닦았다.

"그 와중에도 머리는 잘 굴리네. 아, 이걸 어떻게 해야 돼……."

영수는 묘안이 떠오르지 않아 전전긍긍했다. 종호에게 보고를 할 수도, 하지 않을 수도 없는 상황이었다. 승민과 길주는 낙담한 채 망연히 앉아 있었다. 그때 문이 열리고 수찬이 들어섰다. 모두는 놀라 그를 봤다.

"개선장군 납셨네. 뭐야, 이거? 이무영 그 인간, 아주 애를 반쯤 죽여놨네. 이무영은 어떻게 됐어?"

영수는 수찬의 상처를 살폈다.

"아직 서에 있어."

수찬이 무겁게 답했다.

"그래서? 대책 있어?"

"없어."

"미치겠네. 언젠가 이무영이 크게 사고 칠 줄 알았지만 이렇게 죽 쑤기도 전에 다 엎어 버릴 줄은 누가 알았겠느냐고."

영수는 열이 오르는지 투덜대기 시작했다. 그러자 승민이 울컥하며 나섰다.

"지금 작전만 중요해요? 사람이 죽게 생겼는데!"

"이무영이 한일단 소속인 거 들키면 죽을 사람이 한둘인 줄 알아?"

영수는 전에 없이 언성을 높였다. 승민은 입을 꾹 다물었다. 틀린 말은 아니었다. 게다가 영수 역시 무영을 걱정하고 있다는 것도 알고 있었다. 사실 그들 중 누구도 무영을 걱정하지 않는 이는 없었다. 모두의 속이 시커멓게 타들어 갔다.

15

「그게 사실인가?」

마모루는 예상치 않은 호재에 반색했다.

「틀림없습니다. 그때 정민석과 미유키가 싸고돌던 그자입니다.」

「그렇단 말이지.」

마모루는 담배를 물다 말고 너털웃음을 지었다. 그는 민석과 연루된 자가 종로서에 잡혀 있다는 사실 하나만으로도 흡족했다.

「어떻게 할까요?」

「그자의 진짜 정체부터 밝히는 게 순서지. 그래야 진짜 먹잇감을 잡을 수 있을 테니까. 앞장서!」

「네!」

마모루는 곧장 취조실로 향했다. 묵직한 철문이 열리자 무영은 인상을 찌푸렸다. 눈이 부신 탓이었다. 무영은 제 앞에 드리워진 덩치 큰 그림자를 살폈다. 상대의 눈이 능청스레 웃고 있었다.

「내가 이 자리에 오래 앉아 있다 보니 느는 건 육감밖에 없더군. 특히 너같이 수상한 냄새를 잔뜩 풍기는 놈들은 절대 놓치지 않지.」

한 번 들으면 잊히지 않을 것 같은 끈끈한 음성이었다. 무영은 그 목소리가 제 몸에 달라붙는 것 같아 속이 울렁거렸다.

「내가 궁금한 게 뭘 것 같나?」

무영은 입을 꾹 다물었다.

「사설을 좋아하지 않는 것 같으니 단도직입적으로 말하지. 난 네 진짜 신분 따위는 관심 없어. 내가 관심 있는 건…… 정민석이지.」

무영은 그제야 마모루와 시선을 맞췄다.

「어떤가. 나랑 거래를 하겠나?」

마모루는 빙긋 웃었다. 말이 통할 것 같다 여겼기 때문이었다.

「거래?」

부르튼 무영의 입술이 달싹였다.

「이제야 구미가 당기나 보군.」

마모루는 입맛을 다셨다.

「정민석과의 진짜 관계에 대해 말해. 그렇다면 너에 대해선 아무것도 묻지 않도록 하지. 만에 하나, 네가 독립군의 무슨 끄나풀쯤 된다고 해도 너의 죄에 대해서는 아무것도 묻지 않겠다고 약속하겠어. 그냥 너는 내게 진실만 말하면 되는 거야. 어떤가? 손해 보는 거래는 아니지?」

마모루는 무영의 눈높이로 자세를 낮췄다.

「진실이라……. 뭐, 어려울 것도 없지. 우리는 매우 특별한 관계거든.」

무영은 섬뜩하게 웃었다.

「특별한 관계?」

마모루는 본격적으로 캐물으려 의자를 당겨 앉았다.

끼이익…….

마모루가 이맛살을 찌푸렸다. 녹슨 철문 소리가 귀에 거슬렸다.

「누구야? 허락 없이 들어오는 놈이?」

마모루는 짜증스레 고개를 돌렸다. 걸어 들어오는 이는 뜻밖에도 민석이었다. 마모루와 스즈키는 당황하며 기립했다. 민석은 두 사람을 쳐다보며 슬쩍 웃었다. 무영은 그런 민석을 향해 경멸의 눈길을 보냈다. 그러나 민석은 여전히 미소로 답할 뿐이었다. 적의도 호의도 없는 야릇한 웃음이었다.

「각하께서 여긴 어쩐 일이십니까?」

마모루는 한껏 긴장한 채 입을 열었다.

「정말 몰라서 물어보시는 겁니까?」

마모루는 대꾸하지 못했다.

「내가 이 자리에 왜 왔는지에 대한 답은 자네가 갖고 있을 것 같은데. 말해 주겠나?」

민석은 매섭게 스즈키를 쏘아봤다.

「이자가…….」

스즈키는 말을 잇지 못했다.

「계속 말해.」

「……각하의 사람이기 때문입니다.」

스즈키는 머뭇거리며 말을 맺었다. 그의 말이 떨어지기가 무섭게 민석은 그의 가슴팍을 걷어찼다. 스즈키는 그대로 나동그라졌다.

「각하! 이게 무슨 짓입니까?」

마모루는 강하게 항변했다.

「제가 묻고 싶은 말입니다. 제 사람을 이 자리에 불러다 앉혀 두고 무슨 짓을 하시는 겁니까?」

민석은 침착한 기색으로 무영에게 고개를 돌렸다. 무영이 민석을 노려봤지만 민석은 흔들림 없이 미소지었다.

「이자는 폭행 사건에 연루되어 체포됐습니다.」

마모루는 이를 악물며 항변했다.

「피해자는 중추원 서기관 이수찬. 가해자는 경성 대장간 소속 이무영.」

민석은 명료하게 상황을 정리했다. 무영은 놀라 그를 봤다. 수찬의 말대로 민석은 이미 자신에 대해 모두 간파하고 있는 듯했다.

「아직 저 친구가 말하지 않은 모양이군요. 얼마 전 저자의 근무지를 경성 대장간으로 옮겼습니다. 총이면 총, 칼이면 칼…… 무기에 아주 능한 친구거든요.」

민석은 제 말속에 뼈를 묻어 뒀다. 자신을 살해하려 했던 무영의 행동을 빗댄 것이다.

「몰랐습니다.」

마모루는 분기를 겨우 누르며 대답했다.

「이제 저자를 석방하시겠습니까? 일국의 귀족이 보상하는 신분인데 설마 계속 묶어 두진 않겠지요?」

민석은 마모루를 조롱하듯 비죽 웃었다.

「물론입니다.」

「일어나지. 자넨 참 과묵한 게 흠이군.」

민석의 말에 무영은 대답 없이 일어섰다. 마모루는 패배감에 주먹을 꼭 쥐었다.

「스즈키가 제 경고를 전하지 않은 모양이군요. 제 사람을 건드리면 두 사람이 옷을 벗어야 할 거라고 말했을 텐데요.」

마모루는 스즈키를 쏘아봤다. 스즈키는 그 시선을 외면했다.

「이번에는 제 사람의 과오도 있으니 한 사람에게만 책임을 묻도록 하죠. 이자는 당장 직위 해제하세요.」

제 볼일을 마친 민석은 그대로 문 밖을 나섰다. 무영은 말없이 그를 따랐다. 복도를 걷는 두 사람의 등 뒤로 무언가 부서지는 소리가 들렸다. 마모루가 분풀이라도 하는 모양이었다. 그들은 건물 밖을 나설 때까지 말을 섞지 않았다. 민석은 끝내 대화할 마음이 없었는지 앞서 걸었다. 그러자 무영이 달려와 그의 어깨를 잡아챘다.

"무슨 개수작이야?"

민석은 그제야 걸음을 멈추고 무영과 시선을 마주쳤다.

"대답해! 무슨 꿍꿍이냐고!"

그는 거침없이 증오를 드러냈다.

"응석을 받아 주는 건 여기까지야."

"뭐?"

"넌 네가 마음만 먹으면 언제든지 날 죽일 수 있을 거라고 생각하지? 너의 그 대단한 칼끝으로 많은 사람을 죽여 왔을 테니까."

싸늘한 어투였다. 순간 무영은 저도 모르게 모멸감을 느꼈다.

"하지만, 천만에. 넌 결코 날 죽일 수 없어. 왜 그런 줄 알아? 내 혀끝에 죽어 나간 사람은 네가 상상할 수도 없을 만큼 많거든."

무영의 주먹이 바르르 떨렸다. 민석은 그 주먹을 비웃었다.

"용기가 있으면 쳐 봐. 네가 그걸 쓰는 순간 경성 대장간은 줄초상을 치르게 될 테니까."

무영은 그 자리에서 민석의 숨을 끊어 놓고 싶은 충동을 느꼈다. 그러나 그는 가까스로 감정을 제어했다. 자신으로 인해 수많은 사람이 희생되도록 할 수는 없었다. 민석은 그런 그의 속내를 읽으며 싸늘히 웃었다.
"생각만큼 멍청하진 않군. 인연이 된다면 또 보지."
민석은 조용히 차에 올랐다. 그의 차가 시야에서 사라지자 무영은 분을 이기지 못하고 괴성을 질렀다.

민석은 차에 오르자마자 신경질적으로 구두를 닦아 냈다. 스즈키의 흔적이 남은 곳이었다. 그는 한참 동안 신발을 닦다 결국은 벗어던졌다. 그리고 바닥에 처박힌 신발을 보며 미간을 찌푸렸다. 한 공간에 있다는 것조차 견디기 힘들었다.
"이수찬은 어쩌고 있나?"
민석은 애써 화제를 돌렸다.
"경성 대장간으로 움직인 걸로 알고 있습니다."
동호의 간결한 대답이 돌아왔다.
"아주 한 식구가 다 됐군."
민석의 입가에 쓴웃음이 돌았다.
"이수찬을 어쩌실 생각이십니까?"
"자기가 한 일에 책임을 지게 해 줘야지."

16

무영은 곧바로 대장간으로 향했다. 사무실에 모여 있던 모두는 그의 등장에 깜짝 놀랐다. 길주는 흥분해서 벌떡 일어났다.
"야, 이 미친 새끼야! 넌 왜 하는 짓마다 이 모양이야? 이제 정신 차릴 때도 됐잖아!"
무영은 그런 길주를 외면했다.
"어떻게 된 거야? 어떻게 나온 거야? 설마 너 끄나풀이 돼서 누구 달고 온 거 아니지?"

영수는 창밖부터 살폈다. 그는 한참을 살피고서야 겨우 자리로 돌아왔다.

"무슨 수로 나온 거야? 스즈키가 너 잔뜩 벼르는 것 같던데."

수찬이 물었다. 모두가 궁금해하던 일이었다.

"그 자식이 왔어."

모두는 고개를 갸우뚱했다. 누구를 지칭하는지 모르는 탓이었다.

"정민석……, 그 자식이 왔다고."

무영의 눈두덩이 파르르 떨렸다.

"뭐?"

모두의 얼굴에 당혹감이 스쳤다. 한결같이 이해할 수 없다는 반응이었다. 영수는 그 뒤에 숨은 의도를 찾으려 정신없이 서성댔다.

"진짜 이상하지 않아? 뭐, 그동안도 이상한 것투성이였지만……. 이무영이 빼내 준 건 백 번 양보해서 그렇다 치고, 거기 잡혀 들어간 건 어떻게 안 거야?"

"중추원으로 보고가 들어갔을 거야. 내가 진술했거든."

수찬이 담담하게 말을 보탰다.

"아니. 진술할 때 넌 분명히 나랑 모르는 사이라고 했고, 그러니까 나에 대해선 보고 들어갈 게 없어."

무영의 반론에 수찬은 골똘해졌다.

"그게 아니라면……."

모두는 수찬의 얼굴을 봤다. 순간 그의 얼굴에 그늘이 졌다.

"내 생각엔…… 나 감시당하는 것 같아."

수찬의 폭탄선언에 정적이 흘렀다.

"말했잖아. 민석이 그 자식, 나에 대해 빠짐없이 알고 있다고. 이번 일도…… 누군가가 미리 보고했을지도…….”

17

「이번 일에 대한 시말서를 제출하게.」

유우스케는 한심하다는 눈빛으로 수찬을 쏘아봤다.

「알겠습니다.」

「그리고 비공개 문건도 하나 더 제출해야겠어.」

「무슨 말씀이십니까?」

「자네 정말 그자를 모르나?」

「그자라고 하시면…….」

수찬은 불길한 마음에 말끝을 흐렸다.

「기차에서 자네에게 주먹을 날린 이무영이라는 자 말이야.」

「……그자 이름이 이무영이었습니까?」

머뭇대던 수찬은 말까지 더듬으며 어색하게 둘러댔다. 유우스케가 웃음을 터뜨렸다. 수찬은 긴장한 상태로 그의 웃음이 잦아들기를 기다렸다.

「미안, 미안. 자네 표정이 웃겨서 말이야. 자넨 참 거짓말을 못하는군.」

수찬은 제 거짓말이 들통 났다는 사실에 얼굴이 붉어졌다. 그러나 유우스케는 대수롭지 않게 여기는 모양이었다.

「정민석에게 그 이름을 들은 적이 없나?」

「없습니다.」

「자네가 그자와 경성 대장간에서 마주친 적은?」

「역시 없습니다. 제가 경성 대장간에서 공무를 봤을 때는 경무국장님과 서기관장님께서 함께 계셨을 때뿐입니다. 박영수 그 친구와 사적인 자리는 두어 번 있었지만요.」

이번에도 거짓말이었다. 그러나 유우스케는 그의 말을 믿었다. 아까보다 연기력이 좋아졌던 탓이었다.

「박영수를 통해 이무영에 대해 알아봐. 은밀하고 조용히. 절대 정민석의 귀에 들어가지 않도록.」

「알겠습니다.」

보고를 마친 수찬은 한숨을 내쉬었다. 사실상 그는 이중첩자나 다름없었다. 그는 제 처지가 한심해졌다.

「괜찮다면 저녁이나 같이 하겠나?」

「네, 그렇게 하시죠.」

수찬은 마지못해 동의했다. 당분간은 눈 밖에 나지 말아야 했다.

18

"초대라고요?"

민석은 의아해했다.

― 네. 아무래도 평양으로 이동하기 전에 자리를 한번 마련하는 게 좋을 것 같아서요.

수화기 너머로 종호의 차분한 목소리가 들려왔다. 민석은 선뜻 대답하지 않았다.

― 내키지 않으면 거절하셔도 됩니다.

"아닙니다. 참석하도록 하죠. 대신 가능하다면 오늘 저녁이면 좋겠습니다만. 당분간은 계속 약속이 잡혀 있어서요."

― 네, 그럼 이따 뵙도록 하겠습니다.

두 사람의 통화는 그렇게 끝났다. 수화기를 내려놓은 민석은 생각에 잠겼다. 자신을 불러들이는 종호의 의도가 궁금했다.

민석은 이런저런 생각을 정리하려 밖으로 나섰다. 혜림이라도 만나기 위해서였다. 그때 유우스케와 수찬이 나란히 걷고 있는 모습이 보였다. 민석은 그들과 마주하며 두 사람을 번갈아 봤다.

의혹이 가득한 민석의 눈길에 수찬은 가책을 느꼈다.

「얼굴이 볼 만하군.」

「면목 없습니다.」

「퇴근하는 길인가?」

민석은 유우스케를 의식하면서도 수찬에게만 시선을 줬다.

「네.」

「그렇다면 나랑 같이 어디 좀 가지?」

「어디를 말씀이십니까?」

「경성 대장간.」

유우스케는 경성 대장간이라는 말에 비죽 웃었다.

「이 시간에 거긴 왜……?」

수찬은 당혹감을 느꼈다.

「박종호가 날 초대했어. 평양 군수 공장 설립 전에 풀어야 할 것들이 있다더군. 무슨 보따리를 풀어낼지 가서 봐야지.」

수찬은 무심결에 유우스케를 봤다. 선약 때문이었다. 그러자 유우스케는 따라붙으라는 눈짓을 보냈다. 수찬은 그 눈짓에 답했다.

「알겠습니다.」

민석은 싸늘히 웃었다. 분주히 오가는 그들의 눈짓을 읽어 낸 탓이었다.

19

"괜찮을까요? 아직 망간 운반도 다 안 끝났는데. 게다가 갑자기 들이

닥친다는 바람에 지하 쪽은 아수라장이에요. 아, 정민석 그 인간도 진짜 성질 급하네. 아니 뭐, 평소에 굶나? 초대한다니까 바로 오늘 저녁이라니.”

영수는 여느 때와 달리 초조해했다. 민석이 자신의 집에 들어선다는 사실 하나만으로도 마음이 무거웠다. 그의 집을 기점으로 사방이 지하 통로와 연결되어 있었으니 무리도 아니었다.

“서두르면 오후 전에 마무리할 수 있겠지.”

침착한 대답이었다. 종호는 수집품인 검들을 하나하나 꺼내 손질하고 있었다. 민석에게 보여 줄 모양이었다.

“너무 정면 승부 아닐까요? 완전히 호랑이를 굴속으로 끌어들이는 격인데.”

영수는 안심이 안 되어 계속 조바심을 쳤다.

“어차피 우리 일은 이제 시작 아니냐. 일을 시작하기 전에 찜찜한 일은 매듭을 지어 버리는 편이 낫지.”

틀린 말은 아니었다. 영수는 반론 없이 입을 다물어야 했다. 그러나 불안감은 쉽사리 가시지 않았다.

하지만 막상 민석이 도착하자 영수는 다시 평소의 모습을 찾았다.

“아이고, 각하 오셨습니까? 이렇게 직접 저희 집까지 찾아 주셔서 영광입니다.”

“초대해 주셔서 감사합니다.”

민석은 정중히 인사를 건넸다.

“아, 나리도 같이 오셨군요. 어서 오십시오.”

영수는 애써 수찬과의 친분을 감췄다. 그러자 수찬은 난감한 기색으로 그를 외면했다. 민석은 그런 두 사람의 낌새를 살피며 싸늘히 웃었다.

저녁상은 화려했다. 산해진미라는 말이 무색하지 않을 상차림이었다.

"진작 이렇게 자리를 한번 마련하고 싶었는데 너무 늦어진 것 같네요."
"잘 먹겠습니다."

진심이 느껴지는 인사였다. 수저를 드는 민석의 얼굴에 모처럼 온기가 돌았다. 덕분에 영수는 평소대로 맘껏 너스레를 떨었다.

"뭘 좋아하실지 몰라서 산해진미는 다 쓸어 왔죠. 입맛에 맞는 걸 콕 집어 말씀해 주시면 제가 각하 앞으로 다 갖다드리겠습니다."

민석은 미소로 끄덕이며 반찬을 입에 넣었다. 그의 입가에 푸근한 미소가 돌았다. 영수는 그런 그에게서 여느 때와 다른 공기를 느꼈다.

"맛있네요."

민석은 국을 떠먹으며 감탄해 마지않았다. 정말 맛이 있었는지 다시 한 술을 떠 넣었다. 모두는 낯선 시선으로 그를 빤히 봤다. 사실 생경한 모습이었다.

"아, 죄송합니다. 다들 드시죠. 정말 맛있네요."

그는 칭찬을 연발했다. 영수는 물끄러미 그런 그를 봤다.

"육개장을 정말 좋아하시나 보네요?"

"네. 그래서 어머니께서도 자주 해 주셨는데……, 한동안 먹을 기회가 없었네요."

민석은 부드럽게 웃었다. 수찬은 그런 그가 안쓰러웠다.

"아, 이거 갈 때 한 솥 싸 드려야겠네. 아니면 우리 평양댁을 대신 보내 드릴까요? 우리 아버지 외로워서 안 되려나?"

영수는 괜한 너스레를 떨며 종호를 끼워 넣었다. 그러자 종호는 민망함에 얼굴을 붉혔다.

"이 녀석, 여기가 어느 자리라고!"

민석은 모처럼 소리 내어 웃었다. 흥겨운 모양이었다. 수찬은 그런 그에게 미안함과 측은함을 느꼈다.

"시간이 좀 늦은 감이 있지만 저 혼자 찬찬히 대장간을 둘러봐도 되겠습니까?"

식사를 마친 민석은 예전의 공기를 찾았다. 방심하고 있던 영수는 사색이 됐다.

"아니, 왜 볕 좋은 날 놔두시고 야밤에 공장을 도십니까? 언제 좋은 날 잡아 주시면 제가 싹 청소하고 기다릴 텐데요."

"평소 돌아가는 모습과 제가 보는 곳이 다르다면 문제가 있는 것 아닙니까?"

날카로운 지적이었다.

"그건 그렇지만……."

영수는 무슨 수를 써서라도 말리려 했다. 그러자 종호가 눈짓으로 저지했다.

"무슨 문제라도 있습니까? 제가 봐서는 안 될 것이 있다거나……."

민석은 말끝에 가시를 세웠다.

"아닙니다."

영수는 완전히 체념했다.

"그럼 술도 깰 겸 잠시 돌아보고 오겠습니다."

민석이 일어섰다. 그러자 영수가 곁에 앉은 수찬의 옆구리를 쿡 찔렀다. 함께 움직이라는 신호였다.

"제가 모시겠습니다."

수찬이 따라나섰다.

"자넨 여기서 기다리지."

민석은 단칼에 그를 쳐냈다.

"자네는 믿을 수가 없어서."

민석은 문을 열고 밖으로 나섰다. 수찬은 당혹감에 굳어 섰다. 영수는 난처해 발을 동동 굴렀다.
"아버지! 그냥 두실 거예요?"
"진정해. 네가 이러는 게 더 이상해 보여. 그러니까 제발 이렇게 유난 좀 떨지 마."
수찬이 나서서 말렸다.
"저 자식, 덮으려면 덮을수록 더 집요하게 캐는 녀석이야. 그러니까 절대 휘말리면 안 돼."
수찬의 말에 영수는 한숨을 내쉬었다. 종호는 말없이 제 잔에 술을 채웠다.

20

무영과 상해 일원들은 지하 통로에 있었다. 그들은 대충 자리에 둘러앉아 모처럼 차려진 잔치 음식을 먹고 있었다.
"하루 종일 지지고 볶더니 여기도 떡고물 좀 떨어지네."
막걸리를 따르던 길주가 말했다.
"여긴 별일 없겠죠? 어차피 지하라서 보이지도 않을 텐데 왜 이렇게 불안한 건지."
승민은 전을 집어 먹으며 구시렁거렸다.
"제가 아무리 날고 기어 봐야 지하에 길이 있다는 생각을 하겠어? 머리에 먹물만 든 새끼가 그런 걸 알 리가 없지."
길주는 술기운이 올라오는지 말이 더욱 험해졌다.
"잠깐 나갔다 올게."
묵묵히 밥만 밀어넣던 무영이 조용히 일어섰다.
"형! 이거 먹고 가요! 전 되게 맛있어요!"

승민은 살뜰히 무영을 챙겼다. 그러나 무영은 제 생각에 골똘하며 밖으로 나섰다.

무영은 대장간에 들어섰다. 작업장에 마우저 설계도를 두고 온 것 같은 기분 때문이었다. 그는 바삐 걸음을 재촉했다. 혹여 민석이 보기라도 한다면 좋을 게 없었다.

그러나 애석하게도 민석은 이미 대장간 마당에 있었다. 무영은 잽싸게 몸을 숨겼다. 민석은 작업장 안으로 들어 내부를 꼼꼼히 살폈다. 섬세한 손길이었다. 그는 기계도 돌려 보고 부품도 만져 보다 나름 흡족한 기색으로 걸음을 옮겼다. 무영은 조심스레 그의 뒤를 밟았다. 민석의 다음 행보는 영수의 작업실로 이어졌다. 민석은 안으로 들어서자마자 불을 켰다. 그러자 잘 정리된 작업실이 눈에 들어왔다.

"완전히 전시용이군."

민석은 피식 웃으며 책상 앞에 섰다. 가지런히 놓인 총기들이 그를 기다리고 있었다. 다양한 종류의 총기들이었다. 민석은 서랍을 열어 설계도 뭉치를 꺼내 들었다. 그리고 설계도와 조립된 총기를 세심히 비교했다. 한참이 지난 뒤 그는 설계도를 차곡차곡 챙겼다. 원래대로 정리하기 위해서였다. 그는 다시 서랍을 열었다. 순간 그의 눈매가 서늘하게 빛났다. 책상 아래 카펫에서 작은 불빛이 새어 나오고 있었다.

민석은 작업실 불을 껐다. 그러자 빛은 더욱 환히 도드라져 보였다. 그는 책상을 한쪽으로 밀어내고 카펫을 들췄다. 그러자 지하로 통하는 출입문이 모습을 드러냈다. 민석은 그 문으로 제 몸을 밀어넣었다. 좁고 구불구불한 계단이 그를 기다리고 있었다.

그는 한참 만에야 땅에 발을 디뎠다. 어마어마한 규모의 터널이 위용을 드러냈다. 순간 민석의 눈가에 강한 동요가 일었다. 그는 차분히 벽을 더듬어 가며 세세히 공간을 살폈다. 그러다 구석에 쌓아 둔 상자 앞에 다가섰다. 그는 상자를 열어 보려 했다. 하지만 입구는 굳건히 잠겨 있었다.

민석은 벽에 걸린 검 중 하나를 집어 들어 상자를 부쉈다. 그러자 그의 발 아래로 망간이 우르르 쏟아졌다. 민석은 회심의 미소를 지었다.

"보물이 여기 있었군."

민석은 허리를 숙여 제 앞에 쏟아진 망간을 집어 들었다. 그때 그의 눈앞에 싸늘한 칼날이 스쳤다. 민석은 굳은 자세로 조용히 시선만 옮겼다. 제 목에 칼을 겨누는 무영이 있었다.

"이제 널 죽여도 되는 제대로 된 명분이 생긴 것 같군."

무영은 조용히 민석을 겁박하며 구석으로 몰았다. 민석은 차분하게 무영의 요구에 응했다.

"지금까진 그렇지 않았나 보지?"

민석은 수세에 몰려서도 평상심을 잃지 않았다.

"명분이라는 건 만들기 나름이니까. 네 말을 빌자면 네 세 치 혀에 죽어 나간 목숨이 셀 수도 없이 많다니, 내가 널 죽여도 되는 이유도 그만큼은 만들어 낼 수 있겠지."

무영은 평소답지 않게 빈정거렸다.

"내 말을 잊은 것 같네. 넌 절대로 날 죽일 수 없다고."

순간 무영의 허리가 꺾였다. 민석이 복부를 가격한 탓이었다. 무영은 기습에 당황해 상대를 봤다. 민석은 어느새 검을 들어 자세를 취하고 있었다.

"샌님치곤 제법이군."

무영은 어처구니가 없는지 헛웃음을 쳤다. 민석에게 한 방 먹었다는 사실이 믿기지 않는 모양이었다.

"샌님에 대한 편견을 버려. 너희가 논밭에서 구르며 새참이나 먹고 있을 때도 샌님들은 항상 공부하고 훈련하고 연습해 왔을 테니까."

민석은 경계를 늦추지 않았다.

"그럼 얼마나 대단하게 연습했는지 한번 볼까?"

무영의 검이 분노를 싣고 민석을 향해 맹렬하게 돌진했다. 그러자 상대는 날렵하게 그 검을 막아 냈다.

"착실한 학생이네. 차곡차곡 정석에 맞게 제대로 배웠어."

무영은 성실히 상대를 인정했다.

"용서가 없는 칼이군."

민석은 숨을 몰아쉬었다.

"그게 훈련과 실전의 차이지."

"그런 것 같네."

다시 두 검이 맞붙었다. 무영은 더욱 거세게 칼을 휘둘렀다. 민석은 힘에 부치는지 계속 뒤로 밀렸다. 그러다 무영의 검이 묵직하게 그를 압박했다. 무영은 승리를 확신했다. 그러나 방심하는 순간 민석의 칼이 날카롭게 파고들었다.

"미안하게 됐군. 내가 이긴 것 같으니."

민석은 회심의 미소를 지었다. 무영은 제 목을 겨누는 그의 검을 보며 비죽 웃었다.

"진짜 차이를 보여 줄 때가 된 것 같군. 훈련과 실전의 진짜 차이 말이야."

무영은 품 속의 단도를 꺼내 민석의 복부를 찔렀다. 살점을 뚫고 들어가는 칼날의 질감에 무영은 묘한 흥분을 느꼈다. 그는 그 기분에 도취되어 칼자루를 비틀었다. 그러자 뼈를 도려내는 칼날 소리가 두 사람의 호흡에 섞여 들었다. 그 소름 끼치는 울림에 민석의 눈빛이 흔들렸다. 민석은 복부를 움켜쥐며 휘청거렸다. 핏발이 선 그의 손가락 사이로 핏물이 새어 나왔다. 무영은 민석의 셔츠를 적시는 붉은빛에 매혹되어 다시 한 번 검을 휘둘렀다. 그러자 습기를 타고 피비린내가 올라왔다. 무영은 그 매혹적인 향에 도취되어 매섭게 칼을 휘둘렀다. 살점이 저며지는 소리와 함께 민석이 제 팔을 감싸쥐었다. 무영은 뭔가에 홀린 사람처럼 칼의 질주를 멈추지 않았다. 공기를 가르는 금속음에 둔탁하게 살이 저며지는 소리가 울렸다. 짧고 날렵한 칼날 소리가 민석의 몸 구석구석을 집어삼켰다. 독하게 버텨 오던 민석은 그제야 앞으로 고꾸라졌다.

"실전에서는 살아남는 놈이 이기는 거야. 너희가 하는 대련에선 일대일로 검이 붙겠지만 살아남으려면 그걸로는 곤란하지."

무영의 승리였다. 그는 제 발 아래 쓰러진 민석을 내려다봤다. 민석은 고통에 몸을 오그리며 마른 숨을 토해 냈다. 참으로 참담한 몰골이었다. 그러나 무영은 즐겁지 않았다. 통쾌해야 하는데 오히려 가슴이 답답해 왔다.

"……이제…… 만족해?"

민석이 가쁜 숨을 몰아쉬었다.

"날 찔러서 만족하냐고."

"그래. 만족해."

담담한 말투였다. 하지만 그는 증오와 자책감으로 혼란스러웠다.

"다행이군."

민석은 피식 웃으며 스르륵 무너졌다.

"잘 가라, 정민석."

무영은 마지막 검을 휘둘렀다. 민석은 눈을 감았다. 고달팠던 그의 삶도 이제는 안녕이었다.

"당장 그만두지 못해!"

순간 맞은편에서 종호가 들이닥쳤다. 영수와 수찬이 뒤이어 달려들어

왔다. 수찬은 피투성이로 쓰러진 민석을 보며 경악을 금치 못했다.

"민석아! 정신 좀 차려 봐! 정민석!"

수찬은 참담하게 쓰러진 제 친구를 부여안고 절규했다.

"정신은 멀쩡하니까 그만 해. 끔찍할 만큼 생생하니까."

민석은 맥없이 늘어진 채 겨우 입을 열었다.

"사람 좀 불러와! 빨리!"

"알았어!"

영수는 다급히 달려 나갔다. 모두의 시선이 무영에게 쏠렸다. 그는 아직도 흥분이 가라앉지 않은 듯 씩씩거렸다.

"이게 무슨 짓인가! 매번 멋대로!"

종호는 가차없이 무영의 뺨을 때렸다. 무영은 원망으로 그를 노려봤다.

"그럼 저자가 한일단의 비밀을 알아냈는데 보고만 있으란 말입니까? 정민석! 정민석! 왜 다들 저 자식을 싸고도는 겁니까?"

무영은 이성을 잃고 악을 썼다.

"그깟 돈 때문이라면 제가 일본놈들 모두 쓸어버려서라도 갖다 바치겠습니다! 그러니 저 자식은……, 저 자식만은 이 자리에서……!"

무영은 제 분을 이기지 못하고 부들부들 떨었다. 그러자 종호가 나지막이 입을 열었다.

"한일단은…… 민석이가 만든 조직이다."

"……!"

무영은 충격에 멍해졌다. 그는 완전히 공황 상태에 빠졌다. 이해할 수 없었다. 나라를 팔아먹은 놈이었다. 만인의 적이었다. 피도 눈물도 없는 자였다. 그런 그가 한일단의 설립자라니……, 독립운동을 한다니 가당치도 않은 일이었다.

"이런 식의 소개도 괜찮군요. 모두가 어색한 순간에도…… 난 그냥…… 침묵하면 되니까."

민석은 희미한 미소를 뒤로 하고 정신을 잃었다.

2권에 계속

1535¹

초판 인쇄 2013년 06월 11일
초판 발행 2013년 06월 17일

지은이 | 신아인
펴낸이 | 김진희
펴낸곳 | 도서출판 오후
기　획 | 군자란, 월악산
편집·교정 | 신의, 월악산
본문디자인 | 군자란
미디어마케팅 | 얼래
전략기획팀 | 신의, 데렐라
경영지원팀 | 강군

주　소 | 서울시 강남구 개포로22길 33, 401호
전　화 | (070) 4365-5959
팩　스 | (0505) 999-5959

출판등록 | 2012년 4월 6일 제2012-000134호

오후 블로그 http://ohwoobooks.com/

ⓒ 신아인, 2013

ISBN 979-11-950382-3-7 (04810)
　　　 979-11-950382-2-0 (set) (04810)

이 책은 저작권법의 보호를 받는 저작물이므로 무단전재와 무단복제를 금합니다.
잘못된 책은 구입처에서 교환해 드립니다.